DU MÊME AUTEUR

Aux Éditions Gallimard

L'ENFANT VOLÉ

LES CHIENS NOIRS

SOUS LES DRAPS et autres nouvelles

DÉLIRE D'AMOUR

AMSTERDAM

EXPIATION

Aux Éditions du Seuil

LE JARDIN DE CIMENT

UN BONHEUR DE RENCONTRE (Folio n° 3878)

L'INNOCENT (Folio n° 3777)

Du monde entier

IAN McEWAN

SAMEDI

roman

Traduit de l'anglais
par France Camus-Pichon

GALLIMARD

Titre original :

SATURDAY

À Will et Greg McEwan

Par exemple ? Par exemple on lui disait ce que c'était que d'être un homme. Dans une ville. Dans un siècle donné. En période de transition. Dans la masse. Transformé par la science. Sous un pouvoir organisé. Obéissant à d'énormes contraintes. Dans une situation engendrée par la mécanisation. Après l'effondrement des espoirs radicaux. Dans une société qui n'était pas une communauté et qui dévalorisait l'individu. Par suite de la puissance multipliée du grand nombre qui rendait la personne de chacun négligeable. Dans une société qui dépensait des milliards en équipement militaire pour lutter contre l'ennemi étranger mais ne faisait rien pour faire régner l'ordre chez elle. Qui permettait à la sauvagerie, au vandalisme et à la barbarie de sévir dans ses propres grandes villes. Avec, en même temps, la pression de millions d'humains qui ont découvert ce qu'on pouvait réaliser au moyen d'efforts et de pensées concertés. Tout comme des mégatonnes d'eau façonnent les organismes au fond de l'océan. Comme les marées polissent les pierres. Comme les vents creusent les falaises. La merveilleuse supermécanisation qui ouvre des perspectives nouvelles à l'humanité innombrable. Iriez-vous leur refuser le droit d'exister ? Leur demanderiez-vous de peiner et d'avoir faim pendant que vous-même vous vous vautrez avec délices dans les bonnes vieilles Valeurs ? Vous... vous-même, vous êtes un enfant de cette masse et le frère de tous les autres. Ou alors, vous êtes un ingrat, un dilettante, un imbécile. Voilà, Herzog, se dit Herzog, comment ça se passe, puisque tu demandes un exemple.

SAUL BELLOW, *Herzog*
(Trad. Jean Rosenthal, Éditions Gallimard, 1966.)

1

Quelques heures avant l'aube, Henry Perowne, neurochirurgien, se réveille en pleine activité, déjà en position assise et repoussant la couette avant de se lever d'un bond. Il ne sait pas au juste quand il a repris conscience, d'ailleurs cela lui paraît sans intérêt. C'est la première fois que ce genre de chose lui arrive, mais il n'éprouve ni inquiétude ni surprise, car ses gestes sont aisés, agréables à ses membres, et son dos comme ses jambes lui donnent une étrange impression de solidité. Debout près du lit, entièrement nu — il dort toujours nu —, il a conscience de sa haute taille, de la respiration patiente de sa femme, de l'air hivernal de la chambre sur sa peau. Encore une sensation agréable. Le réveil à son chevet annonce trois heures quarante. Il ignore ce qui l'a tiré du lit : il n'a pas besoin de se soulager, n'est pas troublé par un cauchemar ni par un événement de la veille, ni même par l'état du monde. Comme si, debout dans l'obscurité à cet endroit précis, il venait de surgir tout fait du néant, sans rien de superflu. Malgré l'heure matinale et ses efforts récents, il ne se sent pas fatigué ni préoccupé par le cas d'un patient. Tous ses sens en éveil, il est même grisé, inexplicablement euphorique. Sans l'avoir décidé ni voulu, il se dirige vers la plus proche des trois fenêtres de la chambre et se déplace avec tant d'aisance, tant de légèreté qu'il se demande s'il ne serait pas en train de rêver, ou en proie à un accès de somnambulisme. Si tel est le cas, il sera déçu. Les rêves ne l'intéressent pas ; une expérience réelle serait infiniment plus riche de possibilités. Or il est parfaitement lui-même, il en a la certitude, tout comme il sait que le sommeil est derrière lui : de cette capacité à différencier la veille du sommeil, à reconnaître la frontière entre les deux, dépend la santé mentale.

La chambre est vaste et sobre. Tandis qu'il la traverse sans effort, avec une facilité presque comique, la perspective que l'expérience s'interrompe l'attriste un instant, puis il n'y pense plus. Près de la fenêtre centrale, il ouvre avec précaution les grandes persiennes intérieures en bois pour ne pas réveiller Rosalind. Une preuve d'égoïsme autant que de sollicitude. Il ne souhaite pas qu'on lui demande ce qu'il est en train de faire — quelle réponse donner, et pourquoi sacrifier le moment présent à en chercher une ? Il rabat la seconde persienne, la laissant se replier en accordéon, et remonte sans bruit la fenêtre à guillotine. Elle a beau le dominer d'un bon mètre, elle coulisse aisément, entraînée par le contrepoids en plomb dissimulé dans le châssis. L'air de février qui afflue lui donne la chair de poule, mais le froid ne l'arrête pas. Du deuxième étage il affronte la nuit, la ville dans sa lumière blanche et glaciale, les arbres squelettiques de la place et, dix mètres en contrebas, la grille noire plantée comme une rangée de lances. Il fait un degré ou deux en dessous de zéro et l'air est transparent. L'éclat des lampadaires n'a pas occulté toutes les étoiles ; de l'autre côté de la place, au-dessus de la façade Régence, quelques lambeaux de constellations pendent encore dans le ciel du sud. Cette façade n'est qu'une reconstruction, un pastiche — le quartier de Fitzrovia a essuyé quelques bombardements de la Luftwaffe pendant la guerre — et juste derrière se dresse la Post Office Tower, ringarde et austère le jour, mais qui la nuit, à demi cachée et correctement illuminée, prend des allures de monument à la gloire d'une époque plus optimiste.

Et la nôtre, comment est-elle ? Perplexe et inquiète, se dit-il souvent, lorsqu'il prend le temps d'y réfléchir dans la ronde hebdomadaire de ses occupations. Ce n'est pas ce qu'il pense à présent. Penché en avant, pesant de tout son poids sur ses paumes agrippées à l'appui de fenêtre, il exulte devant la nudité et la clarté de la scène. Sa vue — toujours excellente — semble avoir encore gagné en acuité. Il distingue le scintillement du mica sur les pavés de la place piétonnière, les crottes de pigeon figées par le gel et la distance au point de paraître presque belles, comme des flocons de neige épars. Il aime l'alignement symétrique des lampadaires en fonte et de leurs ombres plus noires encore, la mosaïque géométrique des caniveaux pavés. Les poubelles pleines à ras bord suggèrent l'abondance plutôt que la saleté ; les bancs vides disposés en cercle autour du square attendent avec bienveillance le défilé quotidien de leurs occupants : employés de bureau enjoués à la pause déjeuner, jeunes gens graves et studieux du foyer d'étudiants indiens, couples d'amoureux en extase ou en crise, dealers crépusculaires, et la vieille dame décrépite aux cris obsédants. « Fichez-moi le camp ! » hurle-t-elle des heures durant, avec des braillements rauques d'oiseau des marais ou d'animal en cage.

Debout à sa fenêtre, aussi insensible au froid qu'une statue de marbre, le regard tourné vers Charlotte Street, vers ce lointain enchevêtrement de façades, d'échafaudages et de toits pentus, Henry se dit que cette ville est une réussite, une invention géniale, un chef-d'œuvre biologique — des millions d'individus grouillent autour des différentes strates formées par les réalisations des siècles passés comme autour d'un récif corallien, dormant, travaillant, se distrayant la plupart du temps en bonne intelligence, chacun ou presque y mettant du sien. Le quartier des Perowne lui-même est un miracle d'équilibre : le carré parfait de la place dessinée par Robert Adam enserre le cercle parfait du square — un rêve du dix-huitième siècle étreint et baigné par la modernité, entre l'éclairage urbain en haut et les câbles de fibres optiques en bas, avec l'eau claire qui court dans les canalisations tandis que les eaux usées s'évacuent comme par enchantement.

Enclin à l'introspection, Henry s'interroge sur cette euphorie prolongée, pareille à un verre déformant. Peut-être a-t-il subi durant son sommeil un accident au niveau moléculaire, dans la chimie de son cerveau — agréable réaction en chaîne d'événements intracellulaires comme celle déclenchée par les récepteurs de dopamine à la vue d'un plateau couvert de boissons ; à moins que ce ne soit la perspective du samedi, ou la conséquence d'une extrême fatigue. Certes, il a terminé sa semaine dans un état d'épuisement inhabituel. Trouvant la maison vide à son retour, il s'est installé dans son bain avec un livre, heureux de ne pas avoir à faire la conversation. C'est Daisy, sa fille si cultivée — trop, même —, qui lui a envoyé cette biographie de Darwin où il est question d'un roman de Conrad qu'elle tient à lui faire lire, et qu'il n'a toujours pas ouvert : le monde des marins, si torturés soient-ils, ne l'intéresse guère. Depuis plusieurs années déjà, elle tente de remédier à son ignorance qu'elle trouve abyssale, lui reprochant son mauvais goût et son manque de curiosité. Elle n'a pas tort : passé directement du lycée à la fac de médecine et aux horaires d'un jeune interne taillable et corvéable à merci, puis à une immersion complète dans sa formation de neurochirurgien et son rôle de père, en quinze ans il n'a pratiquement pas touché à un ouvrage autre que médical. En revanche, il a dû voir d'assez près la mort, la peur, le courage et la souffrance pour nourrir une demi-douzaine de romans. Il suit néanmoins les conseils de lecture de sa fille : sa manière à lui de garder le contact avec elle alors qu'elle s'éloigne de sa famille pour devenir une femme inconnue dans une lointaine banlieue parisienne ; ce soir, elle sera de retour pour la première fois en six mois — encore un motif d'euphorie.

Il était en retard dans le programme de lectures suggéré par Daisy. Ouvrant de l'orteil le robinet d'eau chaude à intervalles réguliers, il a lu d'un œil ensommeillé le récit de la course contre la montre de Darwin pour achever *De l'origine des espèces*, ainsi qu'un résumé de la conclusion du traité, supprimée dans les éditions ultérieures. En même temps, il écoutait les informations à la radio. Le flegmatique Mr Blix venait de faire un nouveau discours au siège des Nations unies — il donnait plutôt l'impression de chercher à contrecarrer les projets de déclaration de guerre. Incapable de se concentrer, Perowne a éteint la radio, est revenu quelques pages en arrière et s'est replongé dans son livre. À certains moments, cette biographie lui donnait la nostalgie rassurante d'une Angleterre tendre, verdoyante, où l'on voyageait en voiture à cheval ; à d'autres, il se sentait vaguement déprimé à l'idée qu'une vie tout entière pût tenir en quelques centaines de pages — enfermée dans un flacon tel un chutney fait maison. Déprimé aussi par la facilité avec laquelle une existence, ses ambitions, ses réseaux amicaux et familiaux, tous ses trésors, ses possessions bien réelles pouvaient se volatiliser à ce point. Ensuite il s'est étendu sur le lit pour réfléchir à ce qu'il mangerait au dîner, et à partir de là il ne se souvient plus de rien. Rosalind a dû rabattre sur lui la couette en rentrant du travail. Sans doute l'a-t-elle embrassé. Quarante-huit ans, et profondément endormi un vendredi soir à neuf heures et demie : voilà le résultat de la vie professionnelle d'aujourd'hui. Il travaille dur, comme tout le monde autour de lui, mais cette semaine, une épidémie de grippe au sein du personnel de l'hôpital l'a contraint à mettre les bouchées doubles — sa liste d'opérations était deux fois plus longue que d'habitude.

À force d'organisation, il a réussi à effectuer les interventions lourdes dans le premier bloc opératoire tout en surveillant une interne de dernière année dans le deuxième, et en expédiant quelques actes chirurgicaux de routine dans le troisième. Il a actuellement deux internes en neurochirurgie dans son équipe : Sally Madden, sur le point de décrocher son diplôme et tout à fait fiable, plus le Guyanais Rodney Browne, doué, travailleur, mais qui manque encore d'assurance. Jay Strauss, l'anesthésiste de Perowne, a son propre interne, Gita Syal. Trois jours durant, et toujours flanqué de Rodney, Perowne est passé d'un bloc opératoire à l'autre — accompagné comme par un orchestre du claquement de ses sandales sur le sol lustré du couloir, et des couinements et grincements des portes à double battant. La liste des interventions de ce vendredi était typique. Tandis que Sally recousait un patient, il est allé dans le bloc voisin soulager une vieille dame de sa névralgie du trijumeau, son *tic douloureux.* Il tire toujours autant de satisfaction de cette chirurgie banale : il aime le doigté et la rapidité qu'elle requiert. Après avoir glissé un doigt ganté de latex dans la bouche de la patiente pour reconnaître le terrain, et regardant à peine l'écran de contrôle, il lui a transpercé la joue avec une longue aiguille jusqu'au ganglion de Gasser. Venu de la troisième salle d'opération, Jay observait Gita qui tentait de faire reprendre brièvement conscience à la vieille dame. La stimulation électrique transmise par la pointe de l'aiguille a provoqué un frémissement sur son visage, et lorsqu'elle a confirmé d'une voix pâteuse que la position de l'aiguille était correcte — Perowne avait mis du premier coup dans le mille — on l'a rendormie le temps de « cuire » le nerf par thermocoagulation. La difficulté consistait à éliminer la douleur de la patiente tout en lui laissant un maximum de sensibilité : mission accomplie en un quart d'heure, assez pour mettre fin à trois ans de calvaire et d'élancements fulgurants.

Il a ensuite posé un clip sur le collet d'un anévrisme du mésencéphale — il est passé maître dans cet art — puis pratiquéune biopsie sur une tumeur du thalamus, région où il est impossible d'opérer. Le patient, un joueur de tennis professionnel de vingt-huit ans, souffrait déjà de graves troubles de la mémoire. Alors qu'il retirait l'aiguille des profondeurs du cerveau, Perowne a vu au premier coup d'œil que les tissus présentaient un aspect anormal. Pas grand-chose à espérer d'une radiothérapie ni d'une chimio. Le laboratoire a confirmé le diagnostic par téléphone, et l'après-midi même Perowne informait les vieux parents du jeune homme.

L'intervention suivante fut une craniotomie pour l'ablation d'un méningiome chez une institutrice de cinquante-trois ans. La tumeur, située au-dessus du corps calleux et bien délimitée, s'est facilement détachée sous la lame du bistouri électrique — garantie d'une guérison définitive. Confiant à Sally le soin de recoudre la patiente, Perowne a rejoint le bloc voisin pour une laminectomie lombaire multiple sur un obèse de quarante-quatre ans, jardinier à Hyde Park. Il a dû inciser dix centimètres de tissu adipeux avant d'atteindre les vertèbres et, à la moindre pression pour meuler l'os, l'homme se mettait à osciller dangereusement sur la table d'opération.

Aussitôt après, à la demande d'un vieil ami O.R.L., Perowne a ouvert un accès à l'oreille interne d'un adolescent de dix-sept ans — étrange, cette réticence des oto-rhinos à se charger eux-mêmes des trépanations délicates. Il a découpé une ouverture rectangulaire derrière l'oreille, ce qui lui a pris une bonne heure, au grand agacement de Jay Strauss, impatient de poursuivre les interventions prévues sur le planning de l'équipe. Enfin la tumeur est apparue sous le microscope du bloc opératoire : un petit neurinome vestibulaire situé à moins de trois millimètres de la cochlée. Pendant que son ami spécialiste l'excisait lui-même, Perowne a filé effectuer une deuxième opération de routine, nouvelle source d'agacement, mais pour lui cette fois : une jeune femme véhémente, souvent prompte à gémir, voulait qu'il déplace du dos vers le ventre son stimulateur médullaire. Le mois précédent, déjà, il l'avait changé de place à sa demande lorsqu'elle s'était plainte d'une gêne pour s'asseoir. Elle prétendait à présent avoir du mal à rester allongée. Il lui a fait une longue incision en travers de l'abdomen et perdu un temps précieux, les bras enfoncés jusqu'aux coudes dans ses entrailles, à retrouver le fil du boîtier. Il est prêt à parier qu'elle reviendra sous peu.

Il a déjeuné d'un sandwich au thon et au concombre sous emballage plastique, et d'une bouteille d'eau minérale. Dans la salle de repos exiguë où les toasts et les pâtes réchauffées au four à micro-ondes ont toujours pour lui l'odeur des interventions difficiles, il s'est retrouvé assis près de Heather, l'adorable femme de ménage cockney qui l'aide à nettoyer les blocs entre deux opérations. Elle lui a fait le récit de l'arrestation pour vol à main armée de son gendre, reconnu à tort lors d'une séance d'identification au commissariat alors qu'il avait un alibi en béton : au moment du délit, il était chez le dentiste pour se faire arracher une dent de sagesse. Ailleurs dans la pièce, on ne parlait que de l'épidémie de grippe — ce matin encore, il avait fallu renvoyer chez elles une aide-soignante et une stagiaire de Jay Strauss. Un quart d'heure plus tard, Perowne remettait toute l'équipe au travail. Tandis que dans la salle voisine Sally opérait l'hématome sous-dural chronique d'un agent de la circulation en retraite, Perowne a utilisé la dernière nouveauté du bloc, un dispositif de guidage assisté par ordinateur, pour pratiquer une craniotomie préalable à la résection d'un gliome frontal postérieur droit. Puis il a laissé Rodney prendre en charge l'opération d'un second hématome sous-dural.

L'intervention vedette de la journée était l'ablation d'un astrocytome sur une jeune Nigériane de quatorze ans vivant à Brixton chez sa tante et son oncle, un pasteur anglican. Le meilleur accès à la tumeur se situait à l'arrière du crâne, par voie sous-tentorielle au-dessus de l'hémisphère cérébelleux, la patiente étant anesthésiée en position assise. Cela compliquait la tâche de Jay Strauss, à cause du risque accru d'embolie si l'air pénétrait dans une veine. Andrea Chapman était une patiente et une nièce à problèmes. Arrivée en Angleterre à l'âge de douze ans — le pasteur et son épouse, éplorés, avaient montré la photo à Perowne —, elle ressemblait alors à une petite fille modèle avec sa robe impeccable, ses rubans dans les cheveux et son sourire timide. Mais quelque chose en elle, étouffé jusque-là par la vie dans son village au nord du Nigeria, s'était réveillé dès son entrée au lycée public de Brixton. Elle avait adopté la musique, les vêtements, le jargon, les valeurs de la rue. Elle se donnait un genre, avait confié le pasteur pendant que son épouse installait Andrea dans le service. Sa nièce buvait, se droguait, volait dans les magasins, séchait les cours, refusait toute forme d'autorité et jurait comme un vieux loup de mer. Tout cela pouvait-il venir de la pression exercée par la tumeur sur une partie de son cerveau ?

Perowne n'avait même pas pu offrir cette consolation au pasteur. La tumeur était loin des lobes frontaux, enfoncée dans le vermis cérébelleux. Andrea souffrait déjà de céphalées matinales, de cécité passagère et d'ataxie — incoordination des mouvements. Ces symptômes ne réussissaient toutefois pas à dissiper les soupçons qui lui faisaient attribuer son état à un complot — ourdi par l'hôpital de mèche avec le lycée, la police et ses tuteurs légaux — pour la priver de soirées en boîte. Quelques heures après son admission, elle se disputait déjà avec les infirmières, la surveillante du service et une patiente âgée qui ne supportait pas d'entendre un langage aussi ordurier. D'ailleurs, Perowne avait eu le plus grand mal à préparer Andrea aux épreuves qui l'attendaient. Même lorsqu'elle n'était pas dans une phase d'excitation, elle s'appliquait à parler comme un rappeur de MTV, roulant des épaules assise sur son lit, décrivant des cercles avec ses paumes tournées vers le bas, lissant l'air devant elle en prévision d'une de ses tempêtes. Perowne ne pouvait pourtant s'empêcher d'admirer son entrain, les éclairs lancés par ses yeux sombres, ses dents parfaites et sa langue rose vif qui s'enroulait avec gourmandise autour des mots qu'elle formait. Même quand elle semblait hurler sa rage, elle souriait joyeusement, grisée à l'idée de voir jusqu'où elle pouvait aller. Il avait fallu Jay Strauss, d'une chaleur et d'une franchise dont seul un Américain comme lui était capable dans cet hôpital anglais, pour la ramener à la raison.

L'opération d'Andrea a duré cinq heures, et tout s'est bien passé. La jeune fille a été placée en position assise, le clamp lui enserrant la tête fixé à un support devant elle. Une craniotomie postérieure requérait d'infinies précautions à cause de la présence de vaisseaux sous l'os. Rodney, penché près de Perowne, irriguait et cautérisait l'ouverture. Enfin est apparue la tente du cervelet, pâle et délicate structure d'une beauté inattendue, pareille au voile tourbillonnant d'une danseuse orientale, où la dure-mère se rassemble avant de se scinder à nouveau. Juste en dessous se trouvait le cervelet. En incisant avec soin, Perowne l'a fait descendre sous l'effet de la force de gravité — sans l'aide d'écarteurs — et on a pu voir la tumeur, vaste masse rougeâtre devant la cavité de la glande pinéale. C'était un astrocytome bien défini, n'ayant que partiellement infiltré les tissus voisins. Perowne a pu en exciser la quasi-totalité sans léser la moindre zone sensible.

Il a accordé quelques minutes à Rodney pour intervenir avec le microscope et l'aspirateur, puis l'a chargé de recoudre la patiente. Il a fait lui-même le pansement, et lorsqu'il a fini par quitter le bloc opératoire, il n'éprouvait pas la moindre fatigue. Il ne se lasse pas d'opérer — affairé au sein du monde clos formé par son équipe et le bloc avec ses procédures méthodiques, cherchant sur les images contrastées du microscope la voie d'accès à la région du cerveau désirée, il se sent doué d'une capacité de travail surhumaine, une sorte d'appétit dévorant.

Quant au reste de la semaine, les deux matinées de consultation ne s'étaient pas révélées plus astreignantes qu'à l'ordinaire. Il a trop d'expérience pour se laisser atteindre par les nombreuses formes de détresse qu'il rencontre — il se doit d'être efficace. Les visites aux patients du service et les diverses réunions hebdomadaires ne lui pèsent pas davantage. C'est la paperasserie du vendredi après-midi qui a eu raison de lui, les réponses à donner aux demandes de rendez-vous, la rédaction du résumé de ses deux prochaines communications, les lettres aux confrères et aux éditeurs, la recension d'un ouvrage médical à terminer, les contributions aux projets de la direction, aux modifications gouvernementales du financement de l'hôpital et à la récente réforme des études médicales. Une nouvelle réorganisation des services d'urgence — une de plus — est également à l'ordre du jour. On ne se contente plus d'envisager de simples collisions ferroviaires, et des termes comme « cataclysme », « hécatombe », « attentat terroriste », « guerre chimique et biologique » ont fini par devenir anodins à force d'être répétés. Au cours de l'année écoulée, il a vu proliférer les commissions et les sous-commissions, et désormais les processus de décision dépassent largement l'hôpital et la hiérarchie médicale, impliquant jusqu'aux plus hautes sphères de la fonction publique et du ministère de l'Intérieur.

Perowne a dicté son courrier d'une voix monocorde et, longtemps après le départ de sa secrétaire, il tapait encore sur son clavier dans son minuscule bureau surchauffé du troisième étage de l'hôpital. Pourtant, une difficulté inhabituelle à trouver ses mots le ralentissait, lui si fier de sa rapidité, de son style sobre et efficace. Nul besoin de réfléchir à l'avance : d'ordinaire le premier jet était le bon. Mais ce jour-là, Perowne trébuchait. Même si le jargon professionnel ne lui faisait pas défaut — c'est une seconde nature —, sa prose s'accumulait laborieusement. Pris séparément, les mots représentaient autant d'objets encombrants — bicyclettes, chaises longues, portemanteaux — semés sur sa route. Il composait mentalement une phrase, puis l'oubliait en la tapant, ou bien se retrouvait dans un cul-de-sac grammatical dont il avait le plus grand mal à sortir. Quant à savoir si cette débilité soudaine était la cause ou la conséquence de la fatigue, il ne s'est même pas posé la question. Obstiné par nature, il avait décidé de mener sa tâche à bien. À huit heures du soir, après avoir mis le point final au dernier e-mail d'une longue série, il s'est levé de sa table de travail qu'il n'avait pas quittée depuis quatre heures. En sortant de son bureau, il est allé jeter un coup d'œil à ses patients en salle de réveil. Aucune complication n'avait surgi, et Andrea paraissait en bonne voie : elle dormait, tout semblant indiquer une évolution favorable. Moins d'une heure plus tard il était de retour chez lui, dans son bain, et peu après il dormait lui aussi.

Deux silhouettes en imperméable sombre traversent la place en diagonale et prennent la direction de Cleveland Street, accompagnées par le tic-tac syncopé de leurs hauts talons — des infirmières rentrant chez elles, sûrement, encore que ce soit une heure étrange pour terminer son service. Elles ne parlent pas, et malgré le rythme bancal de leur pas elles avancent côte à côte, épaule contre épaule telles deux sœurs. Elles passent juste en dessous de lui et décrivent un quart de cercle autour du square avant de continuer droit devant elles. Il y a quelque chose d'émouvant dans les petits nuages de vapeur qui s'élèvent derrière elles à chaque respiration, comme si, retombées en enfance, elles jouaient à imiter un train à vapeur. Elles approchent de l'angle opposé de la place et, du fait de la hauteur à laquelle il se tient et de son curieux état d'euphorie, il ne se contente pas de les observer, mais surveille de loin leur progression aussi jalousement qu'un dieu. Dans le froid sans vie elles traversent la nuit, petites machines biologiques génératrices de chaleur, bipèdes tout-terrain dont les réseaux de neurones aux innombrables ramifications s'enfoncent dans les profondeurs d'une boîte crânienne remplie de fibres, de filaments tièdes entourés du halo invisible de la conscience — ces machines déterminent seules leur trajectoire.

Après plusieurs minutes à la fenêtre, l'euphorie retombe et il commence à grelotter. Derrière la haute grille circulaire du square, au-delà d'une rangée de platanes, le gel blanchit les ondulations bien ordonnées de la pelouse. Sirène éteinte, une ambulance aborde Charlotte Street dans un éclair de lumières bleues et fonce vers le sud, vers Soho peut-être. Il se retourne pour attraper un lourd peignoir en drap de laine sur le dossier d'une chaise. Alors qu'il pivote sur lui-même, il perçoit un nouvel élément au-dehors, sur la place ou dans les arbres, brillant mais incolore, étalé à la périphérie de son champ visuel par le mouvement de sa tête. Il ne regarde pas tout de suite. Il a froid et il lui faut son peignoir. Il s'en saisit, glisse un bras dans une manche, et ne se remet à la fenêtre qu'une fois la seconde manche enfilée et la ceinture nouée autour de sa taille.

Contrairement à ce qu'il croit, il ne comprend pas ce qu'il voit. Dans un premier temps, tout à son impatience et à sa curiosité, il donne au phénomène une dimension planétaire : c'est un météore qui passe dans le ciel de Londres, de droite à gauche, à basse altitude et néanmoins à bonne distance des immeubles les plus élevés. Mais les météores n'ont-ils pas la vitesse d'une flèche, la finesse d'une aiguille ? On ne les aperçoit qu'une fraction de seconde avant qu'ils se consument. Or celui-ci se déplace lentement, presque majestueusement.

Aussitôt Perowne change d'échelle pour embrasser le système solaire : cet objet ne se trouve pas à des centaines de milliers de kilomètres de là, mais à des millions, au fin fond de l'espace, où il gravite sur une orbite intemporelle autour du soleil. C'est une comète teintée de jaune, avec son cône de lumière familier traînant dans son sillage sa chevelure de feu. Perowne a naguère admiré la comète de Halley avec Rosalind et les enfants depuis une colline herbeuse du Lake District, et il lui vient maintenant le même sentiment de gratitude devant la vision fugitive, au-delà de l'écorce terrestre, d'un univers absolument impersonnel. Et cette comète-ci est plus belle, plus brillante, plus rapide, d'autant plus impressionnante qu'elle a surgi de manière inattendue. Ils ont dû rater l'annonce de son passage dans les médias. Trop de travail. Il réveillerait bien Rosalind — que ce spectacle enchanterait —, mais se demande si elle arrivera à la fenêtre avant la disparition de la comète. Auquel cas il n'en verra rien lui non plus. C'est toutefois une occasion trop extraordinaire pour ne pas la partager.

Il va vers le lit quand retentit un grondement sourd, modeste roulement de tonnerre qui gagne en puissance, et il s'arrête pour écouter. Tout s'explique. Il jette un coup d'œil par-dessus son épaule en direction de la fenêtre pour en avoir le cœur net. À cause de l'éloignement, une comète paraîtrait forcément immobile. Horrifié, il retourne se poster à la fenêtre. Comme le grondement ne faiblit pas, il change à nouveau d'échelle, quittant par un zoom arrière les poussières et la glace du système solaire pour redescendre sur terre. Il ne s'est pas écoulé plus de trois ou quatre secondes depuis qu'il a vu cette boule de feu dans le ciel et il s'est déjà trompé deux fois à son sujet. Elle suit une trajectoire qu'il a lui-même souvent empruntée dans sa vie, se livrant chaque fois aux mêmes rituels — régler l'inclinaison de son siège et l'heure de sa montre, ranger ses papiers d'identité —, cherchant toujours avec la même curiosité à localiser sa maison en contrebas, au sein de l'immense et presque belle agglomération d'un gris orangé : d'est en ouest, le long de la rive sud de la Tamise, à huit cents mètres d'altitude, lors des ultimes procédures d'approche de l'aéroport d'Heathrow.

La boule de feu se trouve maintenant tout au sud, à une distance d'environ un kilomètre, et s'apprête à passer dans l'entrelacs formé par les branches nues des platanes, puis derrière la Post Office Tower, à la hauteur des antennes paraboliques les plus basses. Malgré les lumières de la ville, les contours de l'avion sont invisibles dans la pénombre du petit jour. Le feu a dû prendre là où l'aile rejoint le fuselage, ou dans l'un des réacteurs juste en dessous. Le point d'incandescence est une sphère blanche et allongée qui s'éloigne, suivie d'un cône jaune et rouge rappelant moins un météore ou une comète que leur représentation chamarrée par un peintre du dimanche. Comme pour préserver un semblant de normalité, les feux d'atterrissage clignotent, mais le réacteur vend la mèche. Couvrant le mugissement habituel, un son insistant, haletant, ensorcelant s'élève avec une intensité croissante : à la fois un cri et une plainte prolongée, un bruit sale, impur, qui évoque un effort mécanique insoutenable pour l'acier et monte en spirale jusqu'à un point de non-retour, toujours plus assourdissant, comme pour accompagner une terrifiante attraction foraine. Quelque chose va lâcher.

Il a renoncé à réveiller Rosalind. Pourquoi l'entraîner dans ce cauchemar ? D'ailleurs, ce spectacle a la familiarité d'un rêve récurrent. Comme la plupart des passagers, derrière l'apparente somnolence induite par la monotonie des voyages en avion, il se laisse souvent aller à envisager le pire alors qu'il est docilement attaché dans son fauteuil devant son plateau-repas. Dehors, à douze mille mètres d'altitude, de l'autre côté d'une mince paroi en métal et en plastique aux crissements rassurants, il fait moins soixante degrés. Emporté au-dessus de l'Atlantique à deux cents mètres par seconde, vous vous soumettez à cette folie car autour de vous tout le monde joue le jeu. Les autres passagers font taire leurs inquiétudes, puisque vous-même et ceux qui vous entourent affichez le plus grand calme. Vues sous un certain angle — le nombre de morts par kilomètre —, les statistiques sont réconfortantes. Et quel autre moyen d'assister à un congrès dans le sud de la Californie ? Le transport aérien est un marché boursier, un tour de passe-passe reposant sur un jeu de miroirs, une fragile alliance de croyances partagées : tant que les nerfs tiennent et qu'il n'y a ni bombes ni terroristes à bord, tout le monde prospère. En cas de problème, pas de demi-mesures. Vus sous un autre angle — le nombre de morts par vol —, les chiffres sont moins encourageants. Le marché pourrait bien s'effondrer.

Sa fourchette en plastique à la main, il tente souvent de se représenter le tour que prendraient les événements : les hurlements dans la cabine en partie assourdis par la mauvaise acoustique, la recherche frénétique de téléphones dans les sacs pour une ultime conversation, le personnel de bord terrifié se raccrochant à quelques vagues souvenirs de la procédure d'urgence, l'odeur omniprésente d'excréments. La même scène imaginée de l'extérieur, depuis la terre ferme comme maintenant, lui semble tout aussi familière. Près de dix-huit mois, déjà, ont passé depuis que la moitié de la planète regardait en boucle les captifs invisibles conduits en plein ciel vers leur martyre, et que la silhouette innocente du moindre avion de ligne s'est mise à déclencher de nouvelles associations d'idées. Tout le monde le reconnaît, les avions en vol évoquent désormais des oiseaux prédateurs ou courant à leur perte.

Henry se sait victime d'une illusion d'optique lorsqu'il croit soudain discerner les contours d'un aéronef, une forme plus noire que la pénombre. Le hurlement du réacteur en feu continue de s'intensifier dans les aigus. On s'attendrait presque à voir des lumières apparaître à travers la ville ou le square se remplir de voisins en peignoir. Derrière lui Rosalind, habituée à s'abstraire des troubles nocturnes de la cité, se retourne dans son sommeil. Le bruit n'est sans doute pas plus agressif que le mugissement d'une sirène sur Euston Road. La sphère incandescente suivie de sa chevelure de feu s'est encore agrandie — aucun passager assis dans la partie centrale de l'avion n'en sortira vivant. Autre élément familier : l'horreur de ce qui est invisible. La catastrophe observée de loin, à l'abri. Le fait d'assister à une hécatombe sans voir personne mourir. Pas une goutte de sang, pas un cri, pas une silhouette humaine et, dans ce néant, l'imagination complaisante qui tourne à plein régime. La lutte désespérée pour la survie à l'intérieur de la cabine, un groupe de passagers courageux préparant l'attaque de la dernière chance contre les fanatiques. Vers quelle partie de l'avion courir pour échapper aux flammes ? Curieusement, la mort du commandant de bord paraîtra peut-être moins solitaire. Fait-on preuve d'une inconscience pathétique en ouvrant le compartiment à bagages au-dessus de soi pour y prendre son sac, ou d'un nécessaire optimisme ? L'hôtesse trop maquillée qui vous a poliment servi votre croissant avec de la confiture va-t-elle tenter de vous en empêcher ?

L'avion passe derrière la cime des arbres. L'espace d'un

instant, le feu scintille joyeusement entre les branches. Perowne se demande s'il ne devrait pas faire quelque chose, mais, le temps que les services d'urgence enregistrent et répercutent son appel, l'événement qui se prépare appartiendra au passé. S'il est encore en vie, le commandant de bord aura envoyé un message radio. Sans doute recouvre-t-on déjà la piste de neige carbonique. Inutile à ce stade d'aller offrir ses services à l'hôpital. En cas d'activation du plan d'urgence, Heathrow dépend d'un autre secteur. Ailleurs, plus à l'ouest, dans la pénombre de leur chambre, des médecins doivent s'habiller sans savoir ce qui les attend. L'avion n'a pas encore amorcé sa descente. Si ses réservoirs explosent, il n'y aura plus rien à faire.

Il émerge des arbres, traverse un morceau de ciel, disparaît derrière la Post Office Tower. Si Perowne était enclin à la religiosité, aux explications surnaturelles, il pourrait être tenté de croire qu'il a répondu à un appel ; qu'en s'éveillant dans un état d'esprit inhabituel et en allant sans raison à la fenêtre, il a obéi à un ordre invisible, à une intelligence supérieure qui souhaite lui révéler quelque chose d'important. Mais une ville de cette nature produit des insomniaques : elle-même est une entité dont les réseaux ne sont jamais en sommeil. Parmi tant de millions d'individus, il y en a forcément quelques-uns qui regardent à la fenêtre au lieu de dormir. Et pas les mêmes chaque nuit. Que ce soit lui plutôt qu'un autre relève du hasard. D'un simple principe anthropique. Les théories primitives de ceux qui croient à l'existence de puissances surnaturelles se résument à ce que ses confrères psychiatres appellent « un problème de référent ». Un excès de subjectivité, une façon de prendre ses désirs pour des réalités, l'incapacité d'accepter sa propre insignifiance. Aux yeux de Henry, ce mode de pensée appartient à une catégorie psychique sur laquelle plane, telle celle d'un temple abandonné, l'ombre de la psychose.

Peut-être l'incendie à bord de l'avion a-t-il la même cause. Un fanatique religieux avec une bombe dans le talon de sa chaussure. Parmi les passagers terrifiés, beaucoup sont sans doute en train de supplier leur dieu — encore un problème de référent — d'intercéder en leur faveur. Et s'il doit y avoir des morts, ce dieu même qui a permis leur supplice sera bientôt assailli de prières lors des funérailles. Pour Perowne c'est une source d'étonnement, une complexité de l'âme humaine qui défie la morale. On lui doit, en même temps que la déraison et le carnage, des gens bons et généreux, des cathédrales, des mosquées, des cantates et des poèmes magnifiques. Même le refus de croire en Dieu est un exercice spirituel, une forme de prière, a-t-il entendu avec un mélange de stupeur et d'indignation un prêtre lui objecter un jour : difficile d'échapper aux griffes des croyants. Reste à espérer que l'avion ait été victime d'une vulgaire panne mécanique.

Il réapparaît de l'autre côté de la Post Office Tower et s'éloigne peu à peu, traversant une portion de ciel dégagé à l'ouest de la ville, puis il vire légèrement vers le nord. Les flammes semblent diminuer au fil de ce lent changement de perspective. Maintenant on voit surtout la dérive et sa lumière clignotante. Le hurlement du réacteur en détresse s'estompe. Le train d'atterrissage est-il sorti ? Au moment où il se pose la question, Perowne souhaite qu'il en soit ainsi, de toutes ses forces. Serait-ce une forme de prière ? Il ne demande de faveurs à personne. Même une fois que les feux d'atterrissage sont devenus invisibles, il continue de scruter le ciel vers l'ouest en redoutant l'éclair d'une explosion, incapable de détourner le regard. Grelottant toujours malgré son peignoir, il essuie la vitre embuée par sa respiration. Comme elle lui paraît loin, cette euphorie subite qui l'a tiré du lit ! Il finit par se redresser et déplie sans bruit les persiennes pour ne plus voir le ciel.

En s'éloignant de la fenêtre, il se rappelle la célèbre expérience qu'on lui a autrefois enseignée en cours de physique. Un chat — le chat de Schrödinger — est dissimulé à la vue dans une boîte fermée par un couvercle. Soit il est encore vivant, soit il vient d'être tué par un marteau activé de manière aléatoire pour briser une ampoule de poison. Tant que l'observateur n'a pas soulevé le couvercle, les deux possibilités — le chat vivant et le chat mort — coexistent dans deux univers parallèles, chacune ayant la même réalité. Dès que le couvercle est soulevé et qu'on examine le chat, un pan de probabilités s'écroule. Il n'a jamais rien compris à cette expérience. Rien d'applicable aux humains. Sans doute encore un problème de référent. Il a entendu dire que même les physiciens s'en désintéressaient. Pour lui, elle ne prouve rien : tout résultat ou conséquence a une existence distincte, indépendante de la sienne et connue d'autrui, attendant qu'il la découvre. Ce qui s'écroulera alors ne sera rien d'autre que sa propre ignorance. Quel que soit le score, il est déjà inscrit. Et quelle que soit la destination des passagers, morts ou seulement quittes pour la peur, ils l'auront atteinte à présent.

Lors d'une première consultation, la plupart des gens jettent un coup d'œil furtif aux mains du chirurgien pour se rassurer. Les patients potentiels attendent de la finesse, du doigté, des gestes sûrs, voire une blancheur immaculée. Pour cette raison, Henry Perowne perd un certain nombre de cas chaque année. En général, il le sait avant le patient : aux regards insistants que celui-ci dirige sur ses mains, aux questions soigneusement préparées qui se tarissent, aux remerciements exagérés durant la retraite vers la porte. D'autres ne semblent guère plus enthousiastes, mais ignorent qu'ils ont le droit d'aller voir ailleurs ; d'autres encore, bien qu'ayant remarqué ses mains, se fient à sa réputation ou se moquent de ce genre de détail ; restent ceux qui ne voient ni ne ressentent rien, ou qui sont incapables de communiquer, précisément à cause des troubles cognitifs qui les ont amenés à consulter.

Perowne, quant à lui, ne s'en formalise pas. Peu lui chaut que les déserteurs aillent voir à l'autre bout du couloir ou de la ville. Un de perdu, dix de retrouvés. L'océan des troubles neuronaux est vaste et profond. Ces fameuses mains ont l'adresse nécessaire, mais elles sont immenses. Eût-il été un pianiste de talent — il s'y est essayé, sans grand succès —, sa capacité à jouer les accords les plus acrobatiques aurait pu lui être utile. Il a des doigts noueux, aux articulations volumineuses et aux tendons saillants, avec une touffe de poils roux à leur base et des extrémités spatulées comme les pattes d'une salamandre. D'une longueur spectaculaire, ses pouces sont incurvés à la manière d'une banane et ils ont, même au repos, une apparence désarticulée qui serait plus à sa place sur la piste d'un cirque, chez les clowns ou les trapézistes. En outre, comme le reste de sa personne, les mains de Perowne sont joyeusement tachetées de pigments bruns et orangés jusque sur les phalanges supérieures. Certains patients trouvent cela étrange, voire malsain : sans doute n'ont-ils pas envie que de telles mains, même gantées de latex, touchent à leur cerveau.

Ce sont celles d'un homme grand et mince qui a gagné un peu de poids et de prestance ces dernières années. Entre vingt et trente ans, il flottait dans sa veste en tweed. Lorsqu'il fait l'effort de se tenir droit, il atteint presque un mètre quatre-vingt-quinze. Son dos légèrement voûté lui donne un air contrit qui, pour beaucoup de patients, fait partie de son charme. Ils sont également mis en confiance par sa modestie, par la bienveillance émanant de ses yeux verts, au coin desquels un éternel sourire a creusé de profondes rides d'expression. Avant la quarantaine, les taches de rousseur enfantines sur ses joues et son front produisaient le même effet rassurant, mais elles s'estompent depuis peu, comme si le fait d'avoir gravi les échelons de la hiérarchie médicale l'obligeait enfin à abandonner cette marque de frivolité. Ses patients apprécieraient moins d'apprendre qu'il ne les écoute pas toujours. Il cède parfois à la rêverie. Tel un flash à la radio annonçant un accident de la circulation, un scénario fugitif peut venir parasiter sa conscience à l'improviste, même pendant une consultation. Il sait parfaitement donner le change, veillant à hocher la tête, froncer les sourcils ou esquisser un demi-sourire comme si de rien n'était. Lorsqu'il se ressaisit quelques instants plus tard, il ne semble jamais avoir raté grand-chose.

Dans une certaine mesure, son dos voûté est trompeur. Perowne a toujours eu des ambitions sur le plan physique, et il n'est pas prêt à y renoncer. Lors de ses tournées, il parcourt les couloirs d'un pas si nerveux que son équipe a du mal à le suivre. Il est en bonne santé, plus ou moins. Après sa douche, quand il prend le temps de s'observer dans le grand miroir de la salle de bains, il remarque autour de sa taille un vague épaississement, un léger bourrelet presque sensuel sous sa cage thoracique, qui se dissipe dès qu'il se redresse ou lève les bras. Sinon sa musculature — pectoraux, abdominaux —, quoique discrète, conserve une fermeté raisonnable, surtout lorsque le plafonnier est éteint et que la lumière tombe à l'oblique. Il ne se défend pas si mal. Ses cheveux, certes un peu clairsemés, sont toujours du même brun-roux. Seule sa toison pubienne est entrelacée de quelques rares fils argentés.

Chaque semaine ou presque, il continue de faire son jogging à Regent's Park, traversant les jardins restaurés de William Nesfield et dépassant le Lion Tazza pour gagner Primrose Hill d'où il repart en sens inverse. Et il réussit encore à battre certains jeunes confrères au squash, plaçant sa haute silhouette sur le « T » au centre du court d'où il enchaîne des lobs qui font sa fierté. Pratiquement une fois sur deux, il remporte ses matchs du samedi contre l'anesthésiste de son service. Mais face à un adversaire assez fort pour le déloger du centre du court et le faire courir, Henry ne tient pas plus de vingt minutes. Adossé au mur du fond, il lui arrive de prendre discrètement son pouls et de se demander si, à quarante-huit ans, son organisme peut vraiment supporter cent quatre-vingt-dix pulsations par minute. Lors d'une rare journée de congé, il menait deux jeux à zéro contre Jay Strauss quand on les a appelés en urgence — il s'agissait de la collision ferroviaire en gare de Paddington, tous ses confrères étaient réquisitionnés — et ils ont opéré douze heures d'affilée en short et chaussures de sport sous leurs blouses stériles. Chaque année Perowne court un demi-marathon pour une organisation caritative, et l'on raconte, à tort, que ses subordonnés doivent l'imiter s'ils veulent de l'avancement. Son temps de l'an dernier — une heure quarante et une — ne dépassait que de onze minutes son record personnel.

Il ne faut pas se fier à sa modestie, davantage un rôle de composition qu'un authentique trait de caractère : on n'a jamais vu de neurochirurgien modeste. Naturellement, étudiants et stagiaires ont moins souvent l'occasion de louer son charme que ses patients. L'interne qui avait un jour commenté devant lui les clichés d'un scanner à l'aide des mots « en bas à gauche » s'attira instantanément ses foudres, et fut renvoyé sans ménagement à l'étude de la terminologie adéquate. Dans le bloc opératoire, Perowne compte au dire de son équipe parmi les chirurgiens les moins loquaces : ni bordées d'injures de plus en plus obscènes à mesure qu'augmentent les difficultés et les risques, ni menaces à voix basse de jeter dehors un élément incompétent, ni plaisanteries de carabin — *« En voilà un qui ne jouera plus de violon ! »* — censées détendre l'atmosphère. Au contraire, du point de vue de Perowne, mieux vaut maintenir la pression en cas de problème. Il préfère alors s'en tenir à des murmures laconiques ou se réfugier dans le silence. Si un interne tarde à placer correctement les écarteurs ou si une infirmière ne lui présente pas les pinces du bon côté, Perowne lâchera peut-être dans un mauvais jour un simple « Merde ! » rendu encore plus déstabilisant par sa rareté et par sa discrétion, et le silence deviendra plus pesant dans la pièce. Le reste du temps, il aime écouter de la musique en opérant, surtout les œuvres pour piano de Bach : les *Variations Goldberg*, *Le Clavier bien tempéré*, les partitas. Ses pianistes préférés sont Angela Hewitt, Martha Argerich, parfois Gustav Leonhardt. S'il est de très bonne humeur, il se laisse tenter par les interprétations plus libres de Glenn Gould. Lors des réunions administratives, il apprécie la rigueur, veillant à ce que les différents problèmes soient évoqués et résolus sans dépasser l'horaire prévu, et il se montre à cet égard un président de séance efficace. Les digressions et anecdotes de ses collègues les plus âgés, tolérées par tout le monde ou presque comme faisant partie des risques du métier, l'agacent : on ne devrait broder sur ses souvenirs que dans la solitude. Les décisions à prendre, c'est tout ce qui compte.

Malgré son air contrit, sa bienveillance et sa tendance à la rêverie, Perowne n'est donc pas homme à tergiverser comme il le fait à présent — debout au pied du lit —, incapable de décider s'il doit ou non réveiller Rosalind. Ce serait absurde. Il n'y a rien à voir. C'est un désir purement égoïste. Elle a réglé son réveil pour qu'il sonne à six heures et demie, et une fois qu'il lui aura tout raconté, elle n'aura aucune chance de se rendormir. Elle apprendra bien assez tôt ce qui s'est passé. Une journée difficile l'attend. Maintenant que les persiennes sont refermées et qu'il se trouve à nouveau dans la pénombre, il mesure l'étendue de son désarroi. Ses pensées ont quelque chose d'enivrant, de fugace : il n'arrive pas à se concentrer assez longtemps sur une même idée pour en extraire la signification. Il se sent à la fois vaguement coupable et désespérément impuissant à faire quoi que ce soit. Les termes sont contradictoires, mais pas totalement, et c'est leur capacité à se recouper, à exprimer la même chose sous deux angles différents qu'il cherche à saisir. Coupable de désespoir. Désespérément coupable. Il s'égare, et repense au téléphone. À la lumière du jour, se reprochera-t-il de n'avoir pas appelé les services d'urgence ? Sera-t-il alors évident qu'il n'y avait plus rien à faire, qu'il était déjà trop tard ? Son seul tort aura été de rester en sécurité dans sa chambre, enveloppé dans son peignoir, sans bouger ni prononcer une parole, et de rêvasser en regardant des gens mourir. Au fond, il aurait dû téléphoner, ne fût-ce que pour parler, pour confronter ses émotions et le son de sa voix à ceux d'un inconnu.

Voilà pourquoi il veut réveiller Rosalind, pas seulement pour l'informer, mais parce que passablement perturbé, il ne cesse de perdre le fil de ses pensées. Il voudrait s'attacher aux détails précis de ce qu'il a vu, les soumettre au regard impartial de sa femme, à son réalisme de juriste. Ses caresses lui manquent : elle a les mains petites et douces, toujours plus fraîches que les siennes. La dernière fois qu'ils ont fait l'amour, c'était il y a cinq jours, lundi matin, juste avant les infos de six heures, pendant un orage, seulement éclairés par la lumière tamisée de la salle de bains — vingt minutes arrachées aux mâchoires du labeur quotidien, disent-ils pour plaisanter. En fait, certains quadragénaires ambitieux donnent parfois l'impression que le travail occupe toute leur vie. Henry peut très bien être retenu à l'hôpital jusqu'à vingt-deux heures, puis tiré du lit à trois heures du matin pour une urgence, et retourner opérer dès huit heures. L'activité de Rosalind est rythmée par de lents crescendos suivis de dénouements abrupts tandis qu'elle s'emploie à éviter de nouveaux procès au journal dont elle assure la défense. Des jours durant, voire des semaines, le travail peut imprimer sa marque sur chaque heure ; c'est une sorte de marée, de cycle lunaire auquel obéit leur existence, et sans lui, semble-t-il, il n'y a rien, Henry et Rosalind Perowne ne sont rien.

Henry est incapable de résister à une urgence, de nier la satisfaction égoïste qu'il tire de son savoir-faire, ou le plaisir toujours renouvelé avec lequel il rassure les familles lorsqu'il descend du bloc opératoire tel un dieu, un ange portant la bonne nouvelle : la vie, et non la mort. Ses meilleurs moments, Rosalind les passe hors du tribunal, quand un plaignant influent se laisse convaincre de renoncer à ses poursuites ou, plus rarement, quand elle obtient gain de cause devant la cour et que le jugement fait jurisprudence. Une fois par semaine, le dimanche soir en général, ils placent leurs organiseurs personnels côte à côte comme de petites créatures prêtes à s'accoupler, pour transférer mutuellement leurs rendez-vous dans leurs agendas respectifs grâce à un rayon infrarouge. Lorsqu'ils s'accordent un peu de temps pour faire l'amour, leur téléphone reste branché. Ironie du sort, il sonne fréquemment pendant les préliminaires. Aussi souvent pour Rosalind que pour Henry. Si c'est lui qui doit s'habiller et quitter la pièce en hâte — revenant parfois chercher ses clés ou quelques pièces de monnaie avec un juron étouffé —, il lance à Rosalind un regard lourd de regret avant de partir vers l'hôpital — dix minutes de trajet en marchant vite —, encore sous l'emprise de fantasmes érotiques qui se dissipent lentement. En revanche, une fois qu'il a franchi les portes à double battant et le damier noir et blanc de lino usé à l'entrée des urgences, qu'il a pris l'ascenseur pour rejoindre les blocs opératoires du troisième étage et que devant les lavabos, savon à la main, il écoute son chef de clinique lui exposer ses problèmes, les dernières traces de désir l'abandonnent sans même qu'il s'en aperçoive. L'heure n'est plus aux regrets. Il doit sa réputation à sa rapidité, à son taux de réussite et à l'importance de sa clientèle — il traite plus de trois cents cas par an. Certaines interventions échouent, quelques patients restent plus ou moins dans le brouillard, mais la plupart vont très bien et beaucoup retravaillent sous une forme ou sous une autre — le travail, preuve ultime de bonne santé.

Raison pour laquelle il ne peut pas réveiller Rosalind. Elle doit être au tribunal à dix heures pour une assignation en référé. Son journal s'est vu interdire la publication d'un reportage sur les conditions dans lesquelles un quotidien concurrent a dû renoncer à faire paraître un article. La personnalité importante à l'origine de cet acte de censure a également convaincu le juge d'empêcher toute publicité. Il s'agit d'une atteinte à la liberté de la presse, et Rosalind s'est fixé pour but de faire lever cette seconde interdiction avant la fin de la journée. L'audience sera précédée de concertations successives dans le cabinet du juge, puis — c'est du moins ce qu'espère Rosalind — d'une tentative de conciliation à l'amiable avec la partie adverse. Ensuite, elle présentera les différentes options au rédacteur en chef et à la direction de son journal. Elle a dû rentrer tard hier soir de ses rendez-vous, alors que Henry s'était déjà endormi depuis longtemps sans dîner. Sans doute s'est-elle contentée de boire une tasse de thé dans la cuisine en relisant ses dossiers. Elle a peut-être eu du mal à trouver le sommeil.

Désorienté, au bord du délire et toujours en proie au même besoin de se confier à elle, il reste au pied du lit à contempler la silhouette de sa femme sous la couette. Elle dort comme une enfant, en chien de fusil. À cause de l'obscurité, elle semble noyée dans l'immensité du lit. Il écoute son souffle, ses inspirations presque inaudibles, ses expirations plus soutenues. Elle fait un petit bruit avec sa langue, un claquement humide contre le palais. Des années auparavant, il est tombé amoureux d'elle dans une salle d'hôpital, une époque terrifiante. Elle était à peine consciente de sa présence. Une blouse blanche venue à son chevet retirer les fils à l'intérieur de sa lèvre supérieure. Ensuite, il a dû patienter trois mois avant de pouvoir y poser ses propres lèvres. Mais il en savait plus sur elle, ou il en avait du moins vu plus que n'importe quel amant potentiel.

À présent il s'approche d'elle, se penche pour embrasser sa nuque tiède. Puis il s'éloigne, referme sans bruit la porte de la chambre derrière lui, et descend jusqu'à la cuisine pour allumer la radio.

C'est un lieu commun de l'éducation et de la génétique moderne : les parents influent peu, voire pas du tout, sur la personnalité de leurs enfants. Impossible de savoir quel numéro on va tirer. Dans une certaine mesure, on peut agir sur l'ouverture au monde, la santé, les perspectives de carrière, l'accent, les bonnes manières. Mais ce qui détermine vraiment quel genre d'individu viendra partager votre vie, c'est la rencontre de tel spermatozoïde avec tel ovule, le choix des cartes dans les deux jeux, la façon dont elles sont battues, coupées et réunies avant la partie. Heureux de vivre ou névrosé, gentil ou envieux, curieux ou indifférent, expansif ou timide, plus toutes les nuances intermédiaires : pour l'amour-propre parental, la découverte que l'essentiel du travail a déjà été fait peut représenter un véritable affront. À l'inverse, elle peut vous dédouaner. On s'en rend compte dès qu'on a plus d'un enfant : deux êtres totalement dissemblables peuvent émerger à partir d'un bagage de départ à peu près similaire. Là, dans la pénombre de la cuisine en sous-sol à trois heures cinquante-cinq du matin, éclairé comme à la scène par un simple cercle de lumière, Theo Perowne, dix-huit ans, sa scolarité déjà loin derrière lui, est affalé sur une chaise en équilibre instable, les jambes moulées dans un jean noir et les pieds sur la table, chaussés de bottes noires en cuir souple (qu'il a payées lui-même). Aussi différent de sa sœur Daisy qu'un frère peut l'être. Il boit un grand verre d'eau. De l'autre main, il tient replié le magazine musical qu'il est en train de lire. Un blouson de cuir clouté gît en tas sur le sol. En appui contre un placard se trouve sa guitare, dans un étui déjà orné de quelques étiquettes à la manière des malles d'autrefois : Trieste, Oakland, Hambourg, Val d'Isère. Il reste de la place pour d'autres destinations. D'une chaîne stéréo compacte posée sur une étagère remplie de livres de cuisine s'échappe, comme une pluie fine, la musique diffusée toute la nuit par une station de la bande FM.

Perowne se demande parfois si, dans sa jeunesse, il aurait pu deviner qu'il serait un jour le père d'un musicien de blues. Lui-même s'est contenté de suivre, sans discuter ni se plaindre, la ligne toute tracée qui l'a conduit de l'école à la faculté de médecine, puis à l'acquisition méthodique d'une expérience hospitalière à Londres, à Southend-on-Sea, à Newcastle, aux urgences de Bellevue Hospital à New York, puis de nouveau à Londres. Comment Rosalind et lui, avec leur sens du devoir et des conventions, ont-ils pu donner naissance à un esprit aussi libre ? À quelqu'un qui s'habille, non sans ironie, dans le style bohème des années cinquante, qui ne lit jamais de livres, refuse de poursuivre ses études, se lève rarement avant midi et ne se passionne que pour les différentes nuances du blues traditionnel — celui du delta, de Chicago ou du Mississippi —, pour certains accords détenant selon lui la clé de tous les mystères et pour le succès de son groupe, le New Blue Rider. Il a, en plus grand, le même visage et les mêmes yeux bienveillants que sa mère, pas verts, toutefois, mais brun sombre — avec cette fameuse forme en amande vaguement exotique. Il a en outre hérité de son expression avenante et chaleureuse — ainsi que d'une version plus robuste et compacte du long corps dégingandé de son père. De celui-ci il tient également ses mains, un atout pour un musicien comme lui. Dans le monde très fermé du blues britannique, où les réputations se font vite, Theo passe pour un guitariste au talent prometteur qui a déjà acquis une maîtrise impressionnante et comptera peut-être un jour parmi les plus grands, ceux du panthéon britannique, en tout cas : Alexis Korner, John Mayall, Eric Clapton.

Quelqu'un a même écrit quelque part que Theo Perowne jouait comme un dieu.

Naturellement son père est d'accord, malgré ses doutes sur les limites du genre. Il aime bien le blues — d'ailleurs c'est lui qui y a naguère initié Theo, alors âgé de neuf ans. Puis le grand-père a pris le relais. Mais peut-on se satisfaire à vie de douze mesures sur trois accords connus de tous ? À moins que ce ne soit encore un exemple de microcosme offrant le monde entier en réduction. Tels certains plateaux-repas. Ou une simple cellule. Ou bien, à en croire Daisy, un roman de Jane Austen. Quand celui qui joue et celui qui écoute connaissent l'itinéraire par cœur, le plaisir réside dans l'écart, le tour inattendu que prend la musique par rapport à la norme. Voir le monde dans un grain de sable. C'est comme poser un clip sur le collet d'un anévrisme, tente de se convaincre Perowne : une variation compliquée sur un thème immuable.

Quelque chose dans l'autorité tranquille du jeu de Theo ravive également pour Henry l'attrait inexplicable de cette sobre progression. Theo fait partie de ces guitaristes qui jouent dans une sorte de transe, les yeux grands ouverts, sans bouger ni regarder leurs mains. À peine s'autorise-t-il quelques rares hochements de tête. Au cours d'un morceau, peut-être indiquera-t-il une fois d'un mouvement du menton aux autres musiciens qu'il « remet ça ». Il se comporte en scène comme dans la conversation, calmement, courtoisement, protégeant son intimité derrière un vernis de bienveillance polie. S'il aperçoit par hasard ses parents dans le public, il esquisse de la main gauche un timide salut à leur intention. Henry et Rosalind revoient alors la crèche en carton-pâte du gymnase de l'école avec un Joseph de cinq ans à l'air solennel, la tête couverte d'un torchon fixé par une couronne d'élastiques, qui tenait par la main une Marie très éprouvée et faisait déjà le même petit salut furtif en découvrant enfin ses parents au deuxième rang.

Une telle retenue, un tel détachement conviennent bien au blues, ou du moins à l'idée que s'en fait Theo. Lorsqu'il attaque un standard au tempo moyen et au rythme chaloupé comme « Sweet Home Chicago » — il dit d'ailleurs commencer à se lasser de ces classiques du répertoire —, il démarre dans les graves avec la souplesse musclée d'un fauve capable de dévorer des kilomètres de savane en se jouant de la fatigue. Puis il remonte vers les aigus, et derrière la défiance transparaît le danger. La fulgurance d'une transition syncopée, le choc d'un accord augmenté, une note tenue au mépris des lois de l'harmonie, une quinte judicieusement diminuée, un accord de septième étiré vers des tonalités sensuelles. Puis une dissonance aussi fugace que déchirante. Il a le don d'entretenir un suspense rythmique, une manière bien à lui d'enchaîner les tierces et les clusters de deux ou quatre notes. Ses improvisations ont les accents et la virtuosité du be-bop. C'est une forme d'hypnose, de séduction naturelle. Henry n'a parlé à personne, pas même à Rosalind, de ces moments où, assis au fond d'un bar du West End il se grise de la musique de son fils, et où, dans cet état d'exaltation, sa fierté paternelle — inséparable du plaisir purement musical — se traduit par une sensation d'oppression, proche de la douleur, qui lui étreint la poitrine. Il peine à respirer. Au cœur du blues il y a non pas la mélancolie, mais une joie étrange et bien réelle.

La guitare de Theo le bouleverse parce qu'elle sonne aussi comme une réprimande, le rappel d'une insatisfaction latente dans sa propre vie, d'un manque. Ce sentiment peut naître à la fin d'un morceau, quand le neurochirurgien bardé de titres prend affectueusement congé de Theo et de ses amis, qu'il se retrouve sur le trottoir et décide de rentrer à pied pour réfléchir. Il n'y a rien dans son existence qui contienne autant d'inventivité, un tel don d'être libre. La musique réveille en lui un désir ou une frustration inexprimés, l'impression de s'être fermé une route qui s'ouvrait devant lui, celle du cœur si souvent célébrée dans les chansons. Il est impossible que la vie se résume à sauver des patients. À la discipline et aux responsabilités qu'imposent une carrière médicale et le fait d'avoir fondé une famille avant trente ans — ainsi qu'à ce voile de fatigue qui recouvre tout, ou presque. Il est à la fois assez jeune encore pour aspirer à vivre au jour le jour, sans entraves, et assez vieux pour savoir que ses chances d'y parvenir se réduisent au fil du temps. Va-t-il devenir un de ces hommes d'un certain âge, un de ces bouffons des temps modernes qui s'arrêtent devant les vitrines pour admirer les saxophones et les motos, ou qui prennent subitement une maîtresse de l'âge de leur fille ? Lui-même s'est déjà offert une voiture de luxe. Les improvisations de Theo alourdissent le poids des regrets dans le cœur de son père. C'est du blues, après tout.

En guise de bonjour, Theo remet sa chaise sur ses quatre pieds et salue de la main. Il laisse rarement paraître la moindre surprise.

« Tu es tombé du lit ?

— Je viens de voir un avion en feu se diriger vers Heathrow.

— C'est une blague ? »

Henry s'approche de la chaîne avec l'intention de changer de station, mais Theo saisit la télécommande sur la table de la cuisine et allume le petit téléviseur installé près du fourneau, précisément pour ce genre d'occasion où l'actualité s'accélère. Ils attendent la fin du générique grandiose du journal de quatre heures du matin — synthés saccadés et animation graphique tourbillonnante se conjuguent en un son et lumière wagnérien pour suggérer l'urgence, les avancées technologiques, le flot d'informations en provenance du monde entier. Puis l'habituel présentateur à mâchoire carrée, de la même génération que Perowne, égrène les principaux titres. Apparemment, l'avion en feu n'est pas encore entré dans la matrice planétaire. Il reste un événement subjectif, invérifiable. Le père et le fils regardent tout de même quelques sujets.

« Question de Hans Blix : a-t-on un motif légitime pour déclarer la guerre ? » lance le présentateur sur fond de tirs de missiles et d'images du ministre français des Affaires étrangères, M. de Villepin, applaudi par les délégués des Nations unies. « Oui, assurent les États-Unis et la Grande-Bretagne. Non, répond la majorité de l'assemblée. » On passe ensuite aux préparatifs des manifestations pacifistes prévues plus tard dans la journée à Londres, et dans d'innombrables villes à travers le monde ; puis à un tournoi de tennis en Floride, interrompu par une femme armée d'un couteau à pain...

Henry éteint le téléviseur et demande : « Un petit café ? » Tandis que Theo se lève obligeamment pour le préparer, il lui raconte en détail son histoire, sa grande nouvelle de la nuit. Il ne devrait pas s'étonner qu'elle tienne en si peu de mots : l'avion et son point lumineux traversant son champ de vision de gauche à droite derrière les arbres, derrière la Post Office Tower, avant de s'éloigner vers l'ouest. Pourtant, il est convaincu que ce qu'il vient de vivre ne se résume pas à cela.

« Et... tu faisais quoi à la fenêtre ?

— Je te l'ai dit. Je n'arrivais pas à me rendormir.

— Drôle de coïncidence !

— Rien de plus. »

Leurs regards se croisent — défi potentiel et momentané —, puis Theo baisse les yeux avec un haussement d'épaules. Sa sœur, elle, aime argumenter : Daisy et Henry partagent le même amour passionné — la même dépendance pathétique, diraient Rosalind et Theo — des discussions acharnées. Dans le fouillis croupissant de sa chambre d'ado, parmi les magazines de guitare, les canettes de bière, les chemises et les chaussettes sales, se trouvent des livres jamais terminés sur les ovnis, terme devenu synonyme de vaisseau spatial appartenant à et piloté par des extraterrestres. D'après ce qu'en sait Henry, la vision du monde de Theo repose sur l'intuition que rien n'est dû au hasard, que tout est étrangement lié et que certaines autorités, notamment le gouvernement américain, auraient un accès privilégié à l'intelligence extraterrestre, mais priveraient le reste du monde de cette source de connaissance prodigieuse que la science contemporaine, trop terne et dogmatique, ne peut espérer appréhender. Cette connaissance est divulguée dans plusieurs autres ouvrages de grande diffusion, jamais terminés eux non plus. La curiosité intellectuelle de Theo, si modérée soit-elle, a été détournée par de faux prophètes. Mais quelle importance, puisqu'il joue de la guitare comme un dieu, qu'il croit au moins en l'existence d'autres formes d'intelligence et a de toute façon largement le temps de changer d'avis, en admettant qu'il se soit déjà forgé une opinion.

C'est un garçon tranquille — longs cils, yeux d'un brun velouté au dessin vaguement oriental —, pas le genre à se laisser entraîner pour rien dans de grandes discussions. Après avoir croisé le regard paternel, il s'incline avec ses convictions intactes. L'univers a très bien pu chercher à entrer en contact avec son père, lui adresser un message que celui-ci préfère ne pas déchiffrer. Que peut-on y faire ?

Son fils paraissant plongé dans l'une de ces rêveries auxquelles il lui arrive de s'adonner lui-même, Henry déclare, pour le ramener à la réalité : « L'avion a dû s'écraser quelques minutes après avoir disparu de mon champ visuel. D'après toi, il faut combien de temps pour que l'information parvienne aux chaînes de télé ? »

Occupé à passer le café sur le plan de travail, Theo jette un coup d'œil par-dessus son épaule et tripote sa lèvre inférieure, rouge sombre et charnue, sans doute guère embrassée récemment. Il a rompu avec sa dernière petite amie à sa manière habituelle, en peu de mots et sans drame. Se montrer laconique, minimaliste en matière de salutations, de présentations, d'adieux et même de remerciements, telle est aujourd'hui la règle. Au téléphone, en revanche, les jeunes se déboutonnent. Theo y reste souvent trois heures d'affilée.

Il répond d'une voix apaisante comme à un enfant difficile, avec l'autorité d'un citoyen, voire d'un responsable politique de l'ère électronique. « Ils en parleront au prochain journal, papa. Celui de quatre heures et demie. »

Bien vu. Nu sous son peignoir — l'uniforme des vieux et des malades —, ses cheveux clairsemés en bataille après sa nuit écourtée, sa voix grave de chef de clinique rendue plus aiguë par l'émotion, Henry a justement besoin d'apaisement. Ainsi commence le long processus au terme duquel vous devenez l'enfant de vos enfants. Jusqu'au jour où ils vous disent : « Si tu recommences à pleurer, papa, on te ramène à la maison. »

Theo s'assoit et pousse la tasse de café sur la table en direction de son père. Il n'en a pas fait pour lui. À la place, il décapsule une nouvelle bouteille d'eau minérale d'un demi-litre. La pureté des jeunes. À moins qu'il ne cherche à lutter contre la gueule de bois. Henry s'est depuis longtemps interdit de l'interroger ou d'émettre un avis.

« Tu crois que ce sont des terroristes ? demande Theo.

— Possible. »

Les attentats du 11 septembre ont marqué le début de son intérêt pour la politique étrangère, le moment où il a accepté l'idée que des événements sans rapport avec ses amis, sa maison et la scène musicale pouvaient avoir un impact sur sa vie quotidienne. À seize ans, il était temps. Perowne, né l'année précédant la crise de Suez, trop jeune pour l'épisode des missiles cubains, la construction du mur de Berlin et l'assassinat de Kennedy, se souvient encore de ses larmes lors de la catastrophe d'Aberfan en 1966 : cent seize écoliers comme lui, qui venaient de terminer la prière collective avant le début des cours, enterrés vivants la veille des vacances sous une coulée de boue. Pour la première fois, il a douté de l'existence du Dieu bienveillant et ami des enfants dont sa maîtresse lui avait vanté les mérites. Ensuite, la plupart des grands événements mondiaux se sont chargés de confirmer ses soupçons. Mais pour la génération sincèrement athée de Theo, la question ne se pose pas. Dans son école lumineuse toute en baies vitrées, ouverte sur l'avenir, personne ne lui a jamais demandé de prier ni de chanter des cantiques entraînants et impénétrables. Pour lui, pas d'entité dont l'existence puisse être mise en doute. Son initiation, devant les deux tours en flammes sur l'écran de télévision, a été brutale, mais il s'est vite adapté. Désormais il parcourt les journaux pour suivre les derniers développements de l'actualité comme il consulterait les cours de la bourse. Tant qu'il ne se passe rien, il reste serein. Terrorisme international, cordons de sécurité, préparatifs de guerre : un état de fait, au même titre que le climat. À son entrée dans l'âge adulte, voilà le monde qu'il a trouvé.

Jamais il ne sera aussi perturbé que son père, qui lit les mêmes journaux que lui avec une curiosité morbide. Malgré l'envoi de soldats dans le Golfe, la présence de tanks à Heathrow jeudi, l'assaut contre la mosquée de Finsbury Park, l'existence supposée de cellules terroristes dans le pays et la cassette vidéo sur laquelle Ben Laden promet « des attaques kamikazes » à Londres, Perowne a réussi quelque temps à se convaincre que tout cela était aberrant, que le calme allait sûrement revenir sur la planète, qu'il existait des solutions, qu'un retour à la raison, cet outil puissant, irrésistible, était l'unique porte de sortie ; ou encore que, comme les précédentes, cette crise s'effacerait bientôt devant la suivante, subissant le même sort que les Malouines ou la Bosnie, le Biafra ou Tchernobyl. Mais cette vision paraît maintenant bien optimiste. À contrecœur, il s'adapte lui aussi, tels ces patients finissant par s'accommoder d'une cécité soudaine ou de l'amputation d'un membre. Impossible de revenir en arrière. Les années quatre-vingt-dix font l'effet d'une décennie innocente, et qui l'aurait cru à l'époque ? Aujourd'hui on ne respire plus le même air. Il s'est acheté le livre de Fred Halliday, dont il a lu les premières pages à la fois comme une conclusion et comme une malédiction : les attentats contre New York auraient précipité une crise mondiale que, dans le meilleur des cas, on mettrait sans doute un siècle à surmonter. « Dans le meilleur des cas... » Les années de vie que Henry a encore devant lui, plus toute l'existence de Theo et de Daisy. Et celle de leurs enfants. Une véritable guerre de Cent Ans.

Par manque d'habitude, Theo a triplé la dose de café

nécessaire. Père modèle jusqu'au bout, Henry vide sa tasse. À présent, il ne risque plus de se rendormir.

« Tu n'as pas vu le nom de la compagnie aérienne ? demande Theo.

— Non. À cause de la distance et de l'obscurité.

— Parce que Chas doit rentrer de New York ce matin. »

C'est le saxophoniste du New Blue Rider, un géant hilare de St Kitts parti à New York suivre une master class d'une semaine, animée en principe par Branford Marsalis. Ces jeunes gens ont l'instinct, le sens des relations propre aux élites. Ry Cooder a entendu Theo jouer de la guitare à Oakland. Sur le miroir de la chambre de Theo est scotché un dessous de verre en carton avec un salut amical du maître. Si on l'examine de près, on distingue sous une tache de bière, griffonné au stylo-bille bleu, un autographe accompagné de ces mots : « Continue comme ça, petit ! »

« À ta place, je ne m'inquiéterais pas trop. Les premiers long-courriers n'arrivent jamais avant cinq heures et demie du matin.

— Oui, sans doute. » Theo avale une nouvelle gorgée d'eau minérale. « Tu penses que ce sont des combattants du djihad ? »

Perowne a la tête qui tourne, sensation plutôt agréable. Tout ce qu'il regarde, y compris le visage de son fils, s'éloigne de lui sans rapetisser pour autant. Il n'a encore jamais entendu Theo employer ce mot. Est-ce le terme correct ? Prononcé avec ces inflexions de jeune ténor, il semble anodin, voire désuet. Henry ne s'est toujours pas entièrement habitué à la mue de la voix de son fils, bien qu'elle date déjà de cinq ans. Dans la bouche de Theo — il a pris la peine d'accentuer la seconde syllabe —, ce mot arabe paraît aussi inoffensif qu'un instrument à cordes marocain adopté et électrifié par son groupe. Au sein d'un État islamique idéal, appliquant la charia à la lettre, les chirurgiens auront leur place. Quant aux guitaristes de blues, on leur trouvera un autre emploi. À moins que personne ne réclame l'avènement d'un tel État. Aucune revendication n'est formulée. Seule la haine s'exprime, la pureté du nihilisme. En tant que Londonien, on aurait presque la nostalgie de l'IRA. Quand on sautait sur une bombe, on pouvait au moins se dire que c'était au nom de la réunification de l'Irlande. Aujourd'hui, à en croire le pasteur Ian Paisley, elle est de toute façon en vue sous la pression du nombre de landaus dans les manifestations. Encore une crise reléguée dans les livres d'histoire, après trente ans seulement. Mais en réalité, les islamistes ne sont pas de vrais nihilistes : ils aspirent à une société parfaite sur terre, c'est-à-dire conforme à l'islam. Ils appartiennent à une tradition maudite sur laquelle Perowne porte un jugement banal : la poursuite d'une utopie conduit à autoriser tous les excès, tous les actes barbares pouvant hâter sa réalisation. Si tout le monde est sûr de connaître un jour le bonheur éternel, quel mal y a-t-il à massacrer aujourd'hui un ou deux millions d'individus ?

« Je ne sais pas ce que je pense, répond Henry. Il est trop tard pour penser. Attendons le prochain journal. »

Theo a l'air soulagé. D'un naturel accommodant, il serait prêt à débattre avec son père si celui-ci le souhaitait. Mais à quatre heures vingt du matin, moins il en dit, mieux il se porte. Aussi patientent-ils l'un et l'autre plusieurs minutes dans un silence absolu. Ces derniers mois, assis de part et d'autre de cette même table, ils ont abordé toutes les grandes questions du moment. Jamais ils n'avaient autant parlé. Où sont donc les fameuses colères adolescentes, les portes claquées et la fureur muette censées tenir lieu à Theo de rite de passage ? Cette charge émotive est-elle engloutie par le blues ?

Ils ont discuté de l'Irak, naturellement, et de la soif de pouvoir de l'Amérique, de la méfiance des Européens, de l'islam — de ses souffrances et de son apitoiement sur son sort, d'Israël et de la Palestine, des dictateurs et de la démocratie —, puis de sujets plus typiquement masculins : armes de destruction massive, têtes de missiles nucléaires, photos satellite, lasers, nanotechnologies. À la table de la cuisine, c'est le menu de ce début de vingt et unième siècle, le plat du jour. Récemment, un dimanche soir, Theo a forgé un aphorisme : « Plus on pense grand, plus tout a l'air glauque. » Sommé de développer, il a expliqué : « Quand on se focalise sur les grands problèmes, la situation politique, le réchauffement de la planète, la pauvreté dans le monde, tout paraît vraiment épouvantable, sans aucune amélioration en vue, aucun espoir auquel se raccrocher. Alors que si je change d'échelle, que je pense aux petites choses de la vie — comme la fille que je viens de rencontrer, la chanson que je prépare avec Chas ou la perspective de faire du snowboard le mois prochain, tout s'éclaircit. Telle sera donc ma devise : "Voir les choses en petit." »

Au souvenir de cette tirade, et puisqu'il reste quelques minutes avant le début du journal, Henry demande : « Comment s'est passé le concert ?

— On a enchaîné des morceaux très basiques, qui balancent vraiment, presque uniquement du Jimmy Reed. Tu sais, comme ça... » Theo scande de manière délibérément parodique un petit air de boogie, ouvrant et refermant la main gauche, formant machinalement des accords. « Les gens étaient déchaînés. Ils ne voulaient rien nous laisser jouer d'autre. Un peu déprimant, parce que ce n'est pas du tout notre style. » Il a pourtant un large sourire en se remémorant la scène.

C'est l'heure du journal. Même montée en puissance de l'indicatif, mêmes synthés, même présentateur insomniaque à la mâchoire rassurante. Et voilà que se matérialise enfin le fameux avion, en travers de la piste, apparemment intact, entouré de pompiers en train de projeter de la neige carbonique, de soldats, de policiers, de gyrophares, et d'une rangée d'ambulances prêtes à partir. Avant le reportage, une débauche de louanges sur la rapidité d'intervention des services d'urgence. Ensuite, seulement, les explications. Il s'agit d'un avion-cargo, un Tupolev russe assurant une liaison entre Riga et Birmingham. Alors qu'il volait très à l'est de Londres, un incendie s'est déclaré dans l'un des réacteurs. L'équipage a demandé par radio l'autorisation d'atterrir et tenté de couper l'alimentation du réacteur en feu. Après avoir obliqué vers l'ouest au-dessus de la Tamise, l'avion a été pris en charge jusqu'à Heathrow et s'est posé sans encombre. Ni le pilote ni le copilote ne sont blessés. On ne connaît pas encore la nature de la cargaison, mais une partie — essentiellement du courrier, semble-t-il — a été détruite. Le reportage suivant porte à nouveau sur les manifestations pacifistes prévues dans quelques heures. Hans Blix, qui tenait hier la vedette, n'arrive qu'en troisième position.

Finalement, le chat de Schrödinger est vivant.

Theo ramasse son blouson et se lève, l'air narquois.

« Pas de nouvel attentat contre la civilisation occidentale, on dirait.

— Tant mieux », se réjouit Henry.

Il embrasserait bien son fils, à la fois sous l'effet du soulagement et parce qu'il mesure soudain quel adulte sympathique est devenu Theo. Au fond, il a eu raison d'abandonner ses études — de s'aventurer là où ses parents n'auraient jamais osé, en dehors des filières habituelles, et de prendre sa vie en main. Mais ces derniers temps, il faut que lui et Theo ne se soient pas vus pendant au moins une semaine pour qu'ils consentent à s'embrasser. Theo a toujours été un enfant affectueux — à treize ans, il lui arrivait encore de tenir la main de son père dans la rue. Une époque révolue. Seule Daisy a encore une chance de recevoir un baiser avant d'aller se coucher quand elle revient chez ses parents.

Tandis que Theo traverse la cuisine, son père l'interpelle : « Tu vas manifester, aujourd'hui ?

— Si on veut. Par la pensée. Il faut absolument que je finisse cette chanson.

— Dors bien, alors.

— Merci. Toi aussi. »

En sortant, Theo ajoute : « Allez, bonne nuit », et quelques secondes plus tard, dans l'escalier : « À demain. » Sur la dernière marche il lance à tout hasard, en forme de question : « Bon, à plus tard ? » Henry répond à chaque sollicitation et attend la suivante. Theo est coutumier de ces adieux prolongés, de cette façon de s'y reprendre à trois ou quatre fois, voire cinq pour dire au revoir, de cette volonté superstitieuse d'avoir le dernier mot. Lentement, il lâche la main de son père.

Perowne a une théorie selon laquelle le café aurait des effets paradoxaux, et elle semble se vérifier alors qu'il se déplace à pas lourds pour éteindre la cuisine ; le poids de sa nuit trop courte, mais aussi celui de la semaine écoulée et de celles qui l'ont précédée, pèse sur ses épaules. En remontant les quelques marches, il ressent une faiblesse au niveau des genoux, dans les quadriceps, et doit s'appuyer à la rampe. Un avant-goût de ce qui l'attend à soixante-dix ans. Il traverse l'entrée, apaisé par la fraîcheur lisse des dalles en pierre sous ses pieds nus. Avant de rejoindre l'escalier principal, il marque une pause devant les deux battants de la porte d'entrée. Ils ouvrent directement sur le trottoir, sur la rue qui mène au square, et dans son état d'épuisement il leur trouve soudain un air étrange et menaçant avec toutes leurs protubérances : trois serrures imposantes, deux verrous de fer noir aussi anciens que la maison, deux chaînes de sécurité en acier trempé, un œilleton à couvercle de cuivre, le boîtier électronique commandant l'interphone, le bouton rouge du système d'alarme et son tableau où clignotent doucement des chiffres lumineux. Tant de défenses, tant de remparts dérisoires contre les pauvres de la ville, les drogués, les malfaiteurs.

Dans l'obscurité à nouveau, debout devant sa moitié du lit, il laisse son peignoir glisser à ses pieds et s'allonge à tâtons près de sa femme entre les draps froids. Elle est couchée sur le côté gauche, dos tourné, toujours en chien de fusil. Il s'installe autour de ses formes familières, l'enlace, se rapproche encore. Au moment où il lui dépose un baiser sur la nuque, elle parle depuis les profondeurs du sommeil — le ton est accueillant, approbateur, mais son unique parole indistincte, tel un poids trop lourd, reste sur sa langue. Il perçoit la chaleur de son corps à travers la soie du pyjama, douce à son torse et à son ventre. Revigoré par les trois étages qu'il vient de gravir, il a les yeux grands ouverts dans le noir ; l'exercice physique et l'hypertension minime qui en résulte entraînent une excitation locale de sa rétine, si bien qu'il croit voir des nuées fantomatiques de pourpre et de vert iridescent traverser une steppe immense, puis s'enrouler sur elles-mêmes pour devenir des coupons d'étoffe, des pans de velours broché s'ouvrant à la manière d'un rideau de théâtre sur de nouvelles scènes, de nouvelles pensées. Il préférerait ne penser à rien, mais il est bien réveillé à présent. Sa journée de congé s'étend devant lui comme une piste dans la steppe : après son match de squash que l'insomnie va lui faire perdre, il doit rendre visite à sa mère. Le visage qu'elle a aujourd'hui se dérobe sans cesse derrière celui de la championne locale de natation d'il y a quarante ans — ressuscité par les photos de l'époque —, avec ce bonnet de bain à fleurs qui lui donnait l'apparence d'une otarie impatiente. Il était fier d'elle, même quand elle lui gâchait son enfance en le traînant les soirs d'hiver dans des piscines municipales pleines de bruit où, sur le sol en ciment des vestiaires, de vieux sparadraps maculés de rose et de mauve macéraient dans des flaques d'eau tiède. Elle l'obligeait à la suivre, hors saison, dans de sinistres lacs verdâtres ou dans la mer du Nord si grise. Pour découvrir un autre élément, disait-elle en guise d'explication, voire d'incitation. Un autre élément dans lequel, précisément, il répugnait à plonger son maigre corps couvert de taches de rousseur. C'était la séparation entre les éléments qui faisait le plus mal, cette surface hostile, coupante comme une lame, qui remontait le long de son ventre rétracté par la chair de poule tandis qu'il s'avançait sur la pointe des pieds, pour faire plaisir à sa mère, dans les flots troubles de la côte de l'Essex au début du mois de juin. Jamais il ne se jetait à l'eau pour l'imiter, contrairement à ce qu'elle espérait. L'immersion quotidienne dans un autre élément, pour faire de chaque jour une expérience mémorable : voilà ce qu'elle voulait, et pensait devoir partager avec lui. Désormais il n'a rien contre, du moment que cet autre élément n'est pas de l'eau froide.

L'air de la chambre à coucher rafraîchit ses narines, et son désir se réveille à moitié lorsqu'il se pelotonne contre Rosalind. Il entend les premiers échos de la circulation sur Euston Road, semblables au murmure du vent à travers une forêt de sapins. Des gens qui doivent être au travail dès six heures du matin le samedi. Cette pensée ne l'amène pas, comme souvent, à se rendormir. Il a envie de faire l'amour. Si le monde était conçu pour répondre à ses besoins, il baiserait Rosalind sur-le-champ, sans préliminaires, une Rosalind parfaitement consentante, et sombrerait ensuite dans une semi-conscience propice au sommeil. Pourtant, même les despotes, même les dieux antiques ne réussissaient pas toujours à créer un monde à leur convenance. Il n'y a que les enfants, les nourrissons en fait, pour qui la satisfaction immédiate de leurs désirs soit une réalité ; voilà sans doute pourquoi les tyrans ont quelque chose de puéril. Ils tentent de retrouver un état qu'ils ne connaîtront plus jamais. Quand ils sont frustrés dans leurs attentes, la grosse colère tournant au massacre n'est jamais bien loin. Saddam, par exemple, ne ressemble pas seulement à une brute épaisse. On dirait un petit garçon joufflu dans un corps d'adulte, avec un air de chien battu et un regard sombre où se lit une certaine perplexité devant tout ce qui lui résiste encore. Le pouvoir absolu et ses plaisirs restent hors de sa portée et s'éloignent chaque jour davantage. Il sait qu'un général félon de plus envoyé dans les chambres de torture, qu'une balle de plus dans le crâne d'un de ses proches ne lui apporteront pas la même satisfaction que par le passé.

Perowne change de position et renifle la nuque de Rosalind, inhalant un parfum de savonnette vaguement acidulé qui se mêle à une senteur de peau tiède et de cheveux propres. Quelle chance d'avoir pour épouse la femme qu'il aime ! Mais avec quelle rapidité il est passé de ses fantasmes érotiques à Saddam — qui fait partie d'un amas hétéroclite, ragoût composé de multiples ingrédients, de mauvais présages et de préoccupations diverses. Réveillé avant l'aube, on se niche dans ses propres peurs : sans doute est-ce par instinct de survie qu'on élabore des scénarios-catastrophe et les échappatoires possibles. Cette tendance à imaginer le pire est un héritage de la sélection naturelle dans un monde dangereux. Durant l'heure écoulée, il a cédé à la déraison, au délire interprétatif. L'idée que par les temps qui courent, n'importe qui, posté comme lui à sa fenêtre, aurait tiré les mêmes conclusions hâtives, ne suffit pas à le consoler. La planète entière vit sous le règne d'un malentendu généralisé. Comment se faire confiance ? Il découvre à présent les détails qu'il a plus ou moins ignorés pour mieux nourrir ses craintes : le fait que l'avion n'ait pas foncé sur un édifice public, qu'il ait amorcé une descente régulière, contrôlée, qu'il ait suivi une trajectoire fréquentée — rien de tout cela ne justifiait une telle sensation de malaise. Il se disait qu'il y avait deux issues possibles — le chat mort ou le chat vivant. Mais il avait déjà opté pour le chat mort, alors que dès le départ il aurait dû s'en douter : il s'agissait d'un simple accident. Pas d'un nouvel attentat contre la civilisation occidentale.

Vaguement consciente de sa présence, Rosalind s'agite dans son sommeil, venant d'un léger mouvement d'épaule se blottir contre son torse. Elle glisse un pied le long de son tibia, le pose sur ses orteils. Il bande, à présent, et porte la main à son sexe prisonnier des reins de Rosalind pour se libérer. La respiration de sa femme reprend son rythme régulier. Immobile, Henry tente de se rendormir. Selon les critères d'aujourd'hui, voire ceux de toutes les époques, il y a une certaine perversité chez lui à ne s'être jamais lassé de faire l'amour à Rosalind, jamais laissé tenter par les occasions qui se sont généreusement présentées au sein de la hiérarchie médicale. Lorsqu'il est émoustillé, il pense à Rosalind. À ses yeux, à ses seins, à sa langue, à son hospitalité. Qui d'autre pourrait l'aimer avec autant d'empathie, de chaleur et d'humour, ou partager avec lui un passé aussi riche ? Durant le temps qui lui reste à vivre, impossible de trouver une autre femme qui lui apprendrait à être aussi libre, qu'il pourrait satisfaire avec le même art et le même abandon. Par un curieux trait de caractère, le familier l'excite davantage, sexuellement, que la nouveauté. Il se demande s'il n'y a pas en lui quelque chose de paralysé ou de déficient, une timidité quelconque. Beaucoup de ses amis s'offrent des aventures avec des femmes plus jeunes qu'eux ; de temps à autre, un couple solide explose dans un feu d'artifice de récriminations. Perowne observe de loin avec une certaine gêne, redoutant de manquer à la fois d'une force vitale typiquement masculine et d'une soif naturelle de nouvelles expériences. Où est passée sa curiosité ? Qu'est-ce qui cloche chez lui ? Et pourtant il n'y peut rien. Au regard aguicheur d'une femme séduisante, il répond par un sourire poli et impassible. Sa fidélité pourrait passer pour de la vertu ou de l'obstination, mais ni l'une ni l'autre ne sont en cause, car il ne s'agit pas d'un choix délibéré. Un sentiment de possession, de sécurité, de répétition : voilà ce qu'il lui faut.

C'est une calamité — en tout cas une attaque contre son mode de vie à elle — qui a fait entrer Rosalind dans son existence. Il l'a vue pour la première fois de dos, tandis qu'il traversait par une fin d'après-midi d'août la salle du service de neurologie réservée aux femmes. Étonnante, cette abondance de cheveux auburn — presque jusqu'à la ceinture — sur une silhouette aussi gracile. L'espace d'un instant, il l'a prise pour une enfant de grande taille. Assise au bord du lit, toujours dans ses vêtements, elle parlait au chef de clinique d'une voix où la terreur était mal contenue. Perowne a saisi une partie de l'histoire au passage, et reconstitué le reste plus tard à partir de ses notes. En bonne santé jusque-là, elle avait été importunée par des maux de tête durant l'année écoulée. Elle désigna l'endroit précis sur son crâne. Il remarqua ses mains, si menues. Elle avait un visage à l'ovale parfait, de grands yeux vert pâle. De temps à autre ses règles ne venaient pas, et parfois ses seins sécrétaient une substance liquide. En début d'après-midi, à University College, alors qu'elle travaillait à la bibliothèque de la faculté de droit sur des problèmes de contentieux — elle insista sur ce point —, elle avait commencé, selon ses propres termes, à voir flou. Quelques minutes plus tard, elle ne pouvait plus lire l'heure à sa montre. Abandonnant ses livres, elle avait empoigné son sac et descendu l'escalier sans lâcher la rampe. Elle longeait la rue tant bien que mal quand tout s'était assombri autour d'elle. Elle avait cru à une éclipse, mais curieusement, personne ne levait les yeux vers le ciel. Les urgences l'avaient dirigée vers ce service, et désormais elle distinguait à peine les rayures de la chemise du chef de clinique. Lorsqu'il lui demanda de compter ses doigts, elle en fut incapable.

« Je ne veux pas devenir aveugle, dit-elle d'une toute petite voix affolée. Je vous en prie, faites quelque chose. »

Comment d'aussi grands yeux clairs auraient-ils pu perdre la vue ? Envoyé à la recherche du neurochirurgien injoignable sur son bip, Henry avait éprouvé un sentiment d'exclusion fort peu professionnel, une certaine répugnance à laisser le chef de clinique — séducteur patenté — en tête à tête avec une créature aussi rare. Lui, Perowne, aurait voulu être son sauveur, même s'il n'avait qu'une vague idée de ce dont elle souffrait.

Mr Whaley, le chirurgien du service, participait à une réunion importante. C'était une figure marquante en costume trois pièces à fines rayures, avec une montre à gousset et une pochette de soie violette dépassant de sa poche de veste. Perowne avait souvent vu miroiter dans la pénombre des couloirs les reflets de son crâne chauve. Sa voix sonore aux intonations théâtrales était sans cesse parodiée par les internes. Perowne demanda à la secrétaire d'aller le chercher, quitte à interrompre la réunion. En attendant, il se prépara mentalement à impressionner le grand homme par une présentation succincte des faits. Whaley sortit et, sourcils froncés, il écouta Perowne lui exposer le cas d'une jeune femme âgée de dix-neuf ans, de la survenue brutale chez elle de troubles visuels après des problèmes d'aménorrhée et de galactorrhée.

« Grands dieux, mon garçon ! Des règles irrégulières, des sécrétions de lait ! » lança-t-il d'une voix saccadée de correspondant de guerre, en même temps qu'il dévalait le couloir avec sa veste sous le bras.

On lui apporta une chaise pour qu'il puisse s'asseoir face à la patiente. En lui examinant les yeux, il parut reprendre son souffle. Perowne contempla le pâle et beau visage intelligent levé vers le chirurgien. Que n'aurait-il donné pour voir cette jeune personne boire ainsi ses propres paroles ! À cause de sa cécité partielle, elle était suspendue aux moindres inflexions de Whaley. Le diagnostic ne tarda pas.

« Eh bien, mademoiselle, il semble que vous ayez une tumeur de l'hypophyse, cette glande de la grosseur d'un petit pois au milieu de votre cerveau. L'hématome autour de la tumeur comprime vos nerfs optiques. »

Le chirurgien se tenait devant une haute fenêtre, et sans doute Rosalind discernait-elle sa silhouette, car elle donnait l'impression de le dévisager. Elle garda le silence quelques instants, puis murmura, dubitative : « Je pourrais vraiment devenir aveugle...

— Pas si on s'occupe de vous tout de suite. »

Elle acquiesça de la tête. Whaley demanda au chef de clinique d'ordonner un scanner avant de la transporter au bloc opératoire. Ensuite il se pencha vers elle et lui expliqua doucement, presque tendrement, que la tumeur produisait de la prolactine, hormone normalement associée à la grossesse, et responsable de l'arrêt des règles et des sécrétions lactées. Il lui assura qu'il s'agissait d'une tumeur bénigne et qu'elle pouvait espérer une guérison complète. Tout dépendait de la rapidité de l'intervention. Après un examen de routine des seins pour confirmer le diagnostic — Henry ne put rien voir du tout —, Mr Whaley se redressa et énuméra ses consignes d'une voix de stentor. Puis il partit à grandes enjambées modifier son programme de l'après-midi.

Henry escorta la jeune femme du service de radiologie au bloc opératoire. Elle gisait sur son brancard, dévorée par l'angoisse. Interne depuis quatre mois seulement, il ne pouvait même pas faire semblant de connaître le déroulement des opérations. Il lui tint compagnie dans le couloir jusqu'à l'arrivée de l'anesthésiste. En parlant de tout et de rien, il découvrit qu'elle était étudiante en droit et n'avait aucune proche famille sous la main. Son père se trouvait en France, sa mère était morte. Sa tante, qu'elle adorait, vivait en Écosse sur une des îles Hébrides. Les larmes aux yeux, Rosalind luttait contre un torrent d'émotions. S'efforçant d'empêcher sa voix de trembler, elle tendit le bras vers un extincteur et déclara que si elle ne devait jamais plus revoir la couleur rouge, elle voulait au moins en garder le souvenir. Pouvait-il lui déplacer son brancard ? Dès à présent, elle avait pratiquement perdu la vue. Il lui répondit que l'opération avait toutes les chances de réussir. Mais, bien sûr, il n'en savait rien : la bouche sèche et les jambes en coton, il rapprocha le brancard du mur. Il n'avait pas encore acquis le nécessaire détachement envers les patients. Sans doute est-ce à cet instant précis, et non plus tard dans la salle commune, qu'il est tombé amoureux. Les portes s'ouvrirent et ils pénétrèrent ensemble dans le bloc opératoire, lui accompagnant le brancard poussé par un aide-soignant, elle tripotant nerveusement un kleenex et scrutant le plafond avec avidité, comme à l'affût d'un dernier détail.

Sa vue s'était subitement dégradée dans la bibliothèque, et voilà qu'elle se retrouvait seule face à ce changement capital. Elle se ressaisit en prenant de longues et profondes inspirations. Elle ne quitta pas des yeux le visage de l'anesthésiste pendant qu'il lui plaçait un cathéter sur le dos de la main pour lui administrer du thiopenthal. Dès qu'elle fut endormie, Perowne alla se préparer en salle de désinfection. On lui avait conseillé d'assister à cette intervention spectaculaire. Ablation d'une tumeur de l'hypophyse par voie transphénoïdale. Un jour, il la pratiquerait lui-même. D'ailleurs, tant d'années après, il se sentait encore apaisé au souvenir du courage dont Rosalind avait fait preuve. Et de l'impact bénéfique de cette catastrophe sur leur existence.

De quelle autre façon le jeune Henry Perowne contribua-t-il à ce que cette belle jeune femme atteinte d'une tumeur hypophysaire recouvre la vue ? Il aida à transférer son corps anesthésié du brancard sur la table d'opération. Suivant les instructions du chef de clinique, il gaina de linges stériles les poignées des scialytiques. Il regarda les trois branches métalliques d'un clamp se refermer sur le crâne de la patiente. Toujours guidé par le chef de clinique, et en l'absence momentanée de Whaley, Henry rinça la bouche de Rosalind avec un liquide antiseptique, notant au passage la forme parfaite de ses dents. Plus tard, quand Mr Whaley lui eut incisé la gencive supérieure et incliné le visage pour dégager les cavités nasales et en évacuer les mucosités, Henry aida à mettre en place l'imposant microscope électronique. Il n'y avait pas d'écran à surveiller : la vidéo, technologie trop récente à l'époque, n'avait pas encore fait son apparition dans le bloc. Mais tout au long de l'intervention, il put fréquemment jeter un coup d'œil par l'oculaire du chef de clinique. Ainsi vit-il Whaley progresser vers le sinus sphénoïdal et le traverser après avoir franchi sa paroi antérieure. Puis le chirurgien meula d'une main experte la base de la selle turcique, révélant à l'intérieur, en moins de quarante-cinq minutes, la glande hypertrophiée et violacée.

Perowne observa attentivement le coup de bistouri décisif, puis la masse sombre du caillot et la tumeur ocre de la consistance du porridge disparurent sous ses yeux dans l'embout de l'aspirateur. Soudain confronté à un écoulement clair — du liquide céphalo-rachidien —, Whaley décida de greffer un peu de graisse abdominale pour colmater la fuite. Il pratiqua une petite incision transverse au bas de l'abdomen de Rosalind, et préleva avec une paire de pinces chirurgicales un morceau de tissu adipeux sous-cutané qu'il déposa dans un haricot. Avec la plus grande délicatesse, ce greffon fut inséré par le conduit nasal dans le sinus sphénoïdal et maintenu en place à l'aide de compresses.

L'élégance de toute cette procédure semblait mettre en lumière une formidable contradiction. Le remède avait la simplicité de la plomberie, du débouchage d'une canalisation : la compression des nerfs optiques n'était plus qu'un mauvais souvenir, tout comme la menace pesant sur la vue de Rosalind. Et pourtant le fait d'accéder en toute sécurité à cette zone enfouie dans les profondeurs de la boîte crânienne représentait un chef-d'œuvre de maîtrise technique et de concentration. L'atteindre par le visage, exciser la tumeur par le conduit nasal et ramener la patiente à la vie sans douleur ni infection, tout en lui rendant la vue, était un miracle d'ingéniosité humaine. Pour en arriver là, il avait fallu près d'un siècle d'échecs et de demi-succès, de tentatives avortées par d'autres voies d'accès, ainsi que plusieurs décennies d'innovation technologique, auxquelles on devait entre autres le microscope électronique et l'endoscopie. Pareille intervention alliait l'audace et la générosité : à la bienveillance s'ajoutait la témérité d'un numéro de haute voltige. Jusqu'alors, la vocation de neurochirurgien de Perowne paraissait plus ou moins théorique. Il avait choisi le cerveau car celui-ci présentait plus d'intérêt que la vessie ou l'articulation du genou. À présent, un désir plus profond nourrissait son ambition. Tandis qu'on refermait la plaie et que le visage, d'une beauté si particulière, retrouvait son intégrité sans être le moins du monde défiguré, le jeune homme envisagea son avenir avec enthousiasme, impatient d'acquérir un tel savoir-faire. Il tombait amoureux de sa vie future. Bien sûr, il tombait aussi amoureux tout court. Les deux étaient indissociables. Dans son euphorie, il éprouvait même un peu d'amour pour le maestro, Mr Whaley, lequel, absorbé par sa tâche aussi éprouvante que minutieuse, inclinait son imposante silhouette en respirant bruyamment à travers son masque chirurgical. Une fois certain d'avoir retiré la totalité de la tumeur et de l'hématome, le chirurgien partit aussitôt examiner un autre patient. C'est au sémillant chef de clinique que revint la responsabilité de restituer à Rosalind la beauté originale de ses traits.

Était-il déplacé, de la part de Henry, de se positionner en

salle de réveil de manière à être la première personne que Rosalind verrait en reprenant connaissance ? Croyait-il vraiment qu'avec ses émotions et perceptions doucement embrumées par la morphine, elle remarquerait sa présence et tomberait sous son charme ? Pour finir, l'anesthésiste, très affairé et entouré de son équipe, éloigna Perowne. On l'envoya se rendre utile ailleurs. Il s'attarda néanmoins, et se tenait à un mètre cinquante environ de son chevet quand elle commença à bouger. Au moins vit-il ses yeux s'ouvrir, son visage toujours immobile tandis qu'elle essayait de se rappeler où elle en était de son histoire, son sourire laborieux et incrédule lorsqu'elle comprit qu'elle avait retrouvé la vue. En partie seulement, mais tout rentrerait dans l'ordre en quelques heures.

Quelques jours plus tard, il put se montrer vraiment utile en retirant les points de suture à l'intérieur de sa lèvre supérieure, et en aidant à la débarrasser des compresses nasales. Il restait bavarder avec elle après son service. Elle offrait le spectacle d'une patiente solitaire au teint pâli par l'épreuve qu'elle venait de subir, adossée à plusieurs oreillers et entourée de traités de droit, le visage encadré par de lourdes tresses d'écolière. Ses seules visiteuses étaient les deux jeunes filles studieuses avec qui elle partageait un appartement. Parce qu'elle avait du mal à parler, elle s'interrompait à chaque phrase pour boire une gorgée d'eau. Elle lui expliqua que trois ans plus tôt, alors qu'elle avait seize ans, sa mère était morte dans un accident de voiture, et que son père, le célèbre poète John Grammaticus, vivait reclus dans un château des Pyrénées. Pour lui rafraîchir la mémoire, elle mentionna « Le mont Fuji », poème repris dans tous les manuels scolaires, mais ne sembla pas lui en vouloir de ne connaître ni l'œuvre en question ni son auteur. Elle ne tint pas davantage rigueur à Henry de son enfance moins exotique : une rue tranquille et résidentielle de Perivale, fils unique, avec un père dont il ne gardait aucun souvenir.

Des mois plus tard, quand leur histoire d'amour fut enfin devenue réalité, passé minuit, dans la cabine d'un ferry lors d'une traversée hivernale vers Bilbao, elle le taquina sur sa « longue et remarquable campagne de séduction ». Elle la qualifiait également de « chef-d'œuvre de dissimulation ». En revanche, c'est elle qui avait imposé le tempo et la manière. D'emblée, il avait senti combien il serait facile de l'effaroucher définitivement. Son isolement ne se limitait pas au service de neurologie. Il était sans cesse présent, sous la forme d'une méfiance freinant toute spontanéité, évitant tout débordement d'enthousiasme. Elle avait mis sa jeunesse sous cloche. La suggestion soudaine d'aller pique-niquer à la campagne, l'arrivée inopinée d'un vieil ami, des places gratuites au théâtre pour le soir même suffisaient à la déstabiliser. Elle pouvait très bien finir par dire oui aux trois, mais son premier mouvement était toujours de se fermer, de retenir une grimace. À l'époque, elle se sentait plus en sécurité avec ses manuels de droit, face à telle ou telle affaire classée depuis longtemps, Donoghue contre Stevenson. Cette défiance se retournerait forcément contre lui à la moindre initiative un peu téméraire. Il y avait non pas une, mais deux femmes à prendre en compte, et pour gagner la confiance de la fille, il lui faudrait tout connaître et aimer de la mère. Il lui faudrait courtiser ce fantôme.

Moins pleurée que continuellement prise à témoin, Marianne Grammaticus était une sorte de statue du commandeur veillant sur sa fille, et surveillant le monde avec elle. Là résidait le secret de l'introversion et de la prudence de Rosalind. La mort de sa mère — à cause d'un ivrogne qui, un soir, avait brûlé un feu rouge près de la gare Victoria — était trop absurde pour qu'on y croie vraiment, et trois ans plus tard, d'un certain point de vue, Rosalind ne s'y résignait pas. Elle restait en contact silencieux avec une présence imaginaire. Elle s'en remettait pour tout à cette mère qu'elle avait toujours appelée par son prénom, dès sa plus tendre enfance. Elle parlait souvent d'elle à Henry, la mentionnait dans la conversation, imaginait ses réactions. « Marianne aurait aimé », disait Rosalind d'un film qu'ils venaient de voir et qui leur avait plu. Ou bien : « C'est Marianne qui m'a appris à faire cette soupe à l'oignon, mais je ne la réussis jamais aussi bien qu'elle. » Ou encore, à propos de l'invasion des Malouines : « Le plus drôle, c'est qu'elle n'aurait pas été opposée à cette guerre. Elle détestait Galtieri. » Des semaines après le début de leur amitié — une tendresse platonique, rien de plus —, Henry osa demander à Rosalind ce que sa mère penserait de lui. « Elle t'aurait adoré », répondit-elle sans hésiter. Voyant dans cette phrase un encouragement, il embrassa ce soir-là Rosalind avec une ardeur inhabituelle. Elle parut apprécier, sans toutefois s'abandonner vraiment, mais prétexta ensuite pendant près de huit jours un surcroît de travail pour passer ses soirées sans lui. La solitude et l'étude menaçaient moins son monde intérieur que les baisers. Il comprit qu'il avait une rivale. En bonne logique, il devait sortir vainqueur, mais seulement s'il s'armait d'une patience d'un autre âge.

Dans la cabine instable du ferry, sur une étroite couchette, il mena enfin les choses à leur terme. Ce ne fut pas facile pour Rosalind. Pour aimer Henry, il lui fallait accepter de renoncer à cette amie omniprésente, sa mère. Le lendemain matin, se souvenant à son réveil de l'étape qu'elle venait de franchir, elle pleura — de joie autant que de tristesse, lui répéta-t-elle d'une voix peu convaincante. Le bonheur lui semblait une trahison de ses principes, mais il était inévitable.

Ils montèrent sur le pont voir l'aube se lever sur le port. Un univers ingrat, hostile. Des bourrasques de pluie balayaient les cubes de béton abritant les douanes, avant d'être chassées vers les grues grisâtres par un vent cinglant qui gémissait entre les câbles métalliques. Sur les quais où s'étaient formées d'immenses flaques, la silhouette solitaire d'un vieillard enroulait un lourd cordage autour d'une bitte d'amarrage. Cigare éteint aux lèvres, il portait un blouson de cuir sur une chemise à col ouvert. Sa tâche terminée, il se dirigea lentement vers l'entrepôt des douanes, indifférent aux intempéries. Pour échapper au froid, ils descendirent par les interminables escaliers vers les profondeurs moites du bateau, refirent l'amour dans leur cabine exiguë, et restèrent immobiles tandis que les haut-parleurs incitaient les passagers à pied à débarquer sans délai. De nouveau en larmes, elle lui confia que depuis peu elle n'entendait pratiquement plus le timbre si particulier de la voix de sa mère. Les adieux prendraient du temps. Beaucoup de bons moments seraient ainsi assombris. Alors même que, toujours enlacés, ils écoutaient le piétinement et les appels étouffés des passagers dans les couloirs, il mesura la gravité de cette nouvelle étape. Dès lors qu'il s'insinuait entre Rosalind et son fantôme, il devait en assumer les conséquences. Ils venaient de signer tacitement un contrat. Pour dire les choses brutalement, faire l'amour à Rosalind revenait à l'épouser. À sa place, n'importe quel homme raisonnable aurait pu paniquer et reculer avec dignité, mais la simplicité de cet arrangement ravissait Henry Perowne.

Et la voilà maintenant, près d'un quart de siècle plus tard, qui s'agite légèrement dans ses bras, vaguement consciente à travers les brumes du sommeil que son réveil va bientôt sonner. Il reste une heure et demie avant le lever du soleil — événement à la campagne, simple abstraction en ville. L'agglomération a un appétit féroce pour le travail du samedi. À six heures, les moteurs tournent à plein régime sur Euston Road. De temps à autre la plainte d'une moto se détache de l'ensemble, pareille à celle d'une tronçonneuse. Peu après retentit le chœur des premières sirènes de police, par vagues successives comme le tracé d'un Doppler : il n'est plus trop tôt pour les malfaiteurs. Enfin elle se tourne vers lui. De face, cette forme humaine exhale une chaleur communicative. Tandis qu'ils s'embrassent, il imagine ses yeux verts quêtant son regard. Ce cycle ordinaire de l'endormissement et du réveil dans l'obscurité, sous la même couette qu'un autre mammifère pâle et tendre, des visages qui se joignent en un rituel affectueux, brève concession au besoin éternel de réconfort et de sécurité, des corps qui s'entrelacent pour être encore plus près — cette simple consolation quotidienne, presque trop évidente, si facilement oubliée à la lumière du jour : un poète les a-t-il jamais décrits ? Pas l'occasion ponctuelle, mais sa répétition au fil des ans. Il faudra qu'il demande à sa fille.

« J'ai l'impression que tu as été debout toute la nuit, que tu n'as pas cessé de te lever et de te recoucher, dit Rosalind.

— Je suis descendu vers quatre heures m'asseoir dans la cuisine avec Theo.

— Il va bien ?

— Mmm. »

Ce n'est pas le moment de parler de l'avion, surtout maintenant qu'il ne représente plus une menace. Quant à son accès d'euphorie, il manque présentement de créativité pour l'évoquer. Plus tard. Il sera toujours temps. Elle se réveille alors même qu'il sombre dans le sommeil. Et pourtant il se met à bander, comme par une série d'inspirations de plus en plus rapides. Impossible d'expirer. Sans doute l'effet de la fatigue. Ou de cinq jours d'abstinence. Quoi qu'il en soit, elle se rapproche de lui d'un coup d'épaule avec une brusquerie familière, l'enveloppant d'un excès de chaleur corporelle. Hors d'état de prendre lui-même l'initiative, il préfère s'en remettre à la chance, ou au désir de Rosalind. Si cela ne suffit pas, tant pis. Rien ne pourra plus l'empêcher de s'endormir.

Elle lui dépose un baiser sur le nez. « J'essaierai d'aller chercher mon père en sortant du travail. Daisy arrive de Paris à dix-neuf heures. Tu seras là ?

— Mmm. »

Daisy, à la fois intellectuelle et sensuelle, si menue, si pâle et si convenable. Quelle autre doctorante avec une vocation de poète porte des tailleurs à jupe courte et d'impeccables chemisiers blancs, boit rarement une goutte d'alcool et fait l'essentiel de son travail avant neuf heures du matin ? Sa petite fille, sur le point de lui échapper pour devenir une vraie Parisienne, va publier son premier recueil de poèmes en mai prochain. Et pas chez un petit éditeur artisanal, mais dans une vénérable maison de Queen Square, juste en face de l'hôpital où il a posé son premier clip sur son premier anévrisme. Même le grand-père de Daisy, acariâtre et sans indulgence pour la littérature contemporaine, a envoyé depuis son château une lettre presque illisible qui, une fois déchiffrée, s'est révélée dithyrambique. Perowne, mauvais juge en la matière, et bien sûr très heureux pour Daisy, a néanmoins été peiné de découvrir, à la lecture de ses poèmes d'amour, qu'elle en savait si long, ou rêvait avec une telle crudité au corps d'hommes qu'il n'a jamais rencontrés. Qui est ce pauvre type dont l'organe tumescent ressemble à un « arrosoir excité » à l'approche d'une « rose singulière » ? Et cet autre qui chante sous la douche « comme Caruso » en savonnant « ses deux barbes » ? Perowne doit lutter contre l'indignation, une réaction fort peu littéraire. Il s'efforce de ne pas se comporter en père possessif, de juger ces poèmes en toute objectivité. Déjà, il apprécie ce vers moins osé, mais sinistre, d'un autre poème selon lequel « chaque rose / pousse sur une tige infestée de requins ». La pâle jeune femme à la rose n'est pas revenue à la maison depuis longtemps. Son arrivée sera une oasis à la fin de la journée.

« Je t'aime. »

Rien à voir avec une simple marque d'affection, puisque Rosalind empoigne soudain son sexe et, sans lâcher prise, éteint de l'autre main le réveil derrière elle, manœuvre acrobatique qui fait trembler le matelas.

« Tant mieux. »

Entre deux baisers, elle ajoute : « Je suis à moitié réveillée depuis un moment déjà, et je te sens bander contre mes reins.

— Ça te fait quel effet ?

— J'ai envie de toi, murmure-t-elle. Mais je n'ai pas beaucoup de temps. Je ne veux pas être en retard. »

Comment séduire sans effort ! Son rêve devenu réalité sans qu'il ait eu à lever le petit doigt — de quoi rendre jaloux les dieux et les despotes —, Henry sort de sa torpeur pour prendre Rosalind dans ses bras et l'embrasser à pleine bouche. Oui, elle est prête. Ainsi se termine sa nuit et, à six heures du matin, il commence sa journée en se demandant si tous les ingrédients du compromis conjugal ne sont pas réunis pêle-mêle dans ces quelques instants : la pénombre, la position du missionnaire, la précipitation, l'absence de préliminaires. Mais ce ne sont que des apparences. Le voilà temporairement libéré de ses pensées, de sa mémoire, de l'écoulement des secondes et de l'état du monde. La sexualité est une dimension qui réfracte le temps et les sens, un hyperespace biologique aussi différent de l'existence consciente que les rêves, ou que l'eau de l'air. Un autre élément, comme disait sa mère : « Dès que tu nages, Henry, toute ta journée en est changée. » Et cette journée-ci sera forcément à marquer d'une pierre blanche.

2

Il y a de la grandeur dans cette conception de la vie. Il se réveille, ou croit se réveiller, au son du sèche-cheveux et d'une voix qui murmure cette phrase en boucle, et plus tard, après une nouvelle plongée dans le sommeil, il entend le lourd déclic à l'ouverture de la penderie de Rosalind, son immense penderie encastrée dans le mur à côté de sa jumelle, avec un éclairage automatique et un agencement compliqué d'étagères laquées et de renfoncements odorants ; encore plus tard, au rythme des allées et venues de Rosalind pieds nus dans la chambre, lui parvient le chuchotement soyeux de son jupon, sans doute le noir à broderies en forme de tulipes qu'il lui a acheté à Milan, puis le cliquètement affairé des talons de ses bottes sur le sol en marbre de la salle de bains tandis qu'elle achève de se préparer devant le miroir, se parfume et se brosse les cheveux ; et pendant tout ce temps, la radio en forme de dauphin bleu bondissant, fixée par une ventouse au carrelage de la douche, diffuse cette même phrase, jusqu'à ce que Perowne finisse par y voir un contenu religieux à mesure qu'enfle sa portée — *il y a de la grandeur dans cette conception de la vie*, répète inlassablement la voix.

Il y a de la grandeur dans cette conception de la vie.

Lorsqu'il se réveille vraiment deux heures plus tard, Rosalind est partie et le silence règne dans la pièce. Une persienne entrouverte laisse filtrer une mince colonne de lumière. La clarté du dehors semble d'une blancheur impitoyable. Il repousse la couette et s'étend sur le dos du côté de Rosalind, nu dans la tiédeur du chauffage central, cherchant d'où vient cette phrase. Darwin, bien sûr, la biographie lue dans le bain hier soir, une citation du dernier paragraphe de son grand œuvre que Perowne n'a jamais ouvert. Ce pauvre Charles infirme, cloué dans son fauteuil roulant, qui convoquait en toute humilité les vers de terre et les cycles planétaires au moment de tirer sa révérence ! Pour adoucir le message, il avait également invité le Créateur, mais le cœur n'y était pas, et il l'a écarté des éditions suivantes. Ces cinq cents pages méritaient une seule conclusion : toutes les magnifiques formes de vie que l'on peut voir dans une simple haie, et au nombre desquelles des créatures aussi exaltées que nous autres humains, sont le produit de lois physiques, de la guerre entre les espèces, de la famine et de la mort. Là réside la grandeur. Avec, pour unique consolation, l'éphémère privilège d'en avoir conscience.

Un jour qu'ils marchaient au bord d'une rivière — Eskdale dans une lumière rasante, rougeâtre, et sous une fine couche de neige —, sa fille lui a cité le premier vers d'un recueil de son poète préféré. Apparemment, peu de jeunes femmes admiraient autant qu'elle Philip Larkin. « Si un jour j'étais appelé/ À édifier une religion/ J'utiliserais l'eau. » Elle disait aimer ce laconique verbe « appeler » — comme s'il y avait la moindre chance qu'il soit appelé, lui ou un autre. Alors qu'ils s'étaient arrêtés pour boire le café de leur thermos, Perowne, suivant du doigt les contours d'un lichen, a déclaré que si jamais lui-même était appelé, il utiliserait l'évolution. Pouvait-on rêver meilleur mythe de la création? Une échelle temporelle inimaginable, d'innombrables générations produisant à des doses infinitésimales une beauté vivante et complexe à partir de la matière inerte, sous la conduite de ces furies aveugles que sont la sélection naturelle, les mutations génétiques et les modifications environnementales, avec la tragédie sans cesse renouvelée de la mort des formes, mais aussi, plus récemment, la merveilleuse émergence de l'esprit humain, puis celle de la morale, de l'amour, de l'art, des villes — et, bonus sans précédent, le fait que cette histoire-là se soit révélée rigoureusement vraie.

À la fin de cette tirade pas entièrement parodique — ils étaient debout sur un pont à la confluence de deux rivières —, Daisy, hilare, a posé sa tasse pour applaudir. « Si tu te mets à parler de vérité révélée, alors on est vraiment dans la religion à l'ancienne! »

Elle lui a manqué, ces derniers mois, et bientôt elle sera là. Contre toute attente un samedi, Theo a promis de passer la soirée en famille, au moins jusqu'à vingt-trois heures. Perowne a prévu de préparer une matelote de poisson. La visite chez le poissonnier est l'une des tâches les plus simples qui l'attendent : lotte, palourdes, moules, crevettes fraîches. Cette liste claire et nette comme la lumière du jour, et tous ces aliments marins l'incitent à se lever enfin pour aller dans la salle de bains. Certains trouvent honteux qu'un homme urine assis, sous prétexte que c'est réservé aux femmes. On se calme! Il s'assoit donc, et sent se dissiper les brumes du sommeil tandis que son jet résonne contre la paroi de la cuvette. Il tente d'identifier une tout autre source de honte, de remords ou de quelque chose de plus anodin, comme le souvenir d'une situation gênante, ou ridicule. Elle lui a traversé l'esprit il y a quelques minutes, et maintenant il ne lui reste que le sentiment sans la cause. L'impression de s'être comporté ou exprimé de manière risible. D'être passé pour un idiot. Sans souvenir précis, il ne peut se convaincre du contraire. Mais quelle importance? Le voile diaphane du sommeil le ralentit encore — il se l'imagine pareil à l'arachnoïde, cette membrane transparente qui enveloppe le cerveau et qu'il incise quotidiennement. La grandeur... Il a dû avoir une hallucination auditive, croire distinguer cette phrase dans le vrombissement du sèche-cheveux et la confondre avec les informations données à la radio. Quel luxe d'être encore plus ou moins endormi, d'explorer en toute sécurité les frontières de la psychose. Pourtant, quand il s'est rendu à la fenêtre d'un pas aérien la nuit dernière, il était parfaitement réveillé. Il en est plus sûr que jamais.

Il se lève et tire la chasse d'eau. Au moins une molécule de son urine lui retombera un jour sur la tête sous forme de pluie, à en croire cet article stupide d'un magazine qui traînait dans la salle de repos du bloc opératoire. Même si les chiffres le disent, les probabilités statistiques ne sont pas des vérités. *We'll meet again, don't know where, don't know when...* Il fredonne cette chanson des années de guerre en traversant l'étendue de marbre vert et blanc pour aller se raser devant son lavabo. Il ne peut se passer de ce rite matinal, même un jour de congé. Il devrait prendre exemple sur Theo et se laisser aller, mais il aime bien son bol en bois, son blaireau, son splendide rasoir jetable à trois lames avec un manche vert jungle profilé et rainuré : le simple fait de promener ce petit bijou industriel sur les contours familiers de son visage lui aiguise l'esprit. Il devrait retrouver ce que William James a écrit sur l'oubli de certains mots ou noms propres; reste une forme vide, attirante, mais qui ne correspond pas exactement à l'idée qu'elle contenait. Alors même qu'on lutte contre cette paralysie de la mémoire, on sait avec précision ce que n'est pas la chose oubliée. James avait le don de s'attacher à des lieux communs surprenants — dans une prose plus ciselée, de l'avis de Perowne, que celle de son frère si compliqué qu'il préférait tourner dix fois autour du pot plutôt que d'appeler un chat un chat. Daisy, l'arbitre de son éducation littéraire, ne serait pas du tout d'accord. En licence elle a écrit un long essai sur les derniers romans de Henry James, et peut citer de mémoire un passage entier de *La Coupe d'or*. Elle connaît également par cœur des dizaines de poèmes qu'elle a appris au début de son adolescence, histoire de soutirer un peu d'argent de poche à son grand-père. Elle a fait des études si différentes de celles de son père. Rien d'étonnant à ce qu'ils soient toujours en train de se disputer. Ce que sait Daisy! Suivant ses conseils, il a essayé de lire l'histoire de cette petite fille victime de la mesquinerie de ses parents divorcés. Sujet prometteur, mais la pauvre Maisie a vite disparu derrière un nuage de mots, et à la page quarante-huit, Perowne, pourtant capable de rester debout sept heures d'affilée pour une intervention délicate et, cette année encore, inscrit au marathon de Londres, a capitulé, épuisé. Même la nouvelle consacrée à l'homonyme de sa fille l'a laissé perplexe. Quelle conclusion peut tirer un adulte en voyant Daisy Miller courir à sa perte? Que le monde est parfois cruel? Insuffisant. Il se penche vers le robinet pour se rincer le visage. Sur ce point tout au moins, peut-être devient-il comme Darwin qui, à la fin de sa vie, trouvait Shakespeare d'un ennui mortel. Perowne compte sur Daisy pour affiner sa sensibilité.

Enfin pleinement réveillé, il retourne dans la chambre, soudain impatient d'être habillé et libéré du désordre de la pièce, de cet enchevêtrement de sommeil, d'insomnies, de pensées débridées, voire érotiques. Le lit défait avec son air dévasté, pornographique, incarne tous ces éléments à la fois. L'absence de désir éclaircit les idées. Toujours nu, il lisse promptement la couette, ramasse quelques oreillers qu'il jette vers la tête du lit, puis va jusqu'à la penderie, dans le recoin où il range ses affaires de sport. Tels sont les petits plaisirs du samedi matin : la promesse d'un café et sa tenue de squash défraîchie. Daisy, toujours tirée à quatre épingles, en parle avec tendresse comme de son costume d'épouvantail. La sueur a fait sur son short des taches blanchâtres qui ne partent pas au lavage. Par-dessus son T-shirt gris, il porte un vieux cachemire mité sur le devant. Par-dessus son short un pantalon de survêtement serré à la taille par un cordon. Ses chaussettes blanches en éponge rêche ornées d'une rayure jaune et d'une rayure rose font un peu layette. Quand on les déplie, il s'en échappe un parfum rassurant de lessive. Ses chaussures de squash, elles, dégagent une odeur âcre, à la fois synthétique et animale qui lui rappelle le court, les murs d'un blanc immaculé et les lignes rouges, les règles intangibles de ce combat de gladiateurs, et le score.

Inutile de faire semblant de se moquer du score. Henry a perdu le match de la semaine dernière contre Jay Strauss, mais en traversant la pièce d'un pas souple, élastique, il se dit qu'il va gagner aujourd'hui. Il se revoit marchant sans effort sur la même portion du sol en pleine nuit, et au moment où il rouvre les persiennes, il sent presque revenir cette euphorie nocturne dont il garde un vague souvenir. Mais elle est instantanément dissipée par un flot de pâle lumière hivernale et par une curiosité subite pour ce qui se passe sur la place.

À première vue, on dirait deux jeunes filles au sortir de l'adolescence, minces, le teint pâle et les traits fins, insuffisamment couvertes pour un mois de février. Peut-être deux sœurs, debout près de la grille du square, indifférentes aux passants, entièrement absorbées par quelque drame familial. Puis Perowne décrète que la silhouette tournée vers lui est plutôt celle d'un garçon. Difficile de trancher, car de son casque de cycliste sortent d'épaisses boucles brunes. Perowne est convaincu par la posture, l'écartement des jambes, les pieds solidement plantés sur le sol, l'épaisseur du poignet quand la main va se poser sur le cou de la jeune fille. Celle-ci l'écarte d'un haussement d'épaules. Agitée, en pleurs, elle a des gestes désordonnés : elle s'apprête à enfouir son visage dans ses mains, mais dès que le jeune homme s'approche pour l'attirer à lui, elle lui martèle le torse de coups de poing dérisoires, comme l'héroïne d'un vieux film hollywoodien. Elle se détourne de lui, sans toutefois s'éloigner. Son visage rappelle à Perowne l'ovale délicat de celui de sa fille, même petit bout de nez, même menton enfantin. À cause de cette ressemblance, il regarde de plus près. Elle a envie de ce garçon et le déteste à la fois. Il a l'air d'un fauve affamé. A-t-il faim d'elle ? Il refuse de la laisser partir, ne cessant pas un instant de parler, de supplier, de cajoler, de tenter de la convaincre ou de l'amadouer. À plusieurs reprises, elle glisse sa main derrière son dos, sous son T-shirt, et se gratte avec frénésie. Elle le fait machinalement, tout en continuant à pleurer et à repousser le jeune homme sans conviction. Peut-être un fourmillement dû aux amphétamines — des fourmis fantômes lui parcourent les artères et les veines, démangeaison impossible à calmer. À moins qu'il ne s'agisse d'une réaction allergique induite par la prise de substances opiacées, fréquente chez les drogués de fraîche date. Cette pâleur et cette émotivité extravagante sont des signes révélateurs. Sûrement des camés. Un mauvais trip plutôt qu'un problème familial se cache derrière la détresse de la jeune fille et les vaines tentatives du garçon pour la réconforter.

Les gens viennent souvent se faire des scènes dans le square. À l'évidence la rue ne convient pas. La passion réclame de la place, l'espace attentif d'un théâtre. À un autre niveau, songe Perowne, ramené par la lumière du soleil et les promesses de la journée à ses préoccupations habituelles, voilà qui pourrait expliquer l'attrait du désert irakien — les surfaces planes et le vide supposé tenant plus ou moins lieu de carte d'état-major sur laquelle on peut déchaîner une fureur grandeur nature. Le désert, dit-on, est le rêve de tout stratège militaire. Un square de centre-ville représente l'équivalent sur le plan privé. Samedi dernier, un jeune homme a arpenté la place deux heures durant en vociférant dans son téléphone, d'une voix qui s'estompait chaque fois qu'il s'en allait vers le sud, et s'amplifiait dans la pénombre de l'après-midi lorsqu'il revenait sur ses pas. Le lendemain matin, en partant travailler, Perowne a vu une femme arracher un téléphone des mains de son mari et le fracasser sur le trottoir. Le même mois, un type en costume sombre s'est retrouvé à genoux, son parapluie à côté de lui, la tête apparemment coincée dans la grille du square. En réalité il sanglotait, cramponné aux barreaux. Jamais la vieille dame à la bouteille de whisky ne pourrait pousser ses cris et ses piaillements entre deux rangées de façades, du moins pas pendant trois heures d'affilée. Le caractère public de la place garantit paradoxalement une certaine intimité à ces drames privés. Des couples viennent parler ou pleurer en silence sur les bancs. Lorsqu'ils émergent de leur logement exigu à loyer modéré ou de leur maison encastrée dans une petite rue étroite, et que s'ouvre à eux un horizon plus vaste — le ciel généreux et les grands platanes du square, l'espace et la végétation — les gens se rappellent leurs besoins essentiels, si rarement satisfaits.

Le bonheur ne manque pas pour autant. Perowne en a la preuve à l'autre bout de la place, près du foyer des étudiants indiens, tandis qu'il achève d'ouvrir les persiennes et que la pièce s'emplit de lumière. Une intense animation règne là-bas. Sur le trottoir, deux Indiens en survêtement — il les reconnaît pour les avoir croisés chez le marchand de journaux de Warren Street — déchargent le contenu d'une camionnette dans une charrette à bras. Déjà les tracts s'amoncellent ainsi que les banderoles repliées, les cartons de badges et les sifflets, les trompettes et les crécelles comme pour un match de foot, les chapeaux de carnaval et les masques en caoutchouc à l'effigie d'hommes politiques : Bush et Blair en piles tremblotantes, les visages du haut fixant le ciel d'un œil vide, mortellement pâles malgré le soleil. À quelques centaines de mètres vers l'est, Gower Street est l'un des points de ralliement de la manifestation et le trop-plein se répand jusque-là. Autour de la charrette à bras un petit groupe veut faire des achats avant même que les vendeurs ne soient prêts. La bonne humeur générale laisse Perowne pantois. Il y a là des familles entières, l'une d'entre elles avec quatre enfants dans des manteaux rouge vif de tailles diverses, et qui ont visiblement pour consigne de se tenir par la main; des étudiants, aussi, et un plein car de vieilles dames grisonnantes en anorak matelassé et chaussures de marche. Peut-être le Women's Institute. L'un des Indiens en survêtement lève les mains en l'air en signe de capitulation pendant que, debout à l'arrière de la camionnette, son ami sert un premier client. Dérangés par toute cette agitation, les pigeons du square s'envolent, virant et plongeant en ordre serré. Sur un banc près d'une poubelle, un homme aux mains tremblantes et à la face rougeaude, enveloppé dans une couverture grise, les attend avec une tranche de pain toute prête sur les genoux. Chez les enfants Perowne, l'expression « ami des pigeons » est synonyme d'arriéré mental. Près de l'attroupement qui s'est formé autour de la charrette, plusieurs adolescents en veste de cuir et aux cheveux coupés ras affichent un sourire bienveillant. Ils ont déjà déroulé leur banderole qui proclame simplement : « La Paix, pas les Slogans ! »

Cette scène reflète un mélange d'innocence et d'excentricité à l'anglaise. Perowne, vêtu pour combattre sur le court, s'imagine être Saddam contemplant avec satisfaction la foule depuis le balcon d'un ministère à Bagdad : jamais les électeurs indulgents des démocraties occidentales n'autoriseront leurs gouvernements à attaquer son pays. Erreur. S'il y a une chose que Perowne croit pouvoir affirmer sur cette guerre, c'est qu'elle aura bien lieu. Avec ou sans l'ONU. Les soldats sont en place, c'est pour se battre. Depuis qu'il a opéré d'un anévrisme un professeur irakien d'histoire ancienne, qu'il a écouté son histoire et vu les cicatrices des tortures, Perowne nourrit des sentiments confus, ambivalents, au sujet de l'invasion annoncée. À près de soixante-dix ans, Miri Taleb est un homme de petite taille, presque menu, avec un rire nerveux, mi-gloussement mi-hennissement, auquel son séjour en prison n'est sans doute pas étranger. Il a soutenu sa thèse de doctorat à Londres, à University College, et parle parfaitement anglais. Spécialiste de la civilisation sumérienne, il a enseigné plus de vingt ans à l'université de Bagdad, a participé à plusieurs campagnes de fouilles archéologiques dans la vallée de l'Euphrate. Il a été arrêté un après-midi de l'hiver 1994, à l'entrée de l'amphithéâtre où il allait donner un cours. Ses étudiants qui l'attendaient à l'intérieur n'ont rien vu. Trois hommes lui ont montré leur carte des services de sécurité et lui ont demandé de les suivre jusqu'à leur voiture. Là, ils lui ont passé les menottes et la torture a commencé. Les menottes étaient si serrées que pendant seize heures, jusqu'à ce qu'on les lui enlève, il n'a pu penser à rien d'autre qu'à la douleur. Ses deux épaules ont été définitivement abîmées. Au cours des dix mois suivants, on l'a promené de prison en prison dans tout le centre de l'Irak. Il n'avait pas la moindre idée de ce que signifiaient ces transferts, ni le moyen de faire savoir à son épouse qu'il était encore en vie. Même le jour de sa libération, il ignorait encore de quoi on l'accusait.

Perowne a écouté le professeur dans son bureau, et lui a ensuite parlé dans le service après son opération — heureusement une réussite totale. Pour un homme qui s'apprêtait à fêter son soixante-dixième anniversaire, Taleb avait une étrange apparence : une peau lisse de bébé, de long cils, une moustache noire — sans doute teinte — soigneusement taillée. En Irak, il ne faisait pas de politique et avait décliné une invitation à rejoindre le parti Baas. D'où, peut-être, ses problèmes. À moins que ce ne soit parce qu'un cousin de sa femme, mort depuis longtemps, avait été membre du parti communiste, ou qu'un autre cousin avait reçu une lettre d'Iran envoyée par un ami exilé à cause de ses origines iraniennes supposées ; ou bien parce que le mari de sa nièce, parti enseigner au Canada, n'était jamais revenu. Autre raison possible : le professeur s'était lui-même rendu en Turquie pour superviser un chantier de fouilles. Ni son épouse ni lui n'avaient été particulièrement surpris de son arrestation. Comme tout le monde, ils connaissaient quelqu'un ayant été interpellé, détenu plus ou moins longtemps, parfois torturé, puis relâché. Des gens réapparaissaient sur leur lieu de travail sans dire mot de ce qui leur était arrivé, et personne n'osait les questionner : il y avait des informateurs partout, une trop grande curiosité pouvait vous valoir d'être arrêté. Certains revenaient dans des cercueils scellés, qu'il était formellement interdit d'ouvrir. On entendait souvent parler d'amis qui faisaient la tournée des hôpitaux, des commissariats et des ministères dans l'espoir d'obtenir des nouvelles de leurs proches.

Miri avait passé sa détention dans des cellules à l'air vicié, sans la moindre ouverture : deux mètres sur trois où s'entassaient vingt-cinq prisonniers. Qui étaient ces hommes? Le professeur partait d'un rire sans joie. Pas l'habituel mélange de condamnés de droit commun et d'intellectuels. Il s'agissait en majorité de gens tout à fait ordinaires, envoyés là pour défaut de plaque minéralogique, pour une dispute avec quelqu'un qui s'était révélé être un cadre du Parti, ou parce qu'à l'école on avait obligé leurs enfants à répéter les critiques prononcées contre Saddam à la table familiale. Ou encore parce qu'ils avaient refusé d'adhérer au Parti lors d'une des nombreuses campagnes de recrutement. Autre délit couramment invoqué : compter un déserteur parmi les membres de sa famille.

Dans les cellules étaient également détenus des policiers et des officiers. À cause de la rivalité permanente entre les différents services de sécurité, leurs agents devaient redoubler d'efforts pour prouver leur zèle. Des réseaux entiers pouvaient tomber en disgrâce. La torture était une réalité quotidienne — de leur cellule, Miri et ses compagnons entendaient les hurlements et attendaient leur tour. Passages à tabac, électrocution, sodomie forcée, semi-noyade, plantes de pieds tailladées. Tout le monde, du balayeur de rue aux plus hauts dignitaires, vivait dans l'angoisse et la peur. Henry avait vu les cicatrices sur les cuisses et les fesses de Taleb, battu avec ce qu'il supposait être la branche d'un arbuste épineux. Ses tortionnaires s'étaient exécutés sans haine, seulement avec leur vigueur routinière — pour ne pas encourir les foudres de leur supérieur. Ce dernier redoutait lui-même de perdre son poste ou sa liberté, suite à une évasion l'année précédente.

« Le régime est haï, a dit Taleb à Perowne. Voyez-vous, seule la terreur unit ce pays, tout repose entièrement sur la peur et personne ne sait comment y mettre fin. Voilà maintenant que les Américains s'en mêlent, sans doute pour de mauvaises raisons. Mais au moins Saddam et les chefs du parti Baas partiront. Et ce jour-là, cher ami docteur, je vous inviterai dans le meilleur restaurant irakien de Londres. »

Le couple d'adolescents s'éloigne, traversant la place. Résignée à ce vers quoi elle se dirige, ou impatiente d'y parvenir, la jeune fille laisse son compagnon la prendre par le cou et niche sa tête contre son épaule. Elle se gratte toujours d'une main la taille et le creux des reins. Il lui faudrait une veste. Même à cette distance, Henry voit les traînées rosâtres laissées par ses ongles. Sacrifiant à la tyrannie de la mode, elle expose son nombril et son ventre au froid glacial de février. Ce prurit indique une mauvaise tolérance à l'héroïne. C'est une novice. Elle a besoin d'un antagoniste des opiacés comme la naltrexone pour en contrer les effets. Henry sort de la chambre, marque une pause sur le palier, face au lustre français du dix-neuvième siècle suspendu à une hauteur monumentale, et se demande s'il ne devrait pas aller proposer une ordonnance à la jeune fille : après tout, il est habillé. Mais il faudrait par ailleurs à celle-ci un compagnon qui ne soit pas un dealer. Ainsi qu'une nouvelle vie. Il descend lentement l'escalier tandis qu'au-dessus de lui tintent et carillonnent les pendeloques en verre du lustre, effet des vibrations causées par une rame de la Victoria Line qui, quelque part sous terre, ralentit à l'approche de la station Warren Street. Il songe avec perplexité aux puissants courants et aux ajustements minuscules qui changent un destin, aux influences proches et lointaines, aux traits de caractère et aux concours de circonstances qui font qu'à Paris, une jeune femme est en train de mettre dans son sac de voyage les épreuves reliées de son premier recueil de poèmes avant de prendre le train pour venir passer le week-end à Londres en famille, pendant qu'une autre jeune femme du même âge se laisse entraîner par un dealer vers quelques instants d'extase chimique qui l'enchaîneront aussi étroitement au malheur qu'un opiacé à ses récepteurs spécifiques.

Perowne ne peut s'empêcher de penser, au mépris de tout raisonnement scientifique, que le silence dans la maison est rendu deux fois plus dense par la présence de Theo profondément endormi au troisième étage, à plat ventre sous la couette de son grand lit. Il a encore quelques heures d'abandon devant lui. À son réveil il écoutera de la musique sur sa chaîne via Internet, se douchera et téléphonera. La faim ne le poussera à sortir de sa chambre qu'en début d'après-midi, où il descendra prendre possession de la cuisine, donner d'autres coups de téléphone, passer des CD, avaler des litres de jus de fruit, se concocter une vague salade ou un mélange de yaourt, de dattes, de miel, de fruits et de cerneaux de noix. Henry trouve cette alimentation fort peu compatible avec le blues.

Au premier étage il s'arrête devant la bibliothèque, pièce la plus imposante de la maison, momentanément fasciné par la manière dont le soleil filtre à travers les grands rideaux en voile écru, inondant l'espace d'une lumière brune et studieuse. Les livres ont été choisis par Marianne. Jamais Henry n'aurait imaginé vivre un jour dans une maison dotée d'une bibliothèque. Il nourrit l'ambition d'y passer des week-ends entiers, étendu de tout son long sur l'un des canapés avec une cafetière à portée de main, à lire un chef-d'œuvre de la littérature mondiale, peut-être en traduction. Il n'a aucun titre précis en tête. Ce ne serait pas une mauvaise chose de comprendre enfin ce qu'on entend, ce que Daisy entend par génie littéraire. Malgré quelques tentatives, il ne croit pas en avoir fait personnellement l'expérience. Il doute même plus ou moins de son existence. Le problème est que son temps libre soit si fragmenté, non seulement par les courses, les obligations familiales et le sport, mais par le besoin d'activité qui accompagne ces îlots hebdomadaires de liberté. Il n'a aucune envie de rester toute une journée allongé, ou même assis. Pas plus qu'il ne souhaite réellement suivre d'autres vies, des vies imaginaires, en spectateur — même si ces dernières heures il est resté de longues minutes, plus longues que d'habitude, à la fenêtre de sa chambre. En outre, il ne voit pas l'intérêt de réinventer le monde : il préfère qu'on le lui explique. On vit une époque suffisamment étrange. Pourquoi aller inventer autre chose ? Apparemment, il n'a pas la ténacité nécessaire pour lire beaucoup de livres du début à la fin. Dans son travail seulement il se montre persévérant ; pendant ses loisirs, il est trop impatient. Il n'en revient pas de ce que les gens disent faire de leurs jours de congé, ces quatre ou cinq heures quotidiennes devant la télévision pour justifier la moyenne nationale. Lors d'une pause au milieu d'une intervention la semaine dernière — le temps de remplacer le Doppler tombé en panne par celui d'un bloc voisin — Jay Strauss s'est levé de son siège face aux écrans et aux compteurs de son appareil d'anesthésie, et il a expliqué en s'étirant et en bâillant qu'il avait veillé tard dans la nuit pour finir les huit cents pages du roman d'un jeune prodige américain. Perowne a été impressionné, et perturbé : lui-même ne manquait-il pas tout simplement de constance ?

Pourtant, à l'instigation de Daisy, il a lu en entier *Anna Karénine* et *Madame Bovary*, deux chefs-d'œuvre reconnus. Au prix d'un ralentissement de ses fonctions mentales et en sacrifiant plusieurs heures d'un temps précieux, il s'est plongé dans les subtilités insondables de ces contes de fées sophistiqués. Or qu'en a-t-il retenu ? Que l'adultère est compréhensible mais condamnable, que les femmes du dix-neuvième siècle le vivaient mal, que Moscou, les campagnes russes et la France provinciale étaient comme ça à l'époque. Si, à en croire Daisy, le génie réside dans les détails, alors il est resté sur sa faim. Certes, les détails en question semblaient pertinents et convaincants, mais pas très difficiles à rassembler pour quelqu'un ayant le sens de l'observation et la patience de les consigner. Ces livres n'étaient que le produit d'une accumulation régulière et minutieuse.

Au moins avaient-ils le mérite de peindre une réalité physique reconnaissable : on ne pouvait pas en dire autant de ce prétendu réalisme magique que Daisy a choisi d'étudier en dernière année. Qu'est-ce qui leur avait pris, à ces auteurs réputés — des hommes et des femmes du vingtième siècle —, de donner des pouvoirs surnaturels à leurs personnages ? Il n'a jamais pu terminer un seul de ces ouvrages crispants. Écrits à l'intention des adultes, qui plus est, et non des enfants. Les héros de plusieurs d'entre eux étaient nés avec des ailes, ou bien elles leur poussaient en cours de route — symbole, selon Daisy, de leur caractère liminal : bien entendu, le fait qu'ils apprennent à voler représentait métaphoriquement la démesure de leurs aspirations. D'autres étaient doués d'un sens magique de l'odorat, quand ils ne tombaient pas sans dommage d'un avion en vol. Un visionnaire voyait même par la fenêtre d'un pub ses parents tels qu'ils étaient quelques semaines après sa conception, en train de discuter d'un éventuel avortement.

Celui qui tente de soulager les souffrances de l'esprit en réparant les cerveaux ne peut que respecter le monde matériel, ses limites et ce qu'il nourrit : la conscience, rien de moins. Il ne s'agit pas d'un article de foi, mais d'une réalité quotidienne : l'esprit est ce que le cerveau, pure matière, produit. Si ce phénomène fascine, il devrait aussi éveiller la curiosité : la réalité, plus que la magie, constitue le véritable défi. La liste de lectures de Daisy a convaincu Perowne que le surnaturel était l'unique recours d'une imagination déficiente, un dévoiement des devoirs de l'écrivain, une fuite puérile devant les difficultés et les merveilles du monde réel, devant la difficile reconstitution du plausible.

« Plus de tambours nains aux pouvoirs magiques, a-t-il supplié dans une lettre à Daisy où il plaidait sa cause. Par pitié, plus de fantômes, d'anges, de satans ni de métamorphoses. Quand tout peut arriver, plus rien n'a d'importance. Pour moi, c'est du kitsch. »

« Espèce de nigaud, de béotien, s'est-elle indignée sur une carte postale. C'est de la littérature, pas de la physique ! »

Jamais encore leurs nombreuses discussions n'avaient pris ce tour épistolaire. « Va dire ça à ton Flaubert et à ton Tolstoï. Pas un seul personnage ailé à eux deux ! » s'est-il aussitôt défendu.

Elle a répondu par retour du courrier : « Relis plutôt *Madame Bovary*. » Suivaient plusieurs références à des pages précises. « Flaubert mettait justement le monde en garde contre les *gens comme toi.* » Ces trois derniers mots étaient ostensiblement soulignés.

Jusqu'à présent, les conseils de lecture de Daisy l'ont surtout persuadé que la fiction était trop imparfaite, trop envahissante et aléatoire pour susciter un émerveillement spontané devant la magnificence de l'ingéniosité humaine, du défi impossible relevé avec brio. Seule la musique, peut-être, atteint à une telle pureté. Il admire Bach par-dessus tout, en particulier les œuvres pour clavier : hier encore, il a écouté deux partitas en opérant l'astrocytome d'Andrea. Il y a aussi les incontournables : Mozart, Beethoven, Schubert. Et ses trois idoles dans le monde du jazz : Evans, Davis et Coltrane. Cézanne chez les peintres, ainsi que certaines cathédrales visitées pendant les vacances. En dehors du domaine artistique, sa liste de réussites sublimes inclurait la Théorie générale d'Einstein, dont il a brièvement saisi l'enjeu quand il avait une vingtaine d'années Il faudrait compléter cette liste, décide-t-il en descendant le vaste escalier de pierre jusqu'au rez-de-chaussée, même s'il sait pertinemment qu'il n'en fera rien. Une œuvre que l'on se sent incapable d'accomplir soi-même, qui contient un élément de perfection absolue, presque inhumaine : voilà sa conception du génie. L'idée de Daisy selon laquelle l'homme aurait un besoin « vital » qu'on lui raconte des histoires n'a aucun fondement. Il en est la preuve vivante.

Près de la porte d'entrée, il ramasse les quotidiens et le courrier. Il parcourt les titres en se dirigeant vers la cuisine au sous-sol. Blix assure à l'ONU que les Irakiens se montrent plus coopératifs. En réaction le Premier ministre devrait rappeler aujourd'hui, dans un discours prononcé à Glasgow, les raisons humanitaires qui justifient cette guerre.

Le seul argument défendable aux yeux de Perowne. Malheureusement, les dernières prises de position du Premier ministre paraissent plutôt cyniques. Henry espérait que son propre scoop, remontant à quatre heures et demie du matin, apparaîtrait dans l'édition londonienne, plus tardive, mais rien.

Personne n'est venu dans la cuisine après lui. Sur la table se trouvent encore sa tasse, la bouteille d'eau minérale vidée par Theo et la télécommande juste à côté. Il est toujours un peu surpris par l'indéfectible fidélité des objets, tantôt rassurante, tantôt sinistre. Il allume le téléviseur avec la télécommande, coupe le son — encore plusieurs minutes avant les informations de neuf heures — et remplit la bouilloire. Dire qu'il aura suffi de quelques améliorations pour qu'une humble bouilloire atteigne des sommets de raffinement : la forme d'un pichet pour l'efficacité, du plastique pour la sécurité, un bec verseur plus large pour faciliter le remplissage et un petit support métallique pour amener le courant. Il ne trouvait rien à redire aux anciens modèles : aussi bien le couvercle rétif en aluminium que l'énorme prise femelle noire, prête à électrocuter les mains mouillées, lui semblaient dans l'ordre des choses. Mais quelqu'un a longuement réfléchi au problème, et maintenant plus question de revenir en arrière. Le monde devrait prendre note : tout ne va pas de plus en plus mal.

Le journal commence alors qu'il moud le café. La présentatrice est une séduisante jeune femme de couleur dont les sourcils épilés, à l'arrondi parfaitement dessiné, semblent exprimer l'étonnement devant cette nouvelle matinée qui commence. D'abord quelques images, depuis un échangeur d'autoroute, des innombrables cars convergeant vers la capitale pour ce qui s'annonce comme la plus grande marche de protestation jamais vue. Puis, en direct des rives de la Tamise, un reporter au milieu d'un premier groupe de manifestants. Cet enthousiasme affiché a quelque chose de suspect. Tout le monde semble ravi d'aller manifester : les gens se congratulent eux-mêmes autant qu'ils congratulent les autres, dirait-on. S'ils croient — peut-être à juste titre — que la poursuite de la torture et des exécutions sommaires, de la purification ethnique et des génocides occasionnels est préférable à une invasion, ils devraient avoir l'air un peu plus sombre. L'avion, celui de Henry, arrive cette fois en deuxième position. Mêmes images, avec quelques détails supplémentaires : un court-circuit aurait provoqué l'incendie. Debout à côté des policiers, les deux Russes : le pilote, un type malingre aux cheveux gras, et son copilote, un petit gros étrangement jovial. Ils ont le teint hâlé, à moins qu'ils ne soient originaires des Républiques les plus méridionales. L'intérêt de ce sujet décevant et promis à l'oubli — pas de méchants ni de morts, ni d'issue incertaine — est soudain relancé par une controverse opportune : on a déniché un expert aéronautique qui n'hésite pas à qualifier d'imprudente la décision de faire survoler une zone densément peuplée par un avion en flammes, alors qu'il existait d'autres solutions. Un responsable de l'aéroport répond qu'il n'y avait aucun risque pour les Londoniens. On attend la réaction du gouvernement.

Henry éteint le téléviseur et s'installe sur un tabouret avec son café et le téléphone. Avant que son samedi puisse vraiment commencer, il doit appeler l'hôpital pour prendre des nouvelles. On lui passe les soins intensifs et il demande à parler à l'infirmière de garde. Pendant qu'on va la chercher, il écoute le brouhaha familier, les intonations reconnaissables d'un brancardier, le claquement d'un livre ou d'un dossier posé brutalement sur une table.

Puis lui parvient la voix impersonnelle d'une femme interrompue dans son travail :

« Unité de soins intensifs.

— Deirdre ? Je croyais que Charles était de garde aujourd'hui.

— Il est chez lui avec la grippe, monsieur Perowne.

— Comment va Andrea ?

— Quinze pour la vitesse de sédimentation, bonne oxygénation, pas de confusion mentale.

— État de la plaie ?

— On draine toujours à cinq centimètres environ. Je la renverrais bien dans sa chambre.

— Parfait, dit Perowne. Pourriez-vous prévenir l'anesthésiste que je suis d'accord pour la laisser partir ? » Avant de raccrocher il ajoute : « Elle ne vous pose pas de problèmes ?

— Elle est encore sous le choc, monsieur Perowne. Pourvu que ça dure. »

Il prend ses clés, son portable et la télécommande du garage dans le vide-poche en argent près des livres de cuisine. Son portefeuille est dans le pardessus accroché au mur de la petite pièce de derrière, à côté de la cave à vins, et sa raquette de squash au rez-de-chaussée, dans un placard de la lingerie. Il enfile une vieille veste en peau de mouton et va brancher le système d'alarme lorsqu'il se rappelle la présence de Theo. Au moment où il quitte la maison et se retourne après avoir fermé la porte, il entend le cri des mouettes venues profiter à l'intérieur des terres des bonnes affaires de la capitale. Le soleil, encore bas dans le ciel, n'éclaire qu'une moitié de la place — celle où se trouve Henry. Surpris par la fraîcheur du jour, il s'éloigne sur des trottoirs humides éclatants de lumière. L'air sent presque le propre. Il a l'impression de fouler une surface naturelle le long d'une côte sauvage, la pierre lisse d'une chaussée de basalte dont les vacances de son enfance lui ont laissé un vague souvenir. Le cri des mouettes doit le lui avoir remis en mémoire. Il a encore dans la bouche le goût des embruns d'une mer turbulente aux reflets bleu-vert, et à l'approche de Warren Street il se rappelle qu'il doit passer chez le poissonnier. Stimulé par le café et par le mouvement — enfin ! —, ainsi que par la perspective du match et le contact agréable à ses doigts de la raquette dans son étui, il accélère l'allure.

Alors que les rues du quartier sont souvent désertes pendant le week-end, devant lui sur Euston Road une foule immense progresse vers l'est en direction de Gower Street, accompagnée par les mêmes cars que dans le reportage télévisé, mais roulant au pas, pare-chocs contre pare-chocs. Les passagers, frustrés de ne pouvoir rejoindre les autres manifestants, sont massés contre les vitres. Ils ont mis leurs banderoles aux fenêtres, avec des écharpes de supporters de foot et le nom de plusieurs villes de l'Angleterre profonde — Stratford, Gloucester, Evesham. Au sein de la foule impatiente des trottoirs, un trombone, une corne de brume, un tambour commencent à donner de la voix. Il y a aussi des bribes de chansons et de slogans qu'il ne reconnaît pas tout de suite. Tumty tumty tum. Non à la guerre en Irak. Les pancartes au repos sont tenues plus ou moins inclinées sur l'épaule. « PAS EN MON NOM », voit-il passer une douzaine de fois. Cet égocentrisme envahissant annonce un nouveau monde radieux de la contestation, où les consommateurs de shampooings et de sodas réclameront de se sentir beaux et bien dans leur corps. Henry préfère la nonchalance de « PLUS JAMAIS ÇA ». Apparaît la pancarte de l'un des mouvements organisateurs : l'Association des musulmans britanniques. Henry a retenu le nom. Ils ont récemment expliqué dans leur organe de presse que le renoncement à l'islam était une offense passible de la mort. Suit la banderole de la Chorale féminine de Swaffham, puis celle des Juifs contre la guerre.

Dans Warren Street il tourne à droite. Il regarde vers l'est à présent, vers Tottenham Court Road. La foule y est encore plus immense, augmentée des centaines de manifestants que dégorge la station de métro. Éclairées de dos par le soleil hivernal, des silhouettes se détachent avant de se fondre dans une masse plus sombre, mais on aperçoit tout de même l'étal de fortune d'un vendeur de livres et celui d'un marchand de hot-dogs, installés sans complexe devant le McDonald's au coin de la rue. La surprise vient du nombre d'enfants, de bébés dans leur poussette. Malgré son scepticisme, Perowne, chaussures de squash aux pieds, serre plus fort la poignée de sa raquette, sensible à la séduction et à l'enthousiasme contagieux de ce genre d'événement : la foule qui prend possession de la rue, des dizaines de milliers d'inconnus convergeant vers un même but dans un climat d'allégresse révolutionnaire.

Il se serait peut-être joint à eux, par la pensée tout au moins — car rien à présent ne pourrait l'empêcher de jouer son match —, si le professeur Taleb n'avait pas eu besoin qu'on pose un clip sur le collet de son anévrisme du mésencéphale. Dans les mois qui ont suivi leurs conversations, Perowne a été pris d'une frénésie de lecture sur le régime irakien. Il a découvert l'influence du modèle stalinien, les loyautés familiales et tribales sur lesquelles s'appuyait Saddam, les palais offerts pour services rendus. Les détails macabres des génocides perpétrés au nord et au sud du pays n'ont plus de secret pour lui, pas plus que la purification ethnique, le vaste réseau d'informateurs, les tortures bizarres, la tendance de Saddam à s'y impliquer personnellement ou les étranges châtiments inscrits dans la loi : marquages au fer rouge et amputations. Naturellement, il a prêté une attention particulière aux sanctions prises à l'encontre des chirurgiens qui refusaient de pratiquer ces mutilations. Il en a conclu que rarement le vice s'était manifesté avec une telle inventivité, de manière aussi systématique et à une si grande échelle. Miri ne se trompait pas, c'était vraiment la république de la peur. Il a aussi lu le célèbre ouvrage de Makiya. De toute évidence, Saddam avait instauré un régime de terreur organisée.

Perowne sait que lorsqu'un grand empire — assyrien, romain, américain — déclare la guerre au nom d'une juste cause, l'histoire applaudit rarement. Lui aussi redoute que l'invasion, ou l'occupation, ne tourne au désastre. Les manifestants n'ont peut-être pas tort. Il reconnaît par ailleurs le caractère aléatoire des opinions : s'il n'avait pas rencontré et admiré le professeur, sans doute aurait-il accueilli différemment, avec moins d'ambivalence, la perspective de cette guerre. Chaque opinion est comme un coup de dés; par définition, aucun des individus rassemblés autour de la station Warren Street n'a été torturé par ce régime, aucun n'a de proche à qui c'est arrivé, et ils ne connaissent en outre pas grand-chose à l'Irak. Selon toute vraisemblance, la plupart d'entre eux se sont à peine émus des massacres dans le Kurdistan irakien ou dans le Sud chiite, mais les voilà qui se mobilisent pour protéger la vie des habitants de l'Irak. Ils ont sûrement de bonnes raisons, parmi lesquelles le souci de leur propre sécurité. Al Qaïda, qui déteste aussi bien ce Saddam athée que l'opposition chiite, serait néanmoins incitée par une attaque contre l'Irak à se venger sur les grandes villes vulnérables de l'Occident. Il est certes légitime de défendre ses intérêts, mais pour Perowne les manifestants, contrairement à ce qu'ils peuvent croire, n'ont pas le monopole du discernement.

Les bars à sandwichs ont fermé pour le week-end. Seules la boutique de flûtes et la maison de la presse sont ouvertes. Devant chez le traiteur Rive Gauche, le gérant déverse comme à Paris un seau d'eau claire sur le trottoir. Dos tourné à la foule, un homme au visage rubicond avec une casquette de base-ball et un ciré jaune fluo, un employé municipal à peu près du même âge que Perowne vient vers lui avec son chariot en balayant le caniveau. Il fait preuve d'une application insolite, racle énergiquement la bordure du trottoir avec l'angle de son balai pour entraîner le moindre débris. Sa vigueur et son zèle sont gênants à voir, un reproche silencieux en ce samedi matin. Y a-t-il en effet plus dérisoire que ce ménage urbain alors qu'un peu plus loin, à l'autre bout de la rue, des emballages et gobelets en carton toujours plus nombreux jonchent le sol aux pieds des manifestants regroupés devant le McDonald's ? Sans parler du blizzard d'immondices qui déferle quotidiennement sur le reste de la capitale. Quand les deux hommes se croisent, ils se regardent brièvement avec indifférence. Le balayeur a le blanc des yeux frangé de jaune, tirant sur le rouge près des paupières. L'espace de quelques instants Perowne se sent étrangement lié à lui, comme s'ils étaient assis aux deux extrémités d'une balançoire pouvant à tout instant les faire basculer dans la vie de l'autre.

Il détourne le regard et ralentit avant de tourner dans l'impasse bordée d'anciennes écuries où se trouve le garage de sa voiture. Comme il devait être confortable, en d'autres temps, de jouir d'une situation prospère en croyant qu'une force surnaturelle omnisciente avait attribué à chacun son statut dans l'existence. Sans voir que cette croyance servait surtout à perpétuer la prospérité en question — une forme d'anosognosie, terme psychiatrique utile pour désigner la perception incorrecte de son état par le patient. Et maintenant que nous croyons avoir ouvert les yeux, où en sommes-nous ? Après les expérimentations désastreuses du siècle défunt, après tant de comportements abjects et de cadavres, on considère avec un agnosticisme gêné les idéaux de justice et de redistribution des richesses. Plus de grandes idées. Le monde doit s'améliorer, s'il le peut, à tout petits pas. La plupart des gens adoptent une vision pragmatique — l'obligation de balayer les rues pour gagner sa vie apparaît comme un simple manque de chance. Notre époque n'est pas visionnaire. Les rues doivent être propres. Que les moins chanceux retroussent leurs manches.

Il descend la chaussée en pente douce et aux pavés luisants jusqu'à l'endroit où les propriétaires de maisons comme la sienne logeaient autrefois leurs chevaux. Désormais, ceux qui en ont les moyens y offrent à leur voiture un garage de choix. Il appuie sur sa télécommande à infrarouge pour déclencher l'ouverture. Le rideau métallique s'élève bruyamment, par à-coups, révélant le museau allongé et les yeux brillants de la monture qui piaffe d'impatience à la porte. Une Mercedes S500 argentée avec des sièges en cuir crème — dont il n'a même plus honte. Il ne lui porte pas non plus un amour démesuré — ce n'est que la dimension sensuelle de ce qu'il voit comme sa part trop généreuse des richesses du monde. Si elle ne lui appartenait pas, tente-t-il de se convaincre, elle serait à quelqu'un d'autre. Il ne l'a pas conduite de la semaine, mais dans la pénombre et l'air sec du garage sans un grain de poussière, cette belle mécanique dégage une sorte de chaleur animale. Perowne ouvre la portière et s'installe sur son siège. Il aime prendre le volant dans sa tenue de sport usée jusqu'à la corde. Sur le siège du passager se trouve encore un vieux numéro du *Journal de Neurochirurgie* contenant, signé de lui, le compte rendu d'un congrès à Rome. Il pose sa raquette dessus. C'est Theo qui désapprouve le plus, disant qu'il s'agit d'une voiture de médecin, ce qui sonne dans sa bouche comme une condamnation sans appel. D'après Daisy, en revanche, Harold Pinter posséderait plus ou moins la même, ce qui est pour elle une référence. Rosalind a encouragé cet achat. Elle pense qu'il mène une vie trop austère pour cause de mauvaise conscience, et que son refus de s'acheter des vêtements, de grands vins, ou même un tableau confine à la fausse modestie. Au fond, il a toujours vécu comme un vieil étudiant. Il était grand temps qu'il rattrape son retard.

Des mois durant, il a conduit en s'excusant presque, passant rarement la quatrième, n'osant pas doubler, cédant le passage aux automobilistes qui venaient de sa droite, veillant à laisser un espace suffisant aux voitures bon marché. Il n'a été guéri que le jour où il est parti pêcher dans le nord-ouest de l'Écosse avec Jay Strauss. Grisé par la route entièrement dégagée et un vibrant éloge de Jay célébrant le « génie luthérien », Henry s'est finalement assumé en tant que propriétaire et maître de son véhicule. D'ailleurs il s'est toujours considéré, modestement, comme un bon conducteur : incisif, rigoureux et sûr de son bon droit dans les mêmes proportions qu'au bloc opératoire. Jay et lui ont donc pêché la truite dans les torrents et les lochs autour de Torridon. Par un après-midi pluvieux, alors qu'il jetait un coup d'œil derrière lui en attendant une prise, il a vu sa voiture à une centaine de mètres de là, garée en travers du chemin en pente, se détachant dans la lumière voilée sur un paysage de bouleaux, de bruyères en fleur et de ciel plombé annonciateur d'orage — réalisation parfaite d'un rêve de publicitaire — et pour la première fois il a ressenti la douce ivresse de posséder quelque chose. Il est bien sûr possible, et même permis d'aimer un objet inanimé, mais cet épisode fut le point culminant de l'aventure : depuis, ses sentiments sont devenus un plaisir discret, occasionnel. Sa voiture lui procure une vague satisfaction lorsqu'il la conduit ; le reste du temps, elle lui traverse à peine l'esprit. Comme l'ont souhaité et promis ses constructeurs, elle fait désormais partie de lui-même.

Pourtant, il reste particulièrement sensible à certains détails, comme l'absence de vibrations au ralenti ; seul le compte-tours confirme que le moteur tourne. Henry allume la radio qui diffuse des applaudissements nourris, admiratifs, au moment où il sort silencieusement du garage, laisse le rideau métallique redescendre derrière lui, remonte lentement l'impasse et tourne à gauche dans Warren Street. Son club de squash se trouve sur Huntley Street dans un ancien foyer d'infirmières — à deux pas, mais il prend sa voiture parce qu'il doit faire des courses ensuite. Sans états d'âme, il apprécie toujours la ville depuis l'intérieur de l'habitacle où l'air est filtré, et où la musique de la chaîne haute fidélité confère un certain pathos aux réalités les plus humbles — un trio à cordes de Schubert donne une dignité nouvelle à la rue étroite qu'il longe maintenant. Il se dirige à deux cents mètres plus au sud pour bifurquer vers l'est sur Tottenham Court Road. Autrefois, Cleveland Street était connue pour ses ateliers de confection clandestins et ses prostituées. Elle possède désormais des restaurants grecs, turcs, italiens — ces petits établissements sans prétention dont on ne parle jamais dans les guides — à la terrasse desquels les gens mangent en été. Il y a aussi un réparateur de vieux ordinateurs, une mercerie, un cordonnier, et, un peu plus loin, un magasin de perruques très fréquenté par les travestis. Elle offre un assez bon exemple de rue adjacente du centre-ville — diverse, sûre d'elle, ignorée. C'est à cet instant précis qu'il identifie la cause de son vague sentiment de honte ou de gêne : sa tendance à croire que le monde ne sera jamais plus comme avant, que des rues inoffensives comme celle-ci et la tolérance qu'elles incarnent peuvent être anéanties par le nouvel ennemi — organisé, tentaculaire, haineux et déterminé. Comme ces appréhensions paraissent bêtement apocalyptiques à la lumière du jour, quand le spectacle de ces rues et de leurs passants tient lieu à lui seul de justification, d'assurance contre le malheur. Le monde n'a pas fondamentalement changé. Parler d'un siècle de crise est excessif. Il y a toujours eu des crises, et le terrorisme islamiste finira par prendre place parmi les guerres récentes, les changements climatiques, la mondialisation du commerce, le manque d'eau potable et de terres cultivables, la famine, la misère et autres fléaux.

Il écoute la musique de Schubert sourdre et refluer doucement. La rue va bien et la ville aussi, chef-d'œuvre des vivants et de tous les morts qui l'ont habitée. Elle est solide et ne se laissera pas facilement détruire. Pas question de s'arrêter en si bon chemin. La vie s'y est améliorée au fil des siècles pour la majorité des habitants, malgré les junkies et les clochards d'aujourd'hui. L'air est plus respirable, des saumons remontent la Tamise et les loutres sont de retour. Que ce soit sur le plan matériel, médical, intellectuel ou sensuel, tout le monde vit mieux. Les professeurs d'université de Daisy trouvaient l'idée de progrès démodée et ridicule. Indigné, Perowne étreint le volant de la main droite. Il se rappelle une phrase de Medawar, quelqu'un qu'il admire :

« Railler tout espoir de progrès est d'une stupidité sans nom, le comble de l'indigence spirituelle et de la mesquinerie intellectuelle. » Comment a-t-il pu avoir la bêtise de croire à ce prétendu siècle de crise ! Pendant le dernier semestre de Daisy à l'université, il est allé à une journée portes ouvertes. Les jeunes maîtres de conférences aiment à y présenter la modernité comme une suite de calamités. C'est leur style, leur façon à eux d'être intelligents. Il ne serait ni dans l'air du temps ni professionnel de considérer l'éradication de la variole comme faisant partie de la condition de l'homme moderne. Ou la progression récente de la démocratie. Dans la soirée, l'un d'eux a fait un cours sur l'avenir de notre civilisation consumériste et avide de technologie : pas de quoi se réjouir. Mais si notre société d'abondance est rayée de la carte, les générations futures nous regarderont, dans cette ville en tout cas, comme des dieux qui avaient la chance de disposer de supermarchés bien remplis, de torrents d'informations, de vêtements à la fois chauds et légers, d'une longévité accrue, de machines magiques. Nous sommes à l'ère des machines magiques. Téléphones portables à peine plus grands que l'oreille. Immenses discothèques contenues dans un objet aussi petit qu'une main d'enfant. Appareils photo pouvant transmettre leurs clichés à travers la planète. Sans effort, il a commandé sur Internet, grâce à un engin posé sur son bureau, le véhicule dans lequel il roule maintenant. Le dispositif de stéréotaxie assistée par ordinateur qu'il a utilisé hier a transformé sa manière de faire les biopsies. Le son numérique unit ce couple chinois qui marche main dans la main, chacun avec son lecteur MP3. Quant à cette jeune femme élancée dans son survêtement en polyamide, elle sautille presque derrière sa poussette tout-terrain à trois roues. D'ailleurs, tous les gens qu'il dépasse dans cette rue agréablement quelconque ont l'air assez heureux, ou du moins satisfaits de leur sort. Mais pour les professeurs d'université, pour les littéraires en général, le malheur se prête mieux à l'analyse ; le bonheur donne davantage de fil à retordre.

En proie à un désir de célébration agressive de l'époque, Perowne oblique vers l'est dans Maple Street au volant de sa Mercedes. Pour se sentir bien, il semble avoir besoin de s'opposer à des entités spectrales, à des personnages de son invention qu'il peut mettre en échec. Cela lui arrive parfois avant un match. Il ne s'aime pas spécialement dans cet état, mais ne contrôle qu'en partie le flux de ses pensées seconde par seconde — leur enchaînement, leur bruit de fond dépendent de ses émotions. Peut-être n'est-il pas du tout heureux, peut-être se monte-t-il la tête. Il passe devant l'immeuble au pied de la Post Office Tower — moins laid désormais avec son entrée en acier, le bleu de sa façade, les fenêtres et les grilles de ventilation aux formes géométriques qui rappellent Mondrian. Mais plus loin, là où Fitzroy Square fait place à Charlotte Street, le quartier est envahi par des immeubles de bureaux construits à l'économie et des résidences pour étudiants — huisseries approximatives, manque d'ambition, l'ensemble vieillit mal. Sous la pluie et avec le moral en berne, on se croirait presque à Varsovie au temps du communisme. Il faudra que ces bâtiments aient été rasés en grand nombre pour qu'on puisse commencer à les regretter.

Henry roule maintenant à deux cents mètres au sud de Warren Street, dans une rue parallèle. Il est encore troublé par son état d'esprit si particulier, ce bonheur entrecoupé d'agressivité. À l'approche de Tottenham Court Road il entreprend, comme souvent, de passer en revue les événements récents qui ont pu modifier son humeur. Le fait que

Rosalind et lui aient fait l'amour, que ce soit samedi matin, qu'il conduise sa voiture, que personne ne soit mort dans l'avion, qu'il ait un match à jouer, que la petite Chapman et les autres patients opérés hier aillent bien, que Daisy arrive ce soir — voilà pour le positif. Et pour le négatif? En premier lieu, il est obligé de freiner. Au milieu de Tottenham Court Road se trouve un motard en parka jaune, sa moto posée sur sa béquille, qui lui fait signe de s'arrêter. Bien sûr, la rue est interdite à la circulation pour cause de manifestation. Il aurait dû s'en douter. Il continue pourtant d'avancer au ralenti comme si, en feignant l'ignorance, il pouvait échapper à l'interdiction — après tout, il veut simplement traverser la rue, et non s'y engager. Au minimum il obtiendra son dû : un de ces échanges empreints d'une certaine théâtralité entre le policier courtois mais ferme, et le citoyen contrarié mais docile.

Il s'arrête avant le carrefour. Le policier vient bel et bien vers lui, désignant du regard les manifestants au bout de la rue d'un air entendu : s'il ne tenait qu'à lui, l'Irak serait bombardé depuis longtemps, et une ribambelle d'autres pays dans la foulée. Perowne, parfaitement détendu derrière son volant, lui aurait répondu par un petit sourire complice si deux incidents presque simultanés ne l'en avaient empêché. Derrière le motard, sur le trottoir d'en face, trois hommes, deux grands et un petit gros en costume noir sortent en trombe d'une discothèque orientale spécialisée dans la danse du ventre, le Spearmint Rhino, manquant tomber tant ils s'appliquent à ne pas courir. Dès qu'ils ont tourné dans la rue que Perowne espérait emprunter, ils font preuve de moins de retenue. L'homme trapu légèrement à la traîne, ils foncent vers une voiture garée à proximité.

Dans le même temps, le policier qui ne les a pas remarqués s'immobilise et porte la main à son oreille gauche. Tout en parlant dans le micro fixé à son casque, il opine du chef et se dirige vers sa moto. Soudain la mémoire lui revient et il jette un coup d'œil en arrière. Perowne croise son regard et, d'un air à la fois contrit et interrogateur, il indique University Street juste en face. Le policier hausse les épaules, hoche la tête, puis fait un geste de la main comme pour dire : « D'accord, mais vite. » À quoi bon s'entêter ? La majorité des manifestants est encore en haut de la rue et il vient de recevoir de nouvelles instructions.

Perowne n'est pas en retard pour son match ni spécialement pressé de traverser. Il a beau aimer sa voiture, jamais il ne s'est intéressé de près à ses performances, à sa puissance d'accélération. Celle-ci doit pourtant être impressionnante, mais il n'a pas cherché à vérifier par lui-même. Il est trop vieux pour démarrer sur les chapeaux de roue. Tandis qu'il enclenche la première, il regarde à droite et à gauche bien que la rue soit à sens unique : il sait que les piétons peuvent surgir des deux côtés. S'il se dépêche de franchir les quatre voies, c'est par égard pour le policier qui enfourche déjà sa moto. Perowne ne veut pas lui causer d'ennuis avec ses supérieurs. Du geste, l'homme lui a d'ailleurs fait comprendre la nécessité de ne pas s'attarder. Le temps de parcourir la vingtaine de mètres jusqu'à l'entrée d'University Street où il passe en seconde, la Mercedes a dû atteindre trente kilomètres heure. Peut-être même quarante. Voire quarante-cinq. Alors même qu'il passe la vitesse suivante il lève le pied, guettant la première rue à droite avant Gower Street, également interdite à la circulation.

Le fait de rouler agit comme un aide-mémoire, le ramène à la liste des causes possibles, proches ou lointaines, de son étrange humeur. Une seconde d'introspection peut sembler une éternité. Elle laisse en tout cas à Henry le temps d'aborder les points négatifs — le temps de se dire, ou plutôt de percevoir l'idée sans même la déployer à l'aide des mots et de la syntaxe, que c'est au fond l'état du monde qui le perturbe le plus, et les manifestants se chargent de le lui rappeler. Le monde a sans doute radicalement changé et ce changement est géré avec maladresse, surtout par les Américains. Partout sur la planète il y a des gens bien organisés et prêts à tuer pour l'exemple d'autres gens comme lui, sa famille et ses amis. L'enjeu n'est plus le nombre de morts ; il y en aura davantage à petite échelle, peut-être même dans cette ville. Aurait-il peur de regarder la réalité en face ? Hypothèses et questions sont difficiles à formuler. Il les perçoit avant tout comme un haussement d'épaules intérieur suivi d'un point d'interrogation. Un langage que les linguistes qualifient de pré-verbal. À peine une langue, plutôt une matrice de structures changeantes qui consolident et compriment le sens en une fraction de seconde, le fondent indissociablement avec sa propre charge émotive, elle-même ressemblant plutôt à une couleur. Un jaune blafard. Même avec la concision d'un poète, il faudrait des centaines de mots et plusieurs minutes pour le décrire. À tel point que lorsqu'un éclair rouge traverse son champ de vision sur la gauche, pareil à l'une de ces formes générées sur sa rétine par l'insomnie, il a déjà la qualité d'une idée, à la fois neuve, inattendue et dangereuse, mais qui viendrait uniquement de lui et non du monde extérieur.

Il s'engage avec une adresse instinctive dans l'étroit couloir délimité à droite par une piste cyclable longeant le trottoir, à gauche par une file de véhicules en stationnement. C'est de cette file que jaillit l'idée, et avec elle le claquement d'un rétroviseur extérieur arraché net, puis la plainte des tôles froissées alors que deux voitures s'engouffrent dans un espace prévu pour une seule. Au moment de l'impact, Perowne a le réflexe d'accélérer en donnant un coup de volant à droite. D'autres sons surgissent — un bruit de ferraille tandis que la voiture rouge à sa gauche érafle une demi-douzaine de véhicules à l'arrêt, et le choc du béton contre le caoutchouc, pareil à un cri de réprobation quand la Mercedes grimpe sur le trottoir en bordure de la piste cyclable. La roue arrière heurte à son tour la bordure. Ayant dépassé l'intrus, il freine. Les deux voitures accidentées s'immobilisent à une trentaine de mètres l'une de l'autre, moteur coupé, et dans le moment de silence qui s'ensuit, personne ne sort.

Selon les normes actuelles en matière d'accidents de la circulation — en tout, Henry a exercé cinq ans aux urgences — celui-ci est insignifiant. Impossible que quelqu'un soit blessé, il ne se retrouvera pas à jouer les médecins improvisés. Il l'a fait à deux reprises ces cinq dernières années, pour un infarctus à chaque fois, au cours d'un vol vers New York et dans un théâtre londonien mal ventilé lors d'un mois de juin caniculaire — deux épisodes compliqués et peu gratifiants. Il n'est pas en état de choc, ni anormalement calme, euphorique ou somnolent, son acuité visuelle n'est pas supérieure à la normale et il ne tremble pas. Il écoute les craquements du métal surchauffé qui se contracte. Ce qu'il éprouve, c'est une irritation croissante malgré la prudence dictée par l'expérience. Il n'a pas besoin de vérifier : tout un côté de sa voiture est fichu. Il voit d'ici les semaines et les mois de paperasserie, d'expertises et de contre-expertises, de conversations téléphoniques, de retards au garage. On a dérobé à sa Mercedes quelque chose d'original et de virginal qui ne lui sera jamais restitué, quelle que soit la qualité des réparations. Il y a aussi l'impact sur l'essieu avant, sur les amortisseurs, sur ce mystérieux dispositif apparemment essentiel : la barre d'accouplement. Sa voiture ne sera plus jamais la même. Elle a subi des dommages irréparables, comme son samedi. Jamais il ne sera à l'heure pour son match.

Surtout, une émotion étrangement moderne monte en lui — la rectitude de l'automobiliste, alliant la passion de la justice à la jubilation de la haine, et au service de laquelle se mêlent à ses pensées diverses formules éculées, mais soudain revitalisées, purgées des clichés : déboîter comme ça, même pas de clignotant, un vrai taré, sans rien regarder, ça sert à quoi un rétroviseur, connard ! Le seul individu au monde que Henry déteste est assis dans la voiture juste derrière, et il va bien falloir aller lui parler, l'affronter, échanger avec lui des formulaires d'assurance — tout ça alors qu'il pourrait être en train de jouer au squash. Il se sent abandonné. D'ailleurs il lui semble le voir s'éloigner comme si de rien n'était dans une rue adjacente, ce double de lui-même plus plausible, tel un oncle d'Amérique qui disparaîtrait, à la fois méditatif et heureux, traversant son samedi sans l'ombre d'un souci au volant de sa Mercedes, le laissant seul et désemparé, aux prises avec son destin improbable, irrémédiable. Tout cela est bien réel. Qu'il soit obligé de se le rappeler trahit son scepticisme. Il ramasse sa raquette et la repose sur le *Journal de Neurochirurgie*. La main droite sur la poignée de la portière, il ne bouge toujours pas. Il regarde dans son rétroviseur. Il a toutes les raisons d'être prudent.

Comme il s'y attendait, il aperçoit trois têtes dans la voiture de derrière. Il se sait sujet aux affirmations non vérifiées et prend donc le temps de vérifier. À sa connaissance la danse du ventre est une activité légale. Pourtant si c'était du Wellcome Trust ou de la British Library qu'il avait vu les trois hommes sortir en trombe, ou même furtivement, sans doute serait-il déjà descendu de voiture. À en juger par leur précipitation, ils risquent d'être encore plus exaspérés que lui par ce contretemps. Ils ont une BMW série 5, véhicule qu'il associe à la délinquance, aux dealers. Et il n'y a pas une seule personne, mais trois. Le petit gros occupe le siège du passager à l'avant et la portière s'ouvre de ce côté sous le regard de Perowne, immédiatement suivie de celle du conducteur, puis de la portière arrière gauche. Pour ne pas se retrouver contraint de discuter en position assise, Perowne sort de sa voiture. Cette brève minute de pause donne à la situation l'apparence d'un jeu dans lequel les joueurs ont déjà calculé leur prochain coup. Les trois hommes ont sûrement de bonnes raisons de rester à l'écart pour s'entendre sur la stratégie à adopter. L'important, se dit-il en allant vers l'avant de sa voiture, c'est de ne pas oublier qu'il est dans son droit et en colère. Il doit aussi se méfier. Ces réflexions contradictoires ne l'aidant guère, il décide de suivre son instinct et de voir comment la confrontation se présente plutôt que de chercher à se fixer des priorités. Son premier mouvement est d'ignorer ces intrus, de s'éloigner d'eux et de contourner l'avant de la Mercedes pour mesurer l'étendue des dégâts. Mais alors même qu'il reste planté là, mains sur les hanches dans la posture du propriétaire outragé, il garde les trois hommes, qui s'avancent maintenant en groupe, dans son champ de vision.

À première vue il n'y a aucun dommage. Le rétroviseur extérieur est intact, les ailes ne sont pas enfoncées ; par miracle, la peinture gris métal ne porte aucune trace d'éraflure. Il se penche pour regarder à contre-jour. Doigts écartés, il effleure la carrosserie comme s'il y connaissait quelque chose. Il n'y a rien. Pas la moindre imperfection. Dans l'immédiat, il se sent désavantagé sur le plan tactique. Rien ne justifie sa colère. S'il y a des dégâts, ils sont invisibles, quelque part entre les roues avant.

Les trois hommes se sont arrêtés pour examiner quelque chose sur la chaussée. Du bout du pied, le petit gros en costume noir retourne le rétroviseur arraché comme s'il s'agissait d'un animal mort. L'un des deux autres, un grand type avec un visage chevalin à l'expression mélancolique, le ramasse et le garde au creux de ses mains. Alors qu'ils contemplent tous les trois leur rétroviseur, sur une remarque du petit gros ils tournent ensemble la tête vers Perowne, avec la même curiosité abrupte que des cerfs dérangés au cœur d'une forêt. Pour la première fois, il se demande s'il ne court pas un danger quelconque. Officiellement interdite à la circulation, la rue est complètement déserte. Derrière les trois hommes, sur Tottenham Court Road, une file clairsemée de manifestants se dirige vers le sud pour rejoindre le cortège. Perowne jette un coup d'œil par-dessus son épaule. Là, derrière lui sur Gower Street, la manifestation a commencé. Des milliers de gens formant une seule colonne font route vers Piccadilly en rangs serrés, brandissant héroïquement leurs banderoles comme sur une affiche révolutionnaire. De leurs visages, de leurs mains et de leurs vêtements émane cette couleur vibrante, presque source de chaleur, propre à l'humanité ainsi rassemblée. Pour accentuer le caractère théâtral de la manifestation ils marchent en silence, au rythme de roulements de tambours funèbres.

Les trois hommes repartent. De nouveau le petit gros — il doit mesurer environ un mètre soixante-cinq — est en tête. Il a une démarche reconnaissable, légèrement chaloupée, comme s'il ramait debout sur une rivière paisible. Le rameur du Spearmint Rhino. Peut-être écoute-t-il son lecteur MP3. Certaines personnes ne se séparent jamais de leur musique personnelle, même pour une discussion. Les deux autres ont l'air de subordonnés, d'acolytes. Ils portent des baskets, un jogging et un sweat à capuche — tenue tellement courante dans la rue qu'elle reflète surtout une absence de style. Theo s'habille parfois ainsi pour ne pas avoir à se préoccuper de son apparence, dit-il. Le type au visage chevalin tient toujours son rétroviseur à deux mains, sans doute pour prouver quelque chose. Le roulement insistant des tambours n'arrange pas la situation, et la proximité d'une telle masse de gens inconscients de sa présence accroît le sentiment d'isolement éprouvé par Henry. Mieux vaut continuer de prendre l'air affairé. Il s'accroupit près de sa voiture et remarque une canette de Coca écrasée sous son pneu avant. Il y a bel et bien, découvre-t-il ensuite avec un mélange de soulagement et d'agacement, un endroit sur la portière arrière où l'éclat de la peinture est terni, comme passé à la toile émeri. Sûrement le point d'impact, contenu sur une surface de soixante centimètres carrés. Comme il a eu raison de donner ce coup de volant à droite avant de freiner ! Il se sent rassuré en se relevant pour affronter les trois hommes qui viennent de s'arrêter devant lui.

Contrairement à certains de ses collègues — les psychopathes de la chirurgie —, Henry n'a aucun goût particulier pour les confrontations. Il n'a rien d'un tueur. Mais l'expérience clinique représente, entre autres choses, un processus abrasif, éprouvant, qui émousse fatalement la sensibilité. Patients, internes, proches récemment endeuillés, sans oublier bien sûr l'administration : inévitablement, en deux décennies, il y a eu des moments où il a dû se défendre, expliquer ou apaiser face à un déferlement d'émotions hostiles. L'enjeu est généralement de taille — pour les collègues des questions d'avancement, de rivalités professionnelles ou de moyens mal employés ; pour les patients, la perte de certaines fonctions ; pour leurs proches, la mort soudaine d'un enfant ou d'un conjoint. Autant de problèmes plus graves qu'une voiture éraflée. Surtout quand des patients sont impliqués, ces moments acquièrent une certaine pureté, une certaine innocence : on va à l'essentiel — la mémoire, la vue, la capacité à reconnaître son entourage, les douleurs chroniques, les fonctions motrices, voire le sens de sa propre identité. En arrière-plan on perçoit, luisant faiblement, les progrès de la recherche, les miracles qu'elle accomplit, la foi qu'elle suscite, et à l'inverse l'ignorance, toujours immense malgré de lentes avancées, de ce qui touche au cerveau, à l'esprit, aux relations entre les deux. Les interventions plus ou moins réussies à l'intérieur de la boîte crânienne sont une aventure relativement récente. On ne peut pas éviter les déceptions, et quand vient l'heure pour Perowne d'affronter les proches dans son bureau, personne n'a besoin de prévoir comment se comporter ni que dire, personne ne se sent observé. On se contente d'ouvrir les vannes.

Parmi ses connaissances, il compte quelques-uns de ces médecins qui soignent non pas le cerveau, mais seulement l'esprit, les maladies de la conscience ; ces collègues reprennent à leur compte une tradition, un éventail de préjugés rarement revendiqués de nos jours, selon lesquels les neurochirurgiens ne seraient que d'arrogants maniaques du bistouri, des rebouteux à qui on aurait abandonné l'organe le plus complexe de l'univers connu. En cas d'échec, le patient ou ses proches ont tendance à se rallier à ce point de vue. Mais trop tard. Les paroles prononcées en ces circonstances sont aussi tragiques que sincères. Malgré le caractère accablant de ces débordements à cœur ouvert, malgré sa certitude d'être injustement accusé par un patient à la mémoire défaillante, ou complaisante, de ne pas avoir mentionné tous les risques encourus, malgré sa conviction d'avoir opéré de son mieux en l'état actuel des connaissances et de la technologie, Perowne sort de ces entrevues non seulement plus modeste — il aurait dû limiter davantage les attentes de ses interlocuteurs —, mais mystérieusement purifié : il a participé à un échange humain essentiel, aussi fondamental à sa manière que l'amour.

Sur University Street, en revanche, impossible de ne pas pressentir que la représentation va commencer. Vêtu comme un épouvantail dans sa peau de mouton râpée, son pull troué, son pantalon taché de peinture et serré à la taille par un cordon, il se tient près de sa puissante machine. Il a un rôle à jouer, et aucun moyen d'y échapper. C'est un drame urbain, comme les gens aiment à dire. Un siècle de cinéma et un demi-siècle de télévision ont suffi à vider ce genre d'échange de toute sincérité. On est dans le pur artifice. D'un côté les voitures, de l'autre leurs propriétaires. Et voici les mauvais garçons, les étrangers qui ne veulent surtout pas perdre la face. Quelqu'un va devoir imposer sa volonté et l'emporter tandis que l'adversaire s'inclinera. À force de répétition, la culture populaire a usé jusqu'à la corde ce processus, cet ancien patrimoine génétique également à l'origine des machinations des crapauds, des coqs nains et des cerfs. Malgré la diversité et la liberté des codes vestimentaires, les règles du jeu sont toutefois aussi complexes que celles de la *politesse* au palais de Versailles et ne doivent rien à un quelconque héritage génétique. Tout d'abord, il est interdit aux parties en présence de reconnaître l'insignifiance de l'événement ou son ironie criante : de l'autre bout de la rue leur parviennent le piétinement et les roulements de tambours tribaux des marchands de paix. Et même si l'on ne peut rien prévoir, chaque réplique, sitôt prononcée, semblera avoir été écrite.

« Cigarette ? »

Évidemment. Ça ne pouvait pas commencer autrement.

Avec une courtoisie désuète, l'autre conducteur présente son paquet d'un geste sec du poignet qui fait sortir les cigarettes sans filtre comme les tuyaux d'un orgue. La main tendue vers Perowne est grande — compte tenu de la taille de l'homme —, aussi pâle que du papier et recouverte jusqu'aux phalanges intermédiaires d'un épais duvet noir. Un tremblement persistant attire l'œil entraîné de Perowne. Peut-être faut-il voir là une vulnérabilité rassurante.

« Non merci. »

Le conducteur allume une cigarette pour lui et souffle la fumée en direction de Henry qui vient de perdre un point — pas le genre d'homme à fumer ni, plus important, à faire des cadeaux. Il ne faut surtout pas rester passif. Il doit reprendre l'initiative. Il tend la main à son tour.

« Henry Perowne.

— Baxter.

— Monsieur Baxter ?

— Baxter. »

La main de Henry est un peu plus grande que celle de Baxter, mais aucun des deux hommes n'essaie de montrer sa force. La poignée de main est brève et légère. Baxter fait partie de ces fumeurs dont les pores exhalent un parfum, une essence grasse qui vient du tabac. L'ail produit le même effet sur certaines personnes. Sûrement une histoire de reins. C'est un jeune homme agité, au visage menu avec des sourcils touffus et des cheveux noirs coupés ras. La bouche est proéminente et l'ombre d'une barbe rasée de près accentue la ressemblance avec un museau. Cette apparence simiesque est renforcée par des épaules tombantes, et les trapèzes saillants trahissent le temps passé en salle de musculation, peut-être pour compenser la petite taille. Le costume style années soixante — coupe près du corps, larges revers, pantalon taille basse — est un peu juste à la hauteur de l'unique bouton fermant le veston. Les biceps semblent également boudinés par le tissu. Baxter se détourne de Perowne et se penche légèrement, puis se redresse. Il donne l'impression d'être à la fois impatient et anxieux, de renfermer une énergie destructrice qui ne demande qu'à se libérer. Sans doute va-t-elle se déchaîner. Perowne a lu plusieurs ouvrages récents sur la violence. Elle n'est pas toujours pathologique : certains organismes sociaux trouvent parfois rationnel d'y recourir dans leur propre intérêt. Chez les théoriciens du jeu et les criminologues aux thèses les plus radicales, les actions de Thomas Hobbes remontent en flèche. Mettre hors d'état de nuire les fauteurs de troubles et les voyous incombe à ce fameux « pouvoir absolu » qui tient tous les hommes en respect — gouvernement ou bras armé de l'État auquel est librement accordé le monopole de l'usage légitime de la violence. Mais les dealers et les proxénètes, entre autres hors-la-loi, ne sont pas du genre à prendre leur téléphone pour appeler le Léviathan au secours : ils préfèrent régler leurs querelles entre eux.

Perowne, qui dépasse Baxter d'une trentaine de centimètres, se dit que s'ils en viennent aux mains, il aura intérêt à protéger ses testicules. Mais c'est une idée ridicule : la dernière fois qu'il s'est bagarré, il avait huit ans. À trois contre un. Il ne laissera pas les choses en arriver là.

Aussitôt après la poignée de main, Baxter déclare : « Vous allez sûrement me dire à quel point vous êtes navré. » Il jette un coup d'œil en arrière, au-delà de la Mercedes jusqu'à sa propre voiture garée en diagonale sur la chaussée. Derrière, à un mètre du sol, s'étire sur les flancs d'une demi-douzaine de véhicules en stationnement la ligne irrégulière tracée par la poignée de portière de la BMW. L'apparition dans la rue d'un seul propriétaire indigné suffira à déclencher une cascade de constats d'assurances. Expert en matière de paperasserie administrative, Henry a déjà idée du traumatisme prolongé qui en résultera. Mieux vaut être l'une des nombreuses victimes que le coupable à l'origine de tout.

« Je suis certes navré que vous ayez déboîté sans regarder », dit-il.

Il se surprend lui-même. Un peu précieux, vaguement archaïque, l'adverbe « certes » n'appartient pas à son lexique habituel. Son emploi entraîne une décision : il n'imitera pas le langage de la rue. Il se retranche derrière sa dignité professionnelle.

Baxter pose sa main gauche sur la droite comme pour en calmer le tremblement. « Pourquoi j'aurais regardé ? répond-il patiemment. Tottenham Court Road est fermée à la circulation. Vous n'aviez rien à faire là.

— Le code de la route s'applique quand même. Et de toute façon, un policier m'a fait signe de passer, dit Perowne.

— Un po-li-cier ? » La façon dont Baxter détache chaque syllabe a quelque chose d'enfantin. Il se tourne vers ses amis. « Vous avez vu un policier ? » Puis il s'adresse de nouveau à Perowne, avec une politesse moqueuse. « Je vous présente Nark et Nigel. »

Jusqu'à présent ils sont restés à l'écart, juste derrière Baxter, suivant la conversation d'un air impassible. Nigel est le type au visage chevalin. Son compère est peut-être indic, toxico ou bien, à voir son expression hébétée, atteint de narcolepsie.

« Pas de policier dans les parages, explique Nigel. Ils sont tous à s'occuper de ces ordures de manifestants. »

Perowne fait mine de les ignorer tous les deux. C'est Baxter son interlocuteur. « Je crois le moment venu de faire un constat amiable. » Les trois hommes s'esclaffent, mais il poursuit : « Si on n'arrive pas à se mettre d'accord, on appellera la police. » Il consulte sa montre. Jay Strauss doit déjà être sur le court à taper dans la balle. Il est encore temps de régler cette affaire et de reprendre le fil de ses occupations. Baxter n'a pas réagi quand il a parlé d'appeler la police. Il se contente de prendre le rétroviseur extérieur des mains de Nigel et de le présenter à Perowne. Sur le verre étoilé, le ciel se reflète en une mosaïque bleue et blanche aux contours irréguliers qui étincelle dans la main tremblante de Baxter. Le ton est chaleureux. « Heureusement pour vous, j'ai un copain mécanicien, au noir. Mais il travaille bien. Pour quelques dizaines de livres, il doit pouvoir me dépanner. »

Nark sort de sa léthargie. « Il y a un distributeur au coin de la rue. »

Nigel ajoute, comme s'il était agréablement surpris par cette idée : « Ouais. On peut même y aller avec vous. »

Ils ont changé de place si bien qu'ils encadrent quasiment Henry, mais pas tout à fait. Dans le même temps, Baxter recule d'un pas. Ces manœuvres délibérées sont aussi maladroites qu'une chorégraphie enfantine insuffisamment répétée. Perowne porte à nouveau son attention, son œil professionnel sur la main droite de Baxter. Il ne s'agit pas seulement d'un tremblement, mais d'une agitation nerveuse de presque tous les muscles. Spéculer sur l'origine de ce trouble l'apaise, alors même qu'il perçoit la pression des épaules des deux hommes à travers sa veste en mouton. Paradoxalement, il ne se croit plus vraiment en danger. Difficile de prendre ce trio au sérieux : la suggestion d'un versement en liquide a quelque chose de puéril, de factice. Chaque parole prononcée semble tirée d'une scène qu'ils ont tous vue dix fois, et plus ou moins oubliée.

Au son d'un air de trompette joué avec virtuosité, les quatre hommes se retournent pour regarder la manifestation. Plusieurs salves de notes piquées sont suivies d'une plainte aiguë qui décroît lentement. Peut-être quelques mesures d'une cantate de Bach, car aussitôt Henry imagine une soprano interprétant une mélodie douce et mélancolique, accompagnée par le vibrato insistant d'un violoncelle. Sur Gower Street, le concept de marche funèbre censée exprimer la réprobation s'épuise. Il pouvait difficilement résister à ces milliers de manifestants formant une colonne qui s'étend sur plusieurs centaines de mètres. Chants et applaudissements montent en puissance et refluent tandis que différentes parties du cortège traversent le carrefour. Baxter fixe la foule du regard avec un vague rictus de commisération. Une formule tout droit sortie d'un manuel de médecine s'impose à Henry aussi naturellement que la cantate de Bach — une légère hausse de son taux d'adrénaline le rend particulièrement réceptif aux associations d'idées. À moins que la tension de la semaine écoulée ne renforce sa tendance à émettre, comme par jeu, un diagnostic. La formule en question est la suivante : « sentiment de supériorité injustifié ». Oui, tout peut se résumer à une légère modification du caractère avant les premiers tremblements, trouble un peu moins grave, un peu moins invalidant que d'autres affections neurologiques

— la mégalomanie, la folie des grandeurs. Mais peut-être sa mémoire le trahit-elle. La neurologie n'est pas son domaine. Tout en contemplant les manifestants, Baxter hoche imperceptiblement la tête de haut en bas, de droite à gauche. Après l'avoir observé quelques instants à son insu, Perowne comprend soudain : Baxter est incapable du moindre mouvement oculaire permettant un rapide changement de point de vue. Pour scruter la foule, il doit bouger la tête.

Comme pour confirmer cette observation, il pivote d'un bloc vers Perowne et déclare avec force : « Sale vermine! Tous à vivre aux crochets de ce pays qu'ils détestent. »

Perowne en devine assez sur Baxter pour savoir qu'il ne doit pas s'attarder. Écartant Nigel et Nark d'un mouvement d'épaule, il se tourne vers sa voiture. « Je refuse de vous dédommager en liquide, dit-il d'un ton sans appel. Je vous laisse mes coordonnées. Si vous ne voulez pas me donner les vôtres, tant pis. Je me contenterai de votre numéro d'immatriculation. Je dois y aller. » Il ajoute, sans grande conviction : « J'ai une réunion importante et je suis en retard. »

La fin de cette phrase est couverte par un cri de rage.

Alors même qu'il se retourne vers Baxter avec surprise et voit, ou plutôt pressent ce qui arrive sur lui, il reste en partie dans son rôle de praticien capable de diagnostiquer un manque de maîtrise de soi, une émotivité excessive, un tempérament explosif sans doute dû à un taux insuffisant de GABA sur les récepteurs spécifiques de certains neurones. D'où, certainement, une incidence négative sur la présence de deux enzymes dans le corps strié et le pallidum latéral — l'acide glutamique décarboxylase et l'acétylcholine. Pour une large part, les rapports humains se jouent au niveau moléculaire. Qui mesurera jamais les dégâts causés à l'amour, à l'amitié et à tous les rêves de bonheur par un excès ou un déficit de tel ou tel neurotransmetteur ? Et qui trouvera jamais la moindre morale ou éthique dans le monde des enzymes et des acides aminés puisque tout le monde s'obstine à regarder dans la direction opposée ? Au cours de sa deuxième année à Oxford, éblouie par un professeur aussi séduisant qu'irresponsable, Daisy a tenté de convaincre son père que la folie était une invention de la société, une combine trouvée par les riches — peut-être déforme-t-il un peu — pour opprimer les pauvres. Le père et la fille se sont alors lancés dans une de leurs discussions enflammées à laquelle Henry a mis un terme grâce à un procédé rhétorique, en proposant à Daisy de lui faire visiter l'aile fermée d'un service de psychiatrie. Elle a accepté par défi, puis l'affaire a été oubliée.

Malgré les troubles oculomoteurs de Baxter et sa chorée — ses tremblements convulsifs —, le coup de poing dirigé vers le cœur de Perowne, et en partie seulement esquivé, atterrit sur son sternum avec une force si colossale que son corps est traversé par un pic d'hypertension, une onde de choc, une sensation extrême qu'accompagnent non pas tant la douleur, mais la décharge électrique de la stupéfaction et un frisson glacial qui se traduit sur le plan visuel par un éclair aveuglant d'une blancheur neigeuse.

« Bon », entend-il dire à Baxter en guise de consigne.

Ses comparses saisissent Henry par les coudes et les avant-bras, et tandis qu'il retrouve la vue il se voit propulsé à travers un espace entre deux voitures en stationnement. Ensemble ils traversent précipitamment le trottoir. On le fait pivoter sur lui-même et on lui plaque le dos contre une porte à deux battants fermée par une chaîne, dans un renfoncement. Sur le mur de gauche il aperçoit une plaque en cuivre où on peut lire : Sortie de secours, Spearmint Rhino.

Un peu plus haut dans la même rue se trouve un pub, le Jeremy Bentham, mais en admettant qu'il soit ouvert si tôt, tous les habitués doivent être bien au chaud à l'intérieur. Perowne a deux priorités immédiates, dont l'importance se confirme à mesure qu'il reprend ses esprits. La première est de respecter sa promesse de ne pas se battre. Le coup de poing qu'il vient de recevoir a suffi à lui prouver qu'il n'était pas de taille. La seconde est de rester sur ses pieds. Il a vu suffisamment de traumatismes crâniens chez des victimes ayant eu la malchance de tomber à terre avant leurs agresseurs. Le pied est comme une lointaine province du cerveau, un peu arriérée, que la distance libère de toute responsabilité. Un coup de pied est moins intime, moins compromettant qu'un coup de poing, et un seul suffit rarement. Aux temps héroïques de la violence organisée sur les terrains de football, Perowne, encore interne, a tout appris des hématomes sous-duraux causés par la coque métallique des Doc Martens.

Face aux trois hommes dans le petit renfoncement en briques blanchies à la chaux, il ne voit plus rien de la manifestation. Cet espace réduit amplifie leur respiration sifflante. Nigel empoigne sa veste en mouton et cherche de l'autre main le renflement de son portefeuille rangé dans une poche intérieure à fermeture Éclair.

« Non, intervient Baxter. On ne veut pas de son fric. »

À ces mots, Perowne comprend qu'ils vont venger leur honneur en le tabassant. Comme pour les constats d'assurance, il prévoit le pire. Plusieurs semaines de douloureuse convalescence. Dans le meilleur des cas. Le regard de Baxter est posé sur lui, regard qu'il ne peut détourner qu'en faisant pivoter son lourd crâne rasé. Son visage est parcouru de légers spasmes qui ne forment jamais une expression cohérente. Un jour cette activité musculaire — de l'avis autorisé de Perowne — fera place à une athétose, affection caractérisée par des mouvements involontaires, incontrôlables.

Le trio donne l'impression de reprendre son souffle avant de passer aux affaires sérieuses. Nark referme déjà le poing. Perowne remarque la présence de trois bagues, respectivement sur l'index, le majeur et l'annulaire, des anneaux d'or aussi épais que s'ils avaient été sciés dans un tuyau en cuivre. Il sait qu'il a seulement quelques secondes devant lui. Baxter a entre vingt et trente ans. Ce n'est pas vraiment le moment de s'enquérir de ses antécédents familiaux. Si un parent a cette maladie, on a une chance sur deux d'en être soi-même atteint. Chromosome quatre. Le malheur vient d'un simple gène, de la répétition excessive d'une simple séquence — CAG. Le déterminisme biologique à l'état pur. Plus de quarante fois ce minuscule codon et on est condamné. Tout est écrit, l'avenir est facile à prévoir. Plus le codon se répète, plus la maladie s'installe tôt et plus elle est sévère. Entre dix et vingt ans de dégradation progressive depuis les premières modifications du caractère, les tremblements des mains et du visage, les troubles de l'humeur — la cyclothymie notamment — jusqu'au stade ultime : mouvements de danse désordonnés et incontrôlables, détérioration des facultés intellectuelles, pertes de mémoire, agnosie, apraxie, démence, absence totale de contrôle musculaire, voire rigidité, et hallucinations cauchemardesques qui précèdent une fin dépourvue de sens. Voilà comment la remarquable machinerie humaine se dérègle à cause d'un tout petit rouage défectueux, d'un murmure insidieux de décrépitude, d'une simple anomalie logée au cœur de chaque cellule, sur chaque chromosome quatre.

Nark prépare son bras droit. Nigel ne semble pas se formaliser qu'il frappe le premier. Henry a entendu dire qu'une apparition précoce de la maladie proviendrait du gène paternel, mais on n'en est pas certain. Il n'a rien à perdre à donner un coup de sonde. Il affronte le regard furieux de Baxter.

« Votre père souffrait, et maintenant vous aussi. »

Il se fait l'effet d'un guérisseur jetant un mauvais sort. L'expression de Baxter est indéchiffrable. D'un geste fébrile de la main gauche il calme ses comparses. Le silence s'installe tandis qu'il déglutit et se penche en avant, sourcils froncés, comme pour se débarrasser d'un corps étranger dans sa gorge. Perowne s'est exprimé de manière ambiguë. Son « souffrait » a facilement pu être pris pour « souffre ». Or Baxter n'a peut-être jamais connu son père, qu'il soit vivant ou mort. En revanche, Perowne mise sur le fait qu'il soit au courant de sa maladie. Si tel est le cas, il n'aura informé ni Nark ni Nigel, ni aucun de ses amis. C'est son secret honteux. Sans doute est-il dans le déni, sachant tout en refusant de savoir, tout en préférant ne pas y penser.

Lorsque Baxter prend enfin la parole, sa voix paraît différente, plus mesurée peut-être. « Vous connaissiez mon père ?

— Je suis médecin.

— Habillé comme ça ? Vous vous foutez de moi ?

— Je vous assure que je suis médecin. On vous a expliqué ce qui vous attendait ? Souhaitez-vous en savoir plus sur votre problème ? »

Ça marche, ce chantage éhonté fonctionne. Soudain Baxter s'énerve. « Quel problème ? »

Avant que Perowne ait pu répondre, il ajoute avec férocité : « Vous allez la fermer, bordel ? » Tout aussi vite sa colère retombe et il se détourne. Perowne et lui ont désormais partie liée dans un monde qui n'est pas celui de la médecine, mais de la magie. Quand on tombe malade, il est déconseillé d'insulter le chaman.

« Qu'est-ce qui se passe ? Il souffrait de quoi, ton père ? interroge Nigel.

— Ta gueule. »

Le tabassage est remis à plus tard et Perowne sent qu'il reprend la main. Ce renfoncement servant d'issue de secours lui tient lieu de cabinet. Son volume réduit lui renvoie l'écho d'une voix à l'autorité retrouvée. « Consultez-vous quelqu'un ? demande-t-il.

— C'est quoi, cette histoire, Baxter ? »

Baxter fourre le rétroviseur extérieur dans les mains de Nark. « Allez m'attendre dans la voiture.

— Tu rigoles ?

— Ça m'étonnerait. Tous les deux. Allez m'attendre dans cette putain de bagnole. »

Baxter fait des efforts pathétiques pour éloigner ses amis de celui qui partage son secret. Les deux hommes échangent un coup d'œil et haussent les épaules. Sans un regard pour Perowne, ils remontent la rue. Ils peuvent difficilement ne pas imaginer que Baxter a un problème, mais ce ne sont que les premiers stades de la maladie et l'évolution est lente. Peut-être ne le connaissent-ils pas depuis longtemps. Et dans leur milieu, une démarche chaloupée, des tremblements symptomatiques, un accès de colère méprisante ou un revirement d'humeur peuvent très bien passer pour une preuve de caractère. Dès qu'ils atteignent la BMW, Nark ouvre la portière arrière et lance le rétroviseur à l'intérieur. Côte à côte, bras croisés comme les truands au cinéma, ils s'adossent contre l'avant de la voiture pour observer Baxter et Perowne.

Celui-ci insiste doucement. « Quand avez-vous perdu votre père ?

— Laissez tomber. »

Baxter ne le regarde pas. Une épaule de biais, il s'agite sur place tel un enfant boudeur qui attend qu'on le supplie, incapable de faire le premier pas. Voilà un symptôme caractéristique de tant de maladies dégénératives du système nerveux : un brutal changement d'humeur dont on ne garde pas le souvenir et dont on ne mesure pas l'impact sur autrui.

« Votre mère est encore en vie ?

— Pas à ma connaissance.

— Êtes-vous marié ?

— Non.

— Baxter, c'est votre vrai nom ?

— Ça me regarde.

— D'accord. D'où êtes-vous ?

— J'ai passé mon enfance à Folkestone.

— Et maintenant, vous vivez où ?

— Dans l'ancien appartement de mon père. À Kentish Town.

— Vous avez un métier, une formation, un bagage universitaire ?

— Je me suis jamais plu à l'école. Qu'est-ce que ça peut bien vous faire ?

— Et votre médecin, il vous a dit quoi sur votre état de santé ? »

Baxter hausse les épaules. Il a cependant concédé à Perowne le droit de le questionner. Chacun est entré dans son rôle et Perowne ne lâche pas prise.

« On vous a déjà parlé de la chorée de Huntington ? »

De la manifestation leur parvient une sorte de bruit de crécelle, de cailloux secoués dans une boîte de conserve. Baxter fixe le sol à ses pieds. Perowne prend son silence pour un acquiescement.

« Accepteriez-vous de me donner le nom de votre médecin ?

— Pour quoi faire ?

— On pourrait vous envoyer chez un collègue à moi. Très compétent. Il vous faciliterait la vie. »

Baxter se tourne, puis incline la tête dans un effort pour imprimer l'image de cet interlocuteur plus grand que lui sur sa fovea, petite dépression au centre de la rétine où la vision est la plus nette. On ne sait pas encore guérir les lésions du nerf oculomoteur. En général on n'a rien d'autre à offrir qu'un traitement pour ralentir leur évolution. Henry décèle toutefois sur ce visage traversé par des tics nerveux une curiosité soudaine, une soif d'informations ou une lueur d'espoir. À moins que ce ne soit le simple besoin de parler.

« Comment ça ?

— Grâce à des exercices. À certains médicaments.

— Des exercices... »

Baxter renifle avec mépris. Il a raison de souligner la fatuité, le caractère dérisoire de cette suggestion. Perowne poursuit :

« Que vous a dit votre médecin ?

— Qu'il n'y avait rien à faire. Rien. »

Baxter a répondu avec défiance, comme pour rappeler l'existence d'une dette : Perowne a été épargné, en échange il doit fournir des raisons d'être optimiste, à défaut d'un traitement miracle. Baxter veut entendre que son médecin s'est trompé.

« Il n'a pas entièrement tort, se contente de dire Perowne. Il y a bien eu quelques tentatives pour greffer des cellules souches à la fin des années quatre-vingt-dix, mais...

— Ça n'a rien donné.

— En effet, les résultats ont été décevants. On cherche plutôt du côté de l'ARN, désormais.

— Ouais, pour neutraliser le gène défectueux. Un jour, peut-être. Quand je serai déjà mort.

— Dites donc, vous êtes bien informé.

— Merci, docteur. Et ce serait quoi, vos soi-disant médicaments ? »

Perowne a l'habitude de cette réaction instinctive chez les patients, cette volonté de poursuivre la moindre piste. S'il existait un médicament, Baxter ou son médecin le sauraient. Mais Baxter préfère vérifier. Quelqu'un en sait peut-être plus long que lui. Chaque semaine, il peut y avoir de nouvelles avancées. Et quand les derniers espoirs s'épuisent de ce côté-là, les charlatans sortent de la coulisse pour offrir aux malades désemparés leurs régimes à base de noyaux d'abricots, leurs massages de l'aura ou le réconfort de la prière. Par-dessus l'épaule de Baxter, Perowne aperçoit Nark et Nigel. Ils ne sont plus adossés contre la voiture, mais font les cent pas devant, lancés dans une discussion animée, avec force gestes vers l'autre extrémité de la rue.

« Pour atténuer la douleur, les troubles de l'équilibre, les tremblements, la dépression », dit Perowne.

Baxter hoche la tête. Les muscles de ses joues tressautent de leur côté. Henry pressent un changement d'humeur. « Putain..., murmure Baxter pour lui-même. Oh putain... » Dans cette phase transitoire de perplexité ou de désarroi, ses traits vaguement simiesques s'adoucissent jusqu'à devenir presque avenants. C'est un homme intelligent qui donne l'impression, maladie mise à part, d'avoir raté sa chance, fait de grosses bêtises et de mauvaises rencontres. Encore un qui a dû quitter l'école trop tôt et qui doit le regretter. Plus de parents sur qui compter. Et maintenant que pouvait-il lui arriver de pire ? Il n'a aucun moyen de s'en sortir. Personne ne peut rien pour lui. Cependant,

Perowne se sait incapable de le prendre en pitié. Voilà longtemps que son expérience médicale a eu raison de sa compassion. Une partie de lui-même ne cesse de calculer à quel moment il pourra sans danger mettre fin à l'entretien. D'ailleurs, la pitié n'est pas de mise ici. Le cerveau peut vous lâcher de tant de manières différentes. Comme une voiture de luxe c'est une machine sophistiquée, mais produite à grande échelle : il y en a plus de six milliards en circulation.

À juste titre, Baxter estime avoir été privé d'un peu de violence, de l'exercice d'un certain pouvoir, et plus il y pense, plus sa colère monte. Nouveau changement brusque de sa météo mentale, forte perturbation en vue. Il ne murmure plus et s'approche si près que Perowne sent l'odeur métallique de son haleine.

« Espèce de salopard, lâche Baxter en lui donnant une bourrade en pleine poitrine. Tu essayes de m'embrouiller. Devant les deux autres, en plus. Tu crois que ça me change la vie ? Va te faire foutre. Je leur dis de revenir. »

De l'endroit où il se trouve, tournant le dos à la sortie de secours, Perowne comprend que Baxter a un mauvais moment à passer. Au moment où celui-ci se détourne pour aller se planter au milieu du trottoir, Nark et Nigel s'éloignent de la BMW et partent vers Tottenham Court Road.

Baxter s'élance brièvement dans leur direction. « Ho ! » hurle-t-il.

Ils jettent un coup d'œil en arrière et Nark, sortant de sa léthargie habituelle, pointe son majeur vers le ciel. Tandis qu'ils continuent leur chemin, Nigel fait un bras d'honneur. Le général a manqué d'autorité, ses troupes désertent, l'humiliation est totale. Perowne en profite pour prendre le large à son tour. Il traverse le trottoir, s'engage sur la chaussée, contourne sa voiture. Sa clé de contact est encore sur le tableau de bord. Quand il démarre, il aperçoit Baxter dans son rétroviseur, ne sachant où donner de la tête, maudissant les fuyards. Perowne passe tranquillement en seconde — par orgueil il refuse d'avoir l'air pressé. Peu importe le constat d'assurance, il s'étonne même d'y avoir attaché autant d'importance. Il voit sa raquette sur le siège du passager. C'est le moment idéal pour s'éclipser : il lui reste encore un espoir d'arriver à temps pour son match.

Après avoir trouvé une place de parking et avant de descendre de voiture, il appelle Rosalind à son journal — ses longs doigts encore tremblants ont du mal à composer le numéro sur les minuscules touches. C'est une journée importante pour elle, et il n'est pas question de la perturber en lui racontant l'histoire de son tabassage manqué. De toute façon, il ne cherche pas une oreille compatissante. Il a besoin de quelque chose de plus essentiel : le son de la voix de Rosalind lors de leurs échanges quotidiens, le retour à la vie normale. Quoi de plus rassurant qu'une conversation entre mari et femme pour prévoir en détail le dîner de ce soir ? L'intérimaire sur laquelle il tombe — baptisée standardiste par les collègues de Rosalind — lui apprend que la réunion avec le rédacteur en chef a commencé en retard et n'est toujours pas terminée. Il ne laisse pas de message et dit qu'il rappellera plus tard.

Il est rare de voir les courts de squash déserts derrière leur paroi vitrée un samedi. Henry longe le couloir sur la moquette bleue constellée de taches, dépasse le distributeur de Coca-Cola et de barres chocolatées, et finit par trouver son anesthésiste en train de renvoyer la balle contre le mur latéral gauche du court numéro cinq avec la hargne d'un homme évacuant sa mauvaise humeur. Or il ne patiente apparemment que depuis dix minutes. Il vit de l'autre côté du fleuve, à Wandsworth, et la manifestation l'a contraint à abandonner sa voiture près du Festival Hall. Furieux de ce contretemps imprévu, il a traversé le Waterloo Bridge au pas de course alors qu'en contrebas, sur les berges, des dizaines de milliers de gens convergeaient vers Parliament Square. Trop jeune pour les manifestations contre la guerre du Vietnam, il n'avait encore jamais vu autant de personnes au même endroit. Malgré ses convictions personnelles, il a éprouvé une certaine émotion. C'est un processus démocratique, quelle que soit la gêne occasionnée, s'est-il dit. Il a contemplé la scène quelques minutes avant de remonter Kingsway, toujours au pas de course, à contre-courant de la foule. Il décrit tout cela pendant que Perowne, assis sur le banc, enlève son pull, son pantalon de survêtement, et sort son portefeuille, ses clés et son portable qu'il laisse le temps du match posés dans l'angle au pied du mur frontal — Jay Strauss et lui ne se prennent pas suffisamment au sérieux pour tenir à ce que le court soit entièrement dégagé.

« Ils n'aiment pas votre Premier ministre, mais putain ce qu'ils peuvent haïr mon Président ! »

Jay est le seul médecin américain que Perowne connaisse à avoir accepté une réduction considérable de son salaire et une dégradation de ses conditions de travail pour venir exercer en Angleterre. Il prétend avoir eu le coup de foudre pour le système de santé britannique. Il est aussi tombé amoureux d'une Anglaise dont il a eu trois enfants, avant de divorcer pour épouser une seconde ravissante Anglaise, douze ans plus jeune que la première et qui lui a donné deux autres enfants — encore en bas âge, le troisième est pour bientôt. Son respect de la médecine conventionnée et son amour des enfants n'en font pas pour autant un défenseur de la cause pacifiste. Selon Perowne, cette guerre annoncée ne divise pas les gens de façon prévisible ; les opinions qu'ils affichent habituellement ne sont plus un critère fiable. À en croire Jay, le problème est simple : l'avenir des sociétés libres et démocratiques dépend de la manière dont elles vont réagir au nouvel ordre mondial. Bardé de certitudes, il est toujours prêt à discuter du rôle de la diplomatie, des armes de destruction massive, des inspecteurs de l'ONU, des liens avérés entre l'Irak et Al Qaïda, etc. L'Irak est un État-voyou, un allié naturel des terroristes qui causera tôt ou tard des ennuis, alors autant régler le problème tant que l'armée américaine a le vent en poupe après l'Afghanistan. Par « régler le problème », assure-t-il, il ne veut rien dire d'autre que libérer et démocratiser. Les États-Unis doivent faire oublier certains épisodes désastreux du passé — ils ont en tout cas le devoir d'aider le peuple irakien. Après chaque nouvelle discussion avec lui, Henry serait presque tenté de rejoindre le camp des opposants à la guerre.

Jay Strauss est un homme robuste, massif, terre à terre, expansif, énergique, franc et direct — au point d'en être fatigant au dire de certains de ses collègues britanniques. Complètement chauve depuis l'âge de trente ans, il fait une heure de musculation par jour et ressemble à un catcheur. Lorsqu'il s'affaire auprès de ses patients en salle d'anesthésie, se préparant à les plonger dans l'inconscience, ils sont rassurés par les muscles saillants de ses avant-bras, par sa carrure imposante et sa façon enjouée, sans détour ni condescendance, de s'adresser à eux. Les plus angoissés peuvent se dire que cet Américain se mettra en quatre pour leur épargner toute douleur.

Les deux hommes font équipe depuis six ans. Pour Henry,

Jay est indispensable à la bonne marche du service. Dès qu'une complication survient, il affiche aussitôt un calme olympien. Par exemple, si Henry a besoin de neutraliser une veine importante au cours d'une intervention, il décompte d'une voix paisible le temps qui reste, finissant par annoncer dans un murmure : « Vous avez encore une minute, Patron, après vous êtes viré. » Les rares fois où les choses tournent vraiment mal, où il n'y a plus d'espoir, Jay va ensuite le rejoindre au fond du couloir silencieux où il s'est réfugié, lui met une main sur chaque épaule, l'étreint et déclare : « C'est bon, Henry. Mettons tout de suite les choses au point. Avant que tu commences à te torturer l'esprit. » Normalement, aucun anesthésiste, même attaché à l'établissement, ne parle ainsi à un chirurgien. D'où le nombre anormalement élevé d'ennemis que Strauss s'est faits au fil du temps. Au sein de certaines commissions, Perowne a plus d'une fois protégé les larges épaules de son ami des coups de poignard de certains collègues. De temps à autre il se surprend à lui dire quelque chose comme : « Je me fiche de ce que tu penses de ce type. Je te demande juste d'être aimable. N'oublie pas qu'il nous faut cette subvention l'année prochaine. »

Pendant que Henry fait ses exercices de stretching, Jay retourne sur le court chauffer la balle, cette fois contre le mur latéral droit. Aujourd'hui il semble la renvoyer avec une force décuplée, et ses revers fulgurants sont sûrement destinés à intimider l'adversaire. Objectif atteint. Chaque impact résonne comme une déflagration oppressante aux oreilles de Perowne ; il ressent une raideur inhabituelle dans la nuque tandis qu'il poursuit son échauffement, exerçant de la main gauche une pression ascendante sur son coude droit. Par la porte vitrée entrouverte, il hausse la voix pour expliquer les raisons de son retard, mais son récit est tronqué, il porte essentiellement sur l'accrochage, sur le fait que par miracle la peinture n'a pratiquement rien. Henry tait le reste, se contente d'insister sur le temps passé à régler les formalités. Il ne veut pas avoir à décrire Baxter et ses comparses. La curiosité de Strauss se réveillerait aussitôt, suscitant des questions auxquelles il n'est pas en état de répondre. Cet épisode lui inspire déjà un sentiment de malaise croissant, une inquiétude encore impossible à définir, mais sans doute en partie due au remords.

Il entend un craquement dans son genou gauche alors qu'il étire ses tendons. Quand sera-t-il temps de renoncer à ce sport ? Le jour de son cinquantième anniversaire ? Plus tôt ? Mieux vaut jeter l'éponge avant de se retrouver avec une rupture des ligaments croisés, ou de s'écrouler sur le plancher, terrassé par une hémorragie cérébrale. Il étire maintenant sa jambe droite. Strauss continue de retourner la balle plus vite que son ombre. Perowne perçoit soudain sa vie comme quelque chose de précieux et de fragile. Ses membres lui apparaissent comme autant de vieux amis oubliés, absurdement longs et minces. Serait-il plus ou moins en état de choc ? Après le coup de poing qu'il a reçu, son cœur sera encore plus vulnérable. Il conserve une douleur dans la poitrine. Il se doit de survivre dans l'intérêt d'autrui, de ne pas mettre sa vie en péril pour l'amour d'un sport où l'on se contente de renvoyer une balle contre un mur. Et on n'a jamais vu un match de squash où les joueurs se ménagent, surtout Jay. Ou lui-même. Ils sont aussi mauvais perdants l'un que l'autre. Une fois lancés, ils se disputent le moindre point comme des chiffonniers. Il devrait s'excuser et déclarer forfait sans attendre, au risque d'agacer son ami. Risque négligeable. En se redressant Perowne prend conscience qu'il a une seule envie : rentrer chez lui, s'étendre dans sa chambre, analyser l'incident d'University Street, réfléchir à la manière dont il aurait dû réagir et aux erreurs qu'il a pu commettre.

Mais dans le même temps il enfile ses lunettes, s'avance sur le court, referme la porte derrière lui. Il s'agenouille pour déposer ses objets de valeur dans l'angle au pied du mur frontal. C'est un temps fort de sa semaine, ce match de squash du samedi matin contre un collègue et ami, et il n'a pas le courage de l'interrompre. Il se tient sur la zone de service gauche, Strauss envoie une balle rapide et amicale au centre, mécaniquement Perowne la retourne sur la même trajectoire. Les voilà engagés dans une mise en jambes familière. Il rate sa troisième balle qui atterrit bruyamment sur la plaque métallique. Au bout de deux ou trois échanges, il s'arrête pour rattacher ses lacets. Il n'arrive pas à entrer dans le jeu. Il se sent lent, maladroit, sa réception est approximative, ses gestes trop amples ou pas assez, il n'en sait rien. Il examine sa raquette après chaque balle. Déjà quatre minutes écoulées, et ils n'ont toujours pas réussi un échange digne de ce nom. Rien à voir avec le rythme soutenu qui s'installe habituellement avant un match. Il remarque que Jay ralentit l'allure, offre des angles plus faciles pour que la balle reste en jeu. Enfin Perowne se sent obligé d'annoncer qu'il est prêt. Puisqu'il a perdu le match de la semaine dernière, aux termes de leur arrangement c'est lui qui doit servir.

Il va se placer sur le carré de service droit. « O.K. », entend-il Jay murmurer derrière lui de l'autre côté du court. Il règne un silence absolu qui siffle aux oreilles comme rarement en ville : aucun autre joueur, aucun bruit dans la rue, pas même celui de la manifestation. Perowne fixe quelques instants la balle noire et dense au creux de sa main gauche, s'efforçant d'écarter les pensées parasites. Il lobe assez haut pour empêcher un retour de volée, la balle rebondit du mur latéral sur celui du fond, mais il comprend aussitôt qu'il l'a frappée trop fort. Elle revient à une vitesse suffisante pour que Jay puisse la retourner à l'autre extrémité du mur latéral. Elle va mourir dans l'angle, rebondissant plusieurs fois le temps que Perowne l'atteigne.

Presque sans marquer de pause, Jay s'en empare pour servir à son tour. Devant ce mouvement d'humeur, Perowne s'attend à un smash et s'accroupit pour intercepter la balle à la volée avant qu'elle touche le mur latéral. Mais Strauss fait ses propres calculs. Il sert doucement, au ras de l'épaule droite de Perowne. Le service idéal face à un adversaire indécis. Celui-ci recule, mais trop tard et pas suffisamment, et dans sa précipitation il perd la balle de vue. Elle retombe à l'avant du cours et Strauss la renvoie dans l'angle au fond à droite. Alors qu'ils jouent depuis moins d'une minute, Perowne a perdu son service, il a déjà un point de retard et sait que la situation lui échappe. L'échange continue sur ce mode, Jay prenant possession du centre du court tandis que Perowne, sonné, se contente d'un jeu purement défensif et accroît inexorablement son retard.

À six-zéro, Strauss se laisse enfin prendre en défaut. Perowne sert de nouveau en lobant très haut et cette fois la balle rebondit d'emblée sur le mur du fond. Strauss parvient à la retourner, mais elle atterrit sur la ligne centrale et Perowne se surprend lui-même en l'envoyant mourir dans un endroit inaccessible. Grâce à ce bref moment d'euphorie, il retrouve sa concentration. Il empoche trois points sans difficulté, le dernier grâce à un retour de volée, et il entend Jay se maudire en regagnant le fond du court. Désormais l'autorité magique et toutes les initiatives sont dans son camp. Il a reconquis le centre du court et fait courir son adversaire. Il mène bientôt sept à six et se voit déjà remporter les deux points suivants. C'est alors qu'il frappe sans réfléchir en diagonale. Strauss se jette sur la balle qu'il renvoie doucement dans l'angle d'un revers impeccable. Perowne réussit à ne pas se haïr en reprenant sa place à la réception sur la zone de service gauche. Mais lorsque la balle jaillit vers lui depuis le mur du fond, des pensées importunes viennent troubler sa concentration. Il revoit la silhouette pathétique de Baxter s'encadrer dans son rétroviseur. Juste au moment où il devrait s'élancer pour retourner la balle à la volée. Alors qu'il pourrait facilement l'atteindre d'un bond, il a une seconde d'hésitation. La balle va heurter la plinthe du mur latéral, et, humiliation suprême, elle roule sur son pied. Jay a de la chance, et Perowne doit se retenir pour ne pas lui en faire la remarque. Sept partout. La fin n'est pas très disputée. Perowne sent son cerveau s'embrumer et Jay s'octroie coup sur coup les deux derniers points.

Ni l'un ni l'autre ne nourrit la moindre illusion sur la qualité de son jeu. Tous les deux proches de la cinquantaine, ils se défendent à peu près convenablement au sein de leur club. Ils se sont entendus pour faire une pause entre chaque manche — ils disputent le match en cinq jeux —, histoire de laisser leur rythme cardiaque revenir à la normale. Parfois ils s'asseyent même sur le plancher. Aujourd'hui, le premier jeu n'ayant pas été épuisant, ils arpentent lentement le court. Jay demande des nouvelles de la petite Chapman. Il a tout essayé pour l'amadouer. L'arrogance de la jeune fille n'a pas résisté au discours musclé que Perowne, passant dans le couloir, a entendu l'anesthésiste lui tenir. Celui-ci était venu dans le service pour faire sa connaissance. Il avait trouvé une infirmière philippine en larmes à force d'essuyer des injures.

Il s'était assis sur le lit et avait regardé la jeune fille droit dans les yeux.

« Écoute, ma cocotte. Si tu veux qu'on répare ta pauvre tête, il va falloir nous aider. Tu m'entends ? Si tu veux qu'on la laisse comme elle est, alors rentre chez toi avec tes grossièretés. On a beaucoup de patients qui attendent ta place. Ce sont tes affaires, dans ce placard ? Tu veux que je les mette dans ton sac de voyage ? D'accord. On y va. Brosse à dents. Lecteur de CD. Brosse à cheveux... Comment ça, non ? Il faudrait savoir ! Bon, d'accord. Je remets tout dans le placard. Mais si, regarde ! Dès que tu fais un effort, nous aussi. Marché conclu ? Allez, on se serre la main. »

Perowne rend compte de l'évolution favorable du matin.

« J'aime bien cette gamine, déclare Jay. J'ai l'impression de me revoir au même âge. Provocation tous azimuts. Elle peut exploser en vol comme elle peut devenir quelqu'un de bien.

— En tout cas, elle s'en tire pour cette fois, dit Perowne en reprenant sa place à la réception. Au moins, si elle explose, ce sera entièrement sa faute. Allons-y. »

Il a parlé trop vite. En fait c'est à lui de servir, mais le verbe « exploser », qui réveille des souvenirs de la nuit précédente et de la matinée, suscite une bonne dizaine d'associations d'idées. Tout ce qui lui est arrivé ces dernières heures lui revient en même temps. Il n'est plus dans le présent. Le square glacial et désert, l'avion et sa boule de feu, son fils dans la cuisine, sa femme endormie, sa fille qui revient de Paris, les trois hommes dans la rue — il ne se trouve pas dans le bon espace-temps, à moins qu'il ne soit à cheval sur plusieurs à la fois. La balle le fait sursauter — comme s'il avait quitté le court quelques instants. Il la récupère à la dernière minute, alors qu'elle va toucher le sol.

Aussitôt, Strauss jaillit de la zone de service pour administrer le coup décisif. Le deuxième jeu commence comme le premier. Mais cette fois, Henry va devoir suer sang et eau avant de perdre. Jay semble bien décidé à faire durer le plaisir tandis que, campé au milieu du court, il multiplie les lobs vers le fond, les amortis vers l'avant, et cherche le meilleur angle de tir. Perowne virevolte autour de son adversaire comme un cheval de cirque. Il se renverse en arrière pour rattraper la balle dans un angle en fond de court, s'élance d'un bond pour retourner un amorti. Ces changements de direction constants le fatiguent autant que la haine de soi qu'il sent monter. Comment a-t-il pu s'infliger cette humiliation, cette torture, et même s'en réjouir à l'avance ? C'est dans ces moments-là, au cours d'un match, que se révèlent ses traits de caractère essentiels : étroitesse d'esprit, incompétence, stupidité — jusque sur le plan moral. Le match devient une métaphore filée de ses défauts. Chacune de ses erreurs est si profondément typique et irritante, si instantanément reconnaissable, comme une signature, une cicatrice ou une déformation invisible. Aussi évidente et intime que le contact de sa langue contre son palais. Il n'y a que lui à pouvoir se tromper ainsi, à mériter de perdre de cette façon. Tandis qu'il encaisse les points, il puise le peu d'énergie qui lui reste dans les eaux de plus en plus noires de la colère.

Il ne dit rien, ni contre lui-même ni contre son adversaire. Pas question que Jay l'entende jurer. Mais le silence est une autre forme de souffrance. Le score est de huit à trois. Jay joue en diagonale, initiative sans doute malheureuse, car la balle livrée à elle-même est facile à intercepter. Perowne saisit sa chance. S'il atteint la balle, Jay sera pris de vitesse. Conscient de cette éventualité, celui-ci remonte vers le centre du court, coupant la route à Perowne qui demande aussitôt un let. Ils s'interrompent et Strauss se retourne, l'air étonné.

« Tu plaisantes ?

— Tu m'as bloqué le passage, bordel ! » s'exclame Perowne, hors d'haleine, désignant du bout de sa raquette l'endroit vers lequel il se dirigeait.

Ce langage les surprend tous les deux. Strauss s'incline immédiatement. « Bon, d'accord, c'est un let. »

Alors qu'il regagne le carré de service et tente de se calmer, Perowne ne peut s'empêcher de trouver mesquin de la part de Jay, qui mène huit à trois et a déjà un jeu d'avance, d'avoir contesté une faute aussi évidente. Quoi qu'il en soit, ce jugement n'aide pas Perowne à servir comme il le faudrait, or c'était sa dernière chance de revenir dans le jeu. La balle rebondit si loin du mur que Jay a le temps de venir se placer à gauche et de smasher facilement. Il reprend le service, et trente secondes plus tard le jeu est terminé.

La perspective de parler de tout et de rien sur le court pendant la pause est insupportable. Henry pose sa raquette, retire ses lunettes, marmonne qu'il a besoin d'eau. Il quitte le court et va dans les vestiaires pour boire au robinet. La pièce paraît déserte, à l'exception d'une silhouette invisible dans les douches. Un téléviseur fixé au mur diffuse les images d'une chaîne d'information. Devant un lavabo il se rafraîchit et pose la tête sur ses bras croisés. Le sang cogne à ses oreilles, la sueur ruisselle le long de sa colonne vertébrale, il a le visage et les pieds en feu. Il ne veut qu'une chose au monde. Tout le reste passe au second plan. Il doit battre Strauss. Il devra gagner trois jeux d'affilée pour y parvenir. Incroyablement difficile, mais dans l'immédiat il ne désire rien d'autre, ne pense à rien d'autre. Durant ces quelques minutes de solitude, il doit réfléchir sérieusement à sa technique, aller à l'essentiel, déterminer ce qui ne va pas et y remédier. Il a souvent battu Strauss dans le passé. Il doit cesser de se mettre en colère contre lui-même et se concentrer.

Lorsqu'il relève la tête, il voit dans le miroir des vestiaires, derrière son visage rougi, le reflet du téléviseur silencieux qui montre encore le même reportage sur l'atterrissage forcé de l'avion-cargo. Puis, avec une brièveté troublante, deux hommes menottés, leur veste sur la tête — sans doute les deux pilotes — qu'on emmène vers un véhicule de police. Ils ont été arrêtés. Il y a du nouveau. À l'extérieur du commissariat, un reporter parle devant la caméra. Puis le présentateur questionne le reporter. Perowne s'écarte pour ne plus voir l'écran du téléviseur. On ne peut donc même plus se changer les idées pendant une heure sans être envahi, contaminé par la sphère publique ? Il commence à envisager la solution de son problème en termes simples : s'il gagne, il réaffirmera la primauté de sa vie privée. Il a le droit de temps à autre — comme tout un chacun — de ne pas être importuné par les événements internationaux ni par ceux de la rue. Tout en retrouvant son calme, il se dit que la possibilité d'oublier, d'occulter le spectacle du monde afin de se concentrer est une liberté fondamentale. Au même titre que la liberté de pensée. Il va se libérer en battant Strauss. Avec un sursaut d'énergie il fait les cent pas entre les bancs des vestiaires, détournant le regard des bourrelets d'un adolescent obèse qui émerge des douches nu comme un phoque. Il n'a plus beaucoup de temps. Il doit adopter une stratégie simple, tirer parti des faiblesses de son adversaire. Strauss ne mesure pas plus d'un mètre soixante-dix, il n'est ni très mobile ni très bon volleyeur. Perowne décide de lober le plus haut possible vers les angles du fond. Rien de plus simple. Lober systématiquement vers le fond.

Dès qu'il arrive sur le court, l'anesthésiste se précipite à sa rencontre. « Ça va, Henry ? Tu es en colère ?

— Oui. Contre moi-même. Et le fait d'avoir à discuter pour annuler ce point n'a rien arrangé.

— C'est toi qui avais raison, j'étais dans mon tort. Excuse-moi. Tu es prêt ? »

Perowne s'installe à la réception, concentré sur le rythme de sa respiration, prêt à jouer sans détour, à suivre la procédure classique, ou presque : il retournera la balle à la volée avant qu'elle touche le mur latéral, puis rejoindra aussitôt le « T » au centre du court pour lober. Tout simplement. Il est grand temps de détrôner Strauss.

« Prêt. »

Strauss sert rapidement, une fois encore au ras de l'épaule de Perowne. Celui-ci renvoie la balle plus ou moins dans la direction souhaitée et se retrouve sur le « T ». Strauss déloge la balle de l'angle, elle revient le long du mur latéral. Perowne s'élance pour un nouveau retour de volée. La balle fait une demi-douzaine d'allers et retours le long du mur latéral gauche jusqu'à ce que Perowne, d'un revers lifté, l'expédie dans l'angle opposé. Ils enchaînent les rebonds contre le mur latéral droit, s'écartant à la dernière minute de la trajectoire de l'adversaire, avant de poursuivre la balle à travers le court, perdant et reprenant successivement l'avantage.

Ils ont déjà connu ce genre de bras de fer — désespéré, insensé, mais aussi désopilant, comme si l'enjeu principal était de voir qui s'écroulerait de rire le premier. Rien de tel cette fois. L'affrontement est dépourvu d'humour, interminable et usant, car un cœur de cet âge ne peut rester longtemps à cent quatre-vingts pulsations par minute : l'un des joueurs va bientôt s'épuiser et rater la balle. Au cours de cet échange purement social, vaguement inepte, et sans témoins, les deux hommes ont une conscience aiguë de la valeur de ce point. Malgré les excuses de Strauss, la contestation du let plane toujours entre eux. L'anesthésiste doit se douter que Perowne vient de se sermonner dans les vestiaires. Si ses efforts sont mis en échec, il sera vite démoralisé et Strauss gagnera le match en trois jeux. Quant à Perowne, il doit se plier aux règles du squash : tant qu'il n'a pas repris le service, il ne peut pas marquer.

Au cours d'un échange prolongé, on se transforme parfois en une sorte d'automate qui vit à peine dans le présent, se contente de renvoyer mécaniquement la balle, n'existe que pour frapper la suivante. Perowne a déjà atteint cet état et s'accroche tant bien que mal quand il se souvient qu'il est censé avoir une stratégie. Comme par hasard, au même instant la balle passe à sa portée et il réussit à lober et à l'envoyer tout au fond dans le coin gauche. Strauss lève sa raquette pour volleyer, puis se ravise et fonce vers la balle. Il la rabat vers le centre et Perowne lobe vers l'angle opposé. Courir d'un angle du court à l'autre après la balle lorsqu'on est fatigué représente une véritable épreuve. Chaque fois Strauss la frappe avec un grognement un peu plus sonore, ce qui encourage Perowne. Il résiste à la tentation du smash décisif de peur de le rater. Il continue à lober, cinq fois de suite, pour vider son adversaire de ses forces. Le point s'envole au cinquième lob, quand la balle de Strauss échoue piteusement contre la plaque de tôle.

Zéro partout. Ils posent leurs raquettes. Tantôt ils se penchent en avant pour reprendre leur souffle, les mains sur les genoux, fixant le sol sans le voir, tantôt ils appliquent leurs paumes et leur front contre la surface blanche et fraîche des murs, tantôt ils errent sans but sur le court en soupirant et en s'essuyant le visage avec le bas de leur T-shirt. En d'autres circonstances ils disséqueraient ce genre de point, mais là ils se taisent tous les deux. Déterminé à maintenir le rythme, Perowne est prêt le premier et patiente dans le carré de service en faisant rebondir la balle sur le plancher. Il sert au-dessus de la tête de Strauss, et la balle, plus froide et plus molle, va mourir dans l'angle. Un à zéro, sans se fatiguer. Ce point-là, plus que le précédent, marque peut-être un tournant. Perowne a trouvé son second souffle. Il remporte le point suivant, et celui d'après. Strauss semble exaspéré par une série de services identiques, et les échanges étant brefs ou inexistants, la balle reste froide et inerte comme du mastic, difficile à repêcher dans les coins. Or plus Strauss s'énerve, moins bien il joue. Il ne parvient plus à rattraper la balle à la volée ni à la récupérer avant qu'elle touche le sol. Par deux fois il ne retourne même pas le service, allant attendre le suivant dans la zone du receveur. C'est leur caractère répétitif — même angle, même hauteur impossible, même balle sans rebond — qui l'atteint. En un rien de temps il perd six points.

Perowne a envie de rire aux éclats — réflexe qu'il déguise en toussotement. Il ne cède ni au triomphe ni à l'euphorie — trop tôt pour ça. Il s'agit de la jubilation d'assister à un processus familier, d'un rire de compassion. Il s'amuse de savoir exactement ce que ressent Strauss : lui-même connaît trop bien la spirale de l'exaspération et du sentiment d'incompétence, les extases minuscules de la haine de soi. Il est désopilant de découvrir à quel point un autre individu peut ressembler à votre moi imparfait. Il sait aussi combien son service est énervant. Lui-même serait incapable de le retourner. Mais Strauss s'est montré impitoyable quand il gagnait et Perowne a besoin de marquer. Alors il continue sur sa lancée, projetant la balle au-dessus de la tête de son adversaire jusqu'à ce qu'il remporte le jeu sans effort, neuf à zéro.

« Je vais pisser », dit laconiquement Jay, et il quitte le court en gardant ses lunettes et sa raquette.

Perowne est sceptique. Même s'il comprend que c'est une décision raisonnable, le seul moyen de stopper l'hémorragie de points, et même s'il a fait la même chose moins de dix minutes auparavant, il se sent floué. Grâce à son service exaspérant, il pouvait gagner le jeu suivant dans la foulée. Maintenant Strauss doit être en train de se passer la tête sous le robinet et de repenser sa tactique.

Henry résiste à la tentation de s'asseoir. Il préfère aller jeter un coup d'œil aux autres matchs en cours — il espère toujours apprendre quelque chose des joueurs les plus chevronnés. Mais le club est tout aussi désert qu'avant. Ou bien ses membres manifestent contre la guerre, ou bien ils n'arrivent pas à traverser le centre de Londres. Reprenant le couloir en sens inverse, il soulève son T-shirt pour examiner son torse. Il a un bleu noirâtre à gauche du sternum. Il lui fait mal dès qu'il tend le bras gauche. La vue de sa peau blême l'aide à identifier le sentiment de malaise que lui inspire Baxter. N'aurait-il pas commis, lui, Henry Perowne, une faute professionnelle en utilisant son savoir médical pour déstabiliser un homme atteint d'une maladie dégénérative du système nerveux ? Eh bien si. La menace de se faire casser la figure représente-t-elle une excuse ? Oui, enfin non, pas complètement. Et pourtant cet hématome couleur aubergine et de la taille d'une prune — simple avant-goût de ce qui l'attendait — lui dit que oui, il est absous. Seul un imbécile serait resté se faire rouer de coups alors qu'il existait un moyen de s'en sortir. D'où lui vient donc son sentiment de malaise ? Curieusement, malgré toute cette violence, il éprouvait presque une certaine tendresse pour Baxter. Le terme est un peu exagéré. Il était intrigué par Baxter, par sa situation désespérée, son refus de lâcher prise. Il y avait en lui de l'intelligence, du désarroi de s'être trompé de vie. Et Henry a été obligé, voire contraint d'abuser de son unique pouvoir — mais il n'avait rien fait pour éviter d'en arriver là. D'entrée de jeu son attitude, insuffisamment défensive, n'a pas été la bonne ; il a sans doute paru pédant, voire méprisant. Peut-être même provocateur. Il aurait pu se montrer plus chaleureux, se forcer à accepter une cigarette ; alors qu'il était en position de force, il aurait dû calmer le jeu, au lieu de quoi il a laissé transparaître son indignation et sa pugnacité. En revanche ils étaient trois, ils lui réclamaient du liquide, ils semblaient impatients d'en découdre, ils en parlaient déjà avant de quitter leur voiture. La perte d'un rétroviseur n'était qu'un prétexte pour l'agresser.

Son sentiment de malaise intact, il arrive à l'entrée du court au moment où Strauss apparaît, les épaules trempées après sa séance devant le lavabo. Il a retrouvé sa bonne humeur.

« Bon, dit-il tandis que Perowne rejoint la zone de service. Fini de jouer les gentils. »

Perowne se sent fragilisé d'avoir dû rester seul avec ses pensées. Juste avant de servir, il se souvient de sa stratégie, mais le quatrième jeu n'obéit à aucune logique évidente. Il encaisse deux points, puis Strauss reprend l'avantage, trois à deux. Une série de longs échanges décousus, ponctués d'erreurs involontaires de part et d'autre, porte le score à sept partout, avec Perowne au service. Il remporte les deux derniers points sans difficulté. Deux jeux partout.

Ils font une courte pause pour récupérer avant la bataille

finale. Perowne n'est pas fatigué — gagner ces deux jeux lui a demandé moins d'efforts que de perdre les précédents. Son désir impérieux de battre Jay l'a toutefois quitté et il s'en tiendrait volontiers au match nul pour continuer sa journée. Sa matinée entière a été une sorte de long combat. Mais il ne s'en tirera pas à si bon compte. Strauss, ravi de la situation, en fait des tonnes et va prendre place en s'écriant : « Pas de quartier ! » Puis : « *No pasaran !* »

Perowne finit donc par servir en étouffant un soupir et, à court d'idées, il se fie à son bon vieux lob. D'ailleurs lorsqu'il frappe la balle, il sait qu'elle est presque parfaite, s'élevant pour décrire une courbe qui devrait l'amener pile dans l'angle. Mais Strauss, en proie à une étrange euphorie, réussit quelque chose d'extraordinaire. Il prend un bref élan, bondit en l'air à près de un mètre de hauteur, déploie sa raquette, étire avec élégance son dos musclé, et avec un sourire crispé, la tête renversée en arrière, le bras gauche relevé pour servir de balancier, il arrête la balle juste avant qu'elle atteigne l'apogée de sa trajectoire, la rabattant contre le mur du fond, à deux centimètres de la plaque métallique, d'un revers qui claque comme un coup de fouet — un coup magnifique, inspiré, imparable. Perowne, qui n'a pas bougé du carré de service, le reconnaît aussitôt. Un coup fabuleux ! Et soudain, alors que son adversaire s'est emparé du service, lui revient l'envie de gagner.

Les deux hommes repoussent leurs limites. Un drame se noue autour de chaque point, une pièce en un acte pleine de rebondissements, et toute la gravité, toute la fureur du troisième jeu sont de retour. Ignorant les protestations de leur cœur, ils se ruent aux quatre coins du court. Plus d'erreurs involontaires, chaque point est arraché de haute lutte à l'adversaire. Hormis le serveur qui annonce le score dans un souffle, ils ne parlent pas. Au fil des points, aucun d'eux ne réussit à creuser son avance. Il n'y a pas de véritable enjeu — ils ne sont pas classés au sein du club. Seul les habite l'irrésistible désir de gagner, aussi physiologique que la soif. Désir à l'état pur, car personne ne les regarde, personne ne se soucie d'eux, ni leurs amis ni leurs épouses ni leurs enfants. Aucun plaisir ne s'y mêle. Cela viendra peut-être avec le recul — mais pour le vainqueur uniquement. Si une promeneuse s'arrêtait derrière la cloison en verre pour suivre leurs échanges, elle les prendrait sûrement pour d'anciens joueurs classés ayant gardé une certaine fougue. Et sans doute se demanderait-elle s'ils n'ont pas un compte à régler, à les voir s'affronter ainsi avec l'énergie du désespoir.

Une demi-heure paraît s'être écoulée alors qu'ils n'en sont qu'à la douzième minute de jeu. À sept partout, Perowne sert depuis le carré de service gauche et marque un point supplémentaire. Il traverse le court pour servir la balle de match. Sa concentration est bonne, son moral en hausse et il la projette d'un revers puissant au ras du mur. À son tour Strauss la retourne d'un revers, presque comme au tennis, si bien qu'elle atterrit au fond du court. Bien joué, mais Perowne est déjà en place et s'élance pour le coup décisif. Il intercepte la balle après le rebond et smashe en direction du coin gauche. Fin du jeu, et victoire pour lui. À peine a-t-il frappé la balle qu'il recule et percute Strauss. La collision est brutale, les deux hommes chancellent, et durant quelques secondes ni l'un ni l'autre ne peut articuler un son.

Puis Strauss dit doucement, entre deux respirations laborieuses : « Le point est nul, Henry. »

Et Perowne répond : « Jay, le match est terminé. Trois jeux à deux. »

Ils se taisent de nouveau pour prendre la mesure de ce différend calamiteux.

« Qu'est-ce que tu faisais près du mur du fond ? » demande Perowne.

Jay s'éloigne pour aller se placer dans la zone où, s'ils rejouent le point, il recevra le service. Il veut faire avancer les choses — à sa manière. « Je croyais que tu allais placer un amorti à droite », explique-t-il.

Henry se force à sourire. Il a la bouche sèche, ses lèvres tirent. « Donc je t'ai eu. Tu étais mal placé. Jamais tu n'aurais pu retourner cette balle. »

L'anesthésiste hoche la tête avec ce calme imperturbable que ses patients trouvent si rassurant, mais sa poitrine se soulève à chaque inspiration. « La balle revenait. Avec du rebond. Tu m'as coupé la route, Henry. »

Leurs prénoms fusent comme autant de flèches empoisonnées. Henry lui-même n'y résiste pas. Il fait semblant de rafraîchir la mémoire de Strauss. « Enfin, Jay. Tu ne pouvais pas atteindre cette balle. »

Strauss regarde Perowne droit dans les yeux et dit le plus tranquillement du monde : « Si, Henry. »

Devant tant de mauvaise foi, Perowne ne peut que se répéter : « Tu n'étais pas à ta place.

— Ce n'est pas interdit », réplique Strauss, puis il ajoute : « Allons, Henry. La dernière fois, je t'ai laissé le bénéfice du doute. »

Ainsi il vient réclamer son dû. Perowne a encore plus de mal à rester courtois. « Il n'y avait aucun doute, dit-il sèchement.

— Bien sûr que si.

— Écoute, Jay. On n'est pas à un forum sur l'égalité des chances. On se base sur la réalité des faits.

— Entièrement d'accord. Épargne-moi tes grands discours. »

Le rythme cardiaque de Perowne s'accélère devant cette rebuffade — un mouvement de colère est comme un battement de cœur supplémentaire, un accès de tachycardie invalidant. Il a des choses à faire. Il doit passer chez le poissonnier, aller chez lui se doucher, ressortir, rentrer préparer le dîner, ouvrir une bouteille de vin, accueillir sa fille et son beau-père, les réconcilier. Mais surtout il demande justice : il a remonté la pente alors qu'il était mené deux jeux à zéro, et croit s'être prouvé à lui-même un trait fondamental de son caractère, quelque chose de familier qu'il avait perdu de vue ces derniers temps. Et voilà que son adversaire veut le priver de cette satisfaction, la lui refuser. Il pose sa raquette dans l'angle où se trouvent ses objets de valeur pour bien montrer que le match est terminé. De son côté, Strauss reste résolument planté dans le carré de service. Jamais encore ils ne s'étaient défiés ainsi. Cela cacherait-il quelque chose ? Jay le dévisage avec un demi-sourire de commisération — uniquement destiné à faire valoir son point de vue. Henry se verrait bien — nouvelle accélération de son rythme cardiaque à cette idée — traverser le court en deux ou trois enjambées pour faire disparaître d'une gifle ce rictus suffisant. Il pourrait aussi quitter le court avec un haussement d'épaules. Mais sa victoire n'aura de valeur que si elle lui est consentie par son adversaire. Sérieusement, comment vont-ils pouvoir résoudre ce différend sans arbitre ni autorité supérieure ?

Ni l'un ni l'autre n'ouvre la bouche pendant trente secondes. Avec un geste d'impuissance Perowne déclare, d'un ton aussi artificiel que le sourire de Strauss : « Je ne vois pas ce qu'on peut faire, Jay. Je sais juste que j'ai marqué le point gagnant. »

Strauss, lui, voit très bien que faire. Il met la pression.

« Tu tournais le dos à la balle, Henry. Tu ne l'as pas vue revenir. Moi si, parce que j'allais vers elle. Alors je te pose la question : est-ce que tu m'accuses de mentir ? »

C'est le début de la fin.

« Va te faire foutre, Strauss ! » Perowne empoigne sa raquette et se dirige vers le carré de service.

Ils rejouent le point avec Perowne au service, et comme il s'y attendait plus ou moins, il le perd, ainsi que les trois suivants, et avant qu'il ait eu le temps d'y voir clair tout est terminé, il est battu, il va récupérer son portefeuille, son portable, ses clés et sa montre dans le coin du court. À l'extérieur, il enfile son pantalon, serre le cordon, remet sa montre, son pull et sa veste en mouton. Il est furieux, mais moins que deux minutes plus tôt. Il s'adresse à Strauss qui sort du court à son tour.

« Tu as été sacrément bon. Désolé de m'être emporté.

— Foutaises ! On méritait tous les deux de gagner ce match. Un des meilleurs qu'on ait joués. »

Ils referment l'étui de leur raquette et le glissent à leur épaule. Libérés des lignes rouges, du blanc aveuglant des murs et des règles du squash, ils longent les courts jusqu'au distributeur de boissons. Strauss s'offre un Coca. Perowne n'en a pas envie. Il n'y a que les Américains pour boire quelque chose d'aussi sucré à l'âge adulte.

Alors qu'ils quittent le bâtiment, Strauss s'arrête pour finir sa canette : « Tout le monde a la grippe et je suis de garde ce soir.

— Tu as vu la liste d'opérations pour la semaine prochaine ? demande Perowne. Encore un cas difficile.

— Oui. La vieille dame et son astrocytome. Tu crois qu'elle a une chance de s'en tirer ? »

Ils sont sur les marches qui surplombent le trottoir de

Huntley Street. Le ciel est plus couvert, l'air plus froid et humide. Il pourrait bien pleuvoir sur la manifestation. La vieille dame s'appelle Viola, sa tumeur se trouve près de la glande pinéale. Elle a soixante-dix-huit ans, et vers les années soixante elle était apparemment astronome, une des sommités de Jodrell Bank. Dans le service, pendant que les autres patients regardent la télévision, elle lit des ouvrages sur les mathématiques et la théorie des cordes. Sensible à l'absence de lumière, à ce crépuscule qui s'installe dès la fin des matinées d'hiver, Perowne ne veut pas prendre congé sur une note de mauvais augure. « On va essayer de l'aider », répond-il.

Comprenant à demi-mot, Strauss fait une grimace, lève la main en signe d'adieu, et chacun des deux hommes va son chemin.

3

De retour dans l'intimité feutrée de sa voiture endommagée, le moteur tournant sans bruit sur Huntley Street déserte, il tente à nouveau de joindre Rosalind. Sa réunion terminée, elle est aussitôt allée voir le rédacteur en chef avec qui elle se trouve encore trois quarts d'heure plus tard. L'intérimaire le prie de patienter le temps qu'elle aille se renseigner. Dans l'intervalle, Perowne se cale contre l'appuie-tête et ferme les yeux. La sueur séchée sur sa peau rasée le démange. Ses orteils, qu'il agite pour voir, semblent enveloppés d'un liquide qui refroidit rapidement. L'importance prise par le match n'est plus qu'un lointain souvenir remplacé par une forte envie de dormir. Pas plus de dix minutes. Il a eu une semaine difficile, une nuit agitée, un match éprouvant. Sans rouvrir les yeux, il cherche la touche permettant de verrouiller la voiture. Les serrures des portières sont condamnées presque simultanément, quatre légers déclics comme autant de doubles croches qui l'incitent encore davantage au sommeil. Vieux dilemme datant de l'ère préhistorique : dormir, ou être mangé. Enfin résolu grâce au verrouillage centralisé des portières.

Dans le minuscule écouteur qu'il tient contre son oreille

gauche, il entend le brouhaha d'un bureau paysager, le cliquetis sourd d'un clavier d'ordinateur, une voix masculine s'adressant d'un ton plaintif à un interlocuteur inaudible : « Il ne dément pas... mais non, il n'a pas démenti... Oui, je sais. Oui, c'est bien le problème. Il refuse de démentir. »

Derrière ses paupières closes il voit les locaux du journal, les dalles de moquette tachées de café qui se soulèvent par endroits, le redoutable système de chauffage avec ses fuites d'eau rouillée, les cohortes incomplètes de néons éclairant des recoins livrés au chaos, les piles de dossiers auxquels personne ne touche, car personne ne se soucie de savoir ce qu'ils contiennent ni pourquoi ils sont là, et les bureaux encombrés qui se chevauchent presque. On se croirait dans une école d'art. Tout le monde court trop après le temps pour se mettre à trier les montagnes de vieux papiers. À l'hôpital c'est la même chose. Des pièces pleines d'objets au rebut, de placards et d'armoires métalliques que personne n'ose ouvrir. Des appareils couleur crème remontant à la plus haute antiquité, trop lourds et mystérieux pour qu'on s'en débarrasse. Des bâtiments délabrés, en service depuis trop longtemps, pour lesquels la démolition serait le seul remède. Des villes et des États impossibles à réparer. Le monde entier ressemble à la chambre de Theo. Il faudrait une race d'adultes extraterrestres pour ranger ce désordre généralisé, puis envoyer tout le monde au lit de bonne heure. En des temps révolus, Dieu était censé être un adulte, mais Il a pris parti de manière puérile dans certaines querelles. Ensuite il a fallu qu'Il nous envoie un de Ses propres enfants — la dernière chose dont avait besoin ce caillou tournoyant sur lui-même et grouillant déjà d'orphelins...

« Monsieur Perowne ?

— Hein ? Quoi ?

— Votre femme vous rappellera dès qu'elle sera disponible, dans une demi-heure environ. »

Revenu à lui, il attache sa ceinture de sécurité, fait demi-tour et part en direction de Marylebone. Les manifestants avancent toujours en rangs serrés sur Gower Street, mais Tottenham Court Road, rouverte à la circulation, est envahie par des vagues successives de véhicules déferlant vers le nord. Il s'insère brièvement dans l'une d'elles, oblique vers l'ouest puis de nouveau vers le nord, et ne tarde pas à se retrouver au croisement de Goodge Street et de Charlotte Street — un endroit qu'il a toujours bien aimé, auquel différentes boutiques joignant l'utile à l'agréable donnent couleur et lumière : miroirs, fleurs, savonnettes, journaux, prises électriques, peintures d'intérieur et clés minute s'intercalent avec élégance entre les restaurants chics, les bars à vin et les hôtels cossus. Quel romancier américain, déjà, a dit qu'on pouvait vivre heureux dans Charlotte Street ? Il faudra que Daisy lui rafraîchisse la mémoire. Cette concentration de commerces dans un si petit espace produit à intervalles réguliers des monceaux de sacs d'ordures sur les trottoirs. Un chien errant s'acharne sur eux — rien de tel que ronger des immondices pour avoir les dents blanches. Avant de bifurquer une nouvelle fois vers l'ouest, il aperçoit à l'autre bout de la rue son square, et sa maison encadrée par des arbres aux branches nues. Les persiennes du troisième étage sont fermées — Theo dort toujours. Henry garde un souvenir attendri de ce sommeil irrésistible de l'adolescence prolongé tard dans la matinée, et jamais il ne cherche à priver son fils de ces heures bénies. Elles prendront fin bien assez tôt.

Il traverse Great Portland Street, toujours sinistre — les façades en pierre donnent l'impression d'un crépuscule permanent —, et sur Portland Place il dépasse un couple d'adeptes du Falun Gong qui manifeste en silence face à l'ambassade de Chine. Cette croyance en un univers miniaturisé tournant inlassablement sur lui-même au creux de l'abdomen, neuf fois dans un sens, neuf fois dans l'autre, menacerait l'ordre totalitaire chinois. Certes, ce n'est pas une vision matérialiste du monde. L'État riposte par des passages à tabac, des tortures, des enlèvements et des assassinats, mais le Falun Gong compte désormais plus de disciples que le parti communiste chinois. La Chine est trop peuplée, se dit Perowne chaque fois qu'il passe par là et voit les protestataires, pour entretenir encore longtemps ce climat de paranoïa. La croissance de son économie est trop rapide et le monde moderne trop interdépendant pour que le Parti continue à tout contrôler. On croise désormais des ressortissants de Chine populaire en train de faire le plein d'articles de luxe chez Harrods. Tôt ou tard viendra le tour des idées, et il faudra bien lâcher prise. Mais en attendant, voilà comment l'État chinois dévoie le matérialisme philosophique.

Il laisse derrière lui l'ambassade hérissée de son inquiétant fouillis d'antennes pour s'engager dans les rues sagement alignées du quartier médical à l'ouest de Portland Place — cliniques privées et salles d'attente fleuries avec leur mobilier à pieds incurvés singeant l'ancien, et leurs exemplaires du magazine *Country Life*. C'est la foi, aussi puissante que n'importe quelle religion, qui amène les gens à Harley Street. Au fil des ans, l'hôpital de Perowne a admis et traité — gratuitement, bien sûr — quantité de patients soignés en dépit du bon sens par certains barbons incompétents et surpayés qui sévissent dans ces rues. Au feu rouge, il voit trois silhouettes en burkha noire émerger d'un taxi sur Devonshire Place. Serrées les unes contre les autres, elles comparent le numéro de la porte avec celui figurant sur la carte de visite brandie par l'une d'elles. Celle du milieu, sans doute la malade à en juger par son dos voûté, s'avance d'un pas chancelant, soutenue par ses compagnes. Ces trois colonnes noires hochant la tête sur fond de stuc blanc crème et de brique, visiblement en désaccord au sujet de l'adresse, offrent le même spectacle bouffon que les gosses déguisés pour Halloween. Ou que la représentation de *Macbeth* à l'école de Theo, quand les arbres factices de la forêt de Birnam attendaient en coulisses le moment de s'élancer sur scène à l'assaut de Dunsinane. Peut-être deux sœurs accompagnant leur mère pour la consultation de la dernière chance. Le feu reste obstinément au rouge. Perowne donne un coup d'accélérateur — discret — puis revient au point mort. Alors pourquoi écraser ainsi la pédale d'embrayage, réveillant au passage ses quadriceps endoloris ? Il ne peut contenir son dégoût, c'est viscéral. Comment ose-t-on obliger quiconque à se promener entièrement voilé ? Au moins les trois femmes n'arborent-elles pas ce masque en cuir qui lui donne la nausée. Que répondraient-ils à ça, tous ces beaux esprits, ces joyeux pessimistes de l'université de Daisy ? Que c'est quelque chose de sacré, une tradition, une forme de résistance contre les colifichets du consumérisme occidental ? Mais les hommes, les maris — Perowne a reçu bon nombre de Saoudiens dans son bureau —, ils portent un costume ou un jogging et des chaussures de sport, voire un bermuda ample et une Rolex au poignet, et ils sont absolument charmants, courtois, parfaitement à l'aise dans les deux cultures. Ça leur plairait à eux, pour défendre la tradition, de tituber dans la pénombre en plein midi ?

Le feu qui passe enfin au vert, le changement de décor — autres porches, autres salles d'attente — et la circulation qui réclame son attention l'arrachent à ces réflexions oppressantes. Il allait s'abandonner à ses vitupérations. Que les islamistes imposent les codes vestimentaires qu'ils veulent ! Pourquoi devrait-il s'indigner du port de la burkha ? Simple prétexte pour évacuer son irritation. Non, irritation est un terme trop étriqué. Les islamistes et la République populaire de Chine ne font que conforter sa tendance présente à voir les choses de manière négative. Alors que le samedi il cède d'ordinaire à une certaine béatitude, le voilà pour la seconde fois de la matinée en train de passer au crible les causes de son humeur maussade. D'où lui vient cette nervosité ? Pas de sa défaite au squash ni de l'accrochage avec Baxter, ni même de sa nuit interrompue, encore que tout cela y soit sans doute pour quelque chose. Et si c'était tout simplement la perspective d'avoir à traverser dans l'après-midi des banlieues tentaculaires pour se rendre à Perivale ? Tant que son match de squash le séparait encore de ce trajet, il se sentait protégé. Maintenant, il ne reste plus que les achats à faire chez le poissonnier. Sa mère n'est plus en état de se réjouir de sa venue ni de le reconnaître quand il est là, ni de se souvenir de lui après son départ. Une visite en pure perte. Elle ne s'attend pas à le voir et ne serait pas déçue s'il ne venait pas. C'est comme aller fleurir une tombe — une commémoration du passé. Mais elle peut encore porter une tasse de thé à ses lèvres, et bien qu'elle ne puisse plus mettre un prénom sur son visage ni se rappeler quoi que ce soit le concernant, elle est contente qu'il s'asseye près d'elle pour écouter ses bavardages sans queue ni tête. Il pourrait être n'importe qui. Il déteste lui rendre visite, mais s'en veut dès qu'il la néglige trop longtemps.

C'est seulement quand il se gare près de Marylebone High Street qu'il pense à mettre les informations de la mi-journée. D'après la police, deux cent cinquante mille manifestants ont convergé vers le centre de Londres. D'après les organisateurs, ils seront deux millions dans l'après-midi. Des deux côtés on s'entend pour dire que les gens continuent d'affluer. Une militante euphorique, qui se révèle être une actrice célèbre, réussit à couvrir le tintamarre des chansons et des slogans pour affirmer que jamais dans l'histoire des îles Britanniques on n'a rassemblé autant de monde. Ceux qui sont restés au lit en ce samedi matin se maudiront de n'avoir pas été là. Le reporter informe consciencieusement les auditeurs qu'il s'agit d'une référence au discours de la Saint-Crispin, juste avant la bataille d'Azincourt, dans *Henry V* de Shakespeare. Occupé à faire un créneau entre deux véhicules tout-terrain, Perowne ignore l'allusion. Il doute fort que Theo se maudisse. D'ailleurs, quelle idée pour une militante pacifiste d'aller citer un roi guerrier! Le bulletin d'informations se poursuit tandis que Perowne toujours assis, moteur coupé, fixe un point lumineux bleu-vert entre les touches de l'autoradio. Partout en Europe et dans le monde, des gens manifestent afin d'exprimer leur préférence pour la paix et la torture. C'est du moins ce que dirait ce professeur irakien — Henry entend encore sa voix insistante et haut perchée. Le sujet suivant est celui dont il s'attribue la paternité. Le pilote et son copilote sont détenus séparément à l'ouest de Londres pour subir un interrogatoire. La police ne donne pas davantage de précisions. Pourquoi? À travers le pare-brise la rue prospère aux façades en brique rouge, l'alignement géométrique des trottoirs fissurés et des arbustes dénudés paraissent irréels, comme un reflet sur une plaque de verglas. Maintenant un responsable de l'aéroport concède que l'un des deux hommes est d'origine tchétchène, mais dément toute rumeur selon laquelle on aurait trouvé un exemplaire du Coran dans le cockpit. Et quand bien même, ajoute-t-il, cela ne prouverait rien. Après tout, ce n'est pas vraiment un délit.

Certes. Henry ouvre sa portière d'un geste sec. Indifférente à la parole divine d'où qu'elle vienne, l'autorité séculière garantit la liberté religieuse. Rien ne doit l'entraver. Mais il est temps d'aller faire les courses. Malgré ses courbatures dans les cuisses, il s'éloigne de sa voiture d'un pas vif, verrouillant les portières avec la commande sans même jeter un regard en arrière. Un rayon de soleil hivernal éclaire soudain son chemin sur Marylebone High Street. À moins de trois kilomètres de là, le plus grand rassemblement de toute l'histoire des îles Britanniques ne perturbe en rien la quiétude du quartier, et Perowne lui-même se sent apaisé tandis qu'il slalome entre les passants et les poussettes avec leurs bébés sereinement emmitouflés. Une telle prospérité, toutes ces boutiques remplies de fromages, de rubans, de mobilier rustique, représente une forme de protection. Cette réussite commerciale est solide et défendra ses acquis jusqu'au bout. Ce n'est pas le rationalisme qui aura raison des intégristes, mais le commerce ordinaire et tout ce qui l'accompagne — d'abord les emplois, la paix, un certain attachement à des plaisirs abordables, la promesse de pouvoir satisfaire quelques appétits en ce bas monde sans attendre le suivant. Plutôt faire les magasins que prier.

Il tourne dans Paddington Street et se penche pour examiner les poissons exposés en plein air sur un étal de marbre blanc. Au premier coup d'œil il voit qu'il y a tout ce qu'il lui faut. Une telle abondance puisée dans des mers presque vides. Sur le sol carrelé près de l'entrée, crabes et homards sont entassés dans deux cageots comme des outils rouillés au rebut, leur enchevêtrement de carapaces agité d'un mouvement discernable. Des élastiques d'un noir funèbre emprisonnent leurs pinces. Heureusement pour le poissonnier et ses clients que les créatures marines ne savent pas utiliser nos fréquences sonores et n'ont pas de voix, sinon elles hurleraient à la mort dans leurs cageots. Même le silence de la foule qui se presse doucement est troublant. Perowne détourne le regard vers les filets de chair blanche, les silhouettes argentées fraîchement éviscérées à l'œil accusateur, les poissons pêchés en eau profonde présentés sous forme de steaks superposés d'un rose innocent, comme les pages cartonnées d'un livre pour bébé. Naturellement, en bon pêcheur à la mouche, il a lu les derniers ouvrages en date : dans la tête de la truite arc-en-ciel se trouvent des centres nerveux de la douleur semblables aux nôtres. Il était si pratique autrefois de se fier à ce qui est écrit dans la Bible, de se croire entouré sur terre et dans les mers d'automates comestibles. Désormais on sait que même les poissons souffrent. Telle est la complexité croissante de notre condition d'homme moderne, tel est le cercle toujours plus vaste de notre compassion. Non seulement les peuples lointains sont nos frères, mais aussi les renards, les souris de laboratoire, et maintenant les poissons. Perowne continue pourtant à les pêcher et à les manger, et bien qu'il se refuse à plonger lui-même un homard vivant dans l'eau bouillante, il n'hésite pas à en commander un au restaurant. Comme toujours, l'astuce, la clé du succès et du pouvoir est de compatir avec discernement. Malgré tous les discours éclairés, on réagit le plus fort à ce qui est le plus proche, le plus visible. Quant à ce qui ne se voit pas... Voilà pourquoi le petit monde de Marylebone semble tellement paisible.

Crabes et homards ne sont pas au menu de ce soir. Si les moules et les palourdes qu'il achète sont bien vivantes, elles ne bougent pas et ont la décence de rester hermétiquement fermées. Il achète aussi des crevettes déjà cuites mais non épluchées, et trois queues de lotte qui coûtent un peu plus cher que sa première voiture. Un vrai tas de rouille, il faut dire. Il demande les arêtes et les têtes de deux raies pour faire un court-bouillon. Le poissonnier est un homme courtois, consciencieux, qui traite ses clients comme s'ils appartenaient à la haute aristocratie. Il enveloppe chaque variété de poisson dans plusieurs feuilles de papier journal. D'où le genre de question que Henry aimait se poser quand il était écolier : combien de chances a tel poisson pêché dans tel chalut, au large de tel talus continental, de se retrouver dans les pages, non, dans cette page précise de cet exemplaire précis du *Daily Mirror* ? De l'ordre de zéro à l'infini. Idem pour les grains de sable d'une plage, disposés selon un ordre précis. L'idée d'un monde gouverné par le hasard, la probabilité infime qu'une situation donnée voie le jour continuent de le séduire. Même dans son enfance, surtout après la catastrophe minière d'Aberfan, jamais il n'a cru au destin ni à la providence, ni à la présence là-haut dans les cieux de quelqu'un qui déciderait de l'avenir. Au contraire, à chaque seconde des milliards de milliards d'avenirs possibles : les caprices du hasard et les lois de la physique représentaient la liberté face aux machinations d'un dieu vengeur.

Le sac plastique blanc qui contient le dîner familial est lourd, plein à craquer de chair et de papier humide, et ses poignées lui cisaillent la paume tandis qu'il regagne sa voiture. À cause de la douleur dans sa poitrine, il n'arrive pas à le transférer dans sa main gauche. Après les senteurs iodées de la poissonnerie, il croit percevoir dans l'air la même douceur que celle du foin séchant dans les prés au soleil d'août. Ce parfum — sûrement une illusion née du contraste —

persiste malgré les embouteillages et le vent glacial de février. Tous ces étés passés en famille chez son beau-père dans l'Ariège, région du sud-ouest de la France où les ondulations du relief annoncent les Pyrénées. C'est dans le château de Saint-Félix, en pierre de taille aux tons chauds tirant sur le rose, avec ses deux tours rondes et ses anciennes douves que s'est retiré John Grammaticus à la mort de sa femme, là qu'il l'a pleurée en écrivant les célèbres chants d'amour déchirants du recueil intitulé *Ni fleurs ni couronnes*. Inconnu de Henry Perowne qui ne lisait plus de poésie depuis qu'il avait atteint l'âge adulte, même après s'être retrouvé nanti d'un beau-père poète. Bien sûr, il s'y est mis sans plus tarder en découvrant qu'il avait lui-même donné le jour à une poétesse. Au prix, toutefois, d'un effort inaccoutumé. Le premier vers d'un poème peut suffire à provoquer chez lui des signes de fatigue oculaire. Les romans et les films vous projettent au rythme haletant de la modernité dans le passé ou dans l'avenir, enjambant les journées, les mois, les années, voire les générations. Or la poésie, pour parvenir à ses épiphanies, se tient en équilibre sur la tête d'épingle du moment présent. Les ralentissements ou les pauses nécessaires à la lecture et à la compréhension d'un poème s'apparentent à l'acquisition d'un savoir-faire aussi désuet que la construction d'un mur en pierre sèche ou la pêche à la ligne.

Son deuil fait voilà plus de vingt ans, Grammaticus s'est embarqué dans une série d'aventures amoureuses qui se poursuivent aujourd'hui encore. Le scénario est toujours le même. Une jeune femme — souvent une Anglaise, parfois une Française — est engagée comme secrétaire et gouvernante, et tient progressivement lieu d'épouse. Au bout de deux ou trois ans, à bout de patience elle s'en va et c'est sa remplaçante qui accueille la famille Perowne fin juillet.

Chaque fois Rosalind multiplie les remarques acerbes, préférant toujours la précédente jeune femme à la nouvelle, avec laquelle elle finit pourtant par se lier. Après tout la malheureuse n'y est pour rien. Les enfants, totalement indulgents même à l'adolescence, font d'emblée preuve de gentillesse. Programmé pour aimer la même femme toute sa vie, Perowne est néanmoins impressionné, surtout maintenant que le vieillard a dépassé soixante-dix ans. Peut-être va-t-il enfin s'assagir car Teresa, la quarantaine enjouée, anciennement bibliothécaire à Brighton, vit avec lui depuis près de quatre ans.

Les dîners en plein air accompagnés par un crépuscule interminable, le parfum des meules de foin dans les prés en pente qui entourent les jardins, l'odeur plus discrète du chlore de la piscine sur la peau des enfants, le vin grisant de Cahors ou des Corbières — ce devrait être le paradis. Ça l'est presque, d'ailleurs, d'où leurs visites répétées. Mais John peut se montrer puéril et tyrannique, le genre d'artiste qui s'autorise les revirements d'humeur les plus vertigineux. Le temps de déboucher une bouteille de vin rouge et de la boire, il peut passer d'un humour pétillant à une éruption de colère et finir par aller s'enfermer dans son bureau — sa haute silhouette voûtée traversant la pelouse dans la pénombre jusqu'au château éclairé, avec Betty, Jane ou Francine, et maintenant Teresa sur ses talons pour tenter de l'amadouer. Il n'a jamais vraiment maîtrisé l'art de la conversation, ayant tendance à prendre toute opinion contradictoire, même modérée, comme une sorte d'affront, d'incitation à un combat sans merci. Le poids des ans et la boisson n'arrangent rien à l'affaire. Et comme l'âge venant il écrit moins, naturellement il s'aigrit. Son exil en France ressemble à une longue bouderie, entretenue deux décennies durant par les diverses vexations que lui a infligées la mère patrie. Au terme de quatre années particulièrement éprouvantes où l'intégrale de ses poèmes n'était plus réimprimée, il a été contraint de changer d'éditeur. Il s'est également offusqué quand Spender a été anobli mais pas lui, quand Raine est devenue éditrice chez Faber à sa place, quand la chaire de poésie à Oxford est allée à Fenton, quand on lui a préféré Hughes, puis Motion pour le titre de Poète Lauréat, et surtout quand Heaney a reçu le Nobel. Tous ces noms ne disent rien à Perowne. Il comprend toutefois que comme les grands patrons hospitaliers, les grands poètes vivent dans un monde où chacun surveille et jalouse le voisin, soigne fébrilement sa réputation et souffre de ne pas être reconnu à sa juste valeur. Les poètes, ou du moins celui-ci, sont tout aussi terre à terre que le reste de l'humanité.

Deux étés de suite, quand les enfants étaient bébés, les Perowne sont allés ailleurs, mais nulle part en Europe ils n'ont trouvé plus bel endroit que Saint-Félix. Rosalind y a passé toutes les vacances de son enfance. Grâce à l'immensité du château, il est facile de ne pas être dans les jambes de John — à qui il faut plusieurs heures de solitude par jour. Il y a rarement plus de deux ou trois moments pénibles par semaine, et avec le temps on y attache moins d'importance. D'autre part, à cause du tour pris par la vie amoureuse de son père, Rosalind a des raisons personnelles de rester en contact étroit avec lui. Le château appartenait à ses grands-parents maternels et sa mère lui a voué toute sa vie une véritable passion. C'est elle qui l'a restauré et modernisé. Le problème est que si John, affaibli par l'âge et la maladie, se laissait convaincre d'épouser une de ses secrétaires, le château pourrait passer des mains de la famille dans celles d'une inconnue. La législation française sur les successions aurait pu empêcher cela, mais il existe un vieux document, une sorte de tontine prouvant que le château de Saint-Félix y échappe et que la loi anglaise prévaut. Avec sa brusquerie habituelle, John a assuré à sa fille qu'il ne se remarierait jamais et que le château lui reviendrait, mais il refuse de faire un testament écrit.

Cette sourde inquiétude finira sûrement par s'apaiser. Une autre raison, plus impérieuse, pour laquelle ils ont renouvelé chaque été leur visite, était l'insistance de Daisy et de Theo — en ces temps révolus d'avant la brouille entre John et Daisy. Ils adoraient leur grand-père et voyaient dans ses sautes d'humeur une preuve de son originalité, de son génie — vision que l'intéressé partageait volontiers. Il était fou de ses petits-enfants, n'élevait jamais la voix contre eux et leur épargnait le spectacle de ses pires éclats. D'emblée il s'est considéré — et l'avenir lui a donné raison — comme une figure essentielle dans leur développement intellectuel. Lorsqu'il est devenu évident que Theo ne manifesterait jamais qu'un intérêt poli pour les livres, John l'a encouragé à se mettre au piano et lui a appris un simple boogie-woogie en do majeur. Puis il lui a acheté une guitare acoustique, a remonté de la cave des cartons entiers de vieux albums de blues, des 78 tours et des 33 tours dont il a fait faire des enregistrements qui arrivaient à Londres par la poste à intervalles réguliers. Pour le quatorzième anniversaire de Theo, son grand-père l'a emmené à Toulouse écouter John Lee Hooker lors d'une de ses dernières apparitions sur scène. Un soir d'été après le dîner, Grammaticus et Theo ont interprété ensemble « St James' Infirmary » sous le ciel étoilé, le vieillard renversant la tête en arrière pour chanter d'une voix éraillée à l'accent américain qui fit venir les larmes aux yeux de Rosalind. Theo, qui n'avait toujours que quatorze ans, a improvisé un solo tendre et mélancolique. Assis un peu plus loin au bord de la piscine, son verre de vin à la main et ses pieds nus dans l'eau, Perowne, ému, s'en est voulu de ne pas avoir suffisamment pris au sérieux le talent de son fils.

Cet automne-là, Theo a commencé à prendre des cours dans l'est de Londres avec différents musiciens de blues anglais, contactés par l'intermédiaire d'une amie journaliste de Rosalind. Theo se disait surtout impressionné par Jack Bruce qui possédait une formation classique, pouvait passer d'un instrument à l'autre, avait révolutionné la façon de jouer de la basse, était incollable sur la théorie et avait enregistré avec tous les grands noms du blues anglais dans les années soixante, aux temps héroïques du Blues Incorporated. Toujours selon Theo, il se montrait aussi plus patient avec lui que les autres et particulièrement gentil. Perowne s'étonnait qu'un musicien de cette stature accepte de consacrer du temps à former un jeune inconnu. Avec une candeur désarmante, Theo trouvait ça normal.

Grâce à Bruce, Theo a pu rencontrer certaines figures légendaires. Il a assisté à une master class d'Eric Clapton. Long John Baldry est venu du Canada pour une soirée de retrouvailles. Theo a écouté avec fascination les échanges d'anecdotes sur Cyril Davies, Alexis Korner, la Graham Bond Organisation, ainsi que le récit du premier concert de Cream. Par hasard, il s'est retrouvé à improviser durant plusieurs minutes avec Ronnie Wood et a fait la connaissance de son frère aîné Art. L'année suivante, Art a proposé à Theo de participer à une jam-session de l'Eel Pie Club au Cabbage Patch Pub de Twickenham. En moins de cinq ans, Theo s'est apparemment familiarisé avec toute la tradition musicale du blues. Désormais, à chaque visite au château il joue pour son grand-père, lui présentant ses dernières créations. Il semble quêter l'approbation de John et le vieil homme répond volontiers à cette attente. Force est de reconnaître qu'il a permis à Theo de développer des talents que lui, Perowne, n'aurait sans doute jamais décelés. Certes, en vacances dans le Pembrokeshire pour faire du surf quand Theo avait neuf ans, Henry lui avait bien montré trois accords sur la guitare de quelqu'un et lui avait expliqué, à partir de la note mi, ce qu'était le blues. Simple parenthèse entre les parties de frisbee, le ski sur gazon, les parcours de quad, le paint ball, les ricochets et le patin à roulettes. À l'époque, il veillait avec le plus grand sérieux à ce que ses enfants s'amusent bien. Il s'est même cassé un bras en voulant monter sur des patins. Jamais, pourtant, il n'aurait imaginé que ces trois accords seraient à la base de la carrière de son fils.

John Grammaticus a également joué un rôle essentiel dans la vie de Daisy, du moins jusqu'à cette brouille entre eux. Lorsqu'elle a eu treize ans, à peu près au moment où il apprenait à son frère ce fameux boogie-woogie en do majeur, il lui a demandé quels étaient ses livres préférés. Après l'avoir écoutée, il déclara qu'elle manquait d'ambition — cette « littérature pour adolescents » dont elle se contentait lui inspirait le plus grand mépris. Il réussit à la convaincre de se lancer dans *Jane Eyre*, lisant avec elle les premiers chapitres et lui laissant entrevoir les bonheurs de lecture à venir. Elle persévéra, mais seulement pour lui faire plaisir. La langue lui paraissait étrange, les phrases interminables et, répétait-elle, tout était flou dans sa tête. Perowne, qui essaya lui aussi de lire le livre, eut à peu près la même impression. John insista pourtant, et au bout d'une centaine de pages, finalement conquise par Jane, elle ne voulait même plus s'arrêter à l'heure des repas. Un après-midi où toute la famille partait se promener dans les champs, elle resta finir les quarante et une dernières pages. Au retour de la promenade on la trouva en larmes près du pigeonnier, non pas à cause de l'intrigue, mais parce que en terminant le roman elle se réveillait d'un rêve et prenait conscience que toute cette histoire avait été imaginée par une femme qu'elle ne connaîtrait jamais. C'était d'admiration qu'elle pleurait, dit-elle, et de joie à l'idée qu'on puisse inventer de telles choses. Quel genre de choses ? voulut savoir Grammaticus. Oh, Grand-père, quand les enfants de l'orphelinat meurent alors qu'il fait si beau, et aussi le moment où Rochester se fait passer pour un gitan, et quand Jane rencontre Bertha pour la première fois et qu'elle ressemble à un animal sauvage...

Il enchaîna avec *La Métamorphose* de Kafka en disant que c'était un livre idéal pour une jeune fille de treize ans. Elle dévora ce conte de fées prosaïque et voulut à toute force le faire lire à ses parents. Elle entra dans leur chambre au château beaucoup trop tôt un matin et s'assit sur leur lit pour se lamenter : ce pauvre Gregor Samsa, sa famille est tellement horrible avec lui ! Heureusement qu'il a une sœur pour nettoyer sa chambre et lui trouver la nourriture qu'il aime. Rosalind avala l'histoire d'une traite, comme s'il s'agissait d'un dossier juridique. Perowne, par nature mal disposé envers le récit d'une transformation impossible, concéda que le dénouement l'avait intéressé — il n'alla pas plus loin. Il avait apprécié la cruauté involontaire de la sœur à la dernière page, restant dans le tram avec ses parents jusqu'au dernier arrêt, étirant ses membres juvéniles, prête à entamer une vie pleine de sensualité. Une transformation à laquelle il pouvait croire. C'est le premier livre que Daisy lui ait conseillé, et il a marqué le début de son éducation littéraire par ses soins. Même s'il fait preuve de zèle depuis des années et s'efforce de lire presque tout ce qu'elle lui indique, il sait qu'elle le considère comme un matérialiste indécrottable. Elle lui reproche de manquer d'imagination. Sans doute, mais elle n'a toujours pas baissé les bras. Les livres s'empilent à son chevet, et ce soir elle va en apporter d'autres. Alors qu'il n'a même pas terminé la biographie de Darwin ni commencé le roman de Conrad.

Après ce fameux été placé sous le signe de Charlotte Brontë et de Kafka, Grammaticus se chargea de choisir les lectures de Daisy. Il avait une conception bien arrêtée et démodée de la grande littérature, laquelle, selon lui, ne devait pas nécessairement être source de plaisir. Partisan de faire travailler la mémoire, il était prêt à y mettre le prix. Shakespeare, Milton, la Bible : cinq livres sterling pour vingt lignes apprises par cœur dans les passages qu'il soulignait. Telle était la condition requise pour bien écrire la langue anglaise, en prose ou en vers. Il montra à Daisy comment scander chaque syllabe pour en percevoir la puissance rythmique. L'été de ses seize ans, elle gagna une petite fortune au château en déclamant, voire en chantant certains extraits du *Paradis perdu*, de la Genèse et de divers monologues sinistres de Hamlet. Elle récitait Browning, Clough, Chesterton et Masefield. Lors d'une semaine particulièrement faste, elle totalisa la somme de quarante-cinq livres. Aujourd'hui encore, six ans plus tard et âgée de vingt-trois ans, elle se vante de pouvoir débiter — comme elle dit — de la poésie non-stop pendant plus de deux heures. À dix-huit ans, elle quitta le lycée en ayant lu une bonne partie de ce que son grand-père qualifiait d'œuvres incontournables. Il refusait catégoriquement qu'elle aille étudier la littérature anglaise ailleurs que dans son propre collège d'Oxford. Henry et Rosalind eurent beau tenter de l'en dissuader, il envoya certainement une lettre de recommandation. Pour clore la discussion, il affirma que ces pratiques n'avaient plus cours et que, même s'il le souhaitait, il n'influencerait en rien la décision finale. Leur propre expérience professionnelle leur avait appris que ce n'était pas entièrement exact. Mais pour apaiser leur conscience, il fallut la lettre manuscrite adressée au lycée de Daisy par un professeur du collège évoquant la prestation éblouissante de leur fille lors de l'entretien, sa capacité à citer les grands auteurs pour étayer son propos.

Un an plus tard, sa réussite avait sans doute un peu dépassé les espoirs de son grand-père. Elle arriva à Saint-Félix deux jours après le reste de sa famille, apportant avec elle le poème qui venait d'être récompensé par le Newdigate Prize. Henry et Rosalind n'avaient jamais entendu parler de ce prix, mais se réjouirent spontanément. Le grand-père de Daisy, qui l'avait lui-même reçu à la fin des années cinquante, y attacha plus d'importance, peut-être trop. Il s'enferma dans son bureau avec le poème — les parents de Daisy durent attendre pour le lire. Il décrivait en détail les méditations sentimentales d'une jeune femme à la fin de sa dernière liaison en date. Une fois encore elle change les draps, les emporte à la laverie automatique où elle les regarde par le « monocle embué » de la machine « tourner pour se purger de toutes nos taches ». Comme les saisons, ces liaisons défilaient trop vite, « passant du vert au brun », leurs « moissons doucement gagnées par la pourriture de l'oubli ». Les taches n'étaient pas vraiment des péchés, plutôt les « auréoles de l'extase », ou, plus loin, des « palimpsestes laiteux » qui se révélaient plus difficiles à effacer que prévu. Vaguement religieux, mélodieusement érotique, ce poème laissa deviner à Perowne, troublé, que la première année de sa fille à l'université avait été plus agitée qu'il n'aurait pu l'imaginer. Non pas un seul petit ami ou amant, mais toute une série, pour en arriver à une forme de sérénité. Sans doute la raison des critiques de Grammaticus à l'encontre du poème en question — sa protégée avait pris son envol et rencontré d'autres hommes. À moins que ce ne fût un nouvel et pathétique accès de jalousie professionnelle — en formant les goûts littéraires de Daisy, il n'avait pas l'intention de donner le jour à un poète rival. Après tout, le Newdigate Prize avait également été décerné à Fenton et à Motion.

Pour le dîner, Teresa avait préparé une simple salade niçoise avec du thon frais acheté sur le marché de Pamiers. La table était dressée juste devant la cuisine, au bord d'une immense pelouse. C'était encore une très belle soirée, où arbres et arbustes étiraient leurs ombres violettes sur l'herbe desséchée, où les grillons commençaient à prendre le relais des cigales de l'après-midi. Grammaticus apparut le dernier, et Perowne eut l'impression, en voyant son beau-père s'asseoir à côté de Daisy, qu'il avait déjà descendu une bouteille de vin, voire deux, en solitaire. Cette impression se confirma quand le vieillard posa la main sur le poignet de sa petite-fille et, avec cette brutalité que les ivrognes prennent pour de la franchise, déclara le poème malvenu, pas vraiment le genre d'œuvre que distinguait d'ordinaire le Newdigate. Pas bon du tout, insista-t-il, comme s'il s'attendait à ce qu'elle s'en fût doutée et tombe d'accord avec lui. Il était totalement désinhibé, aurait dit un psychiatre.

Dès sa dernière année de lycée, âgée de dix-huit ans à peine, déléguée et tête de classe, Daisy avait cultivé une attitude toute de rigueur et de réserve. C'est une jeune femme mince et ferme à l'ossature délicate, au visage finement dessiné, aux cheveux noirs coupés court et qui se tient toujours très droite. Elle ressemble à une forteresse imprenable. Au dîner, ce soir-là, seuls ses parents et son frère perçurent la fragilité de cette maîtrise apparente. Pourtant elle garda son calme, retira son poignet sans hâte et contempla son grand-père, attendant qu'il en dise davantage. Il porta longuement son verre de vin à ses lèvres comme s'il s'agissait d'une chope de bière tiède, et rompit le silence. Le rythme était lâche et bancal, expliqua-t-il, les strophes d'une longueur irrégulière. Henry regarda Rosalind avec insistance, pour l'inciter à intervenir. Sinon il allait devoir le faire lui-même, et la situation risquait de dégénérer. À sa grande honte, il ne savait pas exactement ce qu'était une strophe — il s'empressa un peu plus tard de vérifier dans un dictionnaire. Rosalind préférait ne pas se précipiter : en interrompant son père trop tôt, elle redoutait de provoquer un éclat. Il fallait le prendre avec doigté. De son côté de la table, Teresa souffrait d'avance. Il y avait déjà eu ce genre de scène depuis qu'elle était là, et bien d'autres fois auparavant, mais jamais encore en présence des enfants. Elle savait que la soirée finirait mal. Le menton appuyé sur la paume de sa main, Theo fixait son assiette.

Encouragé par le mutisme de sa petite-fille, John continua sur sa lancée, grisé par son autorité, cédant à un paternalisme ridicule. Il confondait la jeune femme à côté de lui avec l'adolescente qu'il avait initiée à la poésie élisabéthaine. En admettant qu'il l'eût jamais su, il avait oublié quel effet pouvait avoir une année à l'université. Il s'imaginait qu'elle partageait son avis et répétait des évidences : le poème traînait en longueur, il s'appliquait trop à choquer, il contenait une métaphore dont ils savaient tous les deux qu'elle était alambiquée. Il marqua une pause pour boire une nouvelle rasade de vin, mais Daisy resta muette.

Lorsqu'il lui dit que son poème n'avait rien d'original, il

obtint enfin une réaction. Elle inclina sa jolie tête et haussa le sourcil. Rien d'original? À un frémissement de mauvais augure de son menton gracile, Perowne crut qu'elle allait perdre son calme. Rosalind ouvrit la bouche, mais son père la devança. Oui, un poète doué mais peu connu, Pat Jordan, une femme de l'école de Liverpool, avait filé une métaphore similaire dans les années soixante — la fin d'une liaison, les draps qui tournent dans la machine du lavoir automatique sous les yeux de la poétesse pensive. Se pouvait-il que Grammaticus ait conscience de son attitude imbécile sans pouvoir y mettre un terme? Dans les yeux du vieillard se lisait la même crainte que dans ceux de certains chiens, comme s'il se faisait peur à lui-même et suppliait qu'on l'arrête à temps. La voix brisée par une affabilité forcée, il continuait de discourir, se ridiculisant toujours plus. Le silence autour de la table, dans lequel il avait d'abord vu un encouragement, devenait pour lui un châtiment, une souffrance. Theo le dévisageait avec stupeur en hochant la tête. Bien sûr, poursuivit John, il n'accusait pas Daisy de plagiat, elle avait pu lire ce poème et l'oublier aussitôt, ou l'avoir simplement réécrit à sa manière. Après tout, l'idée n'avait rien d'exceptionnel ni d'inhabituel, mais quoi qu'il en soit...

Enfin il se tut, ne pouvant aggraver son cas davantage. Perowne se réjouit de constater que sa fille n'était pas anéantie. En revanche elle était furieuse. Une veine de son cou palpitait sous la peau. Mais elle ne voulait surtout pas entrer dans le jeu de son grand-père en explosant devant lui. Soudain, incapable de supporter ce silence, il reprit la parole, avalant ses mots, essayant d'atténuer ses critiques sans vraiment se déjuger. Quand Daisy l'interrompit pour suggérer de parler d'autre chose, Grammaticus marmonna : « Et puis merde! » avant de se lever et de quitter la table. Ils le regardèrent s'engouffrer à l'intérieur — spectacle familier que sa silhouette disparaissant dans les profondeurs du château, et choquant à la fois, car c'était la première scène de l'été.

Daisy passa encore trois jours avec eux, ce qui laissait le temps à son grand-père d'imaginer un moyen de renouer avec elle. Le lendemain, cependant, affairé et enjoué, il paraissait avoir tout oublié. Ou se contentait de faire semblant — comme beaucoup d'alcooliques, il aimait croire qu'il pouvait chaque jour faire une croix sur la veille. Lorsque Daisy partit pour Barcelone — arrangement décidé de longue date — elle se força à l'embrasser sur les deux joues pour lui dire au revoir et il lui serra fort le bras, ce qui lui permit de se persuader qu'une réconciliation avait eu lieu. Rosalind, puis Henry eurent beau tenter de le convaincre qu'il lui faudrait encore donner des gages à Daisy, il répliqua qu'ils cherchaient des complications. D'où son étonnement, sans doute, de ne pas la revoir à Saint-Félix les deux étés suivants. Elle avait préféré aller en Chine et au Brésil avec des amis. Il aurait dû lui écrire pour la féliciter de sa mention très bien, mais avait préféré s'enfermer dans une longue bouderie. Rosalind avait donc pris des risques en lui envoyant les épreuves des poèmes de Daisy. N'allait-il pas en penser le plus grand mal ? D'autant qu'ils étaient édités par la maison qui avait laissé ses *Œuvres complètes* s'épuiser sans les réimprimer.

Si son enthousiasme pour *Mon vaisseau insolent* était purement tactique, il cachait bien son jeu. Dans la longue lettre qu'il avait adressée à Daisy, il commençait par concéder qu'il avait réagi « en véritable rustre » au poème du lavoir automatique. Le poème en question ne figurait pas dans le recueil et Henry s'est demandé, tout en gardant ses interrogations pour lui, si Daisy ne donnait pas raison à son grand-père depuis le début. Elle avait su trouver, lui écrivait-il, un ton familier et néanmoins riche de sens et d'images. De temps à autre cette voix égale, quotidienne, était entrecoupée de vers vibrant soudain d'une émotion intense et d'une « transcendance athée ». À ce propos, il reconnaissait partout dans ces poèmes l'esprit de son cher Larkin, mais « vivifié par la sensualité d'une jeune femme » et par un humour plus noir. De son écriture quasi illisible, il faisait l'éloge de « l'audace intellectuelle », de « l'intransigeance et l'indépendance courageuses » qui traversaient le recueil. Il aimait « la vivacité souillonne » de ses « Six brèves chansons ». Il confessait avoir « éclaté de rire comme un idiot » à la lecture de « La Ballade de la cervelle sur ma chaussure » — poème inspiré par une visite de Daisy au bloc opératoire tôt un matin pour voir son père au travail. Évidemment, c'est celui que Henry aime le moins. Sa fille avait assisté à la ligature du collet d'un anévrisme. Aucune perte de matière grise ou de substance blanche. Henry a cru détecter dans ce poème la fausseté intrinsèque, mais — sans doute — excusable de l'art. Daisy a envoyé à son grand-père une carte postale chaleureuse. Elle lui a dit qu'il lui manquait, qu'elle se sentait une immense dette envers lui. Que ses remarques l'avaient enchantée, qu'elle les relisait sans cesse et que tous ces compliments lui tournaient la tête.

À présent le vieil homme et Daisy convergent de Toulouse et de Paris vers Londres. Une chaîne de télévision désireuse de réaliser un documentaire sur la vie de Grammaticus n'a pas lésiné sur les moyens et lui a réservé une chambre au Claridge. Ce soir au dîner, on scellera la réconciliation — telle est du moins l'idée, mais Perowne, trimbalant son sac de poisson sur Marylebone High Street au milieu des passants, a partagé trop de repas avec son beau-père pour céder à l'optimisme ; de plus, la situation a évolué ces trois dernières années. Grammaticus s'est récemment remis au gin pour commencer la soirée, ou pour terminer l'après-midi, avant d'enchaîner avec le vin du dîner — habitude dont il avait réussi à se débarrasser vers la soixantaine. Dernière nouveauté : les quelques whiskys en fin de soirée, précédant l'absorption d'une bière « digestive » juste avant le coucher. S'il apparaît sur le pas de la porte dans un état d'euphorie plus ou moins marqué, il éprouvera le besoin instinctif de jouer les maîtres de maison chez sa fille, ce qui l'amène à s'enivrer encore plus vite. Au début, il a généralement l'ivresse joyeuse — c'est alors un convive agréable, expansif, irrévérencieux et drôle, parfait dans son rôle de vieux poète célèbre, presque aussi heureux d'écouter que de parler. Mais une fois arrivé à destination, une fois atteints ces sommets de l'ivrognerie qu'aucun soleil n'éclaire, les muses les plus maléfiques, les mauvais génies de l'agressivité, de la paranoïa et de l'apitoiement sur soi prennent le dessus. Désormais une soirée avec John a toutes les chances de mal tourner à un moment ou à un autre, sauf si son entourage veut bien faire l'effort de le distraire, de le flatter et de l'écouter imperturbablement pendant des heures. Or personne n'en aura envie.

Perowne retrouve sa voiture et fourre son sac odorant dans le coffre parmi les balles de tennis de l'été dernier, les chaussures de randonnée et les sacs à dos de toute la famille. Il lui arrive de penser, au mépris de la déontologie, que le plus grand service à rendre à tout le monde, y compris à l'intéressé, serait de lui faire absorber un léger tranquillisant alors qu'il est encore dans la phase euphorique, un dérivé des benzodiazépines dissous dans un vin rouge corsé comme le Rioja, et aux premiers bâillements de le guider vers sa chambre à l'étage ou jusqu'à un taxi — le grand poète serait au lit une demi-heure avant minuit, fatigué mais heureux, et ne s'en porterait pas plus mal.

Ralenti par les encombrements, il n'a parcouru que deux cents mètres environ à travers le quartier de Marylebone lorsqu'il remarque dans son rétroviseur, à deux voitures derrière lui, une BMW rouge. En réalité, il n'en aperçoit qu'un bout de l'aile droite et est incapable de dire s'il lui manque un rétroviseur extérieur. Une camionnette blanche vient s'intercaler à un carrefour, et il ne voit pratiquement plus la voiture rouge. Il n'est pas impossible que ce soit Baxter, mais il n'appréhende pas spécialement de le revoir. Au fond, il ne serait pas mécontent de lui parler. C'est un cas intéressant et il était sincère en proposant de l'aider. Plus ennuyeux, le flot de véhicules du samedi matin est à l'arrêt — il y a un bouchon à l'horizon. Quand il vérifie dans son rétroviseur, la voiture rouge a disparu. Très vite il n'y pense plus : un magasin de téléviseurs à sa gauche attire son attention.

Dans la vitrine sont alignées plusieurs rangées d'images identiques sur différentes sortes d'écrans — cathodiques, plasma, portables, home cinema. Chacun d'eux montre le Premier ministre interviewé en studio. Le plan rapproché de son visage se transforme lentement en gros plan sur sa bouche, jusqu'à ce que ses lèvres occupent la moitié de l'écran. Dans le passé, il a laissé entendre que si on en savait autant que lui, tout le monde serait pour la guerre. Par ce lent zoom avant, sans doute le réalisateur fait-il consciemment écho à une question que les téléspectateurs ne manqueront pas de se poser : cet homme politique dit-il la vérité ? Mais à quoi peut-on vraiment voir, ou dire qu'un homme est honnête ? Des recherches intéressantes ont été faites à ce sujet. Perowne a lu les travaux de Paul Ekman.

Lorsqu'un menteur sourit hypocritement, certains muscles de son visage ne sont pas sollicités. Ils ne s'animent que pour exprimer une joie véritable. Le sourire d'un faux-jeton est imparfait, incomplet. Mais comment distinguer ces muscles inertes sur des visages tous différents avec leurs masses graisseuses, leurs surfaces concaves, leurs structures osseuses si variées ? Difficile, d'autant que le premier réflexe d'un menteur habituel est de se persuader qu'il est sincère. Et dès lors qu'il est sincère, il n'y a plus de tromperie.

Malgré toutes ces difficultés, ces défenses instinctives, nous continuons à scruter les visages, à tenter d'en déchiffrer les expressions, d'en deviner les intentions. Ami ou ennemi ? Vieille interrogation. Et même si, depuis des générations, on se trompe près d'une fois sur deux, le jeu en vaut la chandelle. À plus forte raison aujourd'hui, dans un pays au bord de la guerre et qui s'imagine encore pouvoir faire machine arrière avant qu'il ne soit trop tard. Cet homme croit-il sincèrement que le fait d'entrer en guerre nous apportera plus de sécurité ? Saddam possède-t-il réellement des armes de destruction massive ? Peut-être le Premier ministre croit-il tout simplement à ses mensonges. Certains de ses adversaires les plus acharnés ne mettent pas sa bonne foi en doute. Peut-être s'apprête-t-il à commettre une monstrueuse erreur de calcul. À moins que l'avenir ne lui donne raison — le dictateur vaincu sans les centaines de milliers de morts annoncés, et un an ou deux plus tard, enfin une démocratie, islamique ou laïque, parmi les tyrannies exsangues du Moyen-Orient. Coincé dans les embouteillages au ras de ce visage multiplié à l'infini, Henry ressent ses propres ambivalences comme une forme de vertige, une indécision qui lui donne le tournis. En devenant neurochirurgien, il a finalement choisi la simplicité et la sécurité.

Il a entendu parler de patients incapables de reconnaître le visage de leurs proches, et encore moins d'en déchiffrer l'expression. Dans la plupart des cas, il y a eu lésion du gyrus occipital médial, souvent après un accident vasculaire cérébral. La neurochirurgie ne peut rien y faire. Et sans doute doit-il à un trouble passager de la reconnaissance — une agnosie visuelle transitoire — son unique rencontre avec Tony Blair. C'était en mai 2000, époque désormais parée d'un certain lustre, d'un halo d'innocence factice. Avant les préoccupations actuelles, une réalisation publique a suscité un formidable engouement. Personne ne semblait nier que, pour une fois, quelque chose réussissait. On s'était avisé qu'une centrale thermique désaffectée sur la rive sud de la Tamise pourrait servir de musée d'art contemporain. Le projet était audacieux et d'une qualité remarquable. À la soirée d'inauguration de la Tate Modern se pressaient quatre mille invités — célébrités, hommes politiques, l'élite de la nation — ainsi que des centaines de jeunes gens et jeunes filles distribuant champagne et canapés dans un climat d'euphorie dépourvu de tout cynisme — fait suffisamment exceptionnel pour être noté. Henry avait été convié en tant que membre du Collège Royal des Chirurgiens. Rosalind avait eu une invitation par son journal. Ils étaient accompagnés de Theo et de Daisy qui se fondirent dans la foule dès leur arrivée. Leurs parents ne les revirent que le lendemain matin. Les invités restaient rassemblés dans l'espace monumental de l'ancienne salle des turbines où s'élevaient des milliers de voix surexcitées, brouhaha sur lequel semblait flotter l'araignée géante suspendue aux poutrelles d'acier. Au bout d'une heure, Henry et Rosalind abandonnèrent leurs amis pour se promener, leur verre à la main, dans les salles d'exposition relativement désertes.

Leur jubilation était si intense que même l'orthodoxie austère de l'art conceptuel semblait faire partie du spectacle, comme les travaux appliqués des bons élèves à la journée portes ouvertes d'une école. Perowne aimait particulièrement « Exploding Shed » de Cornelia Parker — construction humoristique évoquant le surgissement d'une idée géniale. Ils pénétrèrent dans une salle consacrée à Rothko et s'y attardèrent plusieurs minutes, apaisés par les immenses toiles aux violets et aux orangés crépusculaires. Par une large ouverture ils passèrent ensuite dans la salle voisine, tombant sur ce qu'ils prirent d'abord pour une nouvelle installation. Une partie de l'ensemble, un modeste assemblage de briques, était bel et bien une œuvre exposée. Au-delà, tout au fond de la pièce se tenait le Premier ministre, flanqué du directeur du musée. Quelques mètres plus loin, de l'autre côté des briques, symboliquement contenus par un cordon de velours se trouvaient les journalistes — une bonne trentaine de photographes et de reporters —, visiblement entourés de responsables du musée et de conseillers de Downing Street. Les Perowne étaient entrés à un moment étrangement silencieux. Blair et le directeur du musée souriaient pour les photographes, sur les clichés desquels figurerait aussi le désormais célèbre tas de briques. Les flashes se déclenchaient par intermittence, mais sans les interpellations habituelles. La sérénité de la salle voisine aux couleurs de Rothko semblait s'être étendue sur l'assistance.

Alors le directeur, cherchant sans doute un prétexte pour mettre un terme à la séance de photos, salua Rosalind de la main. Ils se connaissaient suite à un différend juridique résolu à l'amiable. Le directeur fit contourner les briques à Blair et traversa la salle pour rejoindre les Perowne, suivi par le cortège des photographes brandissant leurs appareils et les chroniqueurs leur carnet au cas où il se passerait enfin quelque chose d'intéressant. Impuissants, les Perowne les regardèrent tous approcher. Soudain encerclés, ils furent présentés au Premier ministre. Il s'avança d'abord vers Rosalind, puis vers Henry. Une poignée de main ferme et virile, et, à la surprise de Perowne, Blair le dévisagea avec intérêt, comme s'il le reconnaissait. Un regard intelligent, intense, incroyablement jeune. Ce n'était que le début.

« J'admire vraiment votre travail, dit-il.

— Merci », répondit machinalement Perowne. Il était néanmoins impressionné. On ne pouvait pas exclure que Blair, grâce à son excellente mémoire et à sa réputation de lire dans le moindre détail les notes de ses conseillers, ait eu vent du bilan remarquable de l'hôpital le mois dernier — tous les objectifs atteints — voire de la mention spéciale accordée au service de neurochirurgie pour ses résultats exceptionnels. Vingt-trois pour cent d'interventions en plus par rapport à l'an passé. Plus tard, Henry mesura l'absurdité de cette hypothèse.

Le Premier ministre, sans lui lâcher la main, ajouta : « D'ailleurs, il y a deux de vos tableaux sur les murs de Downing Street. Cherie et moi les adorons.

— Oh non, dit Perowne.

— Mais si », insista le Premier ministre, lui broyant la main. Il n'était pas d'humeur à tolérer un excès de modestie. « En fait, je crois que vous...

— Je vous assure. Ils sont dans la salle à manger.

— Vous faites erreur », déclara Perowne, et à ces mots le visage du Premier ministre trahit une inquiétude soudaine, un doute fugitif. Personne d'autre ne vit ses traits se figer et ses yeux s'écarquiller imperceptiblement. Une fêlure venait d'apparaître dans l'assurance donnée par le pouvoir. Il continua pourtant comme si de rien n'était, ayant sans doute aussitôt fait le calcul qu'avec tous ces gens qui se bousculaient pour les écouter, il ne pouvait plus reculer. Sauf au prix de sarcasmes dans les quotidiens du lendemain.

« En tout cas, ils sont vraiment merveilleux. Félicitations. »

Une conseillère en tailleur pantalon noir intervint. « Monsieur le Premier ministre, il nous reste trois minutes et demie. Il faut y aller. »

Blair lâcha la main de Perowne, puis avec un hochement de tête et un sourire crispé en guise d'adieu, il tourna les talons et se laissa entraîner. Instantanément les photographes, les journalistes, les assistants, les gardes du corps, les sous-fifres du musée et leur directeur lui emboîtèrent le pas, et en quelques secondes les Perowne se retrouvèrent seuls avec les briques dans la salle vide comme s'il ne s'était rien passé.

Observant depuis sa voiture les recadrages successifs sur l'intervieweur et son invité, Perowne se demande si ces sortes d'épisodes, ces accès de panique qui vous glacent sous l'effet du doute, tiennent une place croissante dans les journées ou les nuits du Premier ministre. Peut-être n'y aura-t-il pas de seconde résolution de l'ONU. Le prochain rapport des inspecteurs risque de ne pas se révéler plus probant que les précédents. Les Irakiens peuvent décider d'utiliser des armes biologiques contre leurs envahisseurs. À moins, comme le répète un ancien inspecteur, qu'il n'y ait pas trace de la moindre arme de destruction massive. On parle de famine, de trois millions de réfugiés pour lesquels on prépare déjà des camps en Syrie et en Iran. L'ONU prévoit des centaines de milliers de morts chez les Irakiens. Londres pourrait subir des attentats en représailles. Et les Américains se montrent toujours aussi vagues quant à leurs projets pour la période de l'après-guerre. Peut-être n'en ont-ils aucun. Au fond, le prix à payer pour le renversement de Saddam pourrait bien être trop élevé. Nul ne peut dire ce que réserve l'avenir. Les membres du gouvernement font preuve de loyauté, plusieurs quotidiens ont pris parti en faveur de la guerre, elle trouve dans le pays un soutien circonspect mais non négligeable à côté des mouvements de protestation, mais aucun Britannique ne doute vraiment qu'un seul homme avance les pions. Sueurs nocturnes, affreux cauchemars, la folle ronde des scénarios-catastrophe engendrés par l'insomnie ? Ou simple solitude ? Chaque fois qu'il le voit sur un écran désormais, Henry guette l'éclair de lucidité devant l'abîme, la fêlure, le moment où le visage se fige, la brève défaillance dont il a été personnellement témoin. Mais il ne perçoit que des certitudes, au pire une solennité forcée.

Il trouve une place libre sur l'aire de stationnement réservée aux riverains en face de chez lui. En sortant ses achats du coffre de sa voiture, il aperçoit dans le square, autour du banc le plus proche de sa maison, les jeunes gens qui s'y retrouvent souvent en début de soirée, puis plus tard dans la nuit. Deux Antillais accompagnés de deux amis, parfois trois, originaires du Moyen-Orient, peut-être des Turcs. D'apparence aimable et prospère, ils se donnent souvent l'accolade en riant bruyamment. Une Mercedes est garée le long du trottoir, le même modèle que Perowne, mais noir, et quelqu'un reste toujours au volant. De temps à autre arrive un inconnu qui s'arrête pour discuter avec le groupe. L'un de ses membres va jusqu'à la voiture, consulte le conducteur, revient, et après une nouvelle accolade l'inconnu continue son chemin. Ils ne gênent personne, semblent inoffensifs, et

Perowne les a longtemps soupçonnés d'être des dealers de cocaïne, d'ecstasy ou de marijuana faisant commerce sur le trottoir. Leurs clients n'ont pas cet air traqué, dépravé des consommateurs de crack ou d'héroïne. C'est Theo qui a rétabli la vérité. Ils vendent en fait des billets pour divers concerts de groupes de rap marginaux à travers la ville. Ils diffusent également des CD gravés par leurs soins, et peuvent fournir à prix cassés aussi bien des places sur un vol long-courrier qu'une salle ou un DJ pour une soirée, une limousine pour un mariage ou un trajet à l'aéroport, voire une assurance maladie ou rapatriement; moyennant une commission, ils peuvent aussi mettre en contact des demandeurs d'asile ou des étrangers sans papiers avec un avocat. Ils ne paient ni impôts ni frais généraux et leurs tarifs sont extrêmement compétitifs. Dès que Perowne les voit, il a vaguement l'impression, comme maintenant en traversant la rue jusqu'à sa porte, de leur devoir des excuses. Un de ces jours, il leur achètera quelque chose.

Theo est en bas dans la cuisine, sans doute en train de se préparer un de ses petits déjeuners à base de fruits et de yaourt. Henry laisse le poisson en haut de l'escalier, lance un bonjour sonore et monte au second. La chambre lui paraît surchauffée, étouffante, encore plus exiguë à la lumière du jour. Elle est plus accueillante éclairée par une ou deux lampes, et on s'y sent mieux une fois sa journée de travail terminé, avec la promesse d'une nuit de sommeil; le fait de s'y retrouver en début d'après-midi lui rappelle une mauvaise grippe. Il enlève ses chaussures de sport, puis, laborieusement, ses chaussettes moites qu'il met dans le panier à linge sale avant d'aller ouvrir la fenêtre centrale. Et là, encore elle, ou sa jumelle, juste en dessous de lui, tournant lentement au coin de la maison, à l'endroit où la rue rejoint le square. Il n'en voit pratiquement que le toit, et le rétroviseur extérieur droit n'est pas dans son champ de vision, même lorsqu'il remonte la fenêtre et se penche complètement. Il ne distingue pas davantage le conducteur ni d'éventuels passagers. Il la regarde longer le côté nord du square, tourner à droite dans Conway Street et disparaître. Cette fois il prend les choses avec un peu moins de détachement. Mais qu'éprouve-t-il au juste ? De la curiosité, voire une légère inquiétude ? C'est une marque assez courante, et il y a encore deux ou trois ans, la couleur rouge était un choix fréquent. En revanche, pourquoi chercher à exclure qu'il puisse s'agir de Baxter ? Son sort est à la fois épouvantable et fascinant — son existence de voyou a dû occulter son désir d'une vie meilleure avant même les premiers symptômes de cette maladie dégénérative. Perowne quitte la fenêtre et se dirige vers la salle de bains. Baxter aurait à peine besoin de le suivre. La Mercedes est assez reconnaissable, et elle est garée juste devant la maison. Certes, il aimerait bien revoir Baxter aux heures de consultation, pour en apprendre davantage et lui donner quelques adresses utiles. Mais il ne tient pas à le voir rôder près du square.

Tandis qu'il finit de se déshabiller, son portable sonne au milieu du tas de vêtements qu'il a laissé glisser à ses pieds. Il le récupère fébrilement.

« Chéri ? »

Rosalind, enfin. Elle ne pouvait mieux tomber. Il emporte le téléphone dans la chambre et s'étend sur le dos, tout nu, en travers du lit défait où quelques heures plus tôt ils ont fait l'amour. Le souffle chaud des radiateurs sur sa peau lui rappelle le vent du désert. Il va falloir baisser le thermostat. Il bande à moitié. Plutôt un quart d'érection, en fait. Si Rosalind ne travaillait pas aujourd'hui, s'il n'y avait pas de crise au journal en plein week-end, si son gentil rédacteur en chef ne se montrait pas aussi teigneux dès qu'on touche à la liberté de la presse, elle et Henry seraient ensemble. Il leur arrive de passer ainsi une heure ou deux le samedi après-midi en hiver. Crépuscule sensuel à quatre heures du soir.

Sous un certain angle et avec la complicité d'un éclairage flatteur, le miroir de la salle de bains donne parfois à Henry l'illusion de la jeunesse. Mais Rosalind, sous l'effet de quelque lumière intérieure ou de l'amour fou qu'il lui porte, ressemble toujours autant à la femme qu'il a rencontrée tant d'années auparavant. À la grande sœur de cette jeune Rosalind, pas encore à sa mère. Pour combien de temps ? Les caractéristiques individuelles ne changent pas, ou peu : cette pâleur presque lumineuse de sa peau — Marianne, sa mère, était d'origine celte ; ces sourcils fins, soyeux — presque inexistants ; ce regard vert, doux et limpide, et ces dents toujours aussi blanches (les siennes deviennent grises), celles du haut absolument parfaites, celles du bas plus irrégulières — défaut enfantin qu'elle n'a jamais voulu corriger ; la générosité de son sourire après une ébauche timide ; sur ses lèvres ce reflet rose-orangé qui n'appartient qu'à elle ; ses cheveux désormais coupés court, mais toujours du même brun-roux. Au repos il émane d'elle une intelligence radieuse, une joie de vivre intacte. Elle a gardé son beau visage. Comme tout le monde à la quarantaine elle a des moments de découragement, de lassitude devant le miroir à l'heure du coucher, et lui-même s'est surpris à s'examiner avec ce même regard impitoyable, presque hargneux. On est tous dans le même bateau. Prudente, elle ne se laisse pas vraiment convaincre quand il dit trouver à son goût les rondeurs sur ses hanches, ou la lourdeur de ses seins. Pourtant, c'est vrai. Oui, comme il aimerait qu'à cette minute elle soit étendue près de lui.

Selon toute vraisemblance, elle n'est pas du tout dans le même état d'esprit — en tailleur noir de travail, enchaînant les réunions —, alors il se remet en position assise sur le lit pour lui tenir des propos sensés.

« Ça se passe comment ?

— Notre juge est coincé dans un embouteillage sur Blackfriars Bridge. À cause de la manifestation. Mais je crois qu'il va nous donner raison.

— Lever l'interdiction ?

— Oui. Lundi matin. » Elle a l'air survoltée et heureuse.

« Tu es géniale. Et pour ton père ?

— Je ne pourrai pas le prendre à son hôtel. À cause de la manifestation. C'est l'enfer. Il va venir en taxi. » Elle s'interrompt, puis demande, un peu plus doucement : « Ça va, toi ? » L'accent légèrement insistant sur le dernier mot est tendre, une allusion évidente à leurs ébats du matin. Il s'est trompé sur son humeur. Il lui dirait bien qu'il est nu sur le lit, qu'il a envie d'elle, mais se ravise. Ce n'est pas le moment de se livrer à des préliminaires au téléphone, alors qu'il doit ressortir et qu'elle-même n'a pas terminé sa journée. Il souhaite par ailleurs évoquer des choses plus importantes qui devront attendre après le dîner de ce soir, voire jusqu'à demain matin.

« Je pars pour Perivale dès que je me serai douché », dit-il. Conscient de ne pas avoir répondu à sa question, il ajoute : « Ça va, mais je suis impatient qu'on ait un peu de temps à nous. » Cela ne suffit pas non plus, alors il confie : « Il m'est arrivé différentes choses dont il faut que je te parle.

— Quel genre de choses ?

— Rien de très grave. Je préfère attendre qu'on se voie.

— D'accord, mais précise quand même un peu.

— La nuit dernière, quand je ne dormais pas, je suis resté à la fenêtre. J'ai vu cet avion-cargo russe.

— Chéri... Ça devait être inquiétant. Quoi d'autre ? »

Il hésite, et instinctivement sa main effleure la zone autour de l'hématome sur son torse. Comme il dit parfois : et pour le titre, on met quoi ? Bras de fer entre deux conducteurs irascibles. Agression manquée. Maladie neurologique. Le rétroviseur extérieur. Le rétroviseur intérieur.

« J'ai perdu au squash. Je deviens trop vieux. »

Elle éclate de rire. « Toi, tu fais des cachotteries ! » Au moins elle semble rassurée. « Cela dit, tu oublies peut-être quelque chose. Theo a une répétition importante cet après-midi. Il y a quelques jours, je t'ai entendu lui promettre que tu serais là.

— Mince. À quelle heure ? » Il ne se souvient pas d'avoir fait ce genre de promesse.

« À dix-sept heures, dans cette salle près de Ladbroke Grove.

— Je ferais bien de me dépêcher. »

Il se lève et emporte le téléphone dans la salle de bains pour les adieux.

« Je t'aime.

— Moi aussi », répond-elle avant de raccrocher.

Il se met sous la douche, puissante cascade en provenance du troisième étage. Quand cette civilisation s'écroulera, quand les Romains de l'époque auront finalement déserté et qu'on se retrouvera au Moyen Âge, ce sera l'un des premiers luxes à disparaître. Accroupis autour d'un feu de tourbe, les vieillards raconteront à leurs petits-enfants incrédules qu'en plein hiver, on pouvait rester nu sous des torrents d'eau chaude et claire, avec des savons parfumés en forme de losanges et des liquides visqueux, ambrés ou vermillon, qu'on se frottait dans les cheveux pour les rendre encore plus souples et brillants, pendant que d'épais draps de bain blancs aussi grands que des toges attendaient sur des porte-serviettes chauffants.

Il est en costume-cravate cinq jours par semaine. Aujourd'hui qu'il porte un jean, un pull et de vieilles chaussures marron, c'est presque lui qu'on pourrait prendre pour le plus grand guitariste de sa génération. Mais en se baissant pour attacher ses lacets, il ressent une douleur aiguë aux genoux. À quoi bon s'accrocher jusqu'à cinquante ans ? Il s'accorde encore six mois de squash et un dernier marathon de Londres. Seulement supportera-t-il de tourner la page sur ces passe-temps ? Devant le miroir il s'inonde d'after-shave — en hiver surtout, il flotte parfois dans la maison de retraite une odeur tenace qu'il préfère contrer.

Il sort de la chambre et descend l'escalier du deuxième étage en diagonale et en sautant les marches deux à deux sans même se tenir à la rampe. C'est une manie qu'il a prise à l'adolescence et il le fait mieux que jamais. Mais que le talon de sa chaussure dérape, et c'est la fracture du coccyx, six mois allongé sur le dos, un an de rééducation — en une fraction de seconde les scénarios-catastrophe s'accumulent et suffisent à le refroidir. Il descend normalement l'escalier du premier.

Dans la cuisine en sous-sol, Theo a déjà mis le poisson au réfrigérateur. Le minuscule téléviseur est allumé sans le son et diffuse une vue aérienne de Hyde Park. La masse des manifestants ressemble à une immense tache brune, comme du lichen sur un rocher. Theo s'est concocté son petit déjeuner dans un grand saladier qui contient près d'un kilo de flocons d'avoine, de son, de noix, de myrtilles, de framboises, de raisins secs, de lait, de yaourt, de morceaux de dattes, de pomme et de banane.

Theo désigne le mélange de la tête. « Tu en veux ?

— Je vais finir les restes. »

Henry sort une assiette de poulet et de pommes vapeur, et il mange debout. Son fils est assis sur un grand tabouret devant le plan de travail au centre de la pièce, le nez dans son bol géant. Parmi les miettes de pain, les emballages vides et les épluchures se trouvent des partitions manuscrites, avec les accords notés au crayon. Il a une carrure imposante et son T-shirt d'un blanc immaculé est tendu sur ses muscles saillants. La peau et les poils de ses bras nus, ses épais sourcils sombres ont conservé cet aspect lisse et velouté du neuf, que Perowne admirait tant quand Theo avait quatre ans.

Il montre l'écran. « Toujours pas tenté?

— J'étais en train de regarder. Deux millions de personnes. Vraiment impressionnant. »

Naturellement, Theo est contre la guerre en Irak. Ses convictions sont aussi solides et pures que ses os et sa peau. Tellement solides qu'il n'éprouve pas le besoin de défiler dans les rues pour se faire entendre.

« Quoi de neuf sur l'avion? Il paraît qu'il y a eu des arrestations.

— On ne sait rien de plus. » Theo rajoute du lait dans son saladier. « Mais des rumeurs circulent sur Internet.

— Au sujet du Coran.

— Les pilotes sont des intégristes musulmans. Un Tchétchène et un Algérien. »

Perowne prend un tabouret, mais une fois assis, il s'aperçoit qu'il n'a plus faim. Il écarte son assiette.

« Alors qu'est-ce qu'on doit comprendre? Ils mettent le feu à leur propre avion en l'honneur du djihad et ensuite, ils atterrissent sains et saufs à Heathrow.

— Ils se sont dégonflés.

— Donc ils avaient plus ou moins dans l'idée d'apporter leur soutien à la manifestation d'aujourd'hui.

— Mouais. Ils voulaient peut-être transmettre un message. Si vous déclarez la guerre à une nation arabe, voilà ce qui vous attend. »

Peu plausible. Mais l'être humain est plutôt porté à croire ce qu'on lui dit. Et à changer d'avis si les événements lui donnent tort. À moins qu'il n'ait la foi et n'en démorde pas. Avec le recul, depuis des générations c'est peut-être la stratégie la plus efficace : mieux vaut croire, au cas où. Toute la journée, Perowne lui-même a soupçonné qu'il y avait anguille sous roche, et voilà que Theo encourage la tendance de son père à envisager le pire. En revanche, si les rumeurs concernant l'avion viennent d'Internet, elles risquent fort de se révéler inexactes.

Henry évoque brièvement son accrochage avec Baxter, les symptômes de la chorée de Huntington et la chance qu'il a eue de s'en tirer à si bon compte.

« Tu l'as humilié. À ta place, je me méfierais, dit Theo.

— C'est-à-dire ?

— Ces gars-là ont leur fierté. D'ailleurs, papa, je me demande comment on a pu vivre ici aussi longtemps sans que maman et toi vous fassiez agresser. »

Perowne jette un coup d'œil à sa montre et se lève. « Simplement parce que ta mère et moi, on n'a pas le temps. Je te retrouve à Notting Hill vers cinq heures.

— Tu viens ? Génial ! »

C'est tout le charme de Theo, de ne pas avoir insisté. Et si son père n'était pas venu, il n'aurait pas fait la moindre remarque.

« Commencez sans moi. Tu sais ce que c'est, pour revenir de chez ta grand-mère.

— On va répéter le nouveau morceau. Chas sera là. On attendra que tu arrives pour le jouer. »

Chas est l'ami de Theo qu'il préfère, le plus cultivé aussi, puisqu'il était en troisième année de licence d'anglais à Leeds quand il a tout abandonné pour jouer dans un groupe. Un miracle que sa vie jusqu'ici — mère suicidaire, père absent, deux frères membres d'une secte baptiste — n'ait pas eu raison de sa bonhomie et de sa décontraction. Quelque chose dans le climat de St Kitts a produit une profusion de gentillesse chez ce géant. Depuis qu'il a fait sa connaissance, Perowne a le vague projet de visiter l'île.

Au fond de la pièce il récupère une plante enveloppée dans du papier de soie, une coûteuse orchidée qu'il a achetée voilà quelques jours au fleuriste près de chez Heal's. Il s'arrête devant la porte et salue de la main. « C'est moi qui fais la cuisine, ce soir. N'oublie pas de tout ranger.

— D'accord. » Theo ajoute alors, sans la moindre ironie : « Mon bon souvenir à mamie. Dis-lui que je l'aime. »

Propre et parfumé, avec une douleur diffuse, mais presque agréable dans les membres, Perowne appréhende moins la visite à sa mère. Son déroulement n'a plus de secrets pour lui. Une fois qu'ils seront installés tous les deux face à face, avec leur tasse de thé archifort, le tragique de la situation se perdra dans la banalité de certains détails, les efforts pour supporter ces minutes oppressantes, cette inattention. Les moments avec elle ne sont pas les plus difficiles. Le pire est celui du départ, avant que la visite ne se mêle à toutes les autres dans ses souvenirs, lorsque debout à la porte, hanté par l'image de la femme qu'elle a été, il se penche pour l'embrasser. C'est là qu'il a le sentiment de la trahir, de l'abandonner à sa vie étriquée, de s'éclipser en douce pour rejoindre les richesses, les trésors cachés de sa propre existence. Malgré le remords, il ne peut ignorer son soulagement soudain, son pas plus léger dès qu'il tourne les talons, s'éloigne de la maison de retraite et cherche ses clés dans sa poche, embrassant une liberté qu'elle ne connaîtra plus jamais. Tout ce qu'elle possède tient désormais dans cette chambre minuscule. Et encore cette pièce ne lui appartient-elle pas vraiment, puisqu'elle est incapable de la retrouver sans aide et n'a même pas conscience d'avoir une chambre à elle. Quand elle y est, elle ne reconnaît pas ses affaires. Impossible de l'inviter quelques jours chez eux ou de l'emmener pour une simple promenade en voiture : le moindre trajet la désoriente, la terrifie même. Elle doit rester là, et naturellement elle ne le comprend pas davantage.

Pourtant, la perspective d'avoir à prendre congé d'elle ne l'inquiète pas dans l'immédiat. Il est enfin gagné par cette douce euphorie qui succède à une dépense physique intense. Bénies soient les endorphines fabriquées par l'organisme pour endormir toutes les douleurs. À la radio, les accords d'un morceau de Scarlatti au clavecin déferlent sans jamais se résoudre complètement et semblent le conduire vers une destination qui se dérobe sans cesse, comme par jeu. Pas de BMW rouge dans son rétroviseur intérieur. Le long de cet axe où Euston Road devient Marylebone Road, les feux de signalisation sont aussi bien synchronisés qu'à Manhattan et il est emporté par une suite ininterrompue de feux verts, tel un surfeur par une vague parfaite dont l'unique message serait : « Go ! » Ou même : « Yes!!! » Devant Madame Tussaud's, la longue file de touristes — adolescents pour l'essentiel — paraît moins insouciante que d'habitude ; cette génération pourtant nourrie d'effets spéciaux par Hollywood prend toujours le même plaisir à se planter devant des figures de cire que les paysans du dix-huitième siècle à la fête du village. Le Westway, voie express si décriée avec ses piles de béton crasseux, et sur laquelle il s'élève en un rien de temps d'une dizaine de mètres, révèle les nuages qui s'amoncellent à perte de vue au-dessus d'un enchevêtrement de toits. Dans ces moments-là on se félicite d'être propriétaire d'une voiture en ville, et de quelle voiture ! Pour la première fois depuis des semaines, il est en quatrième. Peut-être même pourra-t-il passer la cinquième. Les panneaux de signalisation en hauteur annoncent *L'Ouest, Le Nord* comme si après la banlieue s'étendait tout un continent et la promesse d'un voyage de plusieurs jours.

La circulation doit être interrompue quelque part à cause de la manifestation. Sur cinq ou six cents mètres, il a cette portion de chaussée surélevée pour lui tout seul. L'espace de quelques secondes, il croit entrevoir l'ambition de ses créateurs — un monde plus pur au service des machines plutôt que des hommes. Au détour d'une courbe rectiligne surgissent de nouveaux immeubles de bureaux en verre et en acier où la lumière est déjà allumée en ce début d'après-midi de février. Il aperçoit des gens aussi propres et nets que des figurines d'architecte, assis à leurs tables de travail, penchés sur leurs écrans même un samedi. On dirait l'avenir impeccable des bandes dessinées de science-fiction de son enfance, hommes et femmes en combinaison sur mesure et sans col — pas de poches, de lacets défaits ni de chemises mal rentrées dans le pantalon — menant une vie sans ordures ni désordre, enfin libres de combattre les forces du mal.

Mais du haut de l'échangeur de White City, juste avant que la route ne redescende sur terre entre des rangées de maisonnettes en brique rouge, il voit des feux arrière s'allumer en cascade et commence à freiner. Sa mère ne s'est jamais plainte des feux de circulation ni des embouteillages. Il y a encore un an, elle allait suffisamment bien — étourdie, désorientée, mais pas terrifiée — pour apprécier les promenades en voiture dans les rues à l'ouest de Londres. Les arrêts aux feux étaient pour elle l'occasion d'observer les autres conducteurs et leurs passagers. « Regarde celui-là ! Il a le visage couvert de boutons. » Ou de s'exclamer simplement : « Encore rouge ! »

C'est une femme qui a consacré toute son existence au ménage, à cirer, épousseter, aspirer et ranger, routine quotidienne qui représentait autrefois la norme et à laquelle seuls se plient aujourd'hui les patients atteints de troubles obsessionnels compulsifs. Chaque jour, pendant que Henry était en classe, elle nettoyait la maison de fond en comble. Elle tirait ses plus grandes satisfactions d'un rôti cuit à point, d'une table lustrée, d'une pile de draps aux rayures acidulées fraîchement repassés et pliés au carré, d'un garde-manger bien garni ; ou encore d'une énième brassière tricotée pour un énième bébé chez des cousins éloignés. Le dessous, le dedans, les endroits les plus invisibles, les plus inaccessibles : tout était irréprochable. Elle récurait le four et ses grilles après chaque usage. L'ordre et la propreté exprimaient un indicible idéal d'amour. Le livre qu'il était en train de lire se retrouvait immanquablement sur l'étagère du palier à l'étage s'il le laissait traîner. Le journal du matin atterrissait parfois dans la poubelle avant midi. Elle lavait avec autant de soin que ses couverts les bouteilles de lait vides avant de les remettre à la porte. Chaque chose était à sa place, dans son tiroir ou sur son crochet, même ses différents tabliers et ses gants en caoutchouc jaune, suspendus à leur patère près du compte-minutes en forme d'œuf.

Sans nul doute, c'est à elle que Henry doit de se sentir chez lui dans un bloc opératoire. Elle aussi aurait aimé le sol noir étincelant, les instruments en inox bien alignés sur un plateau stérile, et la salle de désinfection avec ses procédures rituelles — elle aurait admiré le soin du détail, les coiffes immaculées, les ongles coupés ras. Il aurait dû lui faire visiter les lieux tant qu'elle était encore en état. Ça ne l'a jamais effleuré. Il ne lui est jamais venu à l'idée que son travail, ses quinze ans de formation pouvaient avoir le moindre rapport avec la maniaquerie de sa mère.

À elle non plus, d'ailleurs. Il ne s'en rendait pas vraiment compte à l'époque, mais enfant et adolescent il l'a longtemps crue un peu limitée. Il la trouvait dépourvue de curiosité. Rien de plus faux. Elle adorait les longues conversations à cœur ouvert avec ses voisines. Henry, qui avait alors huit ans, s'empressait de se glisser derrière un meuble pour écouter en cachette. Les maladies et les opérations tenaient une grande place, surtout celles liées aux accouchements. C'est là qu'il a entendu pour la première fois les expressions « passer sur le billard » ou « être sous traitement ». « Ordre du docteur » était une injonction sans appel. Ces échanges suivis clandestinement ont peut-être décidé de sa carrière. Il était également question d'amours infidèles ou de rumeurs d'adultère, de l'ingratitude des enfants, des caprices des vieux, de ce qu'un parent avait laissé par testament, de la tristesse que telle jeune fille si charmante ne trouve pas chaussure à son pied. Il fallait séparer le bon grain de l'ivraie, et ce n'était pas toujours facile de faire d'emblée la différence entre les deux. En revanche, la maladie frappait tout le monde sans distinction. Plus tard, quand Daisy était en licence et qu'il a fait des efforts louables pour lire les auteurs au programme du cours sur le roman au dix-neuvième siècle, Henry a reconnu tous les thèmes de prédilection de sa mère. Au fond, ses centres d'intérêt n'étaient pas si limités. Jane Austen et George Eliot avaient les mêmes. Lilian Perowne n'était ni stupide ni prosaïque, son existence n'avait rien de déshonorant et il n'aurait pas dû se montrer condescendant avec elle. Mais il est trop tard pour s'excuser. Contrairement à ce qui se passe dans les romans si chers à Daisy, on n'a pas souvent l'occasion de mettre les choses au point dans la vraie vie : les malentendus sont rarement levés. Ce qui ne veut pas dire qu'ils restent douloureusement présents. Ils se contentent de s'estomper. Les gens perdent la mémoire ou disparaissent, ou bien les malentendus eux-mêmes disparaissent et sont remplacés par d'autres.

Par ailleurs, Lily avait une seconde vie que personne n'aurait pu prédire ni ne pourrait imaginer aujourd'hui. C'était une nageuse. Le dimanche matin 3 septembre 1939, au moment où Chamberlain annonçait à la radio depuis Downing Street que son pays venait d'entrer en guerre contre l'Allemagne, Lily, âgée de quatorze ans, prenait sa première leçon de natation dans une piscine municipale près de Wembley, avec une ancienne nageuse olympique de soixante ans qui avait participé aux Jeux de Stockholm en 1912 — pour la toute première compétition de natation ouverte aux femmes. Elle avait repéré Lily dans la piscine et proposé de lui donner gratuitement des leçons. Elle lui apprit le crawl, nage pourtant fort peu féminine. À la fin des années quarante Lily prit part à des rencontres locales. En 1954 elle représenta le Middlesex lors du championnat d'Angleterre. Elle arriva deuxième, et sa minuscule médaille d'argent, encastrée sur un blason en chêne, ne bougea pas du manteau de la cheminée pendant toute l'enfance de Henry. Elle se trouve désormais dans sa chambre à la maison de retraite. Elle n'est pas allée plus loin ni plus haut, mais elle a toujours nagé magnifiquement bien, assez vite pour creuser devant elle une vague profonde et sinueuse.

C'est elle qui lui a appris à nager, bien sûr, mais le meilleur souvenir qu'il garde des talents de sa mère date d'une visite à la piscine locale un matin avec l'école, alors qu'il avait dix ans. Ses amis et lui avaient mis leur maillot, ils étaient passés sous la douche et au pédiluve, et devaient attendre sur le bord la fin du cours destiné aux adultes. Deux professeurs les encadraient, les rappelant à l'ordre et s'efforçant de contenir leur enthousiasme. Bientôt il ne resta plus qu'une silhouette dans la piscine, une femme avec un bonnet de bain blanc bordé d'un motif fleuri qu'il aurait dû reconnaître aussitôt. Toute la classe admirait sa vitesse alors qu'elle remontait le couloir, le sillon d'écume qu'elle laissait derrière elle et sa façon de tourner la tête pour respirer sans dévier en rien de sa trajectoire. Lorsqu'il comprit que c'était elle, il réussit à se convaincre qu'il le savait depuis le début. Pour ajouter à son exultation, il n'eut même pas besoin de l'appeler. Quelqu'un s'écria : « C'est Mrs Perowne ! » En silence, tous la regardèrent atteindre l'extrémité du couloir à leurs pieds et opérer un spectaculaire demi-tour sous l'eau, une nouveauté à l'époque. Oubliée, la modeste ménagère. Il l'avait souvent vue nager, mais cette fois-là ne ressemblait en rien aux précédentes ; tous ses amis étaient témoins de sa nature surhumaine, qu'il partageait avec elle. Sans doute consciente de l'enjeu, elle couvrit la dernière demi-longueur à une vitesse démoniaque rien que pour lui. Ses pieds battaient l'eau, ses minces bras blancs fendaient la surface, la vague se gonflait devant elle, le sillon d'écume se creusait. Tout son corps ondulait au rythme de la vague, formant comme un « S » allongé. Il aurait fallu courir le long de la piscine pour la suivre. Elle s'arrêta à l'extrémité opposée, se redressa et prit appui sur le bord pour se hisser hors de l'eau. Elle devait avoir une quarantaine d'années. Assise là, les pieds toujours dans la piscine, elle retira son bonnet de bain et, la tête un peu inclinée, sourit timidement dans leur direction. Un des professeurs l'applaudit avec solennité, incitant les enfants à l'imiter. Même si la scène se passait en 1966 — les garçons avaient les cheveux sur les oreilles, les filles venaient à l'école en jean —, la réserve des années cinquante n'avait pas totalement disparu. Henry applaudit comme tout le monde, mais quand ses camarades l'entourèrent, la fierté qui lui nouait la gorge et sa jubilation l'empêchèrent de répondre à leurs questions, et c'est avec soulagement qu'il descendit dans la piscine où il pourrait dissimuler ses sentiments.

Dans les années vingt et trente, d'immenses parcelles de terres cultivables à l'ouest de Londres ont disparu, prises d'assaut par la prolifération soudaine de l'habitat, et aujourd'hui encore les rues bordées de respectables maisons à deux étages conservent la trace de cette soudaineté. Presque identique à ses voisines, chaque maison a quelque chose d'incertain, de provisoire, comme si elle savait la terre prête à retourner aux cultures céréalières et aux pâturages. Lily vit désormais à quelques minutes seulement de leur ancienne maison de Perivale. Henry aime à penser que de temps à autre, un sentiment de familiarité rassurant perce dans le paysage embrumé par sa démence. Suffolk Place est une toute petite maison de retraite — trois maisons particulières réunies en une seule, à laquelle on a ajouté une annexe. Sur le devant, des haies de troènes matérialisent encore la séparation entre les jardins et deux cytises ont survécu. Le sol d'un des trois jardins a été bétonné pour créer deux places de parking. Seules les deux gigantesques poubelles derrière une barrière à claire-voie trahissent la vocation du bâtiment.

Perowne se gare et récupère l'orchidée sur le siège arrière. Il marque une pause avant de sonner — l'air au goût douceâtre, vaguement aseptisé, lui rappelle son adolescence dans ces rues et une impatience, une soif de vivre qui, avec le recul, ressemblent au bonheur. Comme toujours, Jenny vient lui ouvrir. C'est une robuste et joviale Irlandaise en blouse de vichy bleu, qui doit entrer à l'école d'infirmières en septembre prochain. L'appartenance de Henry au milieu médical lui vaut un traitement de faveur — trois sachets de thé supplémentaires dans la théière qu'elle apportera bientôt jusqu'à la chambre de sa mère, peut-être même une assiette de biscuits enrobés de chocolat. Sans savoir grand-chose l'un de l'autre, ils ont pris l'habitude de se saluer sur un mode enjoué.

« Mais c'est notre bon docteur !

— Comment va mon Irlandaise préférée ? »

À gauche de l'étroit couloir inondé d'une lumière dorée par le vitrail de la porte d'entrée, se trouve une cuisine tout en inox éclairée par un tube au néon. Les relents du déjeuner pris deux heures plus tôt par les pensionnaires s'en échappent. Condamné une grande partie de sa vie à la cuisine hospitalière, Perowne a fini par y prendre goût — elle ne lui inspire en tout cas aucun dégoût. De l'autre côté du couloir, une petite porte ouvre sur les trois salons qui communiquent entre eux. Il entend le son étouffé des télévisions dans les chambres.

« Elle vous attend », dit Jenny. Tous les deux savent que d'un point de vue neurologique, c'est impossible. Sa mère ne connaît même plus l'ennui.

Il pousse la porte et entre. Elle est assise juste en face de lui, sur une chaise de bois devant une table ronde recouverte d'une nappe en étoffe veloutée. Elle tourne le dos à une fenêtre par laquelle on aperçoit la fenêtre de la maison voisine, à trois mètres de là. D'autres femmes sont installées aux quatre coins de la pièce, dans des fauteuils aux accoudoirs en bois ouvragé. Certaines regardent, parfois sans la voir, la télévision fixée en hauteur, hors de leur portée. D'autres fixent obstinément le sol. Elles s'agitent ou semblent osciller à son entrée, comme doucement ballottées par l'appel d'air. Elles répondent ensemble, joyeusement, à son « Bonjour mesdames ! » et le dévisagent avec intérêt. À ce stade, aucune ne peut affirmer qu'il n'est pas l'un de ses proches. Sur la droite, dans le plus éloigné des trois salons apparaît Annie, avec sa tête hérissée de cheveux gris et duveteux. Elle avance seule vers lui à toute vitesse en traînant les pieds. Dès qu'elle arrivera dans le troisième salon, elle fera demi-tour et continuera toute la journée ses allées et venues jusqu'à ce qu'on la conduise à table, ou au lit.

Sa mère l'observe en détail, heureuse et inquiète à la fois. Elle croit reconnaître son visage — peut-être celui du médecin, ou de l'homme à tout faire. Elle guette un indice. Il s'agenouille près de sa chaise et prend dans les siennes sa main lisse et sèche, tellement légère.

« Bonjour, maman, bonjour, ma Lily. C'est Henry, ton fils Henry.

— Bonjour mon chéri. Où t'en vas-tu ?

— Je suis venu te voir. On va aller s'asseoir dans ta chambre.

— Désolée, mon chéri. Je n'ai pas de chambre. Je m'apprête à rentrer chez moi. Je vais prendre le bus. »

Il a de la peine quand elle tient ce genre de propos, même s'il sait qu'elle fait allusion à la maison de son enfance où elle croit que sa propre mère l'attend. Il l'embrasse sur la joue et l'aide à se lever de sa chaise, percevant dans ses bras un tremblement dû à l'effort ou à la nervosité. Comme toujours dans ces premiers instants désolants des retrouvailles, il a les larmes aux yeux.

Elle proteste faiblement. « Je ne sais pas où on peut aller. »

Il déteste la jovialité forcée qu'adoptent les infirmières à l'hôpital, même avec des patients adultes sans la moindre déficience mentale. « *Allez, avalez ça pour me faire plaisir.* » Pourtant il y cède lui aussi, en partie pour masquer son émotion. « Tu as une jolie petite chambre. Dès que tu la verras, tu t'en souviendras. Tiens, c'est par ici. »

Bras dessus bras dessous, ils traversent lentement les deux autres salons, s'écartant pour laisser passer Annie. Il est rassuré de voir Lily vêtue avec soin. Les aides-soignantes savaient qu'il allait venir. Elle porte une jupe bordeaux et un chemisier assorti en flanelle de coton, un collant noir et des chaussures en cuir, noires elles aussi. Elle s'est toujours habillée avec élégance. Sa génération a sans doute été la dernière à attacher de l'importance aux chapeaux. Autrefois il y en avait plusieurs rangées, sombres et presque identiques, sur l'étagère du haut de sa penderie, enveloppés d'une odeur de naphtaline.

Lorsqu'ils débouchent dans un couloir, elle tourne à gauche et il doit poser la main sur son épaule si frêle pour la guider du bon côté. « Nous y sommes. Tu reconnais ta porte ?

— Je ne suis jamais venue par ici. »

Il ouvre la porte et la fait entrer. La pièce mesure environ trois mètres sur quatre et une porte-fenêtre donne sur un petit jardin clos. Le lit une place est recouvert d'une courtepointe fleurie et de quelques peluches qu'elle avait déjà longtemps avant sa maladie. Certains des quelques bibelots qui lui restent — un rouge-gorge sur sa branche, deux écureuils en verre caricaturaux — se trouvent dans une petite vitrine d'angle. D'autres sont disposés sur une étagère près de la porte. À proximité du lavabo est accrochée dans un cadre une photo de Lily et de Jack, le père de Henry, debout au milieu d'une pelouse. On aperçoit la poignée d'un landau, dans lequel Henry était sans doute endormi. Ravissante dans sa robe d'été blanche, Lily incline la tête avec cet air timide et perplexe qu'il connaît si bien. Son jeune mari fume une cigarette et porte un blazer sur une chemise blanche à col ouvert. Il est grand, légèrement voûté, avec des mains aussi imposantes que celles de son fils. Il a un sourire radieux. On a toujours besoin de preuves que les vieux ont eux aussi été jeunes. Mais les photos ont également quelque chose de dérisoire. Le couple paraît vulnérable, presque ridicule dans son apparente ignorance du fait que la jeunesse n'a qu'un temps, et que l'objet en train de se consumer dans la main droite de Jack contribuera — au dire de Henry — à sa mort brutale plus tard la même année.

Après en avoir perdu le souvenir, Lily ne semble pas surprise de se retrouver dans sa chambre. Elle oublie aussitôt en avoir nié l'existence. Elle hésite pourtant, ne sachant où s'asseoir. Henry l'aide à s'installer dans son fauteuil près de la porte-fenêtre, et s'assoit en face d'elle au bord du lit. Il fait une chaleur encore plus étouffante que dans sa propre chambre. Sans doute est-il encore échauffé par son match, sa douche et l'atmosphère confinée de sa voiture. Il aimerait bien s'étendre sur ce lit trop ferme pour réfléchir à sa journée, voire s'endormir quelques minutes. Comme sa vie lui apparaît soudain intéressante, vue de cette chambre exiguë ! Au même instant, à cause de la courtepointe moelleuse et de la chaleur, ses paupières s'alourdissent et se ferment malgré lui. Et sa visite commence à peine. Pour se ressaisir il retire son pull, puis montre à Lily la fleur qu'il lui a apportée.

« Regarde, une orchidée pour ta chambre. »

Alors qu'il la lui tend et que la fragile corolle blanche vacille entre eux, elle a un mouvement de recul.

« Pourquoi tu me montres ça ?

— Elle est à toi. Elle va fleurir tout l'hiver. Elle est jolie, non ? Tiens.

— Elle n'est pas à moi, déclare Lily. Je ne l'ai jamais vue. »

Il a eu la même conversation déconcertante la fois dernière. La maladie s'aggrave au fil d'imperceptibles accidents affectant les vaisseaux du cerveau. Ces micro-anévrismes provoquent des lésions neurologiques qui entraînent à leur tour une altération des fonctions intellectuelles. Sa mère se délabre peu à peu. À présent elle a perdu la notion de ce qu'est un cadeau, et du plaisir qui l'accompagne. Adoptant de nouveau la jovialité forcée des infirmières, il dit : « Je la mets là-haut pour que tu puisses la voir. »

Elle s'apprête à protester mais son attention est attirée par autre chose. Elle vient de remarquer quelques babioles en porcelaine sur l'étagère au-dessus de son lit, juste derrière son fils. Son humeur devient soudain plus conciliante.

« J'en ai beaucoup, de ces tasses et de ces soucoupes. Comme ça je peux toujours en emporter une quand je sors. Mais le problème, c'est qu'il reste si peu de place entre les gens... » Elle lève ses deux mains tremblotantes pour lui montrer la distance en question. « Si peu de place qu'on arrive à peine à se glisser entre eux. Il y a trop de promis cuité.

— Tout à fait d'accord, répond Henry en se rasseyant sur le lit. Il y a bien trop de promiscuité. »

Les dégâts causés par ces minuscules accidents vasculaires cérébraux tendent à se concentrer dans la substance blanche et à détruire les connections à l'intérieur du cerveau. Dans l'intervalle, bien avant que le processus ne touche à son terme, Lily peut se lancer dans ses théories sans queue ni tête, dans ses monologues délirants avec une conviction touchante. Elle ne doute jamais. Pas plus qu'elle n'imagine que son fils puisse avoir du mal à la suivre. La structure de ses phrases est intacte, les émotions qui sous-tendent ses différentes descriptions sont cohérentes. Elle apprécie de le voir opiner du chef, sourire, intervenir de temps à autre.

Lorsqu'elle réfléchit, elle le regarde sans le voir, se concentrant sur quelque problème insaisissable, contemplant comme par une fenêtre un paysage sans limites. Elle semble vouloir parler, mais reste muette. Ses yeux d'un vert très pâle, profondément enfoncés dans leurs orbites à la peau bistre finement ridée, paraissent aussi plats et ternes que des pierres poussiéreuses sous une plaque de verre. Ils expriment à juste titre une totale incompréhension. Il ne peut lui donner aucune nouvelle du reste de la famille — le fait de mentionner des noms inconnus, même un seul, pourrait l'inquiéter. Alors, bien qu'elle n'y comprenne rien, il lui parle souvent de son travail. C'est aux sons, aux intonations d'une conversation amicale qu'elle réagit le mieux.

Il s'apprête à décrire la petite Chapman et ses progrès si encourageants quand Lily prend soudain la parole. Elle se montre impatiente, voire un peu geignarde : « Et tu sais que ce... tu sais bien, Tatie, ce qu'on met sur les chaussures pour les rendre... tu comprends?

— Du cirage? » Il s'est toujours demandé pourquoi elle l'appelait Tatie, et laquelle de ses innombrables tantes pouvait bien la hanter ainsi.

« Mais non! On en étale sur les chaussures et on frotte avec un chiffon. Enfin bref, c'est un peu comme du cirage.

Le même genre de chose. On avait des assiettes à pain et Dieu sait quoi encore, tout le long de la rue. On avait tout, sauf ce qu'il nous fallait vraiment, parce qu'on n'était pas au bon endroit. »

Soudain elle éclate de rire. Tout s'éclaire pour elle.

« Si on retourne le tableau et qu'on enlève le fond comme j'ai fait, on l'apprécie vraiment. Il ne faut rien y voir de plus. Ce qu'il a pu nous faire rire ! »

Elle-même rit gaiement, comme autrefois, et il se joint à elle. Il ne faut rien y voir de plus. Mais la voilà déjà partie à évoquer des bribes de souvenirs d'une fête de quartier, et d'une petite aquarelle qu'elle a un jour achetée dans une vente de charité.

Un peu plus tard, lorsque Jenny arrive avec une collation, Lily la dévisage comme si elle ne l'avait jamais vue. Perowne se lève et dégage la table basse. Il remarque la méfiance de sa mère envers celle qu'elle prend pour une parfaite inconnue, aussi s'empresse-t-il de dire après le départ de Jenny, sans laisser le temps à Lily d'ouvrir la bouche : « Quelle fille adorable ! Toujours prête à rendre service.

— Elle est merveilleuse », approuve Lily.

Le souvenir de la personne apparue dans la pièce s'estompe déjà. La perche qu'il a tendue est irrésistible, immédiatement Lily sourit et commence à divaguer tandis qu'à l'aide d'une cuillère il sort de la théière les six sachets de thé.

« Elle arrive toujours en courant, alors que le couloir est étroit d'un bout à l'autre. Elle voudrait venir dans un de ces machins allongés, mais elle n'a pas de quoi payer le billet. Je lui ai envoyé l'argent, mais elle ne l'a pas sous la main. Elle réclame de la musique, alors je lui ai dit qu'elle ferait mieux de former un petit orchestre et de jouer elle-même. Malgré tout, je m'inquiète pour elle. Je lui ai demandé : pourquoi tu mets toutes les tranches dans un bol alors que personne ne lève le petit doigt ? Tu ne peux pas faire ça toute seule. »

Il sait de qui elle parle et attend la suite. Puis il lui dit : « Tu devrais aller la voir. »

Voilà longtemps qu'il a tenté une dernière fois de lui expliquer que sa mère était morte en 1970. Maintenant il a moins de mal à entrer dans son jeu et à relancer la conversation. Tout appartient au présent. Dans l'immédiat, la priorité est de l'empêcher de manger un sachet de thé comme elle a failli le faire lors de sa dernière visite. Il les entasse sur une soucoupe qu'il pose par terre près de son pied. Il glisse vers elle une tasse à moitié remplie, lui tend une serviette et un biscuit. Elle déplie la serviette sur ses genoux et place avec soin le biscuit au milieu. Puis elle porte la tasse à ses lèvres et boit son thé. Dans ces moments-là, quand elle répète avec adresse des gestes familiers et qu'elle a l'air si sage dans ses vêtements bien assortis, une ravissante vieille dame de soixante-dix-sept ans avec des jambes superbes pour son âge, des jambes d'athlète, il se prend à imaginer que c'est une erreur et qu'elle va quitter sa minuscule chambre, l'accompagner au cœur de la grande ville, déguster une matelote de poisson avec sa belle-fille et ses petits-enfants, passer quelques jours avec eux.

Lily reprend la parole. « J'y suis allée la semaine dernière, Tatie, en bus, et maman était dans le jardin. Je lui ai dit, tu peux descendre là-bas à pied, voir combien ils vont te donner, et l'étape suivante, c'est de faire le compte de tout ce que tu as. Elle ne va pas bien. Ce sont ses pieds. J'y retourne dans une minute, il faut que je lui porte un lainage. »

Comme elle aurait été étonnée, la mère de Lily, cette femme hautaine et peu maternelle, si elle avait su qu'un jour, au siècle suivant, dans un avenir de science-fiction, la fillette toujours dans ses jupes parlerait sans cesse d'elle et de son besoin d'aller la voir. Se serait-elle laissé attendrir ?

Maintenant qu'elle est lancée, Lily va continuer à discourir aussi longtemps qu'il sera assis là. Difficile de dire si elle est vraiment heureuse. Tantôt elle éclate de rire, tantôt elle évoque quelque dispute ou grief d'un lointain passé et sa voix prend des accents indignés. Dans la plupart des situations qu'elle se remémore, elle s'efforce en vain de faire entendre raison à un homme.

« Je lui ai dit, je te parie que ça ne rapportera pas un sou, et il m'a répondu qu'il s'en fichait. Que je pouvais la donner si je voulais, alors je lui ai dit de ne pas la laisser partir en fumée. Et tout ce qui est neuf va disparaître aussitôt. »

Si elle se laisse un peu trop emporter par l'histoire qu'elle raconte, Henry s'exclame en riant très fort : « Ce que c'est drôle, maman ! » Comme elle est influençable, elle se met à rire à son tour, son humeur s'éclaircit et l'histoire qui suit est plus gaie. Pour le moment, elle s'en tient à un registre neutre — il est question d'une pendule, puis à nouveau d'un lainage et d'un espace trop étroit — et Henry, qui boit à petites gorgées le thé brun foncé en écoutant d'une oreille, à moitié assoupi dans la chaleur confinée de la petite pièce, se dit que dans trente-cinq ans au plus ce pourrait être lui, dépossédé de tout ce qu'il fait et de tout ce qui lui appartient, silhouette ratatinée en train d'élucubrer devant Theo ou Daisy impatients de repartir vers une existence dont il n'aura même pas idée. L'hypertension artérielle est un bon indicateur des risques d'accident vasculaire cérébral. Douze-six la dernière fois. La pression systolique pourrait être plus basse. Cholestérol total : cinq virgule deux. C'est trop. Un taux élevé de lipoprotéine-a est censé prédisposer à la démence artériopathique. Il va cesser de manger des œufs, mettre du lait demi-écrémé dans son café, et le jour viendra où il faudra aussi se passer de café. Il n'a pas envie de mourir, ni complètement ni à moitié. Il veut garder intacte, comme un champ de neige immaculée, sa substance blanche aux prodigieux réseaux gorgés de myéline. Donc plus de fromage. Il sera intraitable avec lui-même dans sa quête d'une santé parfaite pour éviter le sort de sa mère. La mort psychique.

« J'ai mis de la sève dans la pendule, pour l'humidifier », poursuit-elle.

Au bout d'une heure il s'arrache à son demi-sommeil et se lève, un peu trop brusquement peut-être, car soudain la tête lui tourne. Pas très bon signe. Il tend ses deux mains vers Lily et se sent comme un géant vacillant devant ce corps tout frêle.

« Allez, maman, dit-il doucement. Il faut que j'y aille. Et j'aimerais que tu me raccompagnes jusqu'à la porte. »

Avec une docilité enfantine elle s'accroche à ses mains tendues, et il l'aide à se lever. Il range tout sur le plateau qu'il pose devant la porte, puis se rappelle l'existence des sachets de thé presque cachés sous le lit, et va les ajouter sur le plateau. Elle risquerait d'en faire un festin. Il la guide dans le couloir sans cesser de la rassurer, conscient qu'elle entre dans un univers inconnu. Elle ne sait pas de quel côté tourner une fois sortie de sa chambre. Elle ne fait aucun commentaire sur l'étrangeté du décor, mais s'accroche plus fort à sa main. Dans le premier salon, deux femmes, l'une avec des tresses d'un blanc neigeux, l'autre complètement chauve, regardent la télévision sans le son. Du salon du milieu Cyril vient vers eux, comme toujours avec sa cravate et son blouson, assortis cette fois d'un chapeau à la Sherlock Holmes et d'une canne. C'est l'unique pensionnaire masculin de la maison de retraite, très courtois, prisonnier d'un délire particulier, bien défini : il se croit propriétaire d'un grand domaine, avec l'obligation de rendre visite à ses locataires et d'être excessivement poli. Perowne ne l'a jamais vu de mauvaise humeur.

Cyril soulève son chapeau pour saluer Lily : « Bonjour, ma chère ! Tout va bien ? Pas de réclamations ? »

Le visage de Lily se crispe et elle détourne le regard. Sur l'écran au-dessus de sa tête, Perowne voit la manifestation — toujours Hyde Park, une foule immense devant une scène montée pour l'occasion et au loin une minuscule silhouette avec un micro, puis une vue aérienne du même endroit, puis les cohortes de manifestants brandissant leurs banderoles, qui continuent d'affluer entre les grilles du parc. Lily et lui s'arrêtent pour laisser passer Cyril. Suit un plan de la présentatrice devant sa console digne d'une capsule spatiale, puis l'avion tel qu'il l'a vu avant l'aube, son fuselage noirci se détachant sur un lac de neige carbonique, comme une décoration incongrue sur le glaçage d'un gâteau. Voilà maintenant le poste de police de Paddington Station — prétendument invulnérable en cas d'attentat terroriste. À l'extérieur, un reporter parle dans un micro. Il y a du nouveau. Les pilotes russes sont-ils vraiment des intégristes musulmans ? Perowne tend le bras pour monter le son, mais Lily s'agite et semble avoir quelque chose d'important à lui dire.

« Si elle se dessèche trop, elle va encore se recroqueviller. Je l'ai prévenu et je lui ai rappelé de l'arroser, mais il n'a pas voulu la poser.

— Ce n'est pas grave, assure Henry. Il finira bien par le faire. Je lui en parlerai. Je te le promets. »

Il renonce à regarder la télévision et ils continuent leur

chemin. Il doit se concentrer en prévision du moment des adieux, car il sait qu'elle s'attend à partir avec lui. Debout à la porte, il va une fois encore lui expliquer qu'il reviendra bientôt, ce qui n'a pas de sens pour elle. Jenny ou une autre aide-soignante devront détourner son attention pendant qu'il s'éloigne.

Ensemble ils traversent le dernier salon. On est en train de servir du thé et des sandwichs au pain de mie sans la croûte aux dames assises autour de la table ronde à nappe veloutée. Il leur dit au revoir à la cantonade, mais elles sont trop occupées pour répondre. Lily, soudain plus joyeuse, appuie la tête contre son bras. Lorsqu'ils sortent dans le couloir, ils aperçoivent Jenny Lavin qui leur sourit près de la porte d'entrée, levant déjà le bras pour ouvrir le double verrou de sécurité. Au même instant, sa mère lui tapote la main du bout des doigts et déclare : « Dehors ça ressemble à un jardin, Tatie, mais en fait c'est la campagne et on peut marcher pendant des kilomètres. Quand on se promène par ici, on se sent soulevé très haut, de l'autre côté du plan de travail. Je ne peux pas m'occuper de toutes ces assiettes sans une brosse, mais Dieu veillera sur toi et il verra si tu gagnes quelque chose parce que c'est une compétition de natation. Tu arriveras bien à te frayer un passage. »

Le retour vers le centre de Londres est interminable — plus d'une heure depuis Perivale pour atteindre Westbourne Grove. Des véhicules se dirigent en rangs serrés vers la capitale pour aller y chercher les plaisirs du samedi soir, croisant les premiers cars qui ramènent les manifestants chez eux. Pendant la lente progression vers les feux de Gypsy Corner, il baisse sa vitre pour profiter pleinement de la scène — la patience bovine des gens pris dans un embouteillage, l'odeur âcre des gaz d'échappement dans l'air glacial, le grondement des moteurs tournant au ralenti sur six voies dans les deux sens, les carrosseries décolorées par le halo jaune de l'éclairage urbain, le martèlement trépidant des autoradios, le sillage rouge des feux arrière qui s'étire loin vers la ville d'où jaillissent les faisceaux blancs des phares. Il essaie de le voir ou de l'appréhender d'un point de vue historique, ce moment des ultimes décennies de l'âge du pétrole où une machine conçue au dix-neuvième siècle touche enfin à la perfection dans les premières années du troisième millénaire; où la richesse sans précédent des masses occupées à se distraire dans l'univers impitoyable d'une cité moderne offre un spectacle qu'aucune époque avant la nôtre n'aurait pu imaginer. Des gens ordinaires! Des flots de lumière! Il s'efforce de les voir comme les verrait Newton ou l'un de ses contemporains, Boyle, Hooke, Wren, Willis — ces hommes curieux et intelligents du siècle anglais des Lumières, dont l'esprit a contenu pendant quelques années presque toute la science du monde. À coup sûr, ils seraient impressionnés. En son for intérieur, il leur fait l'article : voilà ce que nous avons réalisé, c'est notre quotidien. Toutes ces illuminations seraient merveilleuses si seulement il pouvait les voir avec les yeux de ces savants. Mais il ne parvient pas à se mettre vraiment dans leur peau. Ni à faire abstraction du poids d'airain de la réalité pour passer sur l'ennui engendré par un embouteillage, le retard que lui-même contribue à accroître ou les ambitions bassement commerciales de la rangée de magasins près desquels il est coincé depuis un quart d'heure. Il n'a pas le lyrisme nécessaire pour cela — il est incurablement réaliste. Et sans doute est-ce bien assez d'avoir deux poètes dans la famille.

Après Acton, on circule mieux. Dans le crépuscule de

cette fin d'après-midi, une simple surface rouge sur le ciel, presque rectangulaire, emblème du monde naturel, d'étendues sauvages et invisibles, s'estompe lentement tout en le poursuivant dans son rétroviseur intérieur. Même si les voies qui permettent de quitter la ville par l'ouest étaient dégagées, il n'aurait pas envie de rouler dans cette direction. Il est impatient de rentrer chez lui et de reprendre ses esprits avant de se mettre aux fourneaux. Il faut vérifier qu'il y a du champagne au frais, apporter le vin rouge dans la cuisine pour le chambrer. Les fromages aussi devront retrouver leur moelleux dans l'air tiédi par le chauffage central. Lui-même aurait besoin de s'allonger dix minutes. Il ne se sent pas vraiment d'humeur à être assourdi par le blues de Theo.

C'est pourtant cela être parent, on n'y échappe pas plus qu'à son destin, et il se gare enfin dans une rue perpendiculaire à Westbourne Grove, à deux cents mètres de l'ancienne salle de music-hall. Il a quarante-cinq minutes de retard. Il trouve le bâtiment silencieux, plongé dans l'obscurité, portes fermées. Mais elles s'ouvrent facilement quand on les pousse, si bien qu'il trébuche en pénétrant dans le hall. Il laisse ses yeux s'habituer à la pénombre, tend l'oreille, reconnaît l'odeur familière de la moquette poussiéreuse. Arrive-t-il trop tard ? Ce serait presque un soulagement. Il s'avance dans le hall, dépasse ce qui ressemble à un guichet, tombe sur une autre porte à double battant. À tâtons il cherche la barre métallique, appuie et entre.

À une centaine de mètres de lui, la scène baigne dans un halo bleuté, seulement troué par les points rouges des amplis. Près de la batterie, la plus haute des cymbales arrête la lumière et projette l'ovale pourpre de son ombre en travers du parterre sans fauteuils. Il n'y a pas d'autre éclairage hormis le boîtier lumineux orange indiquant la sortie au fond de la scène. Des gens vont et viennent, s'accroupissent au pied des instruments, s'affairent près d'un clavier étincelant. Des voix murmurent, presque noyées par le bourdonnement sourd de la sono. À contre-jour sur le devant de la scène, une silhouette règle la hauteur de deux micros.

Perowne va vers la droite et suit dans l'obscurité le mur de la main jusqu'à ce qu'il soit face à la scène. Quelqu'un d'autre surgit près des micros, avec un saxophone dont la forme sophistiquée se détache sur la lumière bleutée. En réponse à un appel, une note solitaire s'élève du piano et la basse y accorde ses aigus. Une guitare joue un accord incomplet — toujours dans la note —, puis une autre l'imite. Le batteur s'installe, rapproche ses cymbales, teste une pédale. Le murmure des voix cesse et les techniciens disparaissent en coulisse. Près des micros sur le devant de la scène, Theo et Chas contemplent la salle.

Alors seulement, Perowne comprend qu'ils l'ont vu entrer et qu'ils l'attendaient. La guitare de Theo joue en solo une langoureuse intro, simple ligne mélodique descendant vers les graves et ponctuée par un accord puissant, immédiatement suivi d'un autre, une septième qui décroît lentement sans se résoudre ; après un bref roulement de batterie et cinq notes fugitives égrenées par la basse, le blues commence. C'est une sorte de « Stormy Monday » en plus mélancolique, mais la densité des accords doit davantage au jazz. La lumière des projecteurs vire au blanc. Toujours immobile, comme en transe, Theo joue trois fois les douze mesures du thème principal. Une tonalité lisse, arrondie, avec assez d'écho pour faire de chaque note un lamento ponctuellement égayé par une attaque plus marquée. Le piano et la guitare rythmique placent leurs accords syncopés. Henry ressent dans son sternum les vibrations de la basse et porte la main au point douloureux qui se réveille. Alors que le volume sonore augmente, il doit résister à une sensation de malaise. Présentement il préférerait être chez lui, à écouter un trio de Mozart sur sa chaîne, un verre de vin blanc glacé à la main.

Il n'a pas à se faire violence trop longtemps. Quelque chose monte en lui, ou s'allège à mesure que les notes de Theo gagnent en puissance, changeant de registre à la deuxième reprise pour grimper vers les aigus. Voilà donc ce blues sur lequel les deux garçons travaillaient et qu'ils tiennent à lui montrer, ce qui le touche. Il en saisit l'esprit, se laisse prendre à ce mélange d'exubérance et de savoir-faire. En même temps, il découvre que la chanson s'écarte des canons d'un blues traditionnel. Elle comporte un intermède, une mélodie aérienne qui s'élève et redescend d'un demi-ton. Chas se penche sur son micro pour chanter avec Theo, dans une étrange et proche harmonie :

Baby, you can choose despair,
Or you can be happy if you dare.
So let me take you there,
My city square, city square.

Alors Chas, riche de toutes les trouvailles rapportées de New York, fait un quart de tour sur lui-même, lève son saxo et lance une note stridente, sauvage et rauque comme une voix brisée par la joie qui refuse de se taire mais finit par décroître, aspirée dans une spirale descendante en écho à l'intro de Theo, jusqu'à ce que le groupe reprenne le thème principal. À son tour Chas le joue trois fois. Le saxo est nerveux, avec des rythmes heurtés, des notes tenues au mépris des changements d'accord et ensuite entraînées dans des improvisations échevelées. Theo et le bassiste enchaînent les octaves d'un motif compliqué qui part dans tous les sens sans jamais vraiment revenir à son point de départ. Ce n'est pas un blues endiablé, mais le rythme s'accélère. À la troisième reprise de Chas, les deux garçons se rapprochent des micros pour le refrain si harmonieux qu'il en est presque dissonant. Theo rendrait-il hommage à son maître, à Jack Bruce de Cream ?

So let me take you there,
City square, city square.

Puis vient le solo du pianiste, et les autres se joignent à son riff circulaire et virtuose.

Sa fatigue envolée, Henry s'écarte du mur auquel il s'était adossé et s'avance au centre de la salle obscure, plus près de cette grande machine à produire des sons. Il se laisse happer. Rares sont les moments où des musiciens atteignent ensemble quelque chose de plus délectable que tout ce qu'ils ont pu connaître en concert ou en répétition, bien au-delà de la simple collaboration ou de la compétence technique, et où leur expression acquiert la légèreté et la grâce de l'amitié ou de l'amour. C'est alors qu'ils nous offrent un aperçu de ce que nous pourrions être, de ce que nous avons de meilleur, de ce monde impossible où l'on donne tout aux autres sans rien perdre de soi-même. Dans le monde réel il existe des programmes détaillés, des projets visionnaires de sociétés paisibles, sans conflit, promettant le bonheur à tous et pour toujours — des mirages au nom desquels les gens sont prêts à tuer et à se faire tuer. Le royaume du Christ sur terre, le paradis des travailleurs, l'État islamique idéal. Mais seule la musique, en de rares occasions, laisse vraiment entrevoir cette communauté de rêve, séduisante illusion qui s'évanouit avec les dernières notes.

Naturellement, personne ne s'entend sur les moments où cela se produit. Henry en a fait l'expérience pour la dernière fois à Wigmore Hall, où une communauté utopique s'est formée le temps d'un octuor de Schubert, tandis que flûtistes et hautboïste, avec de discrets mouvements d'épaules, soufflaient leurs notes vers les instrumentistes à cordes qui les leur renvoyaient adoucies. Cela lui est aussi arrivé il y a longtemps, à l'école de Daisy et de Theo où un orchestre discordant, accompagné d'une chorale d'élèves et de professeurs, s'était attaqué à Purcell et avait offert malgré ses couacs un innocent et délicieux chœur d'enfants et d'adultes. Et le voilà de nouveau, ce monde cohérent où tout s'harmonise. Henry se balance doucement dans l'obscurité, les yeux fixés sur la scène, sa main droite étreignant ses clés dans sa poche. Theo et Chas reviennent au micro chanter leur étrange refrain. *Or you can be happy if you dare.* Il comprend ce que voulait dire sa mère. Il peut marcher pendant des kilomètres, il se sent soulevé très haut, de l'autre côté du plan de travail. Il voudrait que la chanson ne s'arrête jamais.

4

Il ne prend pas la peine de mettre sa voiture au garage. Il la gare juste devant sa porte — à cette heure tardive on a le droit de stationner sur la ligne jaune et il a hâte de rentrer chez lui. Il s'attarde néanmoins quelques secondes pour examiner les dégâts sur la portière du passager — à peine une éraflure. Levant les yeux, il remarque que la maison est dans l'obscurité. Normal, avec Theo encore en répétition et Rosalind qui doit être en train de mettre la dernière main à sa demande d'audience. À la lumière du lampadaire, quelques flocons de neige épars se détachent sur le noir étincelant des fenêtres. Son beau-père et sa fille ne devraient plus tarder, il a peu de temps devant lui. En ouvrant la porte, il tente de retrouver la formulation exacte d'une remarque faite plus tôt dans la journée par Theo et à laquelle il n'a pas prêté attention sur le moment. Elle lui trotte brièvement dans la tête, mais son vague effort pour s'en souvenir s'évanouit dès qu'il pénètre dans la tiédeur du hall d'entrée et allume la lumière ; une malheureuse ampoule électrique peut faire voler une idée en éclats. Il va droit au casier à vin et prend quatre bouteilles. Sa matelote de poisson exige un vin rustique — ur rouge, pas un blanc. Grammaticus lui a fait découvrir le Tautavel, un côtes-du-roussillon village, et Henry en a fait le vin de la maison — délicieux, et moins de cinquante livres la caisse. Le fait de déboucher une bouteille plusieurs heures avant de la boire relève plus ou moins de la pensée magique : la surface exposée à l'air libre est minuscule et la différence ne peut être qu'infime. Il tient pourtant à chambrer son vin et transporte les bouteilles dans la cuisine pour les poser près du fourneau.

Il y a déjà trois bouteilles de champagne au réfrigérateur. Il se dirige vers le lecteur de CD, puis se ravise, attiré comme par un aimant vers le journal télévisé qui va commencer. C'est le nouveau mal du siècle, ce besoin compulsif de savoir comment va le monde, de communier avec ses semblables dans une anxiété généralisée. Ce réflexe s'est accentué au cours des deux années écoulées : des scènes aussi spectaculaires que monstrueuses ont donné aux informations une nouvelle dimension. La possibilité qu'elles se répètent relie les journées entre elles comme un fil rouge. La prédiction du gouvernement — selon laquelle un nouvel attentat dans une grande ville européenne ou américaine serait inévitable — est non seulement une façon de se dédouaner, mais aussi une promesse grisante. Tout le monde a peur, mais l'inconscient collectif est traversé par des pulsions plus obscures, par un désir ignoble de châtiment et une curiosité sacrilège. De même que les hôpitaux ont leurs plans de crise, les chaînes de télévision sont sur le qui-vive et les téléspectateurs attendent. Encore plus grand et plus horrible que la dernière fois. Pourvu que ça n'arrive pas! Mais montrez-moi quand même, en direct et sous tous les angles, et faites en sorte que je sois parmi les premiers informés. Et puis Henry veut absolument savoir ce que deviennent les deux pilotes mis en examen.

Inséparable du rite des informations, le week-end du moins, il y a la perspective alléchante de se servir un verre de vin rouge. Henry vide le fond d'une bouteille de côtes-du-rhône dans un verre, allume la télévision sans le son, et entreprend d'éplucher et de couper trois oignons en lamelles. Pour les débarrasser plus vite de leur peau rêche, il les incise profondément et enfonce le pouce sous les quatre premières épaisseurs qu'il arrache, perdant ainsi un tiers de l'oignon. Il les hache ensuite rapidement et les jette dans une cocotte avec beaucoup d'huile d'olive. Ce qui lui plaît dans la cuisine, c'est sa relative imprécision et son absence de discipline — une libération des exigences du bloc opératoire. Aux fourneaux, les conséquences d'un échec sont minimes : la déception, un soupçon de réprobation, rarement formulé. Personne ne meurt jamais. Il épluche et hache également huit grosses gousses d'ail qu'il ajoute aux oignons. Des recettes, il ne retient que les principes de base. Les auteurs de livres de cuisine qu'il admire le plus parlent de « poignées », de « pincées », de « rajouter » ceci ou cela. Ils fournissent une liste d'ingrédients de substitution et encouragent les expériences. Henry se résigne très bien à n'être jamais un grand cuisinier, à rester dans les limites de ce que Rosalind appelle la gastronomie familiale. Il transvase au creux de sa paume plusieurs piments rouges séchés contenus dans un pot, les écrase entre ses mains et laisse les morceaux tomber avec les graines sur l'ail et les oignons. Le journal télévisé commence, mais il ne met pas le son. Toujours les mêmes vues aériennes prises avant la tombée de la nuit, la même foule qui continue d'affluer dans le parc, la même atmosphère de kermesse. En plus de l'ail et des oignons blondis : deux ou trois pincées de safran, quelques feuilles de laurier, des zestes d'orange, de l'origan, cinq filets d'anchois, deux boîtes de tomates pelées.

Sur l'immense scène de Hyde Park : une série de petites phrases extraites des discours d'un vénérable homme politique de gauche, d'une star du rock, d'un auteur dramatique, d'un leader syndical. Il fait glisser dans une marmite les arêtes des trois raies. Leurs têtes sont intactes, leurs lèvres gourmandes comme celles d'une jeune fille. Leurs yeux s'embrument au contact de l'eau bouillante. Un inspecteur de police répond aux questions des journalistes sur la manifestation. À en juger par son sourire discret et l'inclinaison de sa tête, il se félicite du bon déroulement de la journée. Henry prend une douzaine de moules dans leur filet vert et les lâche dans la marmite. Si elles sont vivantes et si elles souffrent, il ne veut pas le savoir. Voilà maintenant le même reporter consciencieux qui articule en silence les dernières informations sur ce rassemblement sans précédent. Le jus des tomates mijote avec les oignons et les autres ingrédients, prenant une teinte orangée à cause du safran.

Perowne, qui est encore assourdi par la répétition de Theo et dont les émotions sont émoussées, voire en sommeil depuis la visite à sa mère, écouterait bien quelque chose qui réveille, par exemple Steve Earle, le Bruce Springsteen des intellos selon Theo. Mais l'album auquel il pense, *El Corazon*, est à l'étage, alors il se contente de boire son vin tout en guettant sur l'écran l'apparition de son sujet. Le Premier ministre prononce son discours à Glasgow. Perowne monte le son à temps pour l'entendre préciser que le nombre des manifestants aujourd'hui n'atteint pas celui des morts sous le régime de Saddam. Excellent argument, le seul valable, mais il aurait fallu commencer par là. Il vient trop tard. Après Blix, il semble purement tactique. Henry coupe le son. Il se rend compte combien il aime faire la cuisine — même ses appréhensions ne diminuent en rien son plaisir. Il déverse le reste des moules dans la grande passoire et les gratte sous l'eau courante avec une brosse végétale. En revanche les palourdes gris-vert ont l'air jeunes et pures, il se contente de les rincer. Une des raies a cambré son arête centrale comme pour échapper à l'ébullition. Alors qu'il la replonge dans l'eau avec une spatule en bois, elle se brise, juste sous la vertèbre T3. L'été dernier, il a opéré une adolescente qui s'était fracturé la colonne vertébrale à la hauteur de C5 et de T2 pendant un festival de rock, en tombant d'un arbre où elle avait grimpé pour mieux voir Radiohead. Elle venait de terminer ses études secondaires et comptait préparer une licence de russe à Leeds. Aujourd'hui, après huit mois de rééducation, elle est presque tirée d'affaire. Il chasse ce souvenir. Pas question de penser au travail, il fait la cuisine. Du réfrigérateur il sort une bouteille de sancerre aux trois quarts vide et verse le contenu dans la purée de tomates.

Sur une imposante planche à découper, Perowne dispose les queues de lotte, les débite en tronçons et les jette dans un saladier blanc. Puis il rince les crevettes roses pour enlever la glace et les ajoute dans le saladier. Il remplit un second saladier avec les moules et les palourdes. Les deux vont au réfrigérateur, recouverts d'une assiette en guise de couvercle. Un plan rapproché montre l'immeuble des Nations unies à New York, puis Colin Powell s'engouffrant dans une limousine noire. Le sujet de Henry a été rétrogradé, mais il ne s'en formalise pas. Il range déjà la cuisine, essuie le plan de travail central, met épluchures et emballages à la poubelle, nettoie les planches à découper sous le robinet. Le moment est venu de transvaser l'eau de cuisson des raies et des moules dans la cocotte. Cela fait, il se retrouve avec environ deux litres et demi de sauce orangée qu'il va laisser frémir encore cinq minutes. Juste avant le dîner il la remettra sur le feu et y fera mijoter palourdes, lotte, moules et crevettes pendant dix minutes. Ils mangeront cette matelote avec du pain complet, une salade et du vin rouge. Après New York, voici la frontière entre le Koweït et l'Irak, des convois militaires sur une route en plein désert, les soldats britanniques qui s'allongent pour la nuit près des chenilles de leurs chars et mangent le lendemain matin des saucisses à même leurs gamelles. Il sort deux sacs de mâche du bac à légumes du réfrigérateur, les vide dans le panier de l'essoreuse, rince les feuilles à l'eau froide. Devant sa tente, un officier d'une vingtaine d'années pointe une baguette vers une carte posée sur un chevalet. Perowne n'est même pas tenté de remettre le son — ces images du front, avec leur jovialité qui sent la censure, le dépriment. Il essore la mâche, en remplit un saladier. L'huile, le citron, le poivre et le sel seront pour plus tard. En dessert il y aura du fromage et des fruits. Daisy et Theo s'occuperont de mettre le couvert.

Ses préparatifs touchent à leur fin au moment précis où est diffusé le sujet sur l'avion, en quatrième position. Avec la vague impression qu'il va faire une importante découverte sur lui-même, Henry remet le son et se plante devant le petit téléviseur tout en s'essuyant les mains sur un torchon. Cette quatrième place pourrait aussi bien s'expliquer par l'absence de nouveaux éléments que par un silence suspect de la part des autorités, mais en réalité l'affaire a tourné court — d'emblée on décèle un certain regret dans les intonations du présentateur. Les voici, le pilote décharné aux cheveux gras plaqués en arrière et son copilote rondouillard, debout devant un hôtel près de Heathrow. Ils ne sont ni tchétchènes ni algériens, explique le pilote avec l'aide d'un interprète, ils sont non pas musulmans mais chrétiens, et de tradition seulement, car ils ne vont jamais à la messe et n'ont pas plus la

Bible que le Coran chez eux. Avant tout, ils se disent russes et fiers de l'être. Ils ne sont pour rien dans la présence des cassettes pornographiques et pédophiles d'origine américaine retrouvées au sein de la cargaison partiellement détruite par l'incendie. Ils travaillent pour une compagnie sérieuse, implantée aux Pays-Bas, et ne sont responsables que de leur avion. Oui, bien sûr que la pédophilie est une abomination, mais ils ne sont pas censés vérifier le contenu de chaque caisse figurant sur la liste des marchandises. On les a remis en liberté, aucune charge n'est retenue contre eux, et dès que les responsables de l'aviation civile leur donneront le feu vert, ils regagneront Riga. La controverse sur la décision de diriger l'avion vers Heathrow est également retombée : toutes les mesures de sécurité avaient été prises. Les deux hommes affirment avoir été courtoisement traités par les services de police. Le copilote rondouillard dit qu'il a surtout envie d'un bain et d'un cocktail.

Tant mieux, mais en quittant la cuisine pour aller à la cave, Henry n'éprouve aucun plaisir particulier, pas même du soulagement. S'est-il ridiculisé avec ses angoisses ? Cela fait partie du nouvel ordre moral, cette limitation de sa liberté mentale, de son droit à divaguer. Il n'y a pas si longtemps, ses pensées vagabondaient de manière plus imprévisible, sur une liste de sujets bien plus longue. Il se demande s'il ne serait pas en train de devenir un pigeon, un consommateur toujours plus avide d'informations, d'opinions, de spéculations, de la moindre miette lancée par les autorités. Il est un citoyen docile qui regarde le Léviathan accroître son pouvoir tout en se réfugiant dans son ombre. Cet avion russe a surgi dans son insomnie, et il s'est empressé de laisser l'incident, puis chaque minuscule rebondissement de l'actualité au fil des heures influer sur son humeur. Il se fait des illusions, s'il s'imagine avoir joué un rôle dans cette histoire. Croit-il vraiment servir à quelque chose quand il regarde les informations, ou quand, allongé sur le canapé le dimanche après-midi, il lit encore un de ces éditoriaux catégoriques ne reposant sur aucun fait avéré, encore un de ces articles interminables sur ce que cache tel ou tel développement ou sur ce qui va fatalement arriver, prédictions sitôt lues sitôt oubliées, avant même d'avoir été démenties par les événements ? Pour ou contre la guerre contre le terrorisme, en l'occurrence la guerre en Irak ? Pour la destitution d'un tyran odieux et de sa famille complice, pour de véritables inspections des stocks d'armes, l'ouverture des prisons où sévit la torture, la localisation des charniers, la chance donnée à l'Irak de connaître la liberté et la prospérité, l'avertissement lancé aux autres despotes ? Ou contre le bombardement des civils, contre la famine et les inévitables réfugiés, la violation du droit international, la colère des nations arabes et l'afflux de recrues dans les rangs d'Al Qaïda ? Quoi qu'il en soit, cela équivaut à une sorte de consensus, à une vigilance orthodoxe, une forme de subjugation. Croit-il vraiment que son ambivalence — si c'est bien de cela qu'il s'agit — lui permet d'échapper au conformisme ambiant ? Il est plus intoxiqué que la majorité de ses semblables. Ses nerfs, tendus à craquer comme les cordes d'un instrument, vibrent à chaque « flash » d'information. Il est devenu incapable du moindre scepticisme, il supporte de moins en moins la contradiction, la confusion le gagne, pis, il se sent perdre son indépendance d'esprit.

On montre les pilotes russes rentrant dans leur hôtel, et il ne les reverra jamais. Il rapporte quelques canettes de tonic de la cave, vérifie qu'il y a du gin et des glaçons — trois quarts de litre devraient suffire pour un seul homme — et il éteint sous la sauce à la tomate. Au rez-de-chaussée il ferme les rideaux du séjour en forme de « L », allume les lampes, et le gaz sous les faux charbons ardents des cheminées. Ces lourds rideaux que l'on tire à l'aide d'un cordon lesté d'un gland de cuivre ont le mérite d'occulter le square et l'univers glacial qui l'entoure. L'immense pièce marron et crème aux plafonds d'une hauteur monumentale est un havre de silence et de paix, avec pour seules touches de couleur le bleu et le carmin des tapis, et la balafre abstraite, jaune et orange sur fond vert, du Howard Hodgkin posé sur le manteau d'une des cheminées. Les trois personnes que lui, Henry Perowne, aime le plus au monde sont sur le point de rentrer à la maison. Alors qu'est-ce qui le chagrine ? Rien, rien du tout. Il va bien, tout va bien. Il s'arrête quelques instants au pied de l'escalier, se demandant ce qu'il avait prévu de faire. Il monte dans son bureau au premier étage, reste debout pour vérifier sur son écran ce que lui réserve la semaine à venir. Quatre noms sur la liste d'opérations de lundi, cinq sur celle de mardi. Viola, l'ancienne astronome, quatre-vingt-trois ans, passera en premier. Jay a raison, elle pourrait bien y rester. Chaque nom évoque une histoire qu'il a appris à connaître au cours des semaines ou des mois écoulés. Dans chaque cas il sait exactement ce qu'il doit faire, et se réjouit à l'avance du travail qui l'attend. Comme ce samedi doit être différent pour ces neuf individus, certains déjà dans le service, d'autres chez eux, d'autres se préparant à venir à Londres demain ou lundi, remplis d'appréhension à l'approche du moment décisif, de l'oubli induit par l'anesthésie, et redoutant à juste raison de ne plus être tout à fait les mêmes au réveil.

Du rez-de-chaussée monte le déclic du verrou de l'entrée, et au son de la porte qui s'ouvre et se ferme — à cette manière discrète de pénétrer quelque part, de refermer sans bruit derrière elle — il sait que c'est Daisy. Quelle chance qu'elle arrive avant son grand-père. Le voyant descendre les marches quatre à quatre, elle esquisse une petite danse joyeuse.

« Tu es là ! »

En l'embrassant il laisse échapper un son étouffé, mi-grognement mi-soupir, le même que lorsqu'elle avait cinq ans. Et c'est son corps de petite fille qu'il retrouve tandis qu'il la soulève presque, cette douceur des muscles sous les vêtements, cette élasticité des articulations, ces baisers candides. Même son haleine a un parfum d'enfance. Elle ne fume pas, boit rarement et s'apprête à devenir un poète reconnu. Sa propre haleine a des relents de vin rouge. Comment a-t-il pu engendrer des enfants aussi sobres ?

« Bon. Laisse-moi un peu te regarder. »

Elle n'était encore jamais partie six mois d'affilée. Malgré une certaine permissivité, les Perowne sont des parents possessifs. La tenant à bout de bras, il espère qu'elle ne remarque pas ses yeux brillants de larmes ni sa difficulté à déglutir. Ce moment de pathos s'élève et retombe comme une simple vague, pour ne plus revenir. Il n'en est qu'aux premières répétitions de son rôle de vieux gâteux, il a tout à apprendre. Contrairement à ce qu'il voudrait croire, elle n'est plus une enfant. C'est une jeune femme indépendante, qui le dévore à son tour des yeux, la tête inclinée — ressemblance troublante avec son grand-père —, sourire aux lèvres, l'intelligence irradiant son visage comme une source de chaleur. Tel est le douloureux plaisir d'avoir des enfants adultes depuis peu : ils sont à la fois innocents, et cruellement oublieux de leur ancienne et si douce dépendance. Mais peut-être vient-elle de la lui rappeler — pendant leurs embrassades elle lui a tapoté le dos avec insistance, geste maternel qui lui est familier. À cinq ans, déjà, elle aimait le materner, le sermonnant s'il travaillait trop tard, buvait du vin ou perdait le marathon de Londres. Une de ces fillettes qui vous menacent du doigt avec autorité. Son papa était à elle. À présent elle tapote le dos d'autres hommes, au moins une demi-douzaine au cours de l'année écoulée, à en croire *Mon vaisseau insolent* et ses « Six brèves chansons ». C'est l'existence troublante de ces inconnus qui l'aide à retenir une larme.

Elle porte un trench-coat grand ouvert en cuir fatigué de couleur vert sombre. De la main droite elle tient négligemment une toque de fourrure. Sous le trench, de grandes bottes de cuir grises, une jupe en flanelle anthracite, un gros pull ample et un foulard de soie gris et blanc. Cet effort d'élégance parisienne ne va pas jusqu'à ses bagages — son vieux sac à dos d'étudiante avachi à ses pieds. La tenant toujours par les épaules, Henry tente d'identifier les changements intervenus en six mois. Un nouveau parfum, peut-être un peu plus capiteux, une certaine sagesse dans le regard, ses traits délicats un peu plus marqués. Désormais l'essentiel de sa vie est un mystère pour lui. Il se demande parfois si Rosalind sait de leur fille des choses qu'il ignore.

Sous son regard insistant, le sourire de Daisy se fait plus insolent, jusqu'à ce qu'elle dise dans un éclat de rire : « Allez, docteur. Soyez franc avec moi. Je suis une vieille peau, maintenant.

— Tu es superbe, et beaucoup trop adulte à mon goût.

— Mon séjour ici va se charger de me faire régresser. » Elle désigne le salon derrière elle et chuchote : « Grand-père est là ?

— Pas encore. »

Elle échappe à son étreinte, lui passe les bras autour du cou et l'embrasse sur le nez. « Je t'aime, et je suis si heureuse d'être à la maison.

— Moi aussi je t'aime. »

Il y a quelque chose de différent. Elle n'est plus seulement jolie, elle est belle, et peut-être aussi, à en juger par son regard, vaguement préoccupée. Elle est amoureuse et supporte mal la séparation. Il chasse cette pensée. Quoi qu'il en soit, elle en parlera sûrement à Rosalind d'abord.

Durant quelques secondes, ils cèdent à l'un de ces moments de mutisme qui suivent des retrouvailles enthousiastes — trop de choses à dire, le besoin de retrouver ses marques, de reprendre ses habitudes. Daisy inspecte la pièce autour d'elle en enlevant son trench-coat. Ses gestes libèrent quelques effluves de ce nouveau parfum. Un cadeau de son amant. Il va devoir faire des efforts pour se débarrasser de cette fixation déprimante. Il faut bien qu'un jour elle aime un autre homme que lui. Ce serait plus facile pour lui si ses poèmes étaient moins impudiques — ils célèbrent non seulement une sexualité débridée, mais aussi l'attrait de la nouveauté, des chambres et des lits occupés une nuit et abandonnés à l'aube, du retour chez soi dans les rues de Paris aux trottoirs mouillés, dont le nettoyage efficace par la municipalité est prétexte à diverses métaphores. Cette purification inhérente à un nouveau départ se trouvait déjà dans son fameux poème sur la laverie automatique. Perowne connaît le vieil argument de la différence entre l'auteur et l'œuvre, mais certaines femmes libérées ne vantent-elles pas désormais l'efficacité et les mérites d'une certaine retenue ? Est-ce seulement son gâtisme de père vieillissant qui lui fait redouter qu'une fille changeant sans cesse d'amant finisse par se retrouver avec un mâle de seconde zone, un pervers, un loser ? Ou bien est-ce sa propre spécificité dans ce domaine, son manque d'empressement à explorer de nouveaux territoires qui créent un nouveau problème de « référent » ?

« Mon Dieu, cette maison est encore plus grande que dans mes souvenirs. » Elle contemple entre les barreaux de la rampe le lustre suspendu au plafond du deuxième étage. Sans réfléchir, il lui prend son manteau, éclate de rire et le lui rend.

« Qu'est-ce qui me prend ? Tu es chez toi. Tu peux le ranger toi-même. »

Elle descend avec lui jusqu'à la cuisine et quand il se retourne pour lui proposer une boisson, elle le serre à nouveau dans ses bras, avant de s'éloigner d'un pas à la fois théâtral et léger vers le coin-repas, puis vers la véranda.

« J'adore cette maison ! s'écrie-t-elle. Regardez-moi cet arbuste exotique ! Je l'adore. Qu'est-ce qui m'a pris d'attendre si longtemps pour revenir ?

— Exactement la question que je me pose. »

Cet arbuste est là depuis neuf ans. Il ne l'a jamais vue aussi euphorique. Elle revient vers lui, bras en balancier comme sur une corde raide, faisant mine de chanceler — le genre de numéro qu'on attendrait chez une héroïne de série américaine impatiente d'annoncer une grande nouvelle. Dans quelques minutes, elle enchaînera les pirouettes autour de lui et entonnera un air de comédie musicale. *I feel pretty...* Il prend deux coupes dans un placard, sort une bouteille de champagne du réfrigérateur et la débouche.

« Tiens, dit-il. Inutile d'attendre les autres.

— Je t'aime, répète-t-elle en trinquant avec lui.

— Bienvenue à la maison, ma chérie. »

Elle porte la coupe à ses lèvres et il constate, non sans un certain soulagement, qu'elle ne boit pas grand-chose. Une petite gorgée — aucun changement sur ce plan. Il l'observe du coin de l'œil, essayant de comprendre. Elle ne tient pas en place. Sa coupe à la main, elle fait le tour du plan de travail au centre de la pièce.

« Devine où je suis allée en sortant de la gare, dit-elle en le rejoignant.

— Hmm... À Hyde Park ?

— Tu t'en doutais ! Pourquoi tu n'y es pas allé, papa ? C'était absolument fabuleux.

— Je ne sais pas. Mon match de squash, la visite à mamie, le dîner à préparer, le manque de motivation. Un peu tout ça à la fois.

— Mais c'est de la barbarie pure et simple, ce qu'ils vont faire. Tout le monde le sait.

— Possible. Il est peut-être tout aussi barbare de ne rien faire. Honnêtement je n'en sais rien. Raconte-moi comment c'était.

— Je suis sûre que si tu avais été là, tu n'aurais plus le moindre doute. »

Il tente de prouver sa bonne volonté : « Je les ai regardés se mettre en route, ce matin. Dans la joie et la bonne humeur. »

Elle fait une petite grimace, comme si elle avait mal. Elle est enfin de retour, ils sablent le champagne, mais elle ne supporte pas qu'il voie les choses différemment. Elle pose la main sur son bras. Contrairement à son père ou à son frère, elle a des mains minuscules, aux doigts effilés qui gardent chacun la trace d'une fossette à la jointure. Pendant qu'elle parle, il regarde ses ongles, satisfait de leur apparence soignée. Assez longs, lisses, propres, légèrement vernis, pas peinturlurés. On peut en apprendre beaucoup sur quelqu'un rien qu'en jetant un coup d'œil à ses ongles. Quand la vie commence à se déliter, ils sont les premières victimes. Il prend sa main dans les siennes et la serre fort.

Elle s'acharne à le convaincre. Elle a la tête aussi encombrée par cette histoire que lui. Son plaidoyer est un ramassis de tout ce qu'elle a entendu à Hyde Park, de tout ce qu'ils ont tous les deux lu et entendu cent fois : les pires hypothèses qui se transforment en faits à force d'être répétées, la douce ivresse du pessimisme. Encore une fois il est question des cinq cent mille morts irakiens à cause de la famine et des bombardements selon l'ONU, des trois millions de réfugiés, de la mort de l'ONU, de la fin de l'ordre mondial si les États-Unis persistent à faire cavalier seul, de la destruction totale de Bagdad qu'il faudra arracher rue par rue à la garde républicaine, de l'invasion des Turcs par le nord et des Iraniens par l'est, des incursions israéliennes par l'ouest, de toute la région qui sera à feu et à sang, de Saddam acculé à utiliser ses armes biologiques et chimiques — en admettant qu'il en ait, puisque personne n'a pu le prouver de manière convaincante, pas plus qu'on n'a démontré ses liens avec Al Qaïda — et une fois arrivés à leurs fins, les Américains ne chercheront plus à instaurer la démocratie ni à investir en Irak, ils prendront le pétrole, construiront leurs bases militaires et coloniseront le pays.

Tandis qu'elle continue à discourir, il la contemple avec bienveillance et un certain étonnement. Ils sont prêts à se lancer dans un de leurs morceaux de bravoure — si tôt après son arrivée. D'habitude elle ne parle pas politique, ce n'est pas un de ses sujets de prédilection. Faut-il y voir l'origine de son étrange euphorie ? Son cou rosit, et chaque nouvel argument contre la guerre, conforté par le précédent, l'entraîne vers la victoire. Grisée par les sinistres prédictions auxquelles elle croit ferme, elle terrasse un nouveau dragon à chaque coup d'épée. Lorsqu'elle a terminé, elle lui donne une petite tape affectueuse sur le bras, comme pour le réveiller. Puis prend un air faussement contrit. Elle voudrait tellement qu'il sache où est la vérité.

Conscient de camper sur ses positions en prévision du combat à venir, il déclare : « Mais tout cela n'est que pure spéculation. Pourquoi je devrais en être convaincu ? Qui te dit que la guerre sera longue, que l'ONU va disparaître, qu'il y aura la famine, des réfugiés et l'intrusion des pays voisins, que Bagdad sera rayée de la carte et que le nombre de morts dépassera celui dont Saddam est responsable chaque année ? Et si les Américains tentaient bel et bien d'instaurer la démocratie, s'ils investissaient des milliards de dollars dans l'économie et puis rentraient chez eux parce que leur président tient à être réélu ? Je crois que tu resterais opposée à cette guerre, et tu ne m'as toujours pas expliqué pourquoi. »

Elle s'écarte de lui et le dévisage avec étonnement et inquiétude. « Papa, tu n'es quand même pas pour la guerre ? »

Il hausse les épaules. « Aucune personne sensée n'est jamais pour la guerre. Mais dans cinq ans, on se félicitera peut-être de l'avoir faite. Je serais heureux d'assister à la chute de Saddam. Tu as raison, ça peut tourner au désastre. Mais ça peut aussi marquer la fin d'un autre désastre et le début de quelque chose de mieux. Tout dépend de l'issue finale, et personne ne la connaît. Voilà pourquoi je ne me vois pas défiler dans les rues. »

L'étonnement a fait place au dégoût. Il lève la bouteille et lui propose de la resservir, mais elle secoue la tête, pose sa coupe de champagne et s'éloigne encore. Elle ne trinque pas avec l'ennemi.

« Tu détestes Saddam, mais il a été créé par les Américains. Ils l'ont soutenu, et armé.

— Oui, avec les Français, les Russes et les Britanniques. Grave erreur. On a trahi les Irakiens, surtout en 1991, quand on les a encouragés à se soulever contre le parti Baas qui les a massacrés. On tient peut-être l'occasion de s'acquitter d'une dette envers eux.

— Donc tu es pour la guerre ?

— Comme je le disais, je suis contre la guerre en général. Mais il se peut que celle-ci soit un moindre mal. On le saura dans cinq ans.

— Vraiment typique ! »

Il a un sourire gêné. « De quoi ?

— De toi. »

Ce n'est pas exactement le genre de retrouvailles qu'il imaginait, et comme cela leur arrive parfois, la discussion prend un tour personnel. Il n'a plus l'habitude, il a perdu la main. Il sent son cœur. À moins que ce ne soit l'hématome sur son sternum. Il a presque fini sa seconde coupe de champagne alors qu'elle a à peine touché à sa première. Elle n'est plus d'humeur à danser. Elle est adossée au chambranle, bras croisés, son petit visage aigu crispé par la colère. Elle répond aussitôt à son haussement de sourcils.

« En fait tu prétends qu'il ne faut pas empêcher cette guerre, et si dans cinq ans tout va bien, alors tu seras pour, mais si ça tourne mal, tu n'y seras pour rien. Tu es un individu cultivé, vivant dans ce qu'on présente souvent comme une vénérable démocratie, et notre gouvernement veut nous entraîner dans une guerre. Si ça te paraît une bonne idée, très bien, dis-le, donne tes arguments, mais cesse de tourner autour du pot. On envoie nos soldats ou pas ? C'est maintenant que ça se passe. Et on est parfois obligé de parier sur l'avenir quand on fait un choix en son âme et conscience. Ça s'appelle peser le pour et le contre. Moi je suis contre cette guerre parce que je pense qu'elle va engendrer des choses terribles. Toi, tu as l'air de croire qu'elle aura des conséquences positives, mais tu refuses de choisir ton camp. »

Après réflexion, il dit : « Je suis sincère. Je ne suis pas du tout sûr d'avoir raison. »

Cet aveu et son attitude conciliante la mettent deux fois plus en colère. « Alors pourquoi courir le risque ? Où est-il, ce fameux principe de précaution derrière lequel tu te retranches toujours ? Si on envoie des centaines de milliers d'hommes au Moyen-Orient, mieux vaut savoir ce qu'on fait. Or tous ces va-t-en-guerre assoiffés de pétrole à la Maison-Blanche n'en ont pas la moindre idée, ils ne voient pas qu'ils nous conduisent à la catastrophe, et je n'arrive pas à croire que tu sois de leur côté. »

Perowne se demande s'ils ne seraient pas en train de parler d'autre chose. Son « vraiment typique ! » le contrarie. Peut-être que durant tous ces mois à Paris, elle a eu le temps de découvrir de nouveaux aspects de la personnalité de son père, et qu'ils lui déplaisent. Il chasse cette pensée. Tant mieux, s'ils ont une de leurs bonnes vieilles discussions à cœur ouvert, c'est sain, la vie de famille reprend son cours. Et ce qui se passe dans le monde est important. Il se hisse sur un des grands tabourets du plan de travail et fait signe à Daisy de l'imiter. Elle l'ignore et reste à la porte, toujours les bras croisés, le visage encore plus fermé. Et pour ne rien arranger, plus elle s'énerve, plus il affiche un calme imperturbable, mais c'est une habitude chez lui, le résultat de longues années de pratique médicale.

« Écoute, Daisy, s'il ne tenait qu'à moi, nos soldats ne seraient pas à la frontière irakienne. Ce n'est pas vraiment le meilleur moment pour l'Occident de déclarer la guerre à un pays arabe. D'autant qu'il n'y a aucune solution en vue pour les Palestiniens. Mais la guerre va éclater, avec ou sans l'aval de l'ONU, malgré les déclarations de tel ou tel gouvernement et les manifestations de masse. Les armes de destruction massive, qu'elles existent ou non, ce n'est pas le problème. Cette invasion aura lieu, et elle ne peut que déboucher sur une victoire militaire. Elle provoquera la chute de Saddam et d'un des régimes les plus odieux qu'on ait connus, et je m'en réjouirai.

— Donc, après avoir souffert sous Saddam, les civils irakiens vont recevoir des missiles américains, mais ce n'est pas grave puisque tu t'en réjouiras. »

Il ne reconnaît pas cette rhétorique acerbe, cette dureté dans sa voix. « Doucement ! » dit-il, mais elle ne l'entend pas.

« Tu crois vraiment qu'on sera plus en sécurité après tout ça ? On sera haïs dans tout le Moyen-Orient. Tous ces jeunes Arabes désabusés se bousculeront pour devenir des terroristes...

— Trop tard pour s'en inquiéter, l'interrompt-il. Cent mille d'entre eux sont déjà passés par les camps d'entraînement afghans. Tu devrais au moins te féliciter de la destruction de ces camps. »

En prononçant ces mots, il se souvient qu'elle s'en est bel et bien félicitée, qu'elle détestait les sinistres talibans, et il se demande pourquoi il lui coupe la parole, la contredit au lieu de la laisser argumenter et de renouer affectueusement avec elle. Pourquoi se montrer agressif ? Parce qu'il est lui-même très remonté, que malgré son ton paisible il charrie du venin dans ses veines ; et que la peur et la colère, paralysant ses pensées, l'incitent à rendre coup pour coup. On va s'expliquer une bonne fois ! Ils se disputent au sujet d'armées qu'ils ne verront jamais, dont ils ne savent pratiquement rien.

« Ils trouveront d'autres combattants, poursuit Daisy. Et le jour où la première bombe frappera Londres, tes arguments bellicistes...

— Si tu me traites de belliciste, alors tu dois accepter le fait que tu es objectivement pro-Saddam.

— Foutaises ! »

Ce juron le fait frissonner d'émotion, en partie sous l'effet de la stupéfaction devant cette discussion qui dégénère, en partie à cause d'une jubilation incongrue, d'une libération des idées noires qui l'ont affligé toute la journée. Daisy a blêmi et les quelques taches de rousseur sur ses pommettes ressortent soudain à la lumière d'un des spots de la cuisine. Son visage, bizarrement incliné comme souvent lors d'une conversation, trahit une indignation dirigée contre lui.

Malgré son changement d'humeur, c'est toujours aussi calmement qu'il boit une gorgée de champagne en disant : « Voilà ce que je pense : la guerre est le prix à payer pour se débarrasser de Saddam, l'absence de guerre signifie qu'on le laisse en place. »

Il espérait rapprocher les points de vue, mais Daisy ne l'entend pas de cette oreille. « C'est simpliste et mesquin, de la part de ceux qui soutiennent la guerre, de nous accuser d'être pro-Saddam.

— En tout cas, vous êtes prêts à faire précisément ce qu'il attend de vous, à savoir le laisser au pouvoir. Mais ça ne fera jamais que remettre la confrontation à plus tard. Il faudra tôt ou tard s'occuper de lui et de ses horribles fils. Même Clinton en avait conscience.

— Tu prétends qu'on envahit l'Irak parce qu'on n'a pas le choix. Je n'en reviens pas que tu puisses débiter de telles absurdités, papa. Tu sais très bien que les États-Unis sont désormais aux mains d'extrémistes, de néo-conservateurs comme Cheney, Rumsfeld, Wolfovitz. L'Irak a toujours été leur cible privilégiée. Le 11 septembre leur a permis de rallier Bush à leur cause. Rappelle-toi sa politique étrangère, jusque-là. C'était un pantouflard qui n'y connaissait rien. Or l'Irak n'a rien à voir avec le 11 septembre, ni avec Al Qaïda en général, et on n'a aucune preuve réelle de l'existence d'armes de destruction massive. Tu n'as donc pas écouté Blix, hier ? Il ne te vient pas à l'esprit qu'en attaquant l'Irak on fait exactement ce que souhaitaient les auteurs des attentats de New York — on cède à la vengeance, on se crée encore plus d'ennemis dans les pays arabes et on donne raison aux musulmans intégristes. Sans parler du fait qu'on les débarrasse de leur vieil ennemi, ce tyran stalinien et athée.

— Je suppose qu'ils voulaient aussi qu'on détruise leurs camps d'entraînement, qu'on chasse les talibans de l'Afghanistan, qu'on oblige Ben Laden à se cacher, qu'on démantèle leurs réseaux financiers et qu'on emprisonne leurs responsables par centaines... »

Elle l'interrompt brutalement. « Cesse de dénaturer mes propos. Personne n'est contre le démantèlement d'Al Qaïda. On parle de l'Irak. Comment se fait-il que les seules personnes que j'entends défendre cette saleté de guerre aient toutes plus de quarante ans ? C'est vraiment comme ça, quand on vieillit ? On trouve que la mort ne vient pas assez vite ? »

Il éprouve une tristesse subite, et l'envie que cette discussion se termine. Il se sentait mieux dix minutes plus tôt, quand elle lui disait qu'elle l'aimait. Elle ne lui a même pas montré les épreuves de *Mon vaisseau insolent* et la maquette de la couverture.

Pourtant, c'est plus fort que lui. « La mort est partout, concède-t-il. Demande aux tortionnaires de Saddam à la prison d'Abu Grahib et aux vingt mille détenus qui y sont enfermés. Par ailleurs j'ai une question à te poser. Comment se fait-il qu'aujourd'hui, parmi ces deux millions d'idéalistes, je n'aie pas vu une seule banderole ni un seul poing levé contre Saddam ?

— Il est odieux. C'est un fait acquis.

— Non. C'est un fait oublié. Sinon, pourquoi étiez-vous tous à chanter et à danser dans le parc ? Génocide, torture, charniers, police secrète, État totalitaire et criminel : la génération iPod ferme les yeux. Surtout que rien ne vienne troubler ses soirées sous ecstasy dans les discothèques, ses vols à prix réduit et ses émissions de télé-réalité. Mais tout ça sera quand même troublé si on ne fait rien. Vous vous croyez tous charmants, adorables et sans défaut, mais les nazis de la religion vous haïssent. L'attentat de Bali visait qui, à ton avis ? La jeunesse dorée qui sort en boîte. Les islamistes ne supportent pas votre liberté. »

Elle feint l'étonnement. « Désolée de t'avoir blessé en parlant de ton âge, papa. Mais Bali, c'était Al Qaïda, pas Saddam. Rien de ce que tu viens de dire ne justifie une invasion de l'Irak. »

Perowne en est à sa troisième coupe de champagne. Lourde erreur. Il n'a pas l'habitude de boire beaucoup. Mais il est méchamment heureux. « Il n'y a pas que l'Irak. Je pense aussi à la Syrie, à l'Iran, à l'Arabie Saoudite, tous ces pays où sévissent la répression, la corruption et la misère. Toi qui seras bientôt publiée, tu ne pourrais pas t'inquiéter un peu de la censure, de tes confrères écrivains détenus dans les prisons du monde arabe, celui-là même où a été inventée l'écriture ? À moins que la liberté et l'absence de torture ne soient une manie occidentale qu'on n'a pas à imposer aux autres ?

— Pour l'amour du ciel, ne recommence pas avec tes paradoxes ! Et tu t'éloignes encore du sujet. Personne ne se réjouit que des écrivains arabes soient en prison. Mais ce n'est pas en envahissant l'Irak qu'ils sortiront plus vite.

— Peut-être que si. C'est l'occasion d'amener au moins un pays à changer de cap. De semer une graine. De voir si elle fleurit et se reproduit.

— On ne sème pas de graines avec des missiles de croisière. Les Irakiens haïront leurs envahisseurs. Les extrémistes religieux en sortiront renforcés. Il y aura encore moins de liberté, encore plus d'écrivains en prison.

— Je te parie cinquante livres que trois mois après l'invasion il y aura la liberté de la presse en Irak et la possibilité de se connecter librement à Internet. Les réformateurs iraniens se sentiront encouragés et les autres despotes, qu'ils soient syriens, saoudiens ou libyens commenceront à paniquer.

— D'accord, dit Daisy. Moi je te parie cinquante livres que ce sera un désastre, et que même toi tu regretteras cette guerre. »

Pendant l'adolescence de Daisy, certaines de leurs disputes ont donné lieu à divers paris, en général officialisés par une poignée de main faussement solennelle. Perowne s'arrangeait toujours pour payer la somme en jeu, même lorsqu'il gagnait — forme de subvention déguisée. Après un examen qu'elle croyait avoir raté, Daisy a parié dans un mouvement de colère vingt livres qu'elle ne serait jamais admise à Oxford. Pour lui remonter le moral, il en a parié cinq cents sur son admission, et quand celle-ci s'est finalement concrétisée, Daisy a eu les moyens de s'offrir un voyage à Florence avec une amie. Est-elle maintenant d'humeur à échanger une poignée de main ? Elle s'écarte de la porte, récupère sa coupe de champagne, va à l'autre bout de la cuisine où elle semble passer en revue les CD de Theo près de la chaîne. Elle garde obstinément le dos tourné. Il reste sur son tabouret devant le plan de travail, jouant avec son verre vide. Il se sent frustré de n'avoir pu donner qu'une moitié de ses arguments. Il se fait colombe avec Jay Strauss, faucon avec sa fille. Où est la cohérence ? Mais quel luxe de pouvoir analyser tout cela chez lui, dans sa cuisine, les initiatives géopolitiques et la stratégie militaire, sans avoir de compte à rendre aux électeurs, à la presse, aux amis, à l'histoire. En l'absence de conséquences fâcheuses, le fait de se tromper n'est qu'une diversion intéressante.

Daisy sort un CD et le place dans le lecteur. Il attend, certain d'y déceler un indice sur son état d'esprit, voire un message. Reconnaissant l'intro au piano, il sourit. C'est un album rapporté par Theo voilà plusieurs années, et sur lequel Johnnie Johnson, l'ancien pianiste de Chuck Berry, chante « Tanqueray », un blues nonchalant, dédié aux retrouvailles et à l'amitié.

It was a long time comin',
But I knew I would see the day
When you and I could sit down,
And have a drink of Tanqueray.

Elle se retourne et vient vers lui en traînant un peu les pieds par jeu. Quand elle est tout près, il lui prend la main.

Elle dit : « Si j'en crois mon nez, le vieux guerrier a préparé sa fameuse matelote. Je peux me rendre utile ?

— La jeune pacifiste peut mettre le couvert. Et assaisonner la salade si elle en a envie. »

Alors qu'elle se dirige vers le placard où sont rangées les assiettes, ils entendent la sonnette, deux coups à la fois nerveux et prolongés. Le père et la fille échangent un regard : cette insistance n'augure rien de bon.

Il dit : « Avant toute chose, coupe un citron en rondelles. Le gin est là-bas, le tonic au réfrigérateur. »

Il est amusé par la façon théâtrale dont elle lève les yeux au ciel et soupire.

« C'est parti.

— Garde ton calme », conseille-t-il, et il monte dans l'entrée accueillir son beau-père, le grand poète.

Durant son enfance en banlieue, dans la solitude protégée qu'il partageait avec sa mère, Henry Perowne n'a jamais eu le sentiment que son père lui manquait. Dans les autres familles autour de lui, lourdement endettées par l'achat d'une maison, les pères étaient des figures distantes, épuisées par le travail et présentant a priori peu d'intérêt. Aux yeux d'un enfant, la vie domestique à Perivale se déroulait exclusivement sous la férule des mères au foyer : à chaque visite chez un ami, c'était sur leur territoire qu'on s'aventurait, à leurs règles qu'on se pliait temporairement. C'était elles qui accordaient ou refusaient telle ou telle permission, qui donnaient l'argent de poche. Il n'avait aucune raison d'envier à ses camarades leur parent supplémentaire — quand les pères n'étaient pas absents, leur irascibilité planait sur la maison, faisant obstacle aux meilleurs moments de la vie, synonymes d'aventure, au lieu de les encourager. À l'adolescence, lorsqu'il scrutait les quelques photos qui restaient de son père, c'était moins par nostalgie que par narcissisme — dans ces traits marqués, sans la moindre trace d'acné, il espérait découvrir une promesse de succès avec les filles. Il voulait ce visage, mais pas les conseils ni les interdictions ou les critiques. Sans doute était-il condamné à percevoir un beau-père comme une présence encombrante, même s'il avait eu une personnalité beaucoup plus discrète que celle de John Grammaticus.

Dès leur première rencontre en 1982, arrivé au château quelques heures seulement après avoir prouvé son amour à Rosalind, l'interne en médecine Henry Perowne était bien décidé à ne pas se laisser intimider ni traiter comme un fils adoptif. Il se considérait comme un adulte aux compétences très pointues qui valaient bien celles de n'importe quel poète. Grâce à Rosalind, il connaissait l'existence du « Mont Fuji », le poème de Grammaticus repris dans toutes les anthologies, mais il ne lisait pas de poésie et n'en fit pas mystère à la table du dîner le premier soir. À l'époque John était plongé dans l'écriture de *Ni fleurs ni couronnes* — ce serait sa dernière grande période créatrice — et ne montra aucune curiosité pour ce qu'un apprenti médecin pouvait lire ou ne pas lire pendant ses loisirs. Pas plus qu'il ne sembla se formaliser ni même relever quand dans la soirée, autour d'une bouteille de scotch, le même apprenti médecin exprima des opinions différentes des siennes sur le plan politique — Grammaticus avait soutenu Mrs Thatcher à ses débuts —, musical — le be-bop avait trahi le jazz — ou sur la vraie nature des Français — d'une vénalité sans pareille.

Le lendemain matin, Rosalind reprocha à Henry d'avoir fait l'intéressant devant son père — le contraire de ce qu'il souhaitait, et cette remarque le contraria. Mais bien qu'il ait cessé de contredire Grammaticus, rien n'a vraiment changé entre les deux hommes depuis cette première soirée, même après un mariage, deux enfants et le passage de plus de vingt années. Perowne garde ses distances et Grammaticus, qui s'en trouve très bien, ignore son gendre, réservant ses attentions à sa fille et à ses petits-enfants. L'amitié que les deux hommes se témoignent en surface cache le profond ennui qu'ils s'inspirent mutuellement. Perowne ne comprend pas comment la poésie — activité plutôt saisonnière, un peu comme les vendanges — peut occuper toute une vie, ni comment tant de renom et de complaisance peuvent reposer sur si peu de chose, ni en quoi l'alcoolisme chez un poète serait plus noble que chez le commun des mortels ; de son côté Grammaticus — au dire de Perowne — considère son gendre comme une sorte d'ouvrier qualifié, un de ces médecins ternes et incultes dont il se méfie de plus en plus depuis que l'âge le rend susceptible d'avoir besoin d'eux.

Il y a un autre sujet sensible, qui n'est bien sûr jamais abordé. Comme le château, la maison du square a été léguée à Marianne, la mère de Rosalind, par ses propres parents. Lorsqu'elle a épousé Grammaticus, la demeure londonienne est devenue la résidence familiale où Rosalind et son frère ont grandi. À la mort de Marianne dans un accident de la circulation, son testament était sans ambiguïté : la maison de Londres allait aux enfants et John héritait de Saint-Félix. Quatre ans après leur mariage, Rosalind et Henry, qui habitaient un minuscule appartement sur Archway Close, ont emprunté pour racheter la part du frère de Rosalind, désireux de s'installer à New York. Ce fut une fête le jour où les Perowne et leurs deux jeunes enfants emménagèrent dans la grande maison. Les différentes transactions s'étaient déroulées sans acrimonie. Mais lors de ses rares visites, Grammaticus a tendance à se croire en terrain conquis, comme un propriétaire longtemps absent qui viendrait saluer ses locataires et rappeler ses droits. À moins que Henry ne soit trop susceptible et par nature incapable de supporter une figure paternelle. Quoi qu'il en soit, l'attitude de son beau-père l'agace ; s'il doit le voir, il préfère que ce soit en France.

En s'avançant vers la porte d'entrée, il prend la résolution, malgré les effets du champagne, de ne rien laisser filtrer de ses sentiments ; l'objectif de ce dîner est de réconcilier Daisy avec son grand-père trois ans après l'épisode baptisé par Theo, en hommage à divers thrillers, « L'affaire Newdigate ». Daisy compte sûrement lui montrer les épreuves de son recueil, et le vieil homme devrait à juste titre faire valoir son rôle dans cette consécration. Sur ces bonnes pensées, Perowne ouvre la porte et voit Grammaticus deux ou trois mètres plus loin, planté sur la chaussée dans son long manteau en drap de laine fermé par une ceinture, avec son chapeau de feutre et sa canne, la tête inclinée en arrière, son profil ressortant sur la lumière blanche et froide des lampadaires de la place. Selon toute vraisemblance, il a pris la pose pour impressionner Daisy.

« Ah, Henry... », dit-il — son intonation descendante trahit sa déception. « Je regardais la tour... »

Comme il ne bouge pas d'un centimètre, Perowne sort obligeamment le rejoindre.

« J'essayais de la voir avec les yeux de Robert Adam à l'époque où il dessinait la place, et je me demandais ce qu'il en aurait pensé. Vous avez une idée ? »

La Post Office Tower se dresse au-dessus des platanes du square central, côté sud, derrière la rangée de façades reconstruites après la guerre ; au sommet du cylindre de verre et d'acier se trouvent six terrasses circulaires couvertes d'antennes paraboliques géantes, et tout en haut une série d'énormes anneaux ou roues auxquels on doit les jeux de lumière fluorescente. La nuit, le Mercure dansant ajoute une touche ludique. Lorsqu'il était petit, Theo demandait souvent si la tour s'abattrait sur leur maison au cas où elle tomberait de leur côté, et il semblait toujours aussi satisfait d'entendre son père lui répondre que oui, à coup sûr. Perowne et Grammaticus n'ayant encore échangé ni salut ni poignée de main, leur conversation a quelque chose de désincarné, comme sur un plateau télévisé.

En hôte courtois, Perowne entre dans le jeu. « Eh bien peut-être aurait-il adopté le point de vue de l'ingénieur. Il aurait été sidéré par tout ce verre, par une telle hauteur sans contreforts. Même chose pour la lumière électrique. Il aurait sans doute vu cette tour davantage comme une machine que comme un monument. »

Grammaticus manifeste son désaccord. « À vrai dire, fin dix-huitième, la seule comparaison possible aurait été avec la flèche d'une cathédrale. Il l'aurait forcément prise pour un quelconque édifice religieux — sinon, pourquoi l'avoir faite si haute ? Il aurait sûrement attribué aux antennes paraboliques une fonction décorative, ou rituelle. Une sorte de religion futuriste.

— Pas très loin de la vérité, dans ce cas. »

Grammaticus hausse le ton pour couvrir la voix de son gendre. « Pour l'amour du ciel, mon vieux ! Regardez plutôt les proportions de ces colonnes, les sculptures de ces chapiteaux ! » Le voilà qui brandit sa canne vers les façades à l'est du square. « Là, on peut parler de beauté. De savoir-faire. Autre monde, autres aspirations. Adam aurait été stupéfait de la laideur de ce machin en verre. Rien d'humain. Lourdingue. Sans grâce ni chaleur. Son cœur se serait rempli d'effroi. Si c'est ça notre nouvelle religion, se serait-il dit, alors on est vraiment mal barrés. »

La vue qu'ils ont des façades de style georgien à l'est inclut au premier plan, sur un banc à trois cents mètres environ, deux silhouettes en veste de cuir, bonnet de marin sur la tête. Elles sont assises dos tourné, tout près l'une de l'autre, penchées en avant, si bien que Perowne pense à un dealer avec un client. Sinon, pourquoi s'attarder dehors dans cette posture par une nuit glaciale de février ? Une certaine impatience le gagne ; avant que Grammaticus puisse continuer à maudire la civilisation qu'ils partagent, ou à chanter les louanges d'une autre totalement révolue, il dit : « Daisy vous attend. Elle vous prépare un apéritif bien tassé. » Il prend son beau-père par le coude et le dirige doucement vers la grande porte ouverte sur un flot de lumière. John est dans sa phase loquace, relativement inoffensive, et Daisy doit saisir l'occasion. Toute réconciliation deviendra impossible dans les phases ultérieures.

Il débarrasse son beau-père de son manteau, de son chapeau et de sa canne, le fait entrer au salon et va appeler Daisy. Elle remonte déjà de la cuisine avec un plateau — une seconde bouteille de champagne en plus de la première, le gin, des glaçons, des rondelles de citron, deux coupes supplémentaires pour Rosalind et Theo, et des noix de macadamia dans le bol peint à la main qu'elle a rapporté d'un voyage d'étudiante au Chili. Elle lui lance un regard interrogateur, auquel il répond par un sourire d'encouragement : tout va bien se passer. Certain qu'elle et son grand-père vont s'embrasser, il se charge du plateau et la suit dans le salon. Mais Grammaticus, debout au centre de la pièce, se redresse avec une certaine solennité, et Daisy s'immobilise. Sans doute est-il surpris par sa beauté, comme Henry un peu plus tôt ; ou interloqué par sa décontraction. Ils s'avancent l'un vers l'autre, murmurant tour à tour : « Daisy... Grand-père... », échangent une poignée de main, et puis, comme au terme d'un contrat passé par leurs corps dont le mouvement ne peut plus s'inverser, ils s'embrassent gauchement sur la joue.

Henry pose le plateau et prépare un gin-tonic. « Tenez, dit-il. Buvons ensemble. À la poésie. »

Le vieillard, note-t-il, prend son gin d'une main tremblante. Levant leur verre, marmonnant sans les répéter vraiment ces mots incongrus dans la bouche d'un modeste guérisseur, Daisy et son grand-père trinquent ensemble.

Grammaticus confie à Perowne : « C'est tout le portrait de Marianne le jour de notre première rencontre. »

Contrairement à lui, Grammaticus n'a pas les larmes aux yeux; malgré son tempérament passionné et ses sautes d'humeur, il a quelque chose d'imperturbable et d'inaccessible, voire de glacial. Il s'arrange toujours pour maintenir ses distances lors d'une rencontre, pour garder une certaine hauteur même avec ses proches. Depuis longtemps, dès la trentaine d'après Rosalind, il s'est enfermé dans une majesté aristocratique, se désintéressant de ce que peuvent penser les autres.

« Tu as l'air en pleine forme », lui dit Daisy.

Il lui pose la main sur le bras. « Je les ai tous relus à l'hôtel cet après-midi. Bon sang, Daisy, c'est merveilleux. Il n'y a personne comme toi. » Il boit une rasade, puis cite d'une voix étrangement mélodieuse :

> « Mon vaisseau insolent, bien inférieur,
> Courageusement apparaît dans ton sillage. »

Une lueur malicieuse dans le regard, il la taquine comme autrefois. « Bon. Honnêtement. Qui est cet autre poète au talent de la taille d'un galion ? »

Grammaticus quête le tribut auquel il estime avoir droit.

Un peu prématuré. Il va trop vite en besogne. Certes, Daisy peut très bien avoir dédié son recueil à son grand-père, encore que Perowne ait des doutes à ce sujet. Une des raisons pour lesquelles il aurait aimé voir les épreuves.

Daisy est gênée. Elle s'apprête à parler, se ravise, puis déclare en se forçant à sourire : « Encore un peu de patience.

— Naturellement, Shakespeare ne se comparait pas à un modeste voilier perdu parmi les concurrents d'une course transatlantique. Il faisait le malin, se voulait sardonique. Alors peut-être en va-t-il de même pour toi, ma chère. »

Elle hésite, l'air ennuyé, ne sachant que répondre. Elle se cache derrière sa coupe de champagne. Soudain elle la pose sur la table, apparemment décidée.

« Ce n'est pas "courageusement", grand-père.

— Bien sûr que si. C'est moi qui t'ai appris ce sonnet.

— Je le sais bien. Mais avec "courageusement", il y aurait un problème de scansion. En fait, le vers exact est : "*Vaillamment* apparaît dans ton sillage." »

La lueur malicieuse s'éteint dans le regard de Grammaticus. Il fixe sa petite-fille, qui le fixe en retour, avec la même détermination que face à son père dans la cuisine. Elle s'est montrée perfide, mais elle persiste et signe. Pour Henry, le mot « scansion » sonne comme « scanner », rappel douloureux d'un souci d'ordre professionnel : les cent quatre-vingt-dix mille livres manquantes dans le budget alloué par l'hôpital pour l'achat d'un appareil à résonance magnétique plus puissant. C'est lui qui a rédigé l'argumentaire, il a assisté à toutes les réunions. Aurait-il dû en faire plus ? Peut-être envoyer un e-mail ? Sur le plan poétique, en revanche, il est incapable de dire si « vaillamment » est supérieur à « courageusement ».

« Eh bien voilà, dit Grammaticus. Un problème de scansion. Qui l'aurait cru ? Et à l'hôpital, Henry, ça va comment ? »

En plus de vingt ans, jamais il n'a posé la moindre question sur l'hôpital, et Henry n'accepte pas que sa fille soit ainsi exclue de la conversation. En même temps, c'est fabuleux : trois ans plus tard, ces deux-là auront réussi à se brouiller de nouveau en moins d'une minute.

Feignant de son mieux l'amusement, il répond à Grammaticus d'un ton badin : « Ma propre mémoire me joue de bien plus mauvais tours. » Puis il se tourne vers Daisy. Elle a reculé d'un pas et semble chercher un prétexte pour quitter la pièce. Il compte bien l'en empêcher.

« Éclaire un peu ma lanterne. En quoi est-ce que "vaillamment" sonne mieux que "courageusement" ? »

Pleine de bonne volonté, elle explique ce principe élémentaire de versification à son père, retournant au passage le fer dans la plaie pour Grammaticus.

« Les sonnets de Shakespeare sont écrits en décasyllabes. Des vers de dix pieds. Avec "courageusement", il y a un pied de trop et le rythme est bancal. »

Pendant qu'elle parle, Grammaticus s'installe sur l'un des canapés en cuir avec un grognement sonore qui couvre en partie la fin de la phrase de Daisy.

« Ne t'acharne pas sur un vieillard, dit-il. "Ce n'était pas un rêve ; j'avais les yeux grands ouverts." Il y a beaucoup de vers au rythme bancal dans les sonnets de Shakespeare. S'il avait écrit "courageusement", ce serait un moindre mal.

— Sauf que là, c'était du Wyatt », maugrée Daisy, assez bas pour qu'il ne l'entende pas.

Perowne lui jette un coup d'œil et porte discrètement l'index à ses lèvres. Elle a gagné et doit savoir qu'il vaut mieux laisser le dernier mot à son grand-père. À moins qu'elle n'ait envie de se disputer avec lui jusqu'au dîner et bien après.

« Tu as sûrement raison. Encore un peu de gin, grand-père ? » Nulle trace audible d'agacement dans sa voix.

Grammaticus lui tend son verre. « J'ajouterai le tonic moi-même. »

Quand c'est fait, Daisy attend quelques secondes que le silence se réinstalle, puis elle murmure à l'intention de son père : « Je vais finir de mettre le couvert. »

Sans doute Henry est-il trop soucieux ou trop irrité pour faciliter ces retrouvailles. Mais ça change quoi ? Si Daisy s'autorise à remettre son père et son grand-père à leur place, qu'est-ce qu'il y peut ? Il y a chez elle quelque chose de nouveau qu'il ne comprend pas, une certaine nervosité qui s'estompe pour céder la place à une grande douceur, une agressivité qui ne cesse de poindre et de refluer. Par ailleurs, il n'a aucune envie de rester boire en tête à tête avec son beau-père. Il est impatient que Rosalind arrive avec ses multiples talents de mère, de fille, d'épouse et d'avocate.

« J'aimerais bien voir ces épreuves, dit-il à Daisy.

— Entendu. »

Perowne s'installe sur le second canapé, face à Grammaticus assis de l'autre côté de la vieille table basse bien cirée, et il pousse vers lui le bol de noix. Ils écoutent Daisy jurer à mots couverts en déballant son sac à dos dans l'entrée. Ni l'un ni l'autre ne se donne la peine de parler de la pluie et du beau temps. En admettant qu'ils puissent se mettre d'accord sur un sujet de conversation digne d'intérêt, aucun d'eux ne serait curieux de connaître l'opinion de son interlocuteur. Autant se réfugier dans le silence. Confortablement assis pour la première fois depuis qu'il est rentré chez lui, les pieds délicieusement soulagés de son poids, l'humeur réjouie par le vin et les trois coupes de champagne absorbés à jeun, l'ouïe toujours vaguement émoussée depuis la répétition de Theo, les cuisses encore endolories par le squash, Perowne s'abandonne à une douce euphorie. Rien n'a vraiment d'importance. Tous ses soucis ont fini par se résoudre au mieux. Les deux pilotes sont d'inoffensifs ressortissants russes, Lily est bien traitée, Daisy vient d'arriver avec les épreuves de son livre, ces deux millions de manifestants sont de braves gens, Theo et Chas ont composé un blues magnifique, Rosalind obtiendra gain de cause lundi et ne devrait plus tarder, il y a statistiquement peu de chances que des terroristes massacrent sa famille ce soir, la matelote de poisson sera vraisemblablement l'une de ses plus réussies, tous les patients inscrits sur la liste d'opérations de la semaine prochaine vont s'en tirer, Grammaticus a plutôt un bon fond et la journée du lendemain — dimanche — promet à Henry et Rosalind une longue matinée de sommeil et de sensualité. Le moment est venu de se servir une nouvelle coupe de champagne.

Alors qu'il prend la bouteille et vérifie que son beau-père a encore à boire, ils entendent le déclic métallique du verrou, un hurlement de Daisy, un « Yo ! » lancé d'une voix de baryton, aussitôt suivi du claquement retentissant de la porte d'entrée qui fait apparaître des cercles concentriques sur le gin du poète ; puis un choc sourd et le gémissement étouffé de deux corps entrant en collision. Theo est de retour et il embrasse sa sœur. Quelques secondes plus tard, main dans la main à la porte du salon, les enfants offrent le tableau de leurs obsessions et de leurs carrières respectives, précieux cadeaux de leur grand-père, concède Henry sans jalousie : Daisy brandit un exemplaire des épreuves reliées de son recueil, son frère tient par le manche sa guitare dans son étui. Des quatre membres de la famille, Theo est de loin le plus à l'aise avec

Grammaticus. La musique les rapproche, et il n'y a pas de rivalité entre eux : Theo joue, son grand-père écoute et complète ses archives sonores de l'histoire du blues — bientôt gravées sur CD avec l'aide du jeune homme.

« Ne te lève pas, grand-père », s'écrie-t-il en posant sa guitare contre le mur.

Le vieillard se met pourtant debout tandis que Theo le rejoint, et ils s'étreignent sans la moindre gêne. Daisy vient s'asseoir près de son père et lui glisse son livre sur les genoux.

Grammaticus ne lâche plus le bras de son petit-fils et semble rayonnant, comme rajeuni par sa présence. « Alors, il paraît que tu as une nouvelle chanson pour moi ? »

La couverture des épreuves est bleu-vert avec des caractères noirs. Tout en contemplant le titre et le nom de l'auteur, Perowne prend délicatement sa fille par les épaules, la serre très fort, et elle se blottit contre lui pour voir son livre avec ses yeux à lui. Lui le voit avec ses yeux à elle et tente d'imaginer sa jubilation. À son âge il n'était qu'un étudiant bûcheur en cinquième année de médecine, dans un univers de noms latins et de réalités anatomiques fort éloigné de ce genre d'ambitions. De sa main libre il tourne la page de titre et ensemble ils lisent à nouveau les trois mêmes mots, encadrés cette fois d'un double rectangle, *Mon vaisseau insolent*, Daisy Perowne, et en bas de la page le nom de la maison d'édition suivi de : « Londres, Boston ». Le vaisseau, quelle que soit sa taille, est lancé sur les flots transatlantiques. Theo dit quelque chose et il lève les yeux.

« Papa… Papa ? La chanson. Tu en as pensé quoi ? »

Quand les enfants étaient tout petits, il fallait veiller à distribuer équitablement les compliments. C'était à qui surpasserait l'autre. Il aurait dû parler de la chanson avec Grammaticus quand ils étaient seuls, mais Henry avait trop besoin de se laisser aller à sa demi-minute de pensées positives.

Il dit : « J'ai été transporté. » À la surprise générale, il lève le menton vers le plafond et chante d'une voix relativement juste : « *Let me take you there, My city square, city square.* »

Theo sort un CD de la poche de sa veste et le tend à son grand-père. « On a fait un enregistrement cet après-midi. Ce n'est pas parfait, mais ça te donnera une idée. »

Henry se tourne à nouveau vers sa fille. « J'aime bien "Londres, Boston". Très classe. » Il suit du doigt les minuscules capitales. Sur la page suivante, il lit la dédicace avec soulagement : *À John Grammaticus.*

En proie à une angoisse soudaine, Daisy lui chuchote à l'oreille : « Je me demande si j'ai eu raison. J'aurais préféré le dédier à maman et à toi. Je ne savais pas quoi faire. »

Il la serre une fois encore contre lui et murmure : « Tu as eu parfaitement raison.

— Je n'en sais rien. Je peux encore changer.

— Il t'a ouvert la voie, c'est tout à fait normal. Il en sera très heureux. Comme nous tous. Tu as très bien fait. » Et au cas où une pointe de regret transparaîtrait dans sa voix, il ajoute : « Il y aura d'autres recueils. Tu pourras remercier tous les membres de la famille les uns après les autres. »

Alors, seulement, aux frissons qui parcourent le corps blotti contre le sien et à un brusque afflux de chaleur humaine, il s'aperçoit qu'elle pleure. Elle enfouit son visage dans l'épaule paternelle. Theo et son grand-père sont à l'autre bout de la pièce, près des étagères à CD, en train de discuter d'un pianiste de boogie-woogie.

« Eh là, eh là, lui souffle-t-il. Qu'est-ce qu'il y a, ma puce ? »

Elle sanglote deux fois plus, mais en silence, et hoche la tête, incapable de répondre.

« Tu veux qu'on monte dans la bibliothèque ? »

Nouveau hochement de tête, alors il se contente de lui caresser les cheveux et d'attendre.

Chagrin d'amour ? Il tente de résister à ce genre de spéculations. Il ne conserve le souvenir d'aucun épisode précis de son enfance, mais c'est une expérience vaguement familière qui remonte loin dans le temps, cette attente qu'elle reprenne ses esprits et lui explique pourquoi elle pleure. Elle a toujours su trouver les mots. Tous ces romans qu'elle a lus enfant, surtout après avoir été prise en main par son grand-père, lui ont appris à décrire ses sentiments avec exactitude. Henry se cale sur le canapé et tient contre lui sa fille avec patience, avec amour. Elle ne pleure plus, mais garde la tête appuyée contre l'épaule de son père, paupières closes. Il a toujours le recueil sur les genoux, ouvert à la page de la dédicace. Derrière lui, Theo et son grand-père parlent enregistrements et musiciens sur le ton confidentiel des vrais connaisseurs, et un grand calme règne dans la pièce. Grammaticus a un autre verre de gin à la main, sans doute son troisième, mais il semble étrangement lucide. Perowne ressent un fourmillement dans le haut du bras, là où repose la tête de Daisy. Il regarde avec tendresse le peu qu'il voit de son visage. Autour de son unique œil visible, nulle trace des toutes premières rides dues à l'âge ou à l'expression, seulement la peau lisse et propre, légèrement empourprée comme à la périphérie d'une ecchymose. L'enveloppe extérieure, les accessoires de la maturité sexuelle occultent le fait que l'enfance reflue lentement. Daisy a eu des seins et des règles alors que son lit était encore si rempli de nounours et autres peluches qu'elle avait à peine la place de s'y coucher. Puis le premier compte en banque, un diplôme universitaire, le permis de conduire ont dissimulé l'enfant toujours présent, en pointillé, que seul un parent reconnaît encore dans l'adulte nouvellement formé. Mais à la contempler ainsi, il sait que même nichée contre lui, elle n'a rien d'une innocente. Son esprit doit tourner à toute vitesse, plus vite que le sien ne peut le faire, revenant peut-être sur la mosaïque brisée d'événements récents — éclats de voix dans une chambre, souvenirs fugitifs de rues parisiennes, valise ouverte sur un lit défait, tout ce qui peut causer son désarroi. Devant ce visage détourné, cette chevelure lustrée, on ne peut que se perdre en conjectures.

Ce second moment d'abandon a pu durer cinq minutes, peut-être dix. Soudain, tandis que l'enchaînement logique de ses pensées commence à se désintégrer, il ferme les yeux et se laisse tirer en arrière, aspirer, sensation agréable mais entremêlée d'images d'une rivière boueuse sous l'effet de la marée, de doigts défaisant maladroitement les nœuds de la corde qui fait grimper le cours des devises et change les week-ends en journées de travail. Alors même qu'il sombre, il lutte pour ne pas s'endormir — à cause des invités, et d'autres responsabilités qu'il n'identifie pas tout de suite. Au son de la porte d'entrée ouverte par Rosalind, il sursaute et jette un coup d'œil plein d'espoir par-dessus son épaule gauche. Daisy aussi se redresse à moitié, et la conversation entre Theo et Grammaticus s'interrompt. Un laps de temps anormalement long s'écoule avant qu'ils n'entendent la porte claquer derrière elle. Imaginant sa femme chargée d'achats ou de dossiers, Perowne s'apprête à aller l'aider quand elle entre dans la pièce. Elle s'avance lentement, avec raideur, apparemment inquiète de ce qu'elle va trouver. Elle a sa serviette en cuir marron et elle est pâle, les traits figés comme si des mains invisibles lui tiraient la peau vers les oreilles. Ses yeux écarquillés aux pupilles dilatées cherchent désespérément à communiquer ce que ses lèvres, qui s'ouvrent une fois et se referment aussitôt, ne peuvent articuler. Tous la regardent s'immobiliser et tourner la tête vers la porte par laquelle elle vient d'entrer.

« Maman ? » s'écrie Daisy.

Perowne repousse doucement sa fille et se lève d'un bond. Bien que Rosalind porte un manteau d'hiver par-dessus son tailleur, il croit réellement voir son cœur battre à tout rompre — impression produite par sa respiration haletante. Le reste de la famille l'appelle et commence à se diriger vers elle, mais elle recule pour s'adosser au mur du séjour. Du regard, puis d'un geste furtif de la main, elle leur signifie de ne pas bouger. Ce n'est pas seulement la peur qu'ils lisent sur son visage, mais aussi la colère et peut-être même, dans le rictus de sa lèvre supérieure, du dégoût. Par le mince espace entre la porte et le chambranle, Perowne distingue une forme dans l'entrée, rien de plus qu'une ombre qui hésite avant de s'éloigner. À la réaction de Rosalind, ils sentent qu'une silhouette a pénétré dans la pièce avant même de la voir. Et pourtant, celle que Perowne a vue dans l'entrée s'y trouve toujours : bien avant les autres, il comprend qu'il y a non pas un, mais deux intrus dans la maison.

Dès que l'homme apparaît dans le séjour, Perowne reconnaît ses vêtements : la veste en cuir, le bonnet de marin. Ces deux types sur le banc devaient attendre leur heure. Quelques instants avant que le nom lui revienne, il reconnaît également son visage et sa démarche caractéristique, ses tremblements nerveux tandis qu'il se poste près, trop près de Rosalind. Au lieu de s'écarter de lui, elle reste campée sur ses deux pieds. Mais elle doit détourner la tête pour retrouver enfin le mot qu'elle essayait en vain d'articuler. Elle croise le regard de son mari.

« Couteau, dit-elle comme si elle ne s'adressait qu'à lui. Il a un couteau. »

La main droite de Baxter est enfoncée dans la poche de sa veste. Il détaille la pièce et ses occupants avec la moue amusée de celui qui brûle de raconter une blague. Tout l'après-midi il a dû rêver de faire ce genre d'entrée. Chaque fois accompagnés d'un mouvement infinitésimal de la tête, ses yeux se posent successivement sur Theo et Grammaticus à l'autre bout du séjour, sur Daisy, puis sur Perowne juste devant elle. Bien sûr, il est logique que Baxter soit là. Durant quelques secondes, Perowne ne pense à rien d'autre qu'à ce « bien sûr » idiot. Il y a quelque chose de cohérent. Presque tous les éléments de sa journée sont rassemblés ; il ne manque plus que sa mère, et Jay Strauss avec sa raquette de squash. Avant que Baxter ouvre la bouche, Perowne s'efforce de voir la pièce avec ses yeux, comme si cela pouvait l'aider à prévoir la gravité de ce qui les attend : les deux bouteilles de champagne, le gin, les bols de glaçons et de rondelles de citron, la hauteur monumentale et les moulures du plafond, les gravures de Bridget Riley encadrant le Hodgkin, la lumière tamisée des lampes, le parquet en merisier sous les tapis persans, les piles approximatives d'ouvrages sérieux, la patine de la table basse après des décennies de soins attentifs. Le châtiment risque d'être lourd. Perowne voit aussi sa famille avec les yeux de Baxter : la fille et le vieux ne poseront pas de problème ; le fils est baraqué, mais ne doit pas savoir se servir de ses poings. Quant au grand toubib, c'est à cause de lui qu'on est là. Bien sûr. Comme disait Theo, dans la rue on a sa fierté, et la voici, armée d'un couteau. Lorsque tout peut arriver, le moindre détail prend de l'importance.

Henry est à trois mètres de Baxter. Quand Rosalind l'a informé de l'existence du couteau, il s'est arrêté net, en équilibre instable. Maintenant, tel un enfant jouant à un, deux, trois, soleil, il avance son pied gauche à la hauteur du droit mais à plusieurs centimètres de distance. Toujours du regard, et par un léger hochement de tête Rosalind l'incite à reculer. Elle ignore le début de l'histoire ; elle croit que ce sont de simples cambrioleurs, et qu'il vaut mieux les laisser prendre ce qu'ils veulent dans l'espoir qu'ils s'en aillent. Elle ignore aussi l'aspect pathologique. Toute la journée, il a eu l'accrochage d'University Street à l'esprit, comme une note tenue au piano. En revanche, il avait presque oublié Baxter, pas son existence, bien sûr, mais son agitation physique, son odeur acide de nicotine, sa main droite parcourue de tremblements et son air simiesque, encore accentué par ce bonnet.

D'un coup d'œil, Baxter fait comprendre que lui aussi l'a vu avancer, mais il se contente de dire : « Vous allez me sortir vos portables de vos poches et les mettre sur la table. »

Personne ne bouge et il ajoute : « D'abord vous, les deux jeunes. » Puis, à l'adresse de Rosalind : « Allez, dites-leur.

— Daisy, Theo, je pense qu'il vaut mieux obéir. » Il y a plus de colère que de peur dans sa voix à présent, et une certaine insolence dans ce « je pense » distancié. Les mains de Daisy tremblent tellement qu'elle a du mal à sortir le portable de la poche étroite de sa jupe. Elle pousse de petits soupirs exaspérés. Theo pose son téléphone sur la table et vient l'aider, initiative judicieuse, songe son père, puisqu'ils sont désormais pratiquement côte à côte. Baxter a toujours la main droite enfoncée dans sa poche. S'ils réussissent à s'entendre sur le meilleur moment, ils sont bien placés pour le maîtriser.

Malheureusement, Baxter a la même idée. « Mets son portable avec le tien et retourne où tu étais. Allez. Continue. Plus loin. »

Quelque part dans le bureau de Henry, au fond d'un tiroir plein de vieilleries se trouve une bombe d'autodéfense qu'il a achetée voilà des années à Houston. Peut-être marche-t-elle encore. À la cave, une batte de base-ball est rangée avec le matériel de camping et les vieux jouets. La cuisine recèle un certain nombre de hachoirs et de couperets, mais l'hématome sur son sternum lui rappelle qu'il n'aurait aucune chance dans un combat au couteau.

Baxter se tourne vers Rosalind. « Le vôtre, maintenant. »

Après avoir échangé un regard avec Henry, elle cherche dans la poche de son manteau. Elle pose son portable sur la paume de Baxter.

« À vous.

— Il est là-haut, en train de charger, répond Perowne.

— Ne faites pas le con. Je le vois d'ici. »

Le portable dépasse de la poche de son jean. Le bas forme une bosse sous la toile.

« D'accord.

— Mettez-le par terre, et faites-le glisser jusqu'à moi. »

À titre d'encouragement, Baxter sort enfin le couteau de sa poche. Pour autant que Perowne puisse en juger, c'est un vieux couteau de cuisine français, manche de bois orangé, lame courbe et mal aiguisée. Avec des gestes aussi lents et rassurants que possible, il s'agenouille et pousse son téléphone vers Baxter. Au lieu de le ramasser, celui-ci s'écrie : « Ho, Nige ! Tu peux venir. Récupère tous les portables. »

Le type au visage chevalin se plante à la porte. « Putain, la taille de cette baraque... » Lorsqu'il voit Perowne, il ajoute : « Tiens, mais c'est notre chauffard ! »

Pendant que son comparse s'exécute, Baxter lance : « Et ce pauvre grand-père, tout seul dans son coin ? Ne me dites pas qu'ils ne vous ont même pas acheté un portable ! »

Grammaticus sort de l'ombre et fait quelques pas vers Baxter. Il tient son verre vide dans sa main droite. « En fait, je n'en possède pas. Et si c'était le cas, je vous inviterais à vous le carrer dans le derrière.

— C'est votre père ? » demande Baxter à Henry.

On n'a pas le temps de couper les cheveux en quatre et il croit judicieux de dire oui.

Mauvaise idée. De sa démarche chaloupée de rameur Baxter traverse la pièce, ne s'arrêtant que pour contourner Nigel. Il brandit le couteau, lame vers le bas.

« Pas très classe, pour un vieux richard comme vous. »

Sentant venir la catastrophe, Perowne tente de s'interposer entre Baxter et Grammaticus, mais Nigel lui barre la route avec un large sourire. Trop tard. « Il n'est pour rien dans cette histoire », proteste Perowne.

Au même moment Baxter arrive devant le vieillard, et bien que Theo, devinant la suite, tende un bras protecteur, le poing de Baxter décrit un arc de cercle et atteint Grammaticus en plein visage. Ils entendent un léger craquement d'os, comme une jeune branche encore verte qu'on casse. Tous les Perowne laissent échapper un « Oh ! » ou un « Non ! », mais leurs pires craintes ne se réalisent pas. Ce n'est pas la main armée du couteau qui a frappé Grammaticus. Les jointures à nu ont suffi à lui fracturer le nez. Alors que ses jambes se dérobent sous lui et qu'il s'écroule, Theo le rattrape, l'aide à se mettre à genoux, le débarrasse de son verre. En silence, sans donner à son agresseur la satisfaction de l'entendre gémir, Grammaticus enfouit le visage dans ses mains. Le sang dégouline juste en dessous de sa montre.

Henry comprend soudain que, jusque-là, il était dans le brouillard. Sidéré, voire prudent, mais pas suffisamment ni utilement effrayé. Comme à son habitude il rêvait

— de « maîtriser » Baxter avec Theo, de bombes d'autodéfense, de battes de base-ball, de couperets... Du délire. La vérité, il en a maintenant la preuve, c'est que Baxter est un cas — un homme qui se croit sans avenir et n'a plus rien à perdre. Encore n'est-ce qu'un tableau sommaire. S'y ajoutent les dérangements spécifiques, les expressions individuelles propres à la maladie — impulsivité, manque de maîtrise de soi, paranoïa, sautes d'humeur, dépression compensée par des accès de colère : certains de ces symptômes, voire tous plus quelques autres ont dû accompagner Baxter, l'agiter pendant qu'il ressassait le différend de ce matin avec Henry. En ce moment même ils doivent agir sur lui. Il n'y a pas encore de détérioration visible des facultés intellectuelles — les émotions sont atteintes en premier, ainsi que la coordination physique. Toute personne avec plus de quarante répétitions de la séquence CAG au cœur d'un obscur gène du chromosome quatre subira le même sort sous une forme ou sous une autre. *C'est écrit.* Pas plus l'amour que les médicaments, les ateliers bibliques ou les séjours en prison ne peuvent guérir Baxter ni le faire dévier de sa trajectoire. Elle est tracée par de fragiles protéines, mais pourrait aussi bien être gravée dans le marbre ou l'acier trempé.

Rosalind et Daisy s'approchent de John Grammaticus à genoux près du canapé. Theo a la main posée sur l'épaule de son grand-père, geste d'impuissance. Nigel continue de barrer la route à Perowne — impossible de bouger sans affrontement physique. Son couteau toujours dans la main droite, Baxter s'écarte, et de sa main gauche tremblotante il enlève son bonnet, puis ouvre la fermeture Éclair de sa veste. Laborieusement, il allume une cigarette et la fume tout en tripotant le curseur de la fermeture, se balançant d'un pied sur l'autre sans quitter des yeux l'endroit où est agenouillé le vieil homme. Il semble attendre ce que lui-même va faire ensuite.

Malgré tous ses arguments réducteurs, Perowne n'arrive pas à se convaincre que des molécules et des gènes défectueux puissent à eux seuls terroriser sa famille et avoir fracturé le nez de son beau-père. Il a sa part de responsabilité. Il a humilié Baxter en pleine rue devant ses acolytes, et ce alors qu'il avait déjà diagnostiqué sa maladie. Naturellement, Baxter est ici pour sauver sa réputation en présence d'un témoin. Il a dû convaincre Nigel ou lui promettre de l'argent. Le malheureux ignore qu'il a eu tort de lui prêter main-forte. Baxter agit tant que c'est encore possible, car il doit bien savoir ce que l'avenir lui réserve. Au fil des mois et des années, l'athétose, ces mouvements involontaires, incontrôlables, et la chorée — les tics nerveux, les grimaces, les haussements d'épaules spasmodiques, la crispation machinale des doigts et des orteils — prendront le dessus, le rendant inapte à jouer les caïds. La forme de délinquance qu'il pratique nécessite une bonne condition physique. Tôt ou tard, en proie à des hallucinations il se contorsionnera sur un lit qu'il ne quittera plus, dans un hôpital psychiatrique, probablement sans amis, en tout cas incapable d'inspirer l'amour, et là on ralentira sa déchéance, efficacement s'il a de la chance. Pour l'heure, pendant qu'il peut encore tenir un couteau, il est venu restaurer sa dignité, peut-être même construire sa légende. *Putain, il a dû s'en mordre les doigts, ce grand mec en Mercedes, d'avoir arraché le rétro du vieux Baxter.* Oubliée, l'histoire de Baxter déserté par ses lieutenants, rabaissé par un inconnu qui lui a échappé sans une égratignure ou presque.

Où avait-il donc la tête, cet inconnu, lui qui connaissait la maladie, avait vu les patients de ses confrères et même correspondu quelques années auparavant avec un neurochirurgien de Los Angeles au sujet d'une nouvelle intervention ? L'idée était de greffer dans la région du noyau caudé, grâce à la stéréotaxie, un cocktail de cellules fœtales de trois sources différentes, et de tissu nerveux du patient. Ça n'a jamais vraiment marché et Perowne n'était pas tenté. Pourquoi n'a-t-il pas mesuré le danger qu'il y avait à humilier quelqu'un d'aussi imprévisible que Baxter ? Pour éviter de se faire tabasser et pouvoir jouer son match de squash. Il a usé et abusé de son autorité pour se sortir d'une crise, attitude qui a conduit à une autre crise, cent fois pire. Il est entièrement responsable : le sang de Grammaticus a coulé parce que Baxter prend le vieillard pour le père de Henry. Il vient de marquer un point dans sa tentative de déshonorer le pseudo-fils.

Daisy et Rosalind sont accroupies près de Grammaticus avec des mouchoirs en papier.

« Ce n'est rien, dit celui-ci d'une voix sourde. Je me suis déjà fracturé le nez. En ratant une foutue marche dans l'escalier d'une bibliothèque. »

« Tu te rends compte ? s'écrie Baxter à l'adresse de Nigel. Depuis le temps qu'on est là, personne ne nous a offert à boire ! »

Voilà enfin l'occasion d'échapper à Nigel et de se glisser derrière la table basse où se trouve le plateau. Henry voudrait attirer Baxter dans cette partie de la pièce, loin du petit groupe qui entoure Grammaticus. Il redoute un éclat de Rosalind ou de l'un des enfants si Baxter s'approche d'eux. Désignant une bouteille de champagne, il lance un coup d'œil interrogateur à Baxter et attend. Rosalind a passé le bras sur les épaules de Daisy qui s'occupe de Grammaticus. Debout à proximité, Theo fixe obstinément le sol devant lui

— évitant à juste raison le regard de Baxter qui a cessé de jouer avec le curseur de sa fermeture Éclair. Le couteau est de retour dans sa poche.

« Deux gins avec de la glace et du citron, bien tassés », dit-il.

Il faut mettre en balance l'intérêt de diminuer encore la coordination des mouvements de Baxter, et le risque de le désinhiber davantage avec les conséquences que cela suppose. C'est un choix, un calcul que malgré sa terreur, Perowne se sent apte à faire. Courbé comme un apothicaire préparant une potion, il remplit de gin deux coupes à champagne dans lesquelles il ajoute un glaçon et une rondelle de citron. Il en tend une à Nigel et brandit l'autre en direction de Baxter. La table basse les sépare ; à son grand soulagement Baxter s'avance, contournant le canapé et la table pour prendre la coupe.

« Écoutez, dit Perowne. Pour prouver ma bonne volonté, je suis prêt à reconnaître que j'ai eu tort ce matin. Si vous voulez faire réparer votre voiture...

— Vous avez réfléchi, c'est ça ? »

La coupe oscille dans les mains de Baxter, et quand celui-ci se retourne pour échanger un clin d'œil avec Nigel, il renverse du gin. Sans doute est-ce l'habitude de dissimuler sa maladie qui lui fait caler la coupe contre ses lèvres et avaler son contenu en quatre gorgées. Durant ces quelques instants, Perowne se rappelle l'existence des lignes téléphoniques des postes fixes et se demande si Baxter a pensé à les neutraliser. Il y a aussi une touche pour déclencher le système d'alarme près de la porte d'entrée et une autre dans la chambre. Est-il à nouveau en plein délire ? Le désarroi lui donne des haut-le-cœur. Avec l'aide de Theo, Daisy et Rosalind remettent Grammaticus debout. Bien que Perowne les incite d'un geste furtif de la main à s'éloigner tout au bout de la pièce, ils amènent le vieillard près de la cheminée.

« Il a froid, explique Rosalind. Il faut qu'il s'allonge. »

Le plan est à l'eau. Les voilà de nouveau tous rassemblés. Au moins Theo est-il à portée de la main. Mais aucun doute là-dessus, le projet de « maîtriser » Baxter était puéril. Nigel doit être armé. Ces deux-là sont de vrais durs. Alors que faire ? Vont-ils tous rester là à attendre que Baxter ressorte son couteau ? Henry se sent vaciller sous l'effet de la peur et de l'indécision. Une forte envie d'uriner vient sans cesse troubler ses réflexions. Il tente de croiser le regard de Theo, mais se demande si Rosalind ne saurait pas quelque chose, n'aurait pas elle aussi une idée. La façon dont elle l'a frôlé en passant peut avoir une signification. Elle est juste derrière lui, en train d'installer son père sur le canapé. Daisy paraît plus calme — le fait de s'occuper de son grand-père lui a été bénéfique. Toujours debout, les bras croisés, Theo continue de fixer le sol avec la même insistance, calculant sans doute leurs chances de s'en sortir. Les muscles de ses avant-bras sont bien visibles. Tant de ressources dans cette pièce, mais inutiles sans un plan précis et un moyen de communiquer. Peut-être devrait-il agir seul, renverser Baxter par surprise en espérant que les autres se jetteront sur lui. Encore une fois il prend ses désirs pour des réalités, et avec l'impulsivité de Baxter, la sauvagerie de ses réactions, les risques seraient multipliés d'autant. Tous ces corps bien-aimés et vulnérables. Se neutralisant d'elles-mêmes, les pensées de Henry dérivent et tourbillonnent, impossibles à canaliser. Le mieux serait d'envoyer à Baxter un bon coup de poing en pleine figure en espérant que Theo se chargera de Nigel. Mais quand Henry s'imagine sur le point de passer à l'acte et qu'il voit son fantôme guerrier se détacher de lui pour attaquer

Baxter, son rythme cardiaque s'accélère tellement que la tête lui tourne, qu'il se sent faible et incapable. Jamais de sa vie il n'a frappé quelqu'un au visage, même lorsqu'il était enfant. Il n'a jamais porté le fer que contre des corps anesthésiés dans un environnement stérile et réglementé. En fait, il ne sait pas se défendre.

« Remettez-nous ça, patron. »

Sans protester, car c'est sa seule once de stratégie, Perowne saisit la bouteille de gin, remplit la coupe que lui tend Baxter et ressert Nigel. Dans le même temps, il prend conscience que Baxter l'ignore et dévisage Daisy. La fixité du regard et cette même moue amusée lui font dresser les cheveux sur la tête. À nouveau, Baxter renverse du gin en portant la coupe à ses lèvres. Il ne détourne pas les yeux, même lorsqu'il repose la coupe sur la table. Malheureusement il n'a bu qu'une seule gorgée. Il n'a pas dit grand-chose depuis son coup de poing à Grammaticus, et il se peut très bien que lui non plus n'ait pas de plan, que sa visite soit un numéro improvisé. Sa maladie confère une liberté lugubre, mais sans doute ne sait-il pas lui-même jusqu'où il est prêt à aller.

Tout le monde attend et Baxter dit enfin : « C'est quoi ton prénom ?

— Mon Dieu, souffle Rosalind. Pour pouvoir l'approcher, il faudra me tuer d'abord. »

Baxter plonge sa main droite dans sa poche. « Bon, d'accord, répond-il d'un ton las. Je vous tuerai d'abord. » Puis il recommence à fixer Daisy et répète exactement avec la même intonation : « Alors, c'est quoi ton prénom ? »

Elle s'écarte de sa mère et le lui dit. Theo décroise les bras. Nigel sursaute et se rapproche de lui. Daisy soutient le regard de Baxter, mais elle a l'air terrifié, le souffle court, et sa poitrine se soulève et s'abaisse de plus en plus vite.

« Daisy ? » Ce prénom sonne bizarrement dans la bouche de Baxter, il semble ridicule, vulnérable, un prénom de bébé. « Et c'est le diminutif de quoi ?

— De rien.

— Petite mademoiselle Rien. » Baxter passe derrière le canapé sur lequel Grammaticus est étendu et près duquel se tient Rosalind.

Daisy déclare : « Si vous partez maintenant et que vous ne revenez jamais, je vous promets que nous n'appellerons pas la police. Vous pouvez prendre tout ce que vous voulez. Mais s'il vous plaît, partez. »

Avant même qu'elle ait fini sa phrase, Baxter et Nigel éclatent de rire. Un rire jubilatoire, sans la moindre ironie, et Baxter est encore hilare quand il attrape Rosalind par le bras et tire si fort qu'elle se retrouve assise sur le canapé aux pieds de Grammaticus. Perowne et Theo se dirigent tous les deux vers lui. À la vue du couteau, Daisy pousse un petit cri étouffé. Baxter le tient dans sa main droite qui est posée sur l'épaule de Rosalind. Celle-ci regarde droit devant elle.

Baxter dit à Perowne et à Theo : « Retournez à l'autre bout de la pièce. Allez. Tout au bout. Encore. Occupe-toi d'eux, Nige. »

Moins de dix centimètres séparent la main de Baxter de la carotide de Rosalind. Nigel essaie de pousser Perowne et Theo dans l'angle près de la porte, mais ils réussissent à lui échapper et à reculer dans deux angles diamétralement opposés, à trois ou quatre mètres de part et d'autre de Baxter — Theo près de la cheminée, son père vers l'une des trois grandes fenêtres.

Henry s'efforce d'effacer de sa voix non seulement toute panique, mais toute supplication. Il veut parler comme un homme raisonnable. Il n'y réussit qu'en partie. À cause de son rythme cardiaque trop rapide, il a la voix sourde, mal assurée, ses lèvres et sa langue semblent avoir doublé de volume. « Écoutez, Baxter, c'est avec moi que vous avez un compte à régler. Daisy a raison. Vous pouvez prendre tout ce que vous voulez. On ne vous causera aucun ennui. Sinon pour vous ce sera l'internement dans un asile pour criminels. Et il vous reste beaucoup plus de temps à vivre que vous ne croyez.

— Allez vous faire foutre », dit Baxter sans se retourner.

Perowne continue pourtant. « Depuis notre conversation de ce matin, j'ai contacté un confrère. Il existe une nouvelle opération aux États-Unis, associée à un nouveau médicament, pas encore sur le marché, mais qui vient d'arriver pour une phase d'expérimentation. À Chicago, les premiers résultats sont stupéfiants. Plus de quatre-vingts pour cent de malades en rémission. On va essayer le traitement sur vingt-cinq patients de ce pays le mois prochain. Je peux vous mettre sur la liste.

— Qu'est-ce qu'il raconte ? » demande Nigel.

Baxter ne répond pas, mais une certaine tension, une immobilité soudaine de ses épaules donnent l'impression qu'il réfléchit. « Vous mentez », dit-il enfin, mais son manque de conviction encourage Perowne à poursuivre.

« On utilise l'interférence de l'ARN dont on a parlé ce matin. Les recherches ont abouti plus vite qu'on ne l'imaginait. »

Il est tenté, Henry en a la certitude. Baxter reprend : « C'est impossible. Je sais que c'est impossible. » Il le répète pour s'en convaincre.

Henry dit calmement : « Moi non plus, je n'y croyais pas. Mais ça paraît pourtant vrai. L'expérience commence le 23 mars. J'ai discuté avec un confrère cet après-midi. »

En proie à une agitation subite, Baxter lui coupe la parole. « Vous mentez », répète-t-il. Puis plus fort, criant presque pour se protéger contre l'attrait de l'espoir : « Vous mentez, et vous feriez mieux de la fermer, sinon regardez ma main. » Et la main qui tient le couteau se rapproche de la gorge de Rosalind.

Perowne ne se tait pas. « Je vous promets que je ne mens pas. Toutes les informations sont là-haut dans mon bureau. Je les ai imprimées cet après-midi, d'ailleurs vous pouvez m'accompagner pour... »

Il est brutalement interrompu par Theo. « Arrête, papa! Arrête de parler. Ferme-la, sinon il va le faire. »

Il a raison. Baxter vient de poser la lame à plat contre le cou de Rosalind. Assise bien droite sur le canapé, les mains enserrant ses genoux, le visage impassible, elle regarde toujours fixement devant elle. Seul le tremblement de ses épaules trahit sa terreur. La pièce est silencieuse. À l'autre extrémité du canapé, Grammaticus a enfin enlevé les mains de son nez. Le sang coagulé au-dessus de sa lèvre supérieure accentue son expression à la fois incrédule et horrifiée. Daisy est debout près de l'accoudoir sur lequel repose la tête de son grand-père. Quelque chose monte en elle — un hurlement ou un sanglot — et ses efforts pour se maîtriser lui rougissent le teint. Malgré ses cris de mise en garde, Theo s'est légèrement avancé vers le centre de la pièce. Ses bras pendent mollement le long de son corps. Comme son père, il ne peut détacher les yeux de la main de Baxter. Perowne tente de se convaincre que le mutisme de Baxter traduit sa lutte contre la tentation exercée par l'essai d'un nouveau médicament, d'une nouvelle intervention.

De l'extérieur arrive le vrombissement d'un hélicoptère de la police, sans doute venu surveiller la dispersion de la manifestation. S'élève aussi un joyeux vacarme de voix et de pas sur le trottoir, celui d'un petit groupe surexcité, peut-être des étudiants étrangers qui font le tour de la place avant de tourner dans Charlotte Street où bars et restaurants doivent être en train de se remplir. Le centre de Londres s'est déjà lancé dans un nouveau samedi soir.

« Bon. Mais ce que je voulais, c'était avoir une petite conversation avec cette jeune femme. Mademoiselle Rien. »

Nigel, qui la déshabille du regard au centre de la pièce, lèvres humides et visage chevalin soudain plus animé, ajoute d'un ton lourd de sous-entendus : « Tu sais à quoi je pense ?

— Je sais, Nige. À la même chose que moi. » Il s'adresse à Daisy. « Tu vas regarder ma main...

— Non, dit aussitôt Daisy. Pas maman.

— Ferme-la. Je n'ai pas fini. Tu vas regarder ma main et m'écouter. D'accord ? Si tu déconnes, on est perdus. Écoute-moi bien. Déshabille-toi. Allez. Tous tes vêtements. »

« Mon Dieu », murmure Grammaticus.

« Papa ? » lance Theo à l'autre bout de la pièce.

Henry secoue la tête. « Non. Reste où tu es.

— Absolument », dit Baxter.

Il parle à Daisy et non à Theo. Elle le dévisage avec incrédulité, tremblante, hochant vaguement la tête. Sa terreur excite Baxter dont le corps tangue, parcouru de frissons.

Daisy réussit à articuler, dans un souffle : « Je ne peux pas. S'il vous plaît... Je ne peux pas.

— Bien sûr que si, ma chérie. »

De la pointe de son couteau, Baxter fait une entaille de trente centimètres dans le cuir du canapé, juste au-dessus de la tête de Rosalind. Tous fixent la blessure, l'horrible plaie qui se forme alors que le vieux rembourrage blanc-jaune apparaît comme du gras sous-cutané.

« Allez, assez traîné », marmonne Nigel.

La main de Baxter et le couteau sont de nouveau sur l'épaule de Rosalind. Daisy regarde son père. Que doit-elle faire ? Il ne sait que répondre. Elle se baisse pour enlever ses bottes, mais n'arrive pas à ouvrir la fermeture, ses doigts sont trop malhabiles. Avec un cri de rage, elle s'agenouille à moitié et tire sur le curseur jusqu'à ce que la fermeture cède. Elle s'assied par terre, comme une petite fille pour se dévêtir, et ôte ses bottes. Toujours assise, elle défait à tâtons l'agrafe sur le côté de sa jupe, se relève et laisse la jupe à ses pieds. Au fur et à mesure qu'elle se déshabille, elle se recroqueville affreusement sur elle-même. Rosalind tremble de tous ses membres tandis que Baxter, penché sur son épaule, immobilise sa main agitée de tics en lui plaquant la lame contre le cou. Mais elle ne se détourne pas de Daisy, à la différence de Theo, visiblement trop choqué pour regarder sa sœur. Il contemple obstinément le sol à ses pieds. Grammaticus détourne lui aussi les yeux. Daisy se dépêche, retirant son collant avec un soupir exaspéré, l'arrachant presque, puis le jetant au sol. En proie à la panique, elle enlève son pull noir, le jette lui aussi. Elle n'a plus que ses dessous — tout blancs, lavés pour le voyage — mais ne ralentit pas le rythme. D'un seul geste, elle dégrafe son soutien-gorge, baisse son slip avec le pouce, les lâche tous les deux. Alors seulement elle lance un coup d'œil à sa mère, presque furtif. C'est fait. Tête basse, Daisy reste debout, bras le long du corps, incapable de croiser le regard de quiconque.

Perowne n'a pas vu sa fille nue depuis plus de douze ans. En dépit des changements il reconnaît ce corps auquel il faisait prendre des bains, et malgré son effroi, ou à cause de lui, c'est avant tout l'enfant vulnérable qu'il voit. Mais il sait que cette jeune femme doit avoir pleinement conscience de ce que ses parents découvrent à cet instant précis dans les courbes de son ventre lourd et compact, dans le volume de ses petits seins rebondis. Comment n'a-t-il pas deviné plus tôt ? Tout s'explique : son humeur changeante, son euphorie, ses pleurs à cause d'une simple dédicace. Elle doit en être à la fin du troisième mois. Mais il n'a pas le temps d'y penser davantage. Baxter n'a pas bougé. Rosalind a maintenant les genoux qui tremblent. Le contact de la lame l'empêche de tourner la tête vers son mari, mais il a l'impression qu'elle quête son regard.

Daisy est devant eux et Nigel dit : « Doux Jésus. Elle est en cloque. Je te la laisse, mec.

— Ta gueule », réplique Baxter.

Sans attirer l'attention, Perowne s'est avancé d'un demi-pas vers lui.

« Tiens, tiens. Regardez-moi ça ! » s'exclame soudain Baxter. De sa main libre il désigne le livre de Daisy de l'autre côté de la table basse. Soit il cache à sa manière son trouble ou sa gêne à la vue d'une femme enceinte, soit il cherche un moyen d'accroître l'humiliation. Ces deux jeunes hommes sont immatures, probablement sans grande expérience sexuelle. L'état de Daisy les met mal à l'aise. Peut-être sont-ils dégoûtés. C'est un espoir. Baxter a voulu aller très loin et ne sait plus trop que faire. Maintenant qu'il a vu les épreuves sur l'autre canapé, il saute sur l'occasion.

« Passe-moi ça, Nige. »

Pendant que Nigel va récupérer le livre, Henry se rapproche subrepticement. Theo l'imite.

« *Mon vaisseau insolent*, de mademoiselle Daisy Perowne. » Baxter tourne rapidement les pages de la main gauche. « Tu ne m'avais pas dit que tu écrivais des poèmes. Ils sont de toi, n'est-ce pas ?

— Oui.
— Comme tu dois être intelligente. »
Il lui tend le livre. « Lis-en un. Lis-nous ton meilleur poème à voix haute. Allez. Un peu de poésie. »
En prenant le recueil, elle l'implore. « Je ferai tout ce que vous voudrez. Absolument tout. Mais je vous en prie, éloignez le couteau de son cou.
— Tu entends ça ? » Nigel glousse. « Tout ce qu'on voudra, elle a dit. Allez, mademoiselle Daisy. » Baxter regarde Perowne par-dessus son épaule et lui fait un clin d'œil « Non, désolé, répond-il à Daisy, comme s'il partageait la déception générale. Quelqu'un pourrait m'attaquer par surprise. »
Le livre tremble dans les mains de Daisy qui l'ouvre au hasard.
Elle reprend son souffle et s'apprête à commencer quand Nigel dit : « Lis-nous ton poème le plus cochon. Quelque chose de vraiment hard. »
À ces mots, elle perd tous ses moyens. Elle referme le livre. « Je ne peux pas, gémit-elle. Je ne peux pas.
— Tu vas pourtant le faire, rétorque Baxter. Sinon regarde ma main. C'est ça que tu veux ? »
Grammaticus s'adresse calmement à elle. « Écoute, Daisy. Choisis un de ceux que tu me récitais.
— Ta gueule, grand-père ! » s'écrie Nigel.
Interloquée, elle a dévisagé Grammaticus pendant qu'il parlait, mais elle semble soudain comprendre. Elle rouvre le recueil, revient quelques pages en arrière, cherche le poème et, après un coup d'œil à son grand-père, elle commence à lire. Sa voix est rauque, presque inaudible, sa main tremble tellement qu'elle peut à peine tenir le livre et doit s'aider de l'autre main.

« Non, proteste Baxter. Recommence. Je n'ai rien entendu. Pas un mot. »

Elle recommence donc, d'une voix guère plus audible. Henry a parcouru deux ou trois fois le recueil, mais n'a lu certains poèmes qu'une fois ; il se souvient mal de celui-là. Ces vers le surprennent — à l'évidence, il n'a pas été assez attentif. Ils sont plus méditatifs que d'ordinaire, à la fois mélodieux et délibérément archaïques. Elle s'est projetée loin en arrière, vers un siècle passé. Sous l'effet de la terreur il rate beaucoup d'allusions ou les interprète mal, mais alors que la voix de Daisy se raffermit et retrouve un débit plus apaisé, il se sent glisser au-delà des mots vers les réalités qu'ils décrivent. Il voit Daisy au bord d'une terrasse surplombant une plage l'été au clair de lune ; la mer est calme, l'air parfumé par la marée, le couchant laisse derrière lui une ultime lueur. Elle appelle son amant, sûrement le futur père de son enfant, pour qu'il vienne admirer ou plutôt écouter le spectacle. Perowne voit un jeune homme imberbe, torse nu, debout près de Daisy. Ensemble ils écoutent les vagues rugir sur les galets, et perçoivent dans ce fracas une profonde mélancolie qui renvoie aux temps anciens. Elle pense que dans un passé plus lointain encore, il y a eu d'autres temps où la terre était neuve et la mer une consolation, où rien ne séparait l'homme de Dieu. Mais ce soir-là, les amants n'entendent que deuil et tristesse dans le grondement des vagues qui se brisent et refluent sur le rivage. Elle se tourne vers son compagnon, et avant qu'ils ne s'embrassent lui dit qu'ils doivent s'aimer et se rester fidèles, surtout à présent qu'ils attendent un enfant, qu'il n'y a plus ni paix ni certitudes, que les armées du désert sont sur le pied de guerre.

Elle lève les yeux. Incapable de calmer les tremblements nerveux de ses genoux, Rosalind contemple toujours sa fille.

Tout le monde guette la réaction de Baxter. Penché en avant, il s'appuie de tout son poids sur le dossier du canapé. Bien que sa main droite n'ait pas bougé du cou de Rosalind, Il semble avoir desserré son étreinte sur le manche du couteau, et sa posture, cette courbure particulière de la colonne vertébrale peuvent laisser croire que sa détermination faiblit. Se pourrait-il, est-il vraiment du domaine du possible qu'un simple poème de Daisy ait précipité un changement d'humeur ?

Enfin il relève la tête, se redresse un peu et dit soudain, avec une pointe d'agressivité : « Encore une fois. »

Elle revient une page en arrière et avec plus d'assurance, essayant d'adopter les intonations envoûtantes et variées d'un conteur désireux de captiver un enfant, elle relit le poème. « La mer est calme ce soir. La marée monte, la lune blonde s'étend en travers du détroit — sur la côte française la lumière miroite et s'éteint... »

Henry avait raté à la première lecture la référence aux falaises anglaises « qui s'avancent luisantes et vastes sur la baie tranquille ». Il apparaît maintenant qu'il n'y a pas de terrasse, mais une fenêtre ouverte ; pas de jeune homme non plus, futur père d'un enfant. À sa place il voit Baxter debout tout seul, accoudé au rebord de la fenêtre, écoutant les vagues « entonner leur éternelle note de tristesse ». Le poème ne fait pas allusion à l'Antiquité dans son ensemble, seulement à Sophocle qui associait ce son au « flux et au reflux des eaux troubles de la misère humaine ». Même terrifié, Henry cale à l'évocation d'un « océan de foi » et d'un paradis scintillant où l'homme et Dieu ne faisaient qu'un, perdu dans un lointain passé. Et puis c'est de nouveau avec les oreilles de Baxter qu'il entend la mer, son « long feulement mélancolique battant en retraite, chassé par le souffle du vent nocturne, sur les vastes et mornes grèves et les galets nus du monde ». On dirait une malédiction musicale. Le serment de fidélité mutuelle paraît condamné d'avance en l'absence de joie, d'amour, de lumière, de paix ou de « remède à la souffrance ». Même dans cet univers « où des armées aveugles s'affrontent la nuit », Henry ne retrouve cette fois nulle mention d'un désert. Les sonorités mélodieuses du poème se marient mal avec son pessimisme, conclut-il.

Difficile de l'affirmer, car son visage n'est jamais en repos, mais Baxter semble soudain exulter. Il a retiré sa main droite de l'épaule de Rosalind et le couteau est déjà retourné dans sa poche. Il a toujours le regard fixé sur Daisy. Par des trésors de maîtrise de soi et de distanciation, elle réussit à cacher son soulagement derrière une apparente indifférence, seulement troublée par le frémissement de sa lèvre inférieure tandis qu'elle soutient le regard de Baxter. Ses bras pendent sans défense le long de son corps, le livre se balance entre ses doigts. Grammaticus étreint la main de Rosalind. L'expression de dégoût avec laquelle Nigel a écouté la seconde lecture du poème vient tout juste de disparaître de son visage. Il dit à Baxter : « Je vais prendre le couteau pendant que tu finis le travail. »

Henry redoute que cette intervention de Nigel, rappel du but de la visite, ne provoque un nouveau revirement d'humeur, un retour en arrière.

Mais Baxter sort de son silence et s'extasie : « C'est toi qui as écrit ça. Toi toute seule. »

C'est une affirmation, pas une question. Daisy le dévisage, dans l'expectative.

Il répète : « Toi toute seule. » Puis, d'une traite : « C'est beau. Tu le sais, hein ? Vraiment beau. Et c'est toi qui l'as écrit. »

Elle n'ose pas répondre.

« Ça me rappelle l'endroit où j'ai grandi. »

Henry a oublié où c'était, et il s'en moque. Il voudrait rejoindre Daisy pour la protéger, il voudrait rejoindre Rosalind, mais se méfie tant que Baxter reste près d'elle. Son humeur tient à un fil, un rien peut la perturber. Il ne faut surtout pas le surprendre ni le menacer.

« Ho, Baxter ! » Nigel désigne Daisy de la tête et sourit bêtement.

« Non, j'ai changé d'avis.

— Quoi ? Fais pas le con.

— Pourquoi tu te rhabilles pas ? » demande Baxter à Daisy, comme si l'idée de se mettre toute nue venait d'elle.

Pendant quelques instants elle ne bouge pas, et tout le monde attend.

« Je rêve, dit Nigel. Avec tout le mal qu'on s'est donné... »

Daisy se baisse pour ramasser son pull, sa jupe, et commence à les enfiler.

« Comment tu as pu penser à tout ça ? s'enquiert Baxter avec curiosité. Je veux dire, tu l'as écrit. » Et à nouveau il répète, plusieurs fois de suite : « C'est toi qui as écrit ça ! »

Elle l'ignore. Elle s'habille avec des gestes saccadés, peut-être même est-ce avec colère qu'elle écarte du pied ses dessous, les abandonnant sur le sol. Elle veut se rendre présentable et aller près de sa mère, rien d'autre ne compte pour elle. Baxter, lui, ne voit rien d'extraordinaire à être ainsi passé du rôle de seigneur de la terreur à celui d'admirateur béat. Ou d'enfant surexcité. Henry tente de croiser le regard de Daisy dans l'espoir de l'avertir en silence qu'il faut continuer à ménager Baxter. Mais déjà la mère et la fille s'embrassent. Agenouillée par terre devant Rosalind, Daisy se blottit contre elle, les bras autour de son cou, elles chuchotent et se câlinent, oubliant la présence de Baxter qui va et vient derrière elles de sa démarche chaloupée. Il devient hystérique, trébuche sur les mots, se balance sans cesse d'un pied sur l'autre. Daisy a lâché son livre sur la table basse en allant rejoindre Rosalind. Soudain Baxter plonge en avant, s'en empare et l'agite en l'air comme s'il pouvait en faire pleuvoir la signification.

« C'est ça que je veux, s'écrie-t-il. Tu as dit que je pouvais prendre tout ce que je voulais. Alors je prends ça. D'accord ? » Il s'adresse à la nuque de Daisy.

« Merde... », soupire Nigel.

Rien de plus naturel, pour un malade atteint de troubles dégénératifs du système nerveux, que de perdre périodiquement toute notion d'un moi cohérent, et donc toute conscience de ce que les autres pensent de vos incohérences. Baxter a oublié qu'il avait contraint Daisy à se dévêtir, et menacé Rosalind. Un afflux de sensations nouvelles en ont occulté le souvenir. Emporté par le torrent d'émotions qui accompagnent son changement d'humeur, il ne vit que dans le faisceau lumineux du présent. C'est le moment de le maîtriser. Henry échange un regard avec Theo, qui hoche lentement la tête en signe d'approbation. Sur le canapé, Grammaticus s'assied et prend sa fille et sa petite-fille par le cou. Rosalind et Daisy sont toujours dans les bras l'une de l'autre — comment peuvent-elles se croire hors de danger, ou imaginer qu'en ignorant Baxter elles seront plus en sécurité ? C'est la grossesse et ses bouleversements, décrète Henry. Il est temps d'agir.

Une fois encore, Baxter crie presque. « Je ne prends rien d'autre. Tu m'entends ? Seulement ça. C'est tout ce qu'il me faut. » Il se cramponne au livre comme un enfant gourmand redoutant qu'on le prive de ses bonbons.

Henry échange un second regard avec Theo qui s'est rapproché. Il a l'air tendu, prêt à bondir. Debout entre eux, Nigel observe la scène — mais avec un certain détachement, et il se peut qu'il n'intervienne pas. Par ailleurs, lui, Perowne, est plus près de Baxter et l'atteindra sûrement avant que Nigel ne puisse s'interposer. À nouveau, Perowne sent son cœur cogner jusque dans ses oreilles et envisage au moins une dizaine d'hypothèses où tout se termine mal. Il regarde une dernière fois Theo et décide de compter en silence jusqu'à trois, puis d'y aller quoi qu'il arrive. Un...

Baxter se retourne. Il se pourlèche les babines avec un sourire attendri, les yeux brillants de larmes. Sa voix est chaleureuse, vibrante d'exaltation.

« Je veux participer à cette expérience. J'en ai entendu parler. Ils essaient de garder le secret, mais je me tiens au courant. Je sais ce qui se passe.

— Putain... », dit Nigel.

Perowne reste imperturbable. « En effet.

— Vous allez me montrer ces informations.

— Oui, concernant l'expérience américaine. Tout est là-haut, dans mon bureau. »

Il avait presque oublié son mensonge. Nouveau coup d'œil à Theo qui semble l'inciter du regard à obtempérer. Mais Theo ignore qu'il n'y a pas d'expérience. Et que Baxter va faire payer très cher sa déception.

Il a mis le livre dans sa poche, a ressorti le couteau et le brandit sous le nez de Perowne.

« Allez-y ! Je vous suis. »

Il plane tellement qu'il pourrait poignarder quelqu'un dans son euphorie. Il babille comme un enfant.

« L'expérience. Vous allez tout me montrer. Tout, tout, tout... »

Henry voudrait aller voir Rosalind, lui caresser la main, lui parler, l'embrasser — le plus petit échange suffirait, mais Baxter se tient juste devant lui, avec son haleine à l'étrange odeur métallique. L'idée de départ était de l'éloigner des autres et de le séparer de Nigel. Aucune raison de ne pas mener ce plan à bien. Aussi, après un ultime regard implorant à Rosalind, Henry se dirige-t-il lentement vers la porte.

« Surveille-les, ordonne Baxter à Nigel. Ils sont tous dangereux. »

Il suit Perowne dans l'entrée et ils commencent à gravir l'escalier, leurs pas martelant la pierre en cadence. Henry tente de se rappeler quels documents sur son bureau il peut raisonnablement donner à Baxter. Il ne voit pas, l'esprit troublé par la nécessité d'établir un plan d'action. Il y a un presse-papiers qu'il peut envoyer à la tête de Baxter, et une vieille agrafeuse imposante. Le fauteuil de bureau ergonomique sera trop difficile à soulever. Il ne possède même pas un malheureux coupe-papier. Baxter est une marche derrière, sur ses talons. Peut-être qu'un bon coup de pied réglerait le problème.

« Je sais qu'ils gardent le secret, reprend Baxter. Ils s'occupent d'abord de leurs proches, hein ? »

Ils sont déjà au milieu de l'escalier. Même si l'expérience existait bel et bien, pourquoi Baxter croirait-il que ce médecin va tenir parole au lieu d'appeler la police ? Parce qu'il est à la fois euphorique et désespéré. Parce qu'il passe par les émotions les plus folles et n'a plus toute sa tête. Parce que la dégénérescence gagne son noyau caudé, les zones frontales et temporales de son cerveau. Mais tout cela est secondaire. Perowne a besoin d'un plan et ses pensées sont trop rapides, trop profuses — Baxter et lui arrivent déjà sur le palier devant le bureau, que domine la haute fenêtre donnant sur l'endroit où la rue rencontre le square.

Henry hésite quelques secondes sur le pas de la porte, au cas où il apercevrait quelque chose pouvant lui être utile. Les lampes ont un socle assez lourd, mais leurs fils enchevêtrés seront un obstacle. Sur une étagère se trouve une statuette en marbre qu'il ne pourrait atteindre qu'en se hissant sur la pointe des pieds. Sinon la pièce ressemble à un musée, un sanctuaire à la gloire d'un autre âge, plus insouciant — sur le canapé recouvert d'un tapis de Boukhara sa raquette est toujours là où il l'a lancée en venant vérifier la liste d'opérations de lundi. Sur la grande table près du mur, l'écran de veille — ces photos de l'espace prises par le télescope Hubble, ces nuages de gaz à des années-lumière, ces étoiles mourantes et ces géantes rouges ne suffisent pas à effacer des soucis plus terre à terre. Sur le vieux bureau près de la fenêtre, des piles de dossiers, peut-être l'unique espoir.

« Allez, on y va. » Baxter lui donne une bourrade au creux des reins et ils pénètrent ensemble dans la pièce. Sensation irréelle que d'aller lentement, insensiblement, sans protester vers sa propre destruction. Henry ne doute pas un instant que Baxter soit capable de le tuer.

« C'est où ? Montrez-moi. »

Malgré son impatience et sa crédulité puériles, il agite son couteau. Pour des raisons différentes, il leur faut à tous deux la preuve de l'existence d'une expérience médicale et la possibilité pour Baxter de se joindre à la cohorte privilégiée. Henry s'approche du bureau près de la fenêtre où sont alignées deux piles de revues et de communications. En y posant les yeux, il voit le compte rendu d'une nouvelle forme d'arthrodèse vertébrale, la présentation d'une nouvelle technique d'ouverture d'une carotide bloquée, et un article discutant l'utilité de la nécrose chirurgicale du globus pallidus dans le traitement de la maladie de Parkinson. Il choisit cet article et le montre à Baxter. Il n'a aucune idée de ce qu'il peut faire sinon repousser l'échéance. Sa famille est en bas et il se sent très seul.

« On a là une description de la structure », commence-t-il. Sa voix manque d'assurance, comme celle de certains menteurs, mais il doit continuer à parler coûte que coûte. « Voilà comment ça se présente : le globus pallidus, ce globe pâle, est quelque chose d'assez beau, enfoui dans l'une des plus anciennes parties du corps strié, et, euh, divisé en deux segments qui... »

Mais Baxter n'écoute plus — il a tourné la tête pour tendre l'oreille. Du rez-de-chaussée leur parvient le son de pas précipités qui traversent le hall, puis celui de la porte d'entrée qui s'ouvre et se referme brutalement. Vient-on de l'abandonner pour la seconde fois de la journée ? Il sort du bureau en trombe et s'avance sur le palier. Henry pose l'article et lui emboîte le pas. Ils voient Theo accourir et monter les marches quatre à quatre, coudes au corps, grimaçant à cause de l'effort. Il pousse un cri incompréhensible qui ressemble à un ordre. Henry s'élance déjà. Baxter brandit son couteau. Henry lui saisit le poignet à deux mains, lui immobilisant le bras. Enfin l'affrontement. Une minute plus tard Theo enjambe les deux dernières marches, empoigne Baxter par le revers de sa veste en cuir et, d'une fulgurante torsion du corps, le déséquilibre. Dans le même temps Perowne, toujours cramponné au bras de Baxter, donne un coup d'épaule et avec l'aide de Theo le pousse dans l'escalier.

Il tombe en arrière, bras en croix, serrant toujours le couteau dans sa main droite. Une fraction de seconde, qui semble se prolonger voluptueusement, Baxter reste suspendu dans l'espace et dans le temps, fixant Henry avec une expression où la consternation l'emporte sur la terreur. Et Henry croit lire dans ses yeux bruns écarquillés une condamnation attristée de cette trahison. Lui, Henry Perowne, a tout : travail, argent, statut social, maison, et surtout sa famille — ce fils magnifique aux grandes mains de guitariste venu à sa rescousse, cette fille poète si belle, inaccessible même dans sa nudité, ce beau-père célèbre, cette femme aimante et douée ; or il n'a rien fait, rien donné pour aider Baxter qui, lui, a si peu à cause de son gène défectueux, et aura bientôt encore moins.

Il y a beaucoup de marches avant la courbe de l'escalier et elles sont en pierre. Avec un tintement qui se répercute comme celui d'une cloche, le pied gauche de Baxter ricoche sur les barreaux en fer de la rampe, juste avant que sa tête heurte le sol du palier intermédiaire et percute le mur à quelques centimètres au-dessus de la plinthe.

Ils sont tous plus ou moins en état de choc, et le restent plusieurs heures après le départ de la police et le transport de Baxter à l'hôpital en ambulance. Les bribes de souvenirs qui jaillissent soudain, parfois suivies de larmes, sont entrecoupées de lourds silences. Personne ne voulant se retrouver seul, ils ne quittent pas le salon, prisonniers de cette sorte de sas, de no man's land entre l'épreuve qu'ils viennent de vivre et le retour à une existence normale. Avec la résilience de la jeunesse, Theo et Daisy descendent dans la cuisine et rapportent des bouteilles de vin rouge, de l'eau minérale, un bol de noix de cajou, ainsi que de la glace et un linge pour le nez de leur grand-père.

Pourtant l'alcool, si corsé soit-il, ne passe pas. Henry s'aperçoit même qu'il préfère boire de l'eau. C'est d'un contact physique qu'ils ont besoin — ils sont assis les uns contre les autres, se tiennent par la main, s'étreignent. L'inspecteur de la police judiciaire a pris congé en leur disant que ses collègues reviendraient le lendemain matin pour enregistrer officiellement la déposition de chacun. Ils ne sont donc pas censés discuter des faits ni confronter leurs différentes versions. Consigne irréalisable, et il ne leur vient même pas à l'esprit de la suivre. Il n'y a rien d'autre à faire que parler, se taire, parler encore. Ils ont l'impression de se livrer à une analyse méthodique des événements de cette horrible soirée, mais il s'agit d'une simple reconstitution, plus vitale. Ils ne font que décrire : quand ils sont entrés dans la pièce, quand il s'est retourné, quand le plus grand au visage chevalin s'est enfui de la maison... Ils veulent tout revivre d'un autre point de vue, s'assurer que tout ce qu'ils ont traversé est bien vrai, sentir que ces comparaisons précises de leurs émotions et de leurs observations les libèrent de leurs cauchemars et les réinsèrent dans le réseau bienveillant des relations sociales et familiales, sans lesquelles ils ne sont rien. Ils ont été assaillis et dominés par des intrus parce qu'ils étaient incapables de communiquer et d'agir ensemble ; maintenant cela leur est enfin possible.

Perowne s'occupe du nez de son beau-père. John refuse d'aller aux urgences et personne ne tente de le convaincre du contraire. L'œdème rend déjà tout diagnostic difficile, mais l'os nasal est toujours dans l'axe et Perowne pense à une fêlure du maxillaire supérieur — moins grave qu'un cartilage déchiré. Durant presque toute cette fin de soirée, Henry reste assis près de Rosalind. Elle leur montre une tuméfaction et une petite coupure sur son cou, puis décrit le moment où elle a cessé d'être terrifiée pour devenir indifférente au sort qui l'attendait.

« Je me suis sentie partir, explique-t-elle. Comme si je nous regardais tous, moi comprise, d'un angle tout là-haut, sous le plafond. Et je me suis dit, si jamais ça doit arriver, je ne sentirai plus rien, je ne me ferai plus de souci.

— Mais nous, on s'en serait sans doute fait », réplique Theo, et ils se mettent tous à rire très fort, trop fort.

Daisy évoque avec une gaieté forcée le moment où elle a été obligée de se dévêtir devant Baxter. « J'ai essayé de faire comme si j'avais dix ans, et que j'étais à l'école en train de me changer pour jouer au hockey. Je détestais la maîtresse chargée de l'éducation physique, et j'avais horreur de me déshabiller en sa présence. Mais son souvenir m'a aidée. Puis j'ai tenté de m'imaginer dans le jardin du château, en train de réciter des poèmes à grand-père. »

Personne n'aborde le sujet de la grossesse de Daisy. Il doit être encore trop tôt, suppose Henry, car ni l'intéressée ni Rosalind n'y font allusion.

Caché derrière sa compresse, Grammaticus déclare : « Vous savez, ça paraît complètement fou, mais il y a eu un moment, quand Daisy a eu récité Arnold pour la seconde fois, où j'ai vraiment eu pitié de ce pauvre type. Ma chère, je crois que tu lui as tourné la tête.

— Arnold qui ? » demande Henry, ce qui provoque l'hilarité de Daisy et de son grand-père. Henry ajoute, mais sa fille n'a pas l'air d'entendre : « Tu sais, je n'ai pas trouvé que c'était ton poème le plus réussi. »

Il comprend ce qu'a voulu dire Grammaticus, et il pourrait commencer à leur parler de la maladie de Baxter, mais le voilà à son tour victime d'un changement d'humeur ; à la vue du cou tuméfié de Rosalind, sa compassion pour Baxter s'envole. Quelle lâcheté, quel aveuglement de se laisser aller à éprouver la moindre sympathie pour un homme qui, malade ou non, fait ainsi intrusion chez vous ! Tandis qu'il reste assis à écouter les autres, sa colère monte au point qu'il regretterait presque les soins qu'il a machinalement prodigués à Baxter après sa chute. Il aurait très bien pu le laisser mourir d'anoxie en invoquant l'incapacité causée par le choc. Au lieu de quoi il est aussitôt descendu avec Theo et, trouvant Baxter à moitié inconscient, il lui a desserré les mâchoires pour l'aider à respirer ; redoutant une fracture du rachis, il a montré à Theo comment lui soutenir la tête pendant qu'il fabriquait une minerve de fortune avec des serviettes de la salle de bains de l'entresol. Au rez-de-chaussée, Rosalind appelait une ambulance — les lignes téléphoniques n'étaient donc pas coupées. Alors que Theo tenait toujours la tête de Baxter, Perowne l'a installé en position de sécurité et a vérifié les autres fonctions vitales. Rien d'encourageant. La respiration était bruyante, le pouls lent et faible, les pupilles asymétriques. Étendu les yeux fermés, Baxter marmonnait à voix basse. Il a été capable de réagir à son nom et de serrer le poing sur commande — Perowne l'a classé en coma stade I. Puis il est allé dans son bureau téléphoner aux urgences, s'est entretenu avec l'infirmier en chef pour l'informer de l'état du patient, et lui demander d'ordonner un scanner et de prévenir le neurochirurgien de garde. Ensuite, il n'y avait plus qu'à attendre quelques minutes. Dans l'intervalle, Theo et lui ont réussi à extirper le recueil de Daisy de la poche de Baxter. Theo a continué de lui soutenir la tête jusqu'à ce que deux ambulanciers de l'hôpital apparaissent dans leur tenue verte, mettent Baxter sous perfusion et lui administrent à la demande de Perowne une solution colloïdale par voie intraveineuse.

Deux agents sont arrivés en renfort peu après l'ambulance, suivis quelques instants plus tard par l'inspecteur de la police judiciaire. Après avoir rencontré toute la famille et écouté le récit de Perowne, il a conclu qu'il était trop tard et que tout le monde était trop éprouvé pour faire une déposition. Sous la dictée de Henry il a noté le numéro minéralogique de la BMW rouge et l'existence du Spearmint Rhino. Il a examiné l'entaille sur le canapé, puis est monté à l'entresol, s'est agenouillé près de Baxter et lui a desserré les doigts pour prendre le couteau qu'il a enfermé dans un sac plastique stérile. Il a prélevé un peu de sang séché sur les jointures de la main gauche de Baxter — selon toute vraisemblance celui du nez de Grammaticus.

L'inspecteur est parti d'un grand éclat de rire quand Theo lui a demandé si son père et lui avaient commis un délit en poussant Baxter dans l'escalier.

Il a touché le blessé du bout de sa chaussure. « Ça m'étonnerait qu'il porte plainte. Et ce n'est pas nous qui le ferons. »

Il a appelé le commissariat pour qu'on envoie deux agents monter la garde devant la chambre de Baxter à l'hôpital pendant la nuit. Dès qu'il reprendra connaissance, il sera arrêté. Le chef d'accusation sera prononcé ensuite. Après avoir donné pour consigne de ne pas discuter des faits, les trois policiers sont repartis. Les ambulanciers ont immobilisé Baxter sur une civière et l'ont emmené.

Rosalind semble récupérer de manière spectaculaire. Une demi-heure peut-être après le départ des policiers et des ambulanciers, elle suggère que tout le monde ferait mieux de venir manger. Personne n'a faim, mais ils la suivent tous jusqu'à la cuisine. Tandis que Perowne réchauffe sa sauce et sort du réfrigérateur les palourdes, les moules, les crevettes et la lotte, les enfants achèvent de mettre le couvert, Rosalind tranche le pain et mélange une vinaigrette, Grammaticus enlève sa compresse de glace pour déboucher une bouteille de vin. Ces préparatifs conviviaux sont agréables et vingt minutes plus tard, quand le repas est prêt, tout le monde a finalement retrouvé l'appétit. Il serait presque rassurant de voir Grammaticus en route vers l'ivresse, bien qu'il n'en soit encore qu'aux tout premiers stades. C'est à peu près au même moment, alors qu'ils s'attablent, que Henry apprend l'existence du poète Matthew Arnold, dont le poème « Dover Beach », récité par Daisy, figure dans toutes les anthologies et était autrefois enseigné dans les écoles.

« Comme votre "Mont Fuji" », dit Henry, remarque qui enchante Grammaticus et l'incite à se lever pour porter un toast. Il paraît d'humeur joyeuse, impression encore accentuée par son nez aussi rouge et volumineux que celui d'un clown. La soirée paraît reprendre son cours normal, car il brandit les épreuves reliées de *Mon vaisseau insolent*.

« Oubliez tout ce qui a pu se passer d'autre et buvons à la santé de Daisy, déclare-t-il. Ses poèmes marquent le début d'une brillante carrière, et je suis très fier d'être à la fois son grand-père et son dédicataire. Qui aurait cru que le fait d'apprendre des poèmes en échange d'un peu d'argent de poche se révélerait si fructueux ? Après cette soirée, je pense que je lui dois bien cinq livres de plus. À Daisy !

— À Daisy ! » répètent-ils en chœur, et tandis qu'ils lèvent leurs verres elle l'embrasse et il la serre contre lui — la réconciliation est scellée, « L'affaire Newdigate » oubliée.

Henry porte son verre à ses lèvres, mais découvre qu'il n'a plus de goût pour l'alcool. Au moment où Daisy et son grand-père s'asseyent, le téléphone sonne, et Perowne qui en est le plus près traverse la cuisine pour répondre. Dans son état second, il ne reconnaît pas aussitôt cette voix à l'accent américain.

« Henry ? C'est bien toi ?

— Ah, Jay ! Oui, c'est moi.

— Écoute. On a un hématome extra-dural, un homme

entre vingt et trente ans, tombé dans un escalier. Sally Madden est rentrée chez elle avec la grippe il y a une heure, alors je n'ai que Rodney sous la main. C'est un gosse compétent et motivé, et il ne veut pas qu'on te dérange. Mais il y a enfoncement de la boîte crânienne juste au-dessus des sinus. »

Perowne s'éclaircit la gorge. « Avec un œdème ?

— Au même endroit. Voilà pourquoi je préfère t'appeler. J'ai déjà vu des chirurgiens inexpérimentés déchirer un sinus en soulevant l'os, et on se retrouve avec quatre litres de sang par terre. Je veux quelqu'un de chevronné, et tu es le plus près d'ici. En plus, tu es le meilleur. »

À l'autre extrémité de la cuisine s'élèvent des rires sonores, délibérés, aussi exagérés qu'un peu plus tôt, presque stridents ; les convives ne feignent pas vraiment avoir oublié leur terreur — ils veulent juste lui survivre. Il y a d'autres chirurgiens que Jay peut appeler, et en principe Perowne évite d'opérer des gens qu'il connaît. Mais cette fois, c'est différent. Et malgré ses différents changements d'attitude à l'égard de Baxter, il sent poindre chez lui une certaine lucidité, voire une certaine détermination. Il croit savoir exactement ce qu'il va faire.

« Henry ? Tu es toujours là ?

— J'arrive. »

5

La famille de Perowne a l'habitude de ses départs impromptus en plein dîner — peut-être même y a-t-il dans ce cas précis quelque chose de rassurant, l'indice d'un retour à la normale, à l'entendre annoncer que l'hôpital vient d'appeler.

Il se penche vers Daisy et lui murmure à l'oreille : « On a encore beaucoup de choses à se dire. »

Sans se retourner, elle lui prend la main et la serre très fort. Il s'apprête à répéter à Theo, sans doute pour la troisième fois de la soirée : « Tu m'as sauvé la vie », mais se contente d'adresser un sourire complice à son fils en articulant silencieusement : « À bientôt. » Jamais Theo n'a paru si beau, si superbe qu'en cet instant. Ses bras nus et fermes sont posés sur la table ; avec ses yeux noisette au regard grave entre leurs cils recourbés, la perfection aveugle de ses cheveux, de sa peau, de ses dents, la droiture imperturbable de son dos, il rayonne dans la lumière tamisée de la cuisine. Il lève son verre — d'eau minérale — et dit : « Tu es vraiment d'attaque, papa ? »

Grammaticus ajoute : « Il a raison, vous savez. La soirée a été longue. Vous risquez de tuer un malheureux qui n'y est pour rien. » Avec sa crinière argentée en arrière et sa compresse sur le nez, il ressemble au lion rapiécé d'un livre pour enfants.

« Je vais très bien. »

Il est question que Theo monte chercher sa guitare acoustique pour interpréter « St James' Infirmary » avec son grand-père, car Grammaticus se sent d'humeur à imiter Doc Watson. Rosalind et Daisy veulent écouter l'enregistrement de « City Square », la nouvelle chanson de Theo. Une atmosphère anormalement festive règne autour de la table, un abandon absolu qui rappelle à Henry une sortie en famille au théâtre l'année précédente — une soirée d'atrocités sanglantes et stupéfiantes sur la scène du Royal Court. Pendant tout le dîner qui a suivi, ils ont échangé des souvenirs désopilants des vacances d'été en buvant plus que de raison.

Quand il quitte la pièce après avoir souhaité bonne soirée à tout le monde, Grammaticus lui lance : « On sera encore là quand vous reviendrez. »

Perowne sait que c'est peu probable, mais il acquiesce joyeusement de la tête. Seule Rosalind perçoit la tonalité plus sombre de son humeur. Elle se lève, le suit en haut de l'escalier, le regarde enfiler son manteau et chercher son portefeuille, ses clés.

« Pourquoi as-tu accepté, Henry ?

— C'est lui.

— Justement. Pourquoi avoir accepté ? »

Ils sont debout près de la porte d'entrée avec ses trois serrures et la lueur réconfortante du système d'alarme. Il embrasse Rosalind, qui l'attire à elle par le revers de son manteau et ils s'embrassent encore, plus longuement et plus fort. Un rappel, un retour à leurs ébats du matin, mais aussi une promesse : voilà comment doit se terminer une telle journée. Sa bouche a un goût salé qui lui donne envie d'elle. Enfoui sous son désir tel un bloc de granit au fond de l'océan, il y a l'épuisement. Mais dans des moments comme celui-ci, lorsqu'il part pour le bloc opératoire, sa conscience professionnelle prend le dessus sur toute autre préoccupation.

Alors qu'ils se séparent, il dit : « J'ai eu un accrochage en voiture avec lui ce matin.

— C'est ce que j'ai cru comprendre.

— Suivi d'un affrontement stupide sur le trottoir.

— Et alors ? Pourquoi l'opérer ? » Elle se lèche l'index — il se réjouit de cette occasion d'entrevoir sa langue — pour lui lisser les sourcils. De plus en plus broussailleux, avec çà et là un fil rebelle roux ou gris, voire franchement blanc, signe d'une production irrégulière de testostérone qui peut également faire pousser comme du chiendent les poils des oreilles et du nez. Le déclin se confirme.

« C'est à moi de régler cette affaire. Je me sens responsable. » En réponse au regard interrogateur de Rosalind, il ajoute : « Il a une maladie grave. Sans doute la chorée de Huntington.

— De toute évidence, il est aussi cinglé que sadique. Mais tu n'avais pas un peu bu en début de soirée, Henry ? Tu es vraiment en état d'opérer ?

— C'était il y a des heures. L'adrénaline m'aurait plutôt éclairci les idées. »

Elle tripote le revers de son manteau, le gardant près d'elle. Elle refuse de le laisser partir. Il la regarde tendrement, mais non sans étonnement, car l'épreuve qu'elle a subie ne remonte qu'à deux ou trois heures et déjà elle se montre égale à elle-même, toujours aussi curieuse de connaître les causes d'une décision inhabituelle et lui témoignant son amour à sa manière précise, exigeante, en bonne avocate. Il détourne le regard de la tuméfaction sur son cou.

« Et toi, ça va aller ? »

Les yeux baissés, elle met de l'ordre dans ses pensées. Lorsqu'elle relève la tête, il voit son reflet en miniature sur le disque noir de ses pupilles, enserré par une frange d'iris vert moyen.

« Je crois que oui, dit-elle. Écoute, ça m'inquiète que tu ailles là-bas.

— Comment ça ?

— Tu es sûr que tu n'as pas dans l'idée de faire le malin, d'exercer une sorte de vengeance ? Promets-le-moi.

— Évidemment que non. »

Il l'attire à lui et ils s'embrassent encore, et cette fois leurs langues se touchent, se caressent — promesse d'autre chose dans leur jargon secret. Vengeance. Il se demande s'il a jamais entendu ce mot dans sa bouche. À cause du léger essoufflement de Rosalind, le terme a quelque chose d'érotique. Qu'est-ce qui lui prend de quitter la maison ? Alors même qu'il se pose la question, il sait qu'il va y aller ; en surface, il se contente de suivre le mouvement — à l'heure qu'il est Jay Strauss et toute l'équipe doivent préparer le patient en salle d'anesthésie. Henry se voit déjà poussant de la main droite la porte à double battant des lavabos. En un certain sens, il est déjà parti, même s'il embrasse encore Rosalind. Il ferait bien de se dépêcher.

Il murmure : « Si j'avais mieux réagi ce matin, peut-être que rien de tout ça ne serait arrivé. Maintenant que Jay a fait appel à moi, je me sens obligé d'y aller. Et j'en ai envie. »

Elle le dévisage avec une pointe d'ironie, cherchant à évaluer ses intentions, son état d'esprit, la force du lien qui les unit à cet instant précis.

Parce qu'il est réellement impatient d'en savoir plus long, mais aussi pour changer de sujet, il dit : « Alors comme ça, on va bientôt être grands-parents. »

Rosalind a un sourire un peu triste. « Elle en est à treize semaines, et il paraît qu'elle est amoureuse. Giulio a vingt-deux ans, il vient de Rome et il étudie l'archéologie à Paris. Ses parents leur ont donné de quoi s'acheter un petit appartement. »

Henry se débat avec ses pensées de père jaloux, son indignation naissante envers cet Italien inconnu qui menace la paix et la cohésion de la famille, qui a insolemment déposé sa semence avant même de s'être laissé inspecter, jauger — où est-il à présent, par exemple ? Sans parler de son agacement à l'idée que la famille de ce garçon soit au courant avant celle de Daisy, que des mesures aient déjà été prises. Un petit appartement. Treize semaines. Perowne s'appuie de la main sur l'antique poignée de porte en cuivre. La grossesse de Daisy — le sujet oublié de la soirée — lui apparaît enfin en pleine lumière, à la fois une calamité, une injure et un gâchis, un problème trop énorme pour l'affronter ou le déplorer maintenant, alors qu'on l'attend à l'autre bout de la rue.

« Mon Dieu, quel désastre. Pourquoi elle ne nous a rien dit ? Est-ce qu'elle a envisagé une IVG ?

— Hors de question, apparemment. Chéri, ne va pas te mettre martel en tête juste avant d'opérer.

— Comment vont-ils s'en sortir ?

— Comme nous. »

Dans un éden de sexualité débridée et de pauvreté diplômée, se relayant auprès de Daisy bébé et menant de front, à force de nuits blanches, la préparation d'un diplôme de droit, puis l'entrée dans la carrière d'avocate, et les premières années de neurochirurgie. Il se revoit encore, après trente heures de garde, portant son vélo sur quatre étages dans une cage d'escalier en béton où résonnaient les pleurs d'un nourrisson insomniaque en train de faire ses dents. Ou encore dans ce deux pièces d'Archway Close, où il fallait replier la planche à repasser pour pouvoir faire l'amour tard le soir sur le sol du séjour, près du radiateur à gaz. Peut-être Rosalind lui a-t-elle rappelé cette époque pour l'attendrir. Il apprécie l'effort, mais il est néanmoins troublé. Que va devenir Daisy Perowne, le poète ? Rosalind et lui jonglaient avec leurs emplois du temps et partageaient toutes les tâches ménagères. Les hommes italiens, en revanche, sont d'éternels enfants, qui comptent sur leur femme pour remplacer leur mère, repasser leurs chemises et les obliger à changer de sous-vêtements. Ce Giulio irresponsable risque d'anéantir les espoirs de sa fille.

Henry s'aperçoit qu'il serre le poing. Il se détend et dit hypocritement : « Je n'arrive pas à réaliser.

— C'est vrai. Comme nous tous.

— Il faut que j'y aille. »

Ils s'embrassent une dernière fois, plus chastement, avec toute la retenue d'un adieu.

Quand il ouvre la porte, Rosalind revient à la charge : « Ça m'inquiète vraiment de te laisser partir. Dans cet état d'esprit, je veux dire. Pas d'initiative inconsidérée, promets-le-moi. »

Il lui tapote le bras. « Promis. »

Alors que la porte se referme derrière lui et qu'il s'éloigne de la maison, il prend un plaisir vivifiant à respirer l'air froid et humide de la nuit, à marcher d'un pas décidé et, force est de l'admettre, à se retrouver seul quelques instants. Si seulement l'hôpital était un peu plus loin. D'instinct, il rallonge le trajet en traversant la place au lieu de passer par Warren Street. Les quelques flocons qui volaient plus tôt ont disparu et il a plu au cours de la soirée : dalles et caniveaux pavés étincellent sous la lumière blanche des lampadaires. Des nuages bas et sombres effleurent le sommet de la Post Office Tower. Tout est désert, ce dont il se félicite également. Tandis qu'il longe sans s'attarder les hautes grilles à l'est du square, sous les platanes aux branches nues qui bruissent dans le vent, la place vide se réduit à son immensité et à la simplicité de ses lignes architecturales, de ses formes blanches et solennelles.

Il s'efforce d'oublier ce Giulio. Il préfère penser à Rome où il a participé à un symposium de neurochirurgie deux ans plus tôt, dans un bâtiment surplombant le Campo dei Fiori. C'est le maire en personne, Walter Veltroni, homme paisible et civilisé, passionné de jazz, qui a ouvert la manifestation. Le lendemain, en l'honneur des participants on a ouvert la Domus Aurea, palais de Néron en grande partie fermé au public, pour une visite privée sous la conduite de Veltroni accompagné de divers conservateurs. À la grande déception de Perowne qui ignorait tout de l'Antiquité romaine, c'était apparemment un site souterrain, avec pour seul accès un trou à flanc de colline derrière une grille. Pas vraiment l'idée qu'il se faisait d'un palais. On les guida le long d'un tunnel sentant la terre et seulement éclairé par des ampoules électriques. De part et d'autre, dans des salles sombres, des travaux de restauration étaient en cours sur des fragments de carrelages muraux. Un conservateur donna quelques explications — trois cents pièces de marbre blanc, des fresques, des mosaïques sophistiquées, des bassins, des fontaines et des bibelots en ivoire, mais pas de cuisines, de salles de bains ni de toilettes. Enfin les neurochirurgiens pénétrèrent dans un décor de rêve — des galeries entièrement couvertes de frises compliquées, de peintures de fleurs et d'oiseaux. Ils virent des salles dont les fresques, longtemps dissimulées sous une couche de crasse et de moisissure, venaient de revoir le jour. Le palais était resté oublié sous les décombres durant cinq siècles, jusqu'au début de la Renaissance. Depuis vingt ans il était fermé pour restauration, et avait été partiellement rouvert lors des célébrations du millénaire de Rome. Un conservateur désigna un trou irrégulier au-dessus de leur tête dans l'immense voûte du plafond. C'était par là que les voleurs du quinzième siècle entraient pour dérober les feuilles d'or qui tapissaient les murs. Plus tard, Raphaël et Michel-Ange en personne étaient descendus à l'aide de cordes ; émerveillés, ils avaient recopié les dessins et peintures à la lumière de leurs torches. Leur œuvre fut profondément influencée par ces incursions. Par l'intermédiaire de son interprète, Signor Veltroni proposa une image de nature à frapper l'imaginaire de ses hôtes : les deux artistes avaient trépané ce crâne de brique pour découvrir l'âme de la Rome antique.

Perowne quitte la place, continue vers l'est, traverse Tottenham Court Road et se dirige vers Gower Street. Si seulement le maire de Rome avait raison, et qu'une trépanation puisse offrir à la vue non pas le cerveau, mais l'âme. Alors en moins d'une heure, lui, Perowne, en saurait bien plus long sur Baxter ; et après toute une vie passée à opérer, il serait l'un des hommes les plus sages que la terre ait portés. Assez sage pour comprendre Daisy ? Il ne réussit pas à éviter le sujet. Il refuse l'idée qu'elle ait pu vouloir cette grossesse, mais dans son intérêt, il doit se montrer optimiste et généreux. Peut-être ce Giulio romain ressemble-t-il aux admirables chercheurs en bleu de chauffe qu'il a vus dépoussiérer, brosse à dents à la main, les mosaïques dans la pénombre des salles de la Domus Aurea — l'archéologie est une profession honorable. Il est de son devoir, se dit Henry, d'essayer d'aimer le père de son futur petit-enfant. Ce spoliateur. Le jour où il condescendra enfin à leur rendre visite, le jeune Giulio devra déployer tout le charme de son pays natal.

Dans Gower Street, les équipes de nettoyage sont encore au travail pour effacer les traces de la manifestation. À moins qu'elles viennent seulement de commencer. Alimentés par des groupes électrogènes, les projecteurs de camions bruyants illuminent des monceaux de nourriture, d'emballages plastique et de banderoles abandonnées que des hommes en tenue jaune et orange poussent devant eux avec de larges balais. À l'aide de pelles, leurs collègues chargent les ordures dans les bennes. L'État n'est pas regardant, à la fois prêt à faire la guerre et à nettoyer derrière les protestataires. Ces immondices présentent d'ailleurs un certain intérêt archéologique — une pancarte « Pas en mon nom ! » au support cassé gît parmi les gobelets en polystyrène, les hamburgers abandonnés et les tracts immaculés de l'Association des musulmans britanniques. Sur un tas qu'il contourne, une part de pizza avec des morceaux d'ananas voisine avec des canettes de bière à motif écossais, un blouson en jean, des briques de lait vides et trois boîtes de maïs doux non ouvertes. Le moindre détail l'angoisse, ces boîtes aux bords étincelants semblent à l'étroit, prêtes à faire exploser le plastique. Il doit encore être en état de choc. Parmi les employés municipaux, il reconnaît celui qui balayait le trottoir de Warren Street ce matin : toute une journée derrière un balai, à laquelle viennent s'ajouter, pour cause de tensions internationales, de longues heures supplémentaires.

À l'entrée de l'hôpital, c'est l'affluence habituelle du

samedi soir et deux agents de sécurité montent la garde devant les portes à double battant. Comme toujours des gens émergent tant bien que mal des brumes de l'alcool et se rappellent vaguement avoir vu un ami partir en ambulance. Ils retrouvent l'hôpital, pas toujours le bon, et veulent à toute force rendre visite à l'ami en question. Les agents de sécurité ont pour tâche d'écarter les fauteurs de troubles, les goujats et les demeurés, les individus susceptibles de vomir dans la salle d'attente ou de s'en prendre aux représentants de l'autorité, une infirmière philippine toute menue ou une jeune interne épuisée à la fin de sa garde. Ils doivent aussi refouler les sans-abri à la recherche d'un banc ou de quelques mètres carrés à même le sol pour dormir au chaud. L'échantillon de population qui échoue à l'hôpital tard le soir un week-end n'est souvent ni poli, ni aimable, ni reconnaissant. Henry ne l'a pas oublié, travailler aux urgences est une leçon de misanthropie. Autrefois pochards et clochards étaient tolérés, ils avaient même leur petit territoire à eux, mais ces dernières années le vent a tourné, comme on dit. Le personnel soignant en a assez. Il réclame une protection. Ivrognes et grossiers personnages sont jetés dehors par des hommes qui ont travaillé comme videurs et ne s'embarrassent pas d'états d'âme. Encore une importation américaine, pas foncièrement mauvaise, d'ailleurs — la tolérance zéro. À ceci près qu'on risque toujours d'éjecter quelqu'un ayant réellement besoin de soins : les symptômes d'un traumatisme crânien, comme ceux d'une septicémie ou d'une hypoglycémie peuvent être mis à tort sur le compte de l'ébriété.

Perowne se fraie un passage au milieu du petit groupe de visiteurs. Lorsqu'il arrive devant la première porte, les agents, Mitch et Tony, tous deux antillais, le reconnaissent et le laissent entrer.

« Comment va ? »

Tony, dont la femme est morte d'un cancer l'an passé et qui envisage de suivre une formation d'ambulancier, répond : « C'est calme, vous savez, enfin, relativement.

— Oui, dit Mitch. Ce soir, c'est une émeute calme. »

Les deux hommes pouffent de rire et Mitch ajoute : « Au fait, monsieur Perowne, tous les chirurgiens raisonnables ont la grippe.

— Mais moi je ne suis pas raisonnable, dit Henry. On a un hématome extra-dural.

— On a vu ça.

— Oui. Vous feriez mieux d'y aller, monsieur Perowne. »

Au lieu de se diriger vers l'ascenseur principal, il fait pourtant un rapide détour par la salle d'attente au cas où Jay, ou Rodney, serait descendu traiter un autre patient en l'attendant. La zone avec les bancs réservés au public est silencieuse, mais cette longue pièce donne une impression de désertion, d'épuisement comme à la fin d'une fête réussie. L'air est moite et sucré. Il y a des canettes de soda par terre, une chaussette oubliée parmi les emballages des barres chocolatées du distributeur. Une jeune fille enlace son petit ami qui est plié en deux, la tête sur les cuisses. Une vieille dame au sourire figé attend patiemment avec ses béquilles sur les genoux. Un ou deux patients fixent le sol, un autre est allongé de tout son long sur un banc, profondément endormi, la tête sous sa veste. Perowne dépasse les box d'examen pour rejoindre la salle de soins où une équipe s'occupe d'un homme dont le cou saigne abondamment. Un peu plus loin, dans le bureau qui jouxte la salle de garde, il aperçoit Fares, l'infirmier en chef qu'il a prévenu par téléphone.

À l'approche de Perowne, Fares lui lance : « Ah oui !

L'ami au sujet duquel vous m'avez appelé. Pas de fracture du rachis. Le scanner montre un hématome extra-dural bilatéral sans doute causé par un enfoncement de la boîte crânienne. Le coma s'est aggravé, alors on a posé une voie intraveineuse. On a monté le patient au bloc il y a une demi-heure. »

D'après les radios des cervicales — le premier examen pratiqué —, aucune complication respiratoire n'est à craindre. En revanche l'état de conscience de Baxter s'est dégradé — mauvais signe. On a demandé à un anesthésiste — sans doute l'interne de Jay — de le préparer pour une intervention en urgence, ce qui aura nécessité, entre autres, un lavage d'estomac.

« Où en est le coma ?

— Stade II. Stade I à l'arrivée. »

Quelqu'un appelle Fares dans la salle de soins et pour s'excuser, il dit en partant : « Bagarre entre ivrognes dans une file d'attente à un arrêt de bus. Au fait, monsieur Perowne. Deux policiers sont montés avec votre ami. »

Perowne prend l'ascenseur jusqu'au troisième étage. Dès qu'il se retrouve sur l'immense palier devant la porte à double battant du service de neurochirurgie, il se sent mieux. Il est chez lui. Même s'il arrive que les choses tournent mal, il maîtrise la situation, il a les ressources nécessaires, tout est sous contrôle. La porte est fermée à clé. Jetant un coup d'œil par la vitre, il ne voit personne. Plutôt que de sonner, il emprunte un long couloir qui mène à l'unité de soins intensifs. Il aime cet endroit tard le soir — la lumière douce, le silence omniprésent, vigilant, le calme solennel des quelques infirmières de garde. Il longe l'allée entre les deux rangées de lits, au milieu des lumières clignotantes et du bip des monitorings. Aucun de ces patients n'est le sien. Maintenant qu'Andrea Chapman a quitté l'unité, tous ceux inscrits sur la liste d'opérations d'hier ont réintégré leur chambre. Un motif de satisfaction. Le palier à l'extérieur de l'unité semble étrangement vide. L'habituel embouteillage de chariots a disparu — demain il réapparaîtra en même temps que l'agitation propre à ce lieu, la sonnerie constante du téléphone, les brancardiers toujours dans le passage. Plutôt que d'appeler Rodney ou Jay au bloc opératoire, et pour gagner du temps, il va directement dans les vestiaires.

Il tape un code sur la serrure et pénètre dans une saleté et un désordre familiers, forme spécifiquement masculine de porcherie plutôt évocatrice d'une bande de jeunes délinquants livrés à eux-mêmes. Il ouvre son casier avec une clé et se déshabille aussitôt. Lily Perowne aurait été horrifiée — le sol est jonché de tenues vertes, certaines propres, d'autres non, de films plastique dans lesquels elles étaient emballées, de chaussures de sport, d'un pull informe et d'un jean ; en haut des casiers plusieurs canettes de Coca, un vieux cadre de raquette de tennis et deux cannes à pêche incomplètes attendent depuis des mois. Scotchée au mur, une note tapée sur ordinateur demande sèchement : « Serait-il possible d'évacuer au fur et à mesure tenues chirurgicales et serviettes ? » Juste en dessous un plaisantin a écrit : « Non. » Une seconde note, plus officielle, recommande : « Mettez vos objets de valeur en lieu sûr. » Auparavant, une pancarte sur la porte des toilettes rappelait : « Relever l'abattant S.V.P. » Elle a été remplacée par une autre, plus résignée : « Pour toute réclamation sur l'état des W.-C. appeler le poste 4040. » Un patient devant subir une intervention chirurgicale ne serait pas rassuré à la vue des rangées de sabots blancs avec leurs taches jaunes, rouges ou brunes, leurs gouttelettes de sang coagulé, et le nom ou les initiales de leur propriétaire maladroitement inscrits au stylo-bille. On peut avoir la mauvaise surprise, quand on est pressé, de ne pas trouver les deux sabots d'une même paire. Henry laisse toujours les siens dans son casier. Il prend sur la pile une tenue, veste et pantalon, l'enfile et met un point d'honneur à jeter le film plastique dans la poubelle. Malgré le chaos environnant, ces gestes l'apaisent, comme une gymnastique intellectuelle avant une partie d'échecs. Près de la porte il prend une coiffe chirurgicale sur une autre pile, et l'attache sur sa nuque en longeant le couloir désert.

Il entre dans le bloc par la salle d'anesthésie. Assis près de leur appareil, Jay Strauss et son interne — Gita Syal — l'attendent. Autour de la table d'opération se trouvent Emily l'infirmière, Joan l'aide-soignante, et Rodney — qui a l'air sur le point d'être mis à la torture. D'expérience, Perowne connaît le sentiment de culpabilité éprouvé par un interne dont le chef de clinique doit se déplacer, même en cas d'obligation absolue. Cette fois, la décision ne vient même pas de Rodney. Jay Strauss a pris les devants. L'interne doit en vouloir à Jay de lui avoir coupé l'herbe sous le pied. Sur la table, dissimulé par des champs stériles, Baxter est allongé à plat ventre. On ne voit de lui que l'arrière de son crâne rasé jusqu'au vertex, le sommet de la tête. Une fois le patient ainsi recouvert, tout sens de son individualité, de sa singularité disparaît du bloc opératoire. Tel est le pouvoir de la vue. Il ne reste de lui que ce morceau de crâne, théâtre des opérations.

Un certain ennui plane sur la pièce, l'impression que tous les sujets de conversation habituels ont été épuisés. À moins que Jay ne vienne de disserter sur la nécessité de la guerre à venir. Rodney n'aura pas osé exprimer ses opinions pacifistes, de peur de s'attirer les foudres de l'anesthésiste.

« Vingt-cinq minutes. Pas si mal, chef », dit Jay.

Henry salue de la main et fait signe à son interne de le rejoindre devant l'écran lumineux où sont exposés les clichés du scanner. Sur la première planche, seize images, seize coupes transversales du cerveau de Baxter. Le caillot, coincé entre le crâne et sa solide membrane intérieure, la dure-mère, trône au milieu du sillon séparant les deux hémisphères cérébraux. Situé à environ cinq centimètres du vertex, il est de bonne taille, presque circulaire, et apparaît tout blanc sur l'écran, avec des contours d'une netteté édifiante. La fracture, bien visible elle aussi et longue d'une quinzaine de centimètres, semble perpendiculaire au sillon interhémisphérique. En son centre, au niveau du sillon, on distingue l'os fissuré correspondant à un enfoncement partiel de la boîte crânienne. Juste en dessous, au ras des arêtes tranchantes de l'os qui se chevauchent comme des plaques tectoniques, passe le sinus sagittal supérieur, principal vaisseau drainant le sang du cerveau. Il longe le repli formé par la dure-mère entre les deux hémisphères — la faux du cerveau, au fond de laquelle il est douillettement installé. Il charrie plusieurs centaines de millilitres par minute et un chirurgien peut facilement le déchirer en réduisant la fracture. L'hémorragie spectaculaire qui s'ensuit rend toute intervention difficile. Le genre de circonstances où un interne de deuxième année risque de paniquer, et la raison pour laquelle Jay Strauss a préféré faire appel à Henry.

Tout en examinant les clichés du scanner, celui-ci demande à Rodney : « Dites-moi tout sur ce patient. »

Rodney s'éclaircit la voix. Son élocution paraît laborieuse. « Sexe masculin, entre vingt et trente ans, chute dans un escalier il y a trois heures environ. Arrivé aux urgences dans un coma léger, il est passé en stade II. Traumatisme crânien, aucune autre blessure apparente. Radios du rachis normales. Un scanner a été pratiqué, la pose d'une voie intraveineuse demandée, et il a été monté au bloc. »

Perowne jette un coup d'œil par-dessus son épaule aux moniteurs de l'appareil d'anesthésie. Rythme cardiaque de Baxter : quatre-vingt-cinq. Tension artérielle : treize neuf.

« Et les résultats du scanner ? »

Rodney hésite, semblant se demander s'il n'y a pas un piège, un détail qu'il aurait oublié et qui pourrait encore accroître son humiliation. C'est un grand gaillard périodiquement sujet, de manière attendrissante, au mal du pays. Il regrette sa Guyane natale où il espère pouvoir un jour créer un service spécialisé dans les traumatismes crâniens. Il avait l'ambition de devenir joueur professionnel de rugby jusqu'à ce que la médecine et la neurochirurgie en décident autrement. Avec son visage souriant et intelligent, il paraît que les filles l'adorent et qu'il en profite. Perowne pense qu'il réussira dans la vie.

« Enfoncement frontal de la boîte crânienne, hématome à la fois extra-dural et... » — Rodney désigne un cliché au milieu de la planche, puis une petite masse blanche en forme de virgule — « sous-dural. »

Il a donc repéré cette légère anomalie, un caillot sous la dure-mère en plus de l'hématome principal, situé au-dessus.

« Très bien », murmure Perowne, et grâce à ces deux mots la soirée de Rodney est sauvée. Il y a toutefois une troisième anomalie, qui aura échappé à l'interne. Avec les progrès de la médecine, certains indices permettant d'établir un diagnostic sont négligés par les jeunes médecins. Sur un cliché tout en haut de la planche, le noyau caudé de Baxter ne présente ni d'un côté ni de l'autre la convexité habituelle, le renflement normal à l'intérieur de la corne frontale des ventricules latéraux. Avant la découverte des tests ADN, ce rétrécissement venait confirmer qu'on était bien en présence de la maladie de Huntington. Henry n'a pas douté un seul instant qu'il avait raison, mais cette preuve objective apporte une satisfaction supplémentaire, quoique peu réjouissante.

« On a du sang ? demande Henry à Jay.

— Il y en a des litres au réfrigérateur, répond Gita Syal.

— La circulation sanguine du patient est stable ?

— Rien à signaler du côté de la tension artérielle ni du rythme cardiaque. Le bilan sanguin préopératoire est normal, la tension artérielle pulmonaire aussi, dit Jay. On est parés, patron. »

Perowne jette un coup d'œil au crâne de Baxter pour vérifier que Rodney l'a rasé au bon endroit. La plaie du cuir chevelu est propre et nette — un mur, une plinthe et un palier dallé au lieu de la terre et des graviers qu'on retrouve dans les blessures après un accident de la circulation — et elle a été recousue aux urgences. Même sans y toucher, il remarque le gonflement au sommet du crâne de son patient — le sang s'accumule entre l'os et le cuir chevelu.

Satisfait du travail de son interne, il lui dit avant de quitter la pièce : « Enlevez les points de suture pendant que je vais me laver les mains. » Henry s'arrête dans un recoin et choisit un morceau de musique pour piano. *Les Variations Goldberg.* Il dispose de quatre enregistrements, mais à la version très personnelle de Glenn Gould, il préfère le jeu réfléchi et le toucher soyeux d'Angela Hewitt, avec toutes les reprises.

Moins de cinq minutes plus tard, revêtu d'une longue blouse jetable, masque et gants enfilés, il est de retour devant la table d'opération. De la tête, il fait signe à Gita de mettre en route le lecteur de CD. Sur le chariot en inox qu'Emily a placé près de lui, il prend une éponge à l'aide d'une pince et la trempe dans un bol de Betadine. Tendre et mélancolique, l'aria se répand doucement après un semblant d'hésitation, faisant paraître le bloc opératoire encore plus spacieux. Dès la première touche de jaune d'or sur la peau pâle, un contentement familier gagne Henry : le plaisir de savoir exactement ce qu'il fait, de voir les instruments alignés sur le chariot, d'être entouré de son équipe dans le silence feutré du bloc — seulement troublé par le murmure de la climatisation et le sifflement du masque à oxygène de Baxter invisible sous les champs stériles —, de baigner dans la clarté des scialytiques. C'est un rappel de l'enfance, de la fascination exercée par le huis clos des jeux de société.

Il pose la pince et dit : « Anesthésie locale. »

Emily lui tend la seringue hypodermique qu'elle a préparée. Rapidement, il pratique plusieurs injections le long de la plaie et au-delà. Ce n'est pas absolument nécessaire, mais l'adrénaline contenue dans la procaïne contribue à limiter les saignements. À chaque emplacement, une bosse se forme immédiatement sur le cuir chevelu. Il pose la seringue et présente sa paume ouverte. Nul besoin de demander — Emily approche de sa main le bistouri au poids rassurant. Il agrandit la plaie de plusieurs centimètres et l'approfondit. À côté de lui, Rodney cautérise deux ou trois saignements. Chaque fois un bip retentit et un filet de fumée grisâtre s'élève, accompagné d'une odeur âcre de chair brûlée. Malgré sa carrure, Rodney réussit à ne pas gêner son chef de clinique et pose de part et d'autre de l'incision les petits clips bleus qui vont interrompre la circulation sanguine.

Perowne réclame le premier grand écarteur et le met en place. Il laisse Rodney installer le second — l'immense entaille s'ouvre maintenant comme une bouche béante, découvrant le crâne et l'étendue des dégâts.

La fracture est presque horizontale. Du sang grumeleux filtre au milieu. Une fois que Rodney a nettoyé la zone avec du sérum physiologique et l'a séchée, on voit une fissure d'environ deux millimètres dans l'os — elle rappelle la faille d'un tremblement de terre vue d'avion, ou les craquelures du lit d'une rivière à sec. L'enfoncement de la boîte crânienne se présente sous la forme de deux fragments d'os qui se chevauchent, avec trois autres petites fissures en étoile. Il ne sera pas nécessaire de percer un trou de trépan. Perowne pourra glisser la lame de la scie chirurgicale dans la grande fissure.

Emily lui présente la scie, mais le support ne lui convient pas — il a l'air bancal. Joan file chercher une autre scie dans la salle de préparation. Celle-là donne satisfaction, et pendant que Joan la sort de son emballage stérile et l'ajuste, Perowne explique à Rodney : « On va ouvrir un volet circulaire autour de l'enfoncement pour pouvoir vérifier l'état du sinus. »

À en croire la rumeur, personne n'ouvre un crâne plus vite que Henry Perowne. Cette fois il va encore plus vite que d'habitude car la dure-mère ne craint rien — le caillot la comprime, l'éloignant de la boîte crânienne. Rodney a beau se pencher avec sa seringue de Dakin pour inonder la lame, une odeur d'os brûlé envahit le bloc opératoire. Henry la retrouve parfois jusque dans les plis de ses vêtements lorsqu'il se déshabille à la fin d'une journée chargée. Impossible d'échanger une parole à cause de la plainte aiguë de la scie chirurgicale. Du regard, il indique à Rodney d'observer attentivement. Il faut guider avec un soin particulier la scie au-dessus du sillon inter-hémisphérique. Il ralentit, incline le support vers le haut — sinon la lame risque de se bloquer et de perforer le sinus. À se demander comment le cerveau peut être abîmé ailleurs qu'en salle d'opération, tant l'os qui le protège est épais. Enfin Perowne achève de découper un ovale complet à l'arrière du crâne de Baxter. Avant de l'enlever, il examine les fragments d'os autour de l'enfoncement. Il demande une pince à dissection, puis les soulève doucement. Ils n'offrent aucune résistance et il les dépose dans le ravier rempli de Betadine que lui tend Emily.

Toujours avec la même pince, il détache de la boîte crânienne le volet ovale comme s'il ouvrait une noix de coco, et il l'ajoute aux autres fragments dans le ravier. L'hématome est bien visible, d'un rouge sombre tirant sur le noir et de la consistance d'une confiture gélifiée. Ou de celle d'un placenta, se dit souvent Perowne. Mais tout autour, le sang coule librement maintenant que la pression exercée par l'os a disparu. Il ruisselle de la tête de Baxter sur les champs stériles et dégouline par terre.

« Redresse la table. Le plus possible », ordonne Henry à Jay. Si la source du saignement est plus haute que le cœur, le sang s'écoulera plus lentement. La table s'élève, Henry et Rodney avancent d'un pas dans la mare de sang à leurs pieds, et ensemble ils évacuent l'hématome à l'aide d'une pince Adson et d'un aspirateur. Après avoir irrigué la zone, ils découvrent enfin une déchirure du sinus, longue d'un demi-centimètre environ. L'emplacement du volet était parfait — la blessure se trouve en plein milieu. Un flot de sang les empêche aussitôt de voir quoi que ce soit. Un éclat d'os a dû perforer le vaisseau. Pendant que Rodney maintient l'aspirateur en place, Perowne dispose une suture chirurgicale sur la déchirure, la recouvre d'une compresse et fait signe à Rodney d'appuyer dessus avec son index.

« On a perdu beaucoup de sang ? » demande-t-il à Jay.

Il entend Jay interroger Joan sur le débit de la perfusion. À eux deux ils font le calcul.

« Deux litres et demi », répond calmement l'anesthésiste.

Avant même que Perowne lui demande une rugine à périoste, Emily la lui met dans la main. Il repère une portion de crâne à la fois intacte et accessible, et à l'aide de la rugine — sorte de racloir — il prélève deux longues lamelles de péricrâne, la membrane fibreuse qui recouvre l'os. Rodney retire la compresse et s'apprête à faire de même avec la suture, mais Perowne secoue la tête. Un nouveau caillot est peut-être en train de se former et il ne veut pas y toucher. Il pose délicatement la première lamelle de périoste sur la suture, ajoute une seconde suture, puis la seconde lamelle de périoste, et recouvre le tout d'une compresse. L'index de Rodney reprend sa place. Perowne rince à nouveau toute la zone avec du sérum physiologique et attend. La dure-mère opaque reste d'un bleu laiteux. L'hémorragie a cessé.

Ils ne peuvent pas refermer pour autant. Perowne saisit un scalpel, pratique une petite incision dans la dure-mère, l'élargit un peu et regarde à l'intérieur. La surface du cerveau de Baxter est bel et bien cachée par un caillot, moins important que le précédent. Il agrandit l'incision et Rodney écarte les bords de la dure-mère à l'aide d'agrafes. Perowne se félicite de la rapidité d'exécution de son interne. Rodney évacue le sang coagulé avec l'Adson. Ils rincent la plaie au sérum physiologique, aspirent et attendent pour voir si le saignement reprend — Perowne soupçonne une des granulations arachnoïdiennes d'en être la cause. Rien ne se passe, mais par sécurité, il préfère patienter encore quelques minutes avant de refermer.

Dans l'intervalle, Rodney va s'asseoir à une table près de la porte de la salle de préparation pour boire une bouteille d'eau. Emily range le plateau d'instruments, Joan nettoie la mare de sang sur le sol.

Jay interrompt une conversation à voix basse avec son interne et dit à Perowne : « Pour nous, ça va. »

Henry reste près de la table d'opération. Même s'il entendait la musique, c'est maintenant seulement qu'il lui prête une réelle attention. Une bonne heure s'est écoulée, et Hewitt en est déjà à la dernière *Variation* — au quodlibet tonitruant et malicieux, voire paillard avec ses échos de chansons à boire de noces paysannes. Les derniers accords s'estompent et c'est le retour de l'aria, identique sur le papier, mais transformée par toutes les variations qui ont précédé, toujours tendre, mais résignée, plus triste, les notes flottant dans l'air comme si elles venaient de loin, d'un autre monde, et s'amplifiant doucement. Henry baisse les yeux et contemple une portion du cerveau de Baxter. Il peut aisément se convaincre que c'est un territoire familier, sorte de patrie avec ses collines et ses vallées encaissées, chacune ayant un nom et une fonction précise qu'il connaît aussi bien que sa propre maison. Juste à gauche du sillon inter-hémisphérique, disparaissant littéralement à la vue sous l'os, se trouvent les nerfs moteurs. Derrière, sur un axe parallèle, les nerfs sensitifs. Si faciles à endommager, et avec des conséquences si épouvantables sur toute une vie. Combien de temps il a passé à chercher des accès évitant ces zones comme les quartiers dangereux d'une ville américaine ! Cette familiarité lui fait oublier quotidiennement l'étendue de son ignorance et celle du monde en général. Malgré les avancées récentes, on ignore toujours comment ce kilo de cellules si bien protégé encode des informations, stocke des expériences, des souvenirs, des rêves et des intentions. Henry ne doute pas que dans les prochaines années, mais peut-être pas de son vivant, ces mécanismes d'encodage seront décryptés. Tout comme les codes chiffrés de la naissance de la vie contenus dans l'ADN, le secret du cerveau sera tôt ou tard percé à jour. Et pourtant on continuera de s'émerveiller à l'idée qu'une simple masse humide puisse donner, grâce à ce fabuleux cinéma intérieur de pensées, d'images, de sons et de perceptions tactiles l'illusion trompeuse d'un présent immédiat au centre duquel un moi, autre illusion brillamment fabriquée de toutes pièces, flotte comme un fantôme. Pourra-t-on jamais expliquer comment la matière a accédé à la conscience ? Il n'arrive même pas à imaginer une réponse satisfaisante, mais il sait qu'elle viendra, que le cerveau livrera son secret — au fil des décennies, tant qu'il y aura des chercheurs et des institutions, les explications s'affineront jusqu'à devenir des vérités irréfutables sur la conscience. On y est presque, les recherches sont déjà en cours dans des laboratoires pas très loin de ce bloc opératoire, et le voyage ira jusqu'à son terme, Henry en a la certitude. C'est la seule forme de foi qui lui reste. Il y a de la grandeur dans cette conception de la vie.

Personne d'autre dans le bloc ne sait que le cerveau de Baxter est atteint de troubles incurables. Les nerfs moteurs que contemple Henry à cet instant précis sont déjà abîmés par la maladie, vraisemblablement par une détérioration de la région du noyau caudé dans les profondeurs de l'encéphale. Henry pose l'index à la surface du cortex de Baxter. Il lui arrive de palper un cerveau avant d'opérer une tumeur, pour en tester la consistance. Quel merveilleux conte de fées que ce rêve, compréhensible et humain, de la main qui guérit ! Si la caresse d'un index suffisait à soigner, il ferait le geste d'emblée. Malheureusement les limites de son art, de la neurochirurgie en l'état actuel des connaissances sont claires : face à ces codes sibyllins, à ces circuits denses et complexes, ses confrères et lui n'ont que des bricolages sophistiqués à offrir.

À la lumière crue du bloc, le cerveau irréparable de Baxter est resté plusieurs minutes immaculé — nulle trace de saignement à la hauteur de la granulation arachnoïdienne.

Perowne fait un signe de tête à Rodney. « Ça paraît en bonne voie. Vous pouvez refermer. »

Parce qu'il a donné toute satisfaction, et pour le consoler du tour pris par cette soirée, Perowne laisse l'initiative à son interne. Rodney recoud la dure-mère avec du fil violet — du Vicryl 3-0 — et insère le drain extra-dural. Il replace le volet ainsi que les deux autres fragments d'os. Puis il perce plusieurs trous dans la boîte crânienne pour visser les plaques de titane qui vont retenir le volet. Cette partie du crâne de Baxter ressemble désormais à un pavage loufoque ou à la tête d'une poupée en porcelaine maladroitement réparée. Rodney insère maintenant le drain sous-cutané et entreprend de recoudre le cuir chevelu avec du Vicryl 2-0 et quelques agrafes. Perowne demande à Gita de lui mettre l'*Adagio pour cordes* de Barber. La radio a beau l'avoir diffusé en boucle ces dernières années, Henry aime parfois l'écouter à la fin d'une opération. Cette musique langoureuse et méditative suggère un aboutissement obtenu au prix de longs efforts.

Rodney badigeonne de chlorhexidine la blessure et ses abords, puis la recouvre d'une petite compresse. À ce stade, Perowne intervient — il préfère effectuer lui-même le pansement. Il retire une à une les vis du clamp qui immobilisait le crâne. Il prend trois grandes compresses de gaze ouvertes et les pose à plat sur la tête de Baxter. Il en déplie deux autres en travers. Tout en maintenant de la main gauche les cinq compresses, il commence à entourer d'une longue bande de crêpe le crâne de Baxter qu'il a calé contre sa taille. Il est difficile, physiquement et techniquement, d'éviter les deux drains et d'empêcher la tête de retomber. Une fois le bandage posé, toute l'équipe présente dans le bloc converge vers Baxter — c'est le moment où le patient retrouve son identité, où il reprend possession de la portion de cerveau brutalement exposée aux yeux de tous. Ce dévoilement marque un retour à la vie, et s'il n'y avait pas assisté des centaines de fois, Henry pourrait presque se laisser attendrir. Pendant qu'Emily et Joan débarrassent les jambes et le torse de Baxter des champs stériles, Rodney vérifie que les drains et les cathéters sont toujours en place. Gita retire les compresses recouvrant les yeux du patient. Jay détache la couverture chauffante qui lui entourait les jambes. De son côté, Henry lui soutient la tête à deux mains. Son corps inerte dans la blouse d'hôpital paraît petit sur la table d'opération. Empreints de sérénité, les derniers accords de l'orchestre à cordes semblent s'adresser uniquement à Baxter. Joan déroule sur lui une couverture. En veillant à ne pas emmêler les drains, ils le remettent sur le dos. Rodney fixe un support capitonné à l'extrémité de la table et Henry y dépose la tête de Baxter.

« Tu veux que je le laisse sous sédatifs jusqu'à demain ? demande Jay.

— Non, répond Henry. Réveillons-le. »

L'anesthésiste va progressivement amener Baxter — en diminuant les drogues injectées — à respirer sans masque à oxygène. Pour assurer la transition, Jay Strauss tient au creux de sa main un petit sac noir, le sac-réservoir, par lequel va passer le souffle de Baxter. Il préfère se fier à son toucher plutôt qu'aux nombreux dispositifs électroniques de l'appareil d'anesthésie. Perowne enlève ses gants de latex et les lance rituellement à travers la pièce en direction de la poubelle. Il met dans le mille — c'est bon signe.

Il ôte sa blouse jetable et la fourre elle aussi dans la poubelle, puis, toujours avec sa coiffe sur la tête, il va chercher à l'autre bout du couloir un formulaire pour rédiger son compte rendu d'intervention. Devant le bureau il tombe sur les deux policiers qui attendent, et les informe que Baxter sera transféré dans moins de dix minutes en unité de soins intensifs. À son retour, l'atmosphère a changé dans le bloc opératoire. De la musique country — davantage du goût de Jay — a remplacé Samuel Barber. Emmylou Harris chante « Boulder to Birmingham ». Joan et Emily discutent du mariage d'une amie en nettoyant la pièce — la nuit, cette tâche ingrate incombe aux infirmières et aides-soignantes du bloc. Les deux anesthésistes et Rodney parlent emprunts et taux d'intérêts pendant qu'ils finissent de préparer le patient pour son transfert en soins intensifs. Paisiblement étendu sur le dos, Baxter ne semble pas encore revenir à lui. Henry s'installe sur une chaise et commence son compte rendu. Dans la case réservée au patronyme du patient, il écrit : « Connu sous le nom de Baxter », et dans celle de la date de naissance : « Âge approx. : environ 25 ans. » Il est dans l'incapacité de remplir les autres cases.

« Il faut faire jouer la concurrence, explique Jay à Gita et à Rodney. En ce moment l'offre est supérieure à la demande. »

« Elle a voulu utiliser un spray autobronzant, dit Joan à Emily. Elle n'a pas le droit de s'exposer au soleil à cause d'une kératose. Et maintenant elle est orange vif sur le visage, les mains, partout, et le mariage a lieu samedi. »

Ce bavardage apaise Henry tandis qu'il note rapidement : « Hématome extra/sous-dural, réparation du sinus sagittal sup., réduc. de la fracture, ouverture/fermeture de la plaie, ouverture d'un volet crânien... »

Durant les deux heures écoulées, absorbé comme par un rêve il a perdu toute notion du temps, toute conscience des autres aspects de sa vie. Jusqu'à en oublier sa propre existence. Il a été projeté dans un pur présent, libéré du poids du passé et du souci de l'avenir. Avec le recul, jamais sur le moment, cela le rend profondément heureux. Un peu comme la jouissance physique, dans la mesure où il a l'impression d'évoluer dans un autre élément, mais le plaisir est moins évident et la sensualité absente. Cet état d'esprit lui apporte une satisfaction qu'il ne retrouve pas dans des distractions plus passives. La lecture, le cinéma, et même la musique n'ont pas cet effet sur lui. Le fait de travailler en équipe y est pour quelque chose, mais pas seulement. Cette dissociation bénéfique semble nécessiter un certain degré de difficulté, un effort de concentration prolongé, la mise en œuvre d'un savoir-faire, un climat tendu, des problèmes à résoudre, voire du danger. Il se sent calme, léger, se reconnaît pleinement le droit d'exister. Une sensation de vide et de lucidité, une joie intense et muette. Il a beau se trouver sur son lieu de travail, hormis ses ébats avec Rosalind et la chanson de Theo il est plus heureux qu'à aucun autre moment de cette journée de congé, son précieux samedi. Je dois être anormal, conclut-il en se levant pour quitter le bloc opératoire.

Il prend l'ascenseur pour descendre d'un étage et longe un couloir bien ciré jusqu'au service de neurologie où il se présente à l'infirmière de garde. Puis il s'avance dans le service, s'arrête devant la porte d'une chambre à quatre lits, jette un coup d'œil par la vitre. Voyant une veilleuse allumée au-dessus du lit le plus proche, il ouvre doucement la porte et entre. Assise, elle écrit sur un cahier à couverture en plastique rose. En s'installant à son chevet, avant qu'elle ait eu le temps de refermer son cahier, Henry remarque qu'elle a minutieusement dessiné chaque point sur les « i » en forme de cœur. Elle lui adresse un sourire de bienvenue un peu endormi. Il chuchote presque.

« Le sommeil ne vient pas ?

— On m'a donné un cachet, mais ça n'arrête pas de tourner dans ma tête.

— Ça m'arrive aussi. Pas plus tard que la nuit dernière, d'ailleurs. Comme je passais par là, c'était l'occasion de vous le dire en personne : l'opération a parfaitement réussi. »

Avec sa magnifique peau sombre, son joli visage rond et l'épaisse bande de crêpe qu'il lui a enroulée autour de la tête hier après-midi, elle a la dignité d'une momie. D'une reine africaine. Elle se tortille pour s'enfoncer dans le lit et remonte drap et couvertures sur ses épaules, comme une enfant se préparant à écouter une histoire avant de s'endormir. Elle serre son cahier sur son cœur.

« Vous avez tout enlevé comme vous m'aviez dit ?

— Comme par magie. Tout s'est détaché. D'un bloc.

— C'était quoi, déjà, le mot que vous avez utilisé au sujet de ce qui m'attend maintenant ? »

Il est intrigué. Son changement d'attitude, sa chaleur communicative et l'abandon de la langue de la rue ne peuvent être attribués uniquement aux médicaments ou à la fatigue. La région qu'il a opérée, le vermis, n'a aucune influence sur les émotions.

« Pronostic, dit-il.

— C'est ça. Alors, docteur, quel est le pronostic ?

— Excellent. Vous avez cent pour cent de chances de guérir totalement. »

Elle s'enfonce encore plus profondément sous les couvertures. « J'adore quand vous dites ça. Encore ! »

Il s'exécute, de sa voix la plus sonore et la plus assurée. Il pense que ce qui a changé dans la vie d'Andrea Chapman est écrit dans son cahier. De l'index, il tapote la couverture.

« Sur quoi vous aimez écrire ?

— C'est un secret », répond-elle dans un souffle. Mais ses yeux brillent, sa bouche s'entrouvre comme si elle allait parler. Puis elle se ravise, pince fermement les lèvres et fixe ostensiblement le plafond avec un regard malicieux. Elle brûle de se confier.

Il dit : « Je sais très bien garder les secrets. Il le faut, quand on est médecin.

— Vous ne le direz à personne, d'accord ?

— D'accord.

— Vous le jurez sur la Bible ?

— Je le jure.

— Voilà mon secret, d'accord ? C'est décidé. Je veux devenir médecin.

— Formidable.

— Chirurgienne. Du cerveau.

— Encore mieux. Mais il faudra vous habituer à dire "neurochirurgienne".

— D'accord. Neurochirurgienne. Attention, tout le monde ! Je vais devenir neurochirurgienne. »

Nul ne saura jamais combien de carrières médicales, réelles ou imaginaires, ont été projetées dans l'enfance, durant une convalescence postopératoire. Au fil des ans, quelques gosses ont révélé ce genre d'ambitions à Henry Perowne lors d'une visite, mais aucun ne l'a fait avec autant de fougue qu'Andrea Chapman à présent. Trop surexcitée pour rester sous les couvertures, elle remonte vers la tête du lit, plante ses coudes sur le matelas, et, tant bien que mal avec le drain encore en place, appuie la tête sur sa main. Les yeux baissés, elle réfléchit avant de poser sa question suivante.

« Vous venez d'opérer ?

— Oui. Un homme qui est tombé dans un escalier et s'est défoncé le crâne. »

Mais ce n'est pas le patient qui l'intéresse. « Le docteur Browne était là ?

— Oui. »

Enfin. Elle lève des yeux implorants vers Henry. Ils sont au cœur de son secret.

« Hein que c'est un médecin génial ?

— Oh, il est très bon. Si ce n'est le meilleur. Vous l'aimez bien, on dirait ? »

Incapable de parler, elle acquiesce de la tête et il patiente un long moment.

« Vous êtes amoureuse de lui ? »

Ces mots sacrés la font tressaillir et aussitôt elle cherche sur le visage de Henry une trace de moquerie. Elle n'y trouve qu'une gravité impénétrable.

« Il ne vous paraît pas un peu trop vieux pour vous ? demande-t-il avec tact.

— Mais j'ai déjà quatorze ans, proteste-t-elle. Et Rodney n'en a que trente et un. Le problème, c'est que... »

Elle se redresse, toujours avec son cahier rose serré sur son cœur, heureuse d'aborder enfin le seul sujet vraiment important.

« ... il vient s'asseoir au même endroit que vous, il me dit que si je veux devenir médecin, je dois me mettre à étudier sérieusement, arrêter de sortir tous les soirs, et il ne voit même pas ce qu'il y a entre nous. Ça se passe sans qu'il s'en rende compte. Il n'en a pas la moindre idée ! Je veux dire, il est plus âgé que moi, c'est un grand chirurgien et tout, mais il est tellement innocent ! »

Elle évoque ses projets. Dès qu'elle aura son diplôme de

médecin hospitalier — dans vingt-cinq ans selon les calculs de Henry —, elle rejoindra Rodney en Guyane pour l'aider à faire fonctionner sa clinique. Après cinq minutes supplémentaires entièrement consacrées à Rodney, Perowne se lève pour partir. Quand il arrive à la porte, elle dit : « Vous aviez promis de faire une cassette de mon opération, vous vous souvenez ?

— Oui.

— Je pourrai la voir ?

— Je pense que oui. Mais vous êtes sûre d'en avoir envie ?

— Mon Dieu ! Je veux être neurochirurgienne, n'oubliez pas ! Il faut vraiment que je la regarde. Je veux voir l'intérieur de ma tête. Et puis il faudra que je la montre à Rodney. »

En sortant, Perowne prévient l'infirmière qu'Andrea ne dort pas et qu'elle est en pleine forme, puis il prend l'ascenseur pour remonter au troisième étage et suit le couloir derrière les blocs opératoires du service de neurochirurgie jusqu'à l'unité de soins intensifs. Dans la pénombre apaisante, il longe l'alignement de lits avec leurs machines vigilantes et leurs lumières clignotantes de toutes les couleurs. Elles lui rappellent les néons d'une rue déserte — il règne dans l'immense salle la même tranquillité éphémère que dans une grande ville juste avant l'aube. Assis à son bureau, Brian Reid, l'infirmier de garde originaire de Tyneside, est occupé à remplir des formulaires et l'informe que tout se présente bien pour Baxter, qu'il a repris connaissance et somnole. Reid hoche la tête avec insistance en direction des deux policiers assis dans l'ombre près du lit de Baxter. Perowne comptait rentrer chez lui aussitôt après avoir vérifié que l'état de son patient s'était stabilisé, mais en s'éloignant du bureau de l'infirmier, il se surprend à aller vers Baxter. À son approche les deux agents, pour lutter contre l'ennui ou l'envie de dormir, se lèvent et lui expliquent poliment qu'ils vont attendre dans le couloir.

Étendu sur le dos, les bras le long du corps, relié aux différents appareils, Baxter respire sans effort par le nez. Ses mains ne tremblent pas, note Perowne. Le sommeil est l'unique répit. Le sommeil et la mort. Le bandage autour de son crâne ne lui confère pas la même dignité qu'à Andrea. Avec sa barbe de deux jours et ses ecchymoses sous les yeux, il ressemble à un boxeur mis K.-O. par un direct imparable ou à un chef cuisinier épuisé faisant un somme dans la réserve entre deux services. Le sommeil lui a décrispé les mâchoires, son expression simiesque s'est adoucie. Son front a perdu son pli indigné contre un sort injuste, et dans le repos il acquiert une certaine sérénité.

Perowne approche une chaise et s'assoit. À l'autre extrémité de la pièce une patiente appelle, peut-être dans son sommeil, un cri strident répété trois fois. Sans se retourner, il sait que l'infirmier se rend à son chevet. Perowne regarde sa montre. Trois heures trente. Il devrait y aller, il ne faut surtout pas qu'il s'endorme sur sa chaise. Mais maintenant qu'il est là, presque par hasard, il se sent obligé de rester encore un peu, et il ne risque pas de s'assoupir car trop de choses l'assaillent, il est en proie à trop de pulsions contradictoires. Ses pensées ont pris un tour sinueux, elles serpentent comme sous l'effet de ce pouvoir qui fait onduler l'espace dans cette longue salle, et même le sol sous ses pieds. Ses émotions sont d'ailleurs devenues semblables à la lumière — ondoyantes comme disait autrefois son professeur de physique. Il éprouve le besoin de s'attarder, et selon son habitude, de les réduire à leurs différentes composantes, les quanta, puis d'en chercher toutes les causes, proches ou lointaines ; alors seulement il saura que faire, et ce qui est bien. Il referme doucement la main sur le poignet de Baxter pour prendre son pouls. Précaution inutile puisque le moniteur l'affiche en chiffres bleutés — soixante-cinq pulsations par minute. Il le fait parce qu'il en a envie. C'est l'un des premiers gestes qu'il ait appris au début de ses études. Tout simple, un contact physique rassurant pour le patient — dès lors qu'il est fait avec une autorité sans faille. Compter les pulsations pendant quinze secondes et multiplier par quatre. L'infirmier est toujours à l'autre extrémité de la pièce. Les policiers dans le couloir ne sont visibles que par la vitre de la porte à double battant de l'unité. Bien plus de quinze secondes s'écoulent. En fait il tient la main de Baxter tout en essayant de mettre de l'ordre dans ses pensées, de les passer au crible pour décider précisément ce qu'il convient de faire.

Rosalind a laissé une lampe allumée dans la chambre près du canapé, sous le miroir ; le variateur de lumière est au minimum et l'ampoule éclaire moins qu'une bougie. Rosalind est couchée sur le côté en chien de fusil, la couette roulée en boule contre son ventre, les oreillers épars sur le sol — signes certains d'un sommeil agité. Il la contemple une minute depuis le pied du lit pour s'assurer qu'il ne l'a pas dérangée en entrant. Elle paraît si jeune — ses cheveux en travers du visage lui donnent un air désinvolte, libertin. Il va jusqu'à la salle de bains et se déshabille dans la pénombre pour ne pas se voir dans la glace — le spectacle de son visage hagard pourrait l'entraîner dans une méditation sur le vieillissement qui empoisonnerait son sommeil. Il se douche pour laver la sueur après ces heures de concentration, effacer toute trace de l'hôpital — il imagine la fine poussière d'os du crâne de Baxter logée dans les pores de son front — et se savonne énergiquement. En se séchant, il remarque malgré la pénombre que l'hématome est toujours visible sur son torse et semble s'être étendu comme une tache sur un linge. Il a pourtant moins mal quand il appuie dessus. Il lui fait déjà l'effet d'un lointain souvenir, vieux de plusieurs mois, ce moment où il a reçu le coup de poing et senti l'onde de choc fulgurante lui parcourir le corps. Plus une insulte qu'une douleur. Peut-être devrait-il quand même allumer pour l'examiner.

Il retourne au contraire dans la chambre, toujours avec sa serviette, et éteint la lampe. Une persienne entrouverte laisse filtrer sur le sol et le mur opposé un rai de lumière pâle. Il ne prend pas la peine de fermer complètement la persienne — l'obscurité totale, cette cécité forcée, risquerait d'activer ses pensées. Mieux vaut regarder quelque chose en espérant que ses paupières vont s'alourdir. Déjà sa fatigue semble fragile, inconstante, comme une douleur disparaissant par intermittence. Il doit l'entretenir, éviter à tout prix de penser. Debout de son côté du lit, il hésite ; il fait assez clair pour voir que Rosalind s'est enroulée dans la couette. Il la réveillera forcément en tirant dessus, mais il fait trop froid pour dormir à découvert. Il va chercher dans la salle de bains deux lourds peignoirs en éponge pour s'en servir comme couvertures. Rosalind ne tardera pas à se retourner dans son sommeil, et il récupérera sa moitié de couette.

Au moment où il se met au lit, elle lui prend soudain le bras et chuchote : « J'ai rêvé plusieurs fois que c'était toi. Maintenant tu es vraiment là. »

Elle soulève la couette et le laisse pénétrer dans cette tente de chaleur humaine. Sa peau est bien chaude, la sienne toute fraîche. Ils sont étendus sur le côté, face à face. Il la distingue à peine, mais ses yeux ressemblent à deux points lumineux, reflet du rai de lumière blanche qui s'élève sur le mur derrière lui. Il l'enlace, et tandis qu'elle se blottit contre lui il lui embrasse les cheveux.

« Tu sens bon », dit-elle.

Il pousse un vague grognement de gratitude. Puis le silence se réinstalle alors qu'ils se demandent s'il peuvent faire comme lors de toutes leurs nuits interrompues et s'endormir dans les bras l'un de l'autre. À moins qu'ils n'attendent le moment de passer à autre chose.

Au bout de quelques minutes, Henry demande doucement : « Dis-moi comment tu te sens. » En prononçant ces mots il lui pose la main au creux des reins.

Elle pousse un profond soupir. Il a posé une question difficile. « En colère », répond-elle enfin. Parce qu'elle l'a dit dans un souffle, ce n'est pas tout à fait convaincant. Elle ajoute : « Et toujours aussi terrifiée, par eux. »

Il lui assure qu'ils ne reviendront jamais, mais elle l'interrompt : « Non. En fait, je veux dire que je les sens dans la pièce. Ils sont encore là. Ils me font encore peur. »

Ses jambes se mettent à trembler et il l'attire plus près, lui couvre le visage de baisers. « Chérie..., murmure-t-il.

— Excuse-moi. J'ai déjà eu le même genre de crise en me couchant, puis ça s'est calmé. Mon Dieu je voudrais que ça cesse. »

Il plaque les mains sur ses jambes — le tremblement paraît venir de ses genoux en saccades, comme si les os s'entrechoquaient dans l'articulation.

« Tu es en état de choc », dit-il en lui massant les jambes.

« Oh mon Dieu ! mon Dieu » répète-t-elle sans fin.

De longues minutes s'écoulent avant que le tremblement ne disparaisse, et il la serre contre lui, la berce, lui redit combien il l'aime.

Son calme enfin retrouvé, elle explique de sa voix habituelle, parfaitement posée : « Je suis surtout en colère. C'est plus fort que moi, je veux qu'il soit puni. Au fond je le déteste, je voudrais qu'il meure. Cet individu vicieux, répugnant, après ce qu'il a fait à John, avoir humilié Daisy à ce point, m'avoir menacée de son couteau, et toi aussi, pour t'obliger à monter. Je me suis dit que jamais je ne te reverrais vivant... »

Elle s'interrompt et il patiente. Lorsqu'elle reprend la parole, c'est d'un ton catégorique. Ils sont de nouveau face à face, il lui tient la main, du pouce il lui caresse les doigts.

« Quand je t'ai mis en garde devant la porte d'entrée, contre une éventuelle vengeance, c'était de mes propres émotions que j'avais peur. Je pensais qu'à ta place j'aurais fait quelque chose de terrible à ce type. Je redoutais que tu aies le même genre d'idée, que tu t'attires de sérieux ennuis. »

Il a tant de choses à lui confier et dont il souhaiterait discuter avec elle, mais ce n'est pas le moment. Il sait qu'elle ne dira pas ce qu'il veut entendre. Il attendra demain qu'elle soit moins bouleversée, avant l'arrivée de la police.

À tâtons elle cherche ses lèvres et les embrasse. « Comment s'est déroulée l'opération ?

— Bien. La routine, plus ou moins. Il a perdu beaucoup de sang. On l'a remis en état. Rodney a été parfait, mais il aurait sans doute eu du mal à s'en sortir seul.

— Donc ce Baxter va pouvoir être jugé. »

Pour toute réponse, Henry se contente d'un « hmm... » pouvant passer pour un acquiescement. Il lui faudra choisir avec soin le moment où il abordera le sujet : dimanche matin, le café dans les grandes tasses blanches, la véranda inondée de soleil hivernal, les journaux qu'ils critiquent tout en continuant à les lire, alors il posera la main sur celle de Rosalind qui lèvera les yeux, et il retrouvera sur son visage cette intelligence lucide, réfléchie, mûre pour le pardon. Il ouvre les yeux dans l'obscurité et s'aperçoit qu'il s'est endormi, sans doute quelques secondes seulement.

« Il était complètement ivre, larmoyant, le scénario habituel, raconte Rosalind. Difficile à supporter après ce qui avait précédé. Mais les enfants ont été formidables. Ils l'ont reconduit en taxi et le médecin de l'hôtel est venu examiner son nez. »

Henry a la sensation fugitive de traverser la nuit en train. Rosalind et lui ont un jour voyagé en wagon-lits de Marseille à Paris, et serrés sur la couchette du haut, à plat ventre, ils ont regardé défiler la France endormie en bavardant jusqu'à l'aube. Cette nuit, leur conversation tient lieu de voyage.

Dans cet état confortable entre veille et sommeil, il se sent plein d'indulgence pour son beau-père. Il dit : « Il a quand même été magnifique. Il ne s'est jamais laissé intimider. Et il a dit à Daisy ce qu'il fallait faire.

— C'est vrai qu'il s'est montré courageux. Mais toi aussi, tu nous as surpris. Dès le début, j'ai compris que tu cherchais un plan, que tu pesais le pour et le contre. Je t'ai vu consulter Theo du regard. »

Il porte la main de Rosalind à ses lèvres. « Aucun de nous n'a souffert autant que toi. Tu as été fantastique.

— Daisy m'a soutenue. Elle avait une telle force en elle...

— Theo aussi, quand il s'est élancé dans cet escalier... »

Durant quelques minutes, les événements de la soirée se transforment en une aventure pittoresque, un drame où des tempéraments volontaires, des ressources intérieures, de nouveaux traits de caractère se sont révélés sous la pression. Plus d'une fois ils ont eu ce genre d'échange après des randonnées en famille dans les West Highlands en Écosse — les choses tournaient souvent mal, mais c'était curieusement assez drôle. À présent, soudain réveillés, ils exultent et distribuent les compliments, et plutôt que de se congratuler mutuellement, ils chantent les louanges de leurs enfants. Au cours des deux dernières décennies, Henry et Rosalind ont consacré quantité d'heures à cet exercice. Lorsqu'ils se retrouvent tous les deux, ils adorent parler de leur progéniture, dont les derniers exploits étincellent dans l'obscurité — quand Theo a empoigné Baxter par le revers de sa veste, quand Daisy l'a défié du regard. Quels enfants adorables, tellement affectueux, quelle chance d'être leurs parents ! Mais cette conversation enthousiaste ne peut s'éterniser, leurs paroles sonnent déjà faux à leurs oreilles, elles s'espacent peu à peu. Ils ne peuvent continuer plus longtemps à ignorer le personnage de Baxter, son rôle central dans cette épreuve — sa cruauté, sa lâcheté, ses réactions imprévisibles, ses provocations. Par ailleurs, ils évoquent Daisy sans mentionner sa grossesse. Ils ne se sentent pas prêts, même s'ils n'en sont pas loin.

Après une pause, Henry déclare : « Le problème est sans doute le suivant. Ce type perd la tête, et il croyait venir régler des comptes. Qui sait par quelles émotions incontrôlables et terrifiantes il était mû ! » Il décrit ensuite méthodiquement l'épisode d'University Street, incluant tous les détails qui lui semblent pertinents : le policier lui faisant signe de passer, la manifestation sur Gower Street et les roulements de tambour funèbres, ses propres instincts agressifs avant l'affrontement. Pendant qu'il parle, la main de Rosalind reste posée sur sa joue. Ils pourraient allumer, mais puisent un certain réconfort dans cette obscurité intime et rassurante, dans leur étreinte chaste, presque enfantine, et leur bavardage nocturne. Theo et Daisy faisaient la même chose autrefois, au dernier étage avec leurs amis venus dormir à la maison — leurs petites voix chuchotaient encore à trois heures du matin, se taisaient quelques instants, vaincues par le sommeil, et repartaient vaillamment. Quand Henry avait dix ans, une cousine d'un an sa cadette dont la mère était à l'hôpital séjourna un mois chez lui. Puisqu'il avait un grand lit, et en l'absence de chambre d'amis, sa mère l'installa avec lui. Henry et sa cousine s'ignoraient dans la journée — Mona était rondouillarde, elle portait des lunettes à verres épais, il lui manquait un doigt, et surtout c'était une fille —, mais la première nuit, une voix sourde et désincarnée en provenance du monticule chaud de l'autre côté du lit relata l'épopée de la sortie scolaire à la fabrique locale de bonbons, les chocolats qui se déversaient sur un toboggan, les engrenages tournant si vite qu'ils étaient invisibles, et soudain le doigt sectionné sans douleur, la gerbe de sang « en forme de plumeau » qui rougissait la veste de la maîtresse, les camarades qui s'évanouissaient, le contremaître à quatre pattes sous la machine pour retrouver « le bout manquant ». Ému, Henry ne put répondre que par le récit de l'incision d'un furoncle, mais Mona compatit sportivement et ils s'embarquèrent pour un voyage à travers le temps, leurs courtes vies et une certaine inventivité leur fournissant suffisamment d'anecdotes pour les tenir éveillés jusqu'aux premières lueurs de l'aube d'été, ainsi que les nuits suivantes sur d'autres thèmes.

Une fois le compte rendu de l'affrontement terminé, Rosalind dit : « Il n'y a évidemment pas eu abus d'autorité. Ils auraient pu te tuer. »

Ce n'est pas la conclusion à laquelle il souhaitait qu'elle arrive — il a organisé son récit de manière à l'orienter dans une autre direction. Il s'apprête à faire une nouvelle tentative, mais à son tour elle se met à lui raconter quelque chose. Telle est la nature de ces voyages nocturnes — les différentes étapes, ou séquences n'obéissent à aucune logique.

« En t'attendant cette nuit, avant de m'endormir, j'essayais de calculer combien de temps il m'avait menacée de son couteau. Dans mes souvenirs, ça s'est passé en un éclair — ce qui ne veut pas dire que ça m'a paru bref. C'est hors du temps, impossible à mesurer en minutes ou en heures. Une simple réalité, rien de plus... »

À cette évocation, les tremblements réapparaissent, mais ils sont moins violents et s'estompent rapidement. Il sert très fort sa main dans la sienne.

« Je me suis demandé si c'était parce que je ne ressentais qu'une seule émotion — la terreur à l'état pur, sans percevoir le moindre changement ou le passage du temps. Mais non. J'étais bel et bien sensible à autre chose. »

Elle marque une longue pause. Incapable de déchiffrer son expression, il hésite à la questionner.

Enfin il demande : « À quelle autre chose ? »

Sa voix est plus songeuse que désemparée. « À toi. Tu étais là. Le seul autre moment où je me sois sentie aussi impuissante et terrifiée remonte à avant mon opération, quand je croyais encore rester aveugle. Quand tu es venu attendre avec moi. Tu étais si sérieux et emprunté. Les manches de ta blouse blanche te recouvraient à peine les coudes. J'ai toujours dit que j'étais tombé amoureuse de toi à cet instant précis. Je crois que c'est vrai. Parfois je me demande si je n'ai pas tout inventé, si ce n'était pas plus tard. Et puis ce soir, une terreur encore plus grande, et de nouveau tu étais là, essayant de croiser mon regard. Une fois encore. Après toutes ces années. C'est à ça que je me suis raccrochée. À toi. »

Elle lui effleure le visage du bout des doigts, puis l'embrasse. Moins chastes, leurs langues se touchent.

« C'est pourtant Daisy qui t'a délivrée. Elle a complètement modifié son humeur grâce à ce poème de... Arnold comment ?

— Matthew Arnold. »

Il revoit le corps de sa fille, sa pâleur, la bosse compacte contenant son futur petit-enfant, déjà doté d'un cœur, d'un système nerveux autonome, d'un cerveau gros comme une tête d'épingle — voilà ce que peut devenir la matière dans l'obscurité totale d'un utérus.

Devinant le sens de son silence, Rosalind dit : « J'ai pu lui parler. Elle est vraiment amoureuse, pleine d'enthousiasme, elle veut cet enfant. Il faut être avec elle, Henry.

— Je suis avec elle. On l'est tous les deux. »

Les yeux clos, il écoute attentivement Rosalind. La vie du bébé prend forme — un an à Paris avec ses parents en extase, puis installation à Londres où l'on vient de proposer à son père un poste intéressant sur un chantier de fouilles, une villa romaine à l'est de la City. Peut-être viendront-ils provisoirement vivre ici, sur la place. Henry donne son accord dans un murmure, et se réjouit à l'avance — la maison est grande, près de six cent cinquante mètres carrés, et aurait bien besoin d'entendre à nouveau des rires d'enfant. Il sent son corps, vaste comme un continent, s'étendre au-delà du lit — il est un roi, immense, accommodant, invulnérable, il veut bien dire oui à tout projet empreint de chaleur et de bienveillance. Que ce bébé fasse ses premiers pas et prononce ses premiers mots ici, en ce palais. Daisy veut cet enfant, alors qu'il vienne au monde dans les meilleures conditions possibles. Si elle doit vraiment devenir poète, elle pourra faire de la poésie avec cette nouvelle vie — sujet aussi valable qu'une succession d'amants. Il n'arrive pas à bouger la tête, à peine la main pour caresser Rosalind qui lui dévoile l'avenir, l'organisation matérielle — il suit avec intérêt, sensible à la joie qui transparaît dans sa voix. Le premier choc est passé. Elle se remet. Et Theo a lui aussi révélé ses projets, quinze mois à New York avec le New Blue Rider qui sera le groupe en résidence d'un club de jazz de l'East Village. C'est dans l'ordre des choses, la musique de Theo en a besoin et ils veilleront à ce que tout se passe bien, l'aideront à se loger, lui rendront visite. Le roi donne son accord dans un grognement.

De l'autre côté de la place, la sirène d'une ambulance fonçant vers le sud le long de Charlotte Street le réveille un peu. En appui sur un coude, il se rapproche jusqu'à ce que son visage soit au-dessus de celui de Rosalind.

« Il faudrait dormir.

— Oui. La police doit revenir à dix heures. »

Mais dès qu'ils ont fini de s'embrasser, il dit : « Caresse-moi. »

Alors qu'une sensation délicieuse l'envahit, il l'entend répondre : « Dis-moi que tu m'appartiens.

— Je t'appartiens. Corps et âme.

— Caresse mes seins. Avec ta langue.

— Rosalind... J'ai envie de toi. »

Cette phrase clôt pour lui sa journée. Le moment est plus intense, plus strident que le début paresseux et tendre de ce samedi — leurs ébats sont vifs, insatiables, plus impatients que joyeux — comme s'ils rentraient d'exil, qu'ils émergeaient d'un séjour éprouvant en prison pour festoyer. Leurs appétits sont bruyants, leurs gestes brusques. Ils n'arrivent pas vraiment à croire à leur chance, ils veulent tout, tout de suite. Ils savent aussi qu'à la fin, lorsqu'ils auront repris possession l'un de l'autre, les attend la promesse du sommeil et de l'oubli.

Tout d'un coup elle murmure : « Mon amour. Nous aurions pu être tués et nous sommes vivants. »

Ils sont vivants pour s'aimer, mais brièvement. La fin a la soudaineté d'une chute, plaisir si concentré qu'il en est presque intolérable, intrusion insupportable, comme la mise à nu de terminaisons nerveuses. Après, ils ne se séparent pas aussitôt. Ils restent immobiles dans le noir à écouter décroître leur rythme cardiaque. Henry sent son épuisement et la clarté subite de la jouissance sexuelle se fondre en une seule réalité, aussi plane et sèche qu'un désert. Il doit maintenant commencer à le traverser, en solitaire, mais cela ne lui fait pas peur. Enfin ils se souhaitent bonne nuit en se serrant simplement la main — ils sont trop à vif pour s'embrasser —, puis Rosalind se couche sur le côté, et quelques secondes plus tard elle respire profondément.

Le sommeil et l'oubli ne viennent pas aussi vite à Henry Perowne — peut-être a-t-il atteint ce stade où c'est la fatigue qui empêche de dormir. Étendu sur le dos il attend patiemment, la tête tournée vers le rai de lumière blanche sur le mur, conscient d'une pression croissante et désagréable dans sa vessie. Quelques minutes plus tard, il récupère par terre un des peignoirs et va dans la salle de bains. Le marbre est glacé sous ses pieds, les rideaux ouverts des hautes fenêtres donnant au nord laissent voir quelques étoiles sur un ciel de nuages orangés. Il est cinq heures et quart, et déjà le bruissement de la circulation reprend sur Euston Road. Lorsqu'il s'est soulagé, il se penche au-dessus du lavabo pour boire longuement au robinet d'eau froide. De retour dans la chambre il entend le vrombissement d'un avion au loin, marquant sans doute le début de l'heure de pointe matinale à Heathrow ; attiré par ce son il va à la même fenêtre que précédemment et ouvre les persiennes. Il préfère rester là quelques minutes à regarder au-dehors plutôt qu'être allongé immobile à chercher le sommeil. Sans bruit il remonte la fenêtre à guillotine. L'air est moins froid que la nuit dernière, et pourtant il grelotte. La lumière est plus douce elle aussi, les différents éléments de la place, surtout les branches des platanes du square, ne se détachent plus avec la même netteté et semblent se fondre les uns dans les autres. Comment les basses températures s'y prennent-elles pour aiguiser le contour des objets ?

Les bancs n'ont plus l'air d'attendre d'éventuels occupants, les poubelles ont été vidées, le pavage est balayé. L'équipe énergique d'employés municipaux en ciré jaune a dû passer dans la soirée. Henry tente de trouver du réconfort dans cette méticulosité, et dans le souvenir de la place sous son meilleur jour — en semaine à l'heure du déjeuner, quand la foule des employés des sociétés de production, des firmes publicitaires et des cabinets de design du quartier apportent leurs sandwiches et leurs salades en boîte, et que les grilles du square sont ouvertes. Ils se prélassent sur les pelouses en petits groupes paisibles, hommes et femmes de toutes races, âgés pour la plupart d'une trentaine d'années, sûrs d'eux, joyeux, détendus, musclés par la fréquentation d'une salle de sports, se sentant chez eux dans leur ville. Tant de choses les séparent des silhouettes décrépites qui traînent sur les bancs. Le travail est la première différence visible. Il ne s'agit pas seulement d'un problème de classe sociale ou d'opportunités — ivrognes et junkies viennent de tous les milieux, comme les employés. Certaines de ces épaves humaines ont fait leurs études dans les meilleurs établissements privés. En bon rationaliste, Perowne ne peut s'empêcher de penser que tout se résume à des traits ou anomalies de caractère invisibles, encodés au niveau moléculaire. Sort peu enviable que d'être un de ces individus incapables de gagner leur vie, de refuser un verre, de se rappeler leurs résolutions de la veille. Aucune forme de justice sociale ne pourra guérir ni disperser cette pitoyable armée qui hante les lieux publics de chaque ville. Alors que faire ? Henry se blottit frileusement dans son peignoir. Il faut accepter l'idée que la malchance existe, il faut veiller sur ces gens. On peut en arracher certains à leurs addictions, quant aux autres... on ne peut que leur assurer un minimum de confort d'une manière ou d'une autre, atténuer leur misère.

D'une manière ou d'une autre ! Il n'est pas sociologue, et bien sûr il pense à Baxter, cet inguérissable noyau de détresse. Peut-être est-ce lui qui fait grelotter Henry, à moins que ce ne soit l'effet de la fatigue — il est obligé de s'appuyer au rebord de la fenêtre. Il a l'impression d'être sur la grande roue, celle qui se trouve au bord de la Tamise, et d'arriver tout en haut — ses perceptions ont atteint leur point d'équilibre, juste avant la descente, et il regarde calmement l'horizon. Ou bien il imagine la rotation d'ouest en est de la Terre, qui l'entraîne majestueusement vers l'aube à plus de mille cinq cents kilomètres heure. S'il se fie au sommeil plutôt qu'à un cadran pour distinguer les jours, alors c'est encore son samedi qui plonge loin derrière lui, dans les profondeurs de toute une vie. Et d'ici, du sommet de sa journée, il voit loin devant lui avant d'amorcer la descente. Ce dimanche ne semble pas porteur des mêmes promesses ni de la même vigueur que la veille. La place en contrebas, déserte et silencieuse, n'offre aucun indice sur ce que réserve l'avenir. Mais de l'endroit où il se tient, il aperçoit des choses qu'il sait inéluctables. Bientôt viendra la dernière heure de sa mère, le message arrivera de la maison de retraite ou bien on enverra quelqu'un le chercher, et assis près de son lit dans la minuscule chambre ornée de bibelots, leur tasse de thé bien noir à la main, sa famille et lui regarderont sa dépouille, sa silhouette de vieille nageuse s'enfoncer une dernière fois dans les oreillers. Sur le moment cette pensée le laisse froid, mais il sait que le chagrin l'étreindra par surprise, car il en a déjà fait l'expérience.

Il y a eu un stade dans le déclin de sa mère où il a dû l'éloigner de son cadre habituel, la demeure familiale où lui-même avait grandi, pour la mettre en maison de retraite. La maladie l'empêchait d'assurer les tâches ménagères auxquelles elle avait longtemps voué un culte. Elle laissait le four allumé toute la nuit avec le beurrier à l'intérieur, cachait la clé de la porte d'entrée entre les lattes du parquet et l'y oubliait, confondait shampooing et eau de Javel. Sans compter les moments de stupeur existentielle où elle se retrouvait dans la rue ou dans un magasin, ou encore chez quelqu'un sans savoir comment elle était arrivée là, qui étaient ces gens, où elle habitait et ce qu'elle était censée faire. Un an plus tard, elle n'avait plus aucun souvenir du passé ni de son ancienne demeure, mais envisager de vendre celle-ci semblait une trahison, et Henry ne pouvait s'y résoudre. Rosalind et lui allaient de temps à autre vérifier que tout allait bien dans la maison de son enfance, il tondait la pelouse en été. Rien n'avait bougé, chaque objet était toujours à sa place — les gants de caoutchouc jaunes accrochés à leur patère en bois, les chiffons et torchons bien repassés dans leur tiroir, l'âne en poterie émaillée avec son panier de cure-dents. Une odeur végétale de renfermé s'installait, les biens maternels prenaient un aspect négligé qui ne devait rien à la poussière. Même de la rue la maison avait l'air abandonné, et lorsque des gosses envoyèrent une pierre dans la fenêtre du salon un après-midi de novembre, il comprit qu'il fallait agir.

Rosalind et les enfants vinrent l'aider à vider la maison un week-end. Chacun a choisi un souvenir — ne pas le faire eût été un manque de respect. Daisy a pris une assiette en cuivre rapportée d'Égypte, Theo un réveil de voyage, Rosalind un simple compotier en porcelaine, Henry une boîte à chaussures remplie de photos. D'autres objets sont allés à divers neveux et nièces. Le lit de Lily, son vaisselier, deux penderies, les tapis et les commodes attendaient le passage d'une entreprise spécialisée. Toute la famille a rangé les vêtements, la vaisselle et les bibelots dont personne ne voulait dans des cartons à destination des magasins d'une organisation caritative — Henry n'avait jamais perçu que les morts faisaient vivre ce type de commerces. Ils ont mis le reste dans des sacs poubelles qu'ils ont sortis sur le trottoir. Le tout en silence, comme des pillards — allumer la radio eût été déplacé. Une journée a suffi pour démanteler l'existence de Lily.

Ils démontaient le décor d'une pièce, un modeste drame domestique, sans la permission de la principale interprète. Ils ont commencé par ce qu'elle appelait sa lingerie — l'ancienne chambre de Henry. Elle ne reviendrait jamais, elle ne savait même plus ce que c'était que le tricot, mais le fait d'empaqueter ses dizaines d'aiguilles, ses centaines de modèles, un châle de bébé en laine jaune jamais terminé, et de tout donner à des inconnus équivalait à la bannir du monde des vivants. Ils travaillaient vite, presque fébrilement. Elle n'est pas morte, se répétait Henry. Mais comme sa vie, comme toutes les vies semblaient ténues quand il voyait à quelle vitesse, avec quelle facilité tous les accessoires, les menus détails d'une existence pouvaient être emballés et dispersés, ou mis au rebut. Les objets devenaient des déchets dès qu'ils étaient séparés de leur propriétaire et de leur passé — sans Lily, son vieux couvre-théière était répugnant, avec son motif aux tons passés représentant une ferme, ses taches brun pâle sur le tissu bon marché, son rembourrage d'une minceur pathétique. Tandis que se vidaient les étagères et les tiroirs, et que se remplissaient les caisses et les sacs poubelles, Henry a compris qu'en réalité on ne possédait rien. Tout est loué, ou emprunté. Nos biens nous survivront, nous finirons par les abandonner. Les Perowne ont travaillé toute la journée et sorti vingt-trois sacs pour les éboueurs.

Il se sent maigre et fragile dans son peignoir, face au matin encore plongé dans l'obscurité, appartenant encore un peu à hier. Oui, la dernière heure de Lily viendra, et il fera le nécessaire. Un jour, elle l'a emmené à pied jusqu'au cimetière près de chez elle, pour lui montrer les rangées de petites urnes en métal scellées dans un mur où elle souhaitait que reposent ses cendres. Tout cela arrivera forcément, et debout, tête baissée, ils écouteront la prière des morts. La récite-t-on seulement lors d'une incinération ? L'homme qui est né de la femme n'a que peu de temps à vivre... Il l'a souvent entendue au fil des ans, mais seuls des fragments lui restent en mémoire. Il s'évanouit comme une ombre... fauché comme une fleur. Oui, et puis ce sera le tour de John Grammaticus, une de ces maladies qui défigurent les alcooliques, ou bien le coup de poignard définitif au cœur ou au cerveau. Ils le pleureront tous les quatre, chacun à sa manière, mais Henry un peu moins que les autres. Le vieux poète s'est montré courageux ce soir, feignant de ne pas souffrir de son nez cassé, disant à Daisy exactement ce qu'il fallait. Le moment venu, il y aura le problème du château si

Teresa épouse John et réclame son dû, et si Rosalind, redoutable juriste, fait valoir ses droits sur cette demeure restaurée par sa mère, où Daisy, Theo, et Rosalind elle-même ont passé tous les étés de leur enfance. Le rôle de Henry dans tout ça ? Une sage et implacable loyauté.

Quoi d'autre, en dehors de ceux qui vont mourir ? Theo va pour la première fois quitter la maison — il n'y aura ni cartes postales ni lettres ni e-mails, seulement des conversations téléphoniques. Il y aura aussi des voyages à New York pour les entendre, lui et son groupe, jouer leur blues devant des Américains — qui n'aimeront pas forcément —, et rendre visite aux vieux amis comme au temps du stage à Bellevue Hospital. Quant à Daisy, elle publiera ses poèmes, produira un bébé et leur présentera Giulio — Henry revoit encore l'amant à la peau sombre et au torse nu du poème qu'il attribuait à tort à sa fille. Un bébé et son déploiement de matériel pour mettre de la vie dans la grande maison, et quelqu'un d'autre, pas lui ni Rosalind, qui se lèvera la nuit. Ni Giulio, d'ailleurs, à moins que ce ne soit un Italien atypique. Tout cela est riche de promesses. Ensuite lui, Henry, aura cinquante ans, il abandonnera le squash et les marathons, la maison paraîtra vide quand Daisy et Giulio, puis Theo, trouveront un endroit à eux, alors Rosalind et Henry tomberont dans les bras l'un de l'autre et s'étreindront encore plus fort une fois leur devoir accompli, leurs enfants élevés et lancés dans le monde des adultes. Cette insatisfaction, cette soif d'une autre vie qui l'ont récemment habité s'estomperont. Le jour viendra où il opérera moins et se consacrera davantage aux tâches administratives — le début d'une autre vie —, où Rosalind quittera le journal pour écrire son livre, de même qu'un autre jour viendra où ils ne supporteront plus la place, les junkies, le bruit des voitures et la poussière. Peut-être une bombe posée pour la cause du djihad les chassera-t-elle, avec toutes les autres poules mouillées, vers les banlieues ou en pleine campagne, ou même vers le château — leur samedi deviendra un dimanche.

Derrière lui, comme troublée par ces réflexions, Rosalind tressaille, gémit, s'agite, puis redevient silencieuse, et il se tourne à nouveau vers la fenêtre. Londres, celui où il se sent chez lui, est ouvert à tous les vents, impossible à défendre, et attend sa bombe comme une centaine d'autres grandes villes. Les heures de pointe seraient le meilleur moment. Ça pourrait ressembler à l'accident ferroviaire de la gare de Paddington — des rails tordus, soulevés, des rames de trains de banlieue qui se chevauchent, des civières qu'on évacue par les fenêtres aux vitres brisées, l'activation du plan d'urgence de l'hôpital. Berlin, Paris, Lisbonne. Les autorités sont d'accord, un attentat est inévitable. Il vit une ère radicalement nouvelle — ce n'est pas parce que les journaux le disent que c'est faux. Mais du sommet de sa journée, l'avenir est plus difficile à déchiffrer, l'horizon rendu indistinct par la multiplicité des possibles. Cent ans plus tôt, deux heures avant l'aube hivernale, peut-être un médecin d'une cinquantaine d'années dans un peignoir de soie méditait-il sur le siècle qui venait de naître. Février 1903. On peut envier à ce gentleman édouardien tout ce qu'il ignorait encore. S'il avait de jeunes fils, il risquait de les perdre douze ans plus tard, sur le front de la Somme. Et Hitler, Staline, Mao, combien de morts à leur actif? Cinquante millions, cent millions? Si on lui avait décrit l'enfer qui l'attendait, si on l'avait mis en garde, ce bon docteur — produit affable de plusieurs décennies de paix et de prospérité — aurait refusé d'y croire. Attention aux utopistes, aux zélateurs sûrs de connaître le chemin conduisant à la société idéale. Les voici de retour, adeptes d'une autre forme de totalitarisme, encore faibles et dispersés, mais chaque jour plus nombreux, en colère et rêvant d'une nouvelle extermination à grande échelle. Dont il faudra un siècle pour se remettre. Mais peut-être n'est-ce là qu'un pessimisme complaisant, un scénario apocalyptique, un délire nocturne au sujet d'une perturbation passagère à laquelle le temps et le bon sens mettront bon ordre.

L'avenir proche, le promontoire suivant sont plus faciles à prévoir — de même que sa mère mourra, il dînera avec le professeur Taleb dans un restaurant irakien près de Hoxton. La guerre commencera le mois prochain — la date précise doit déjà être fixée, comme pour les grands événements sportifs se déroulant en plein air. Plus tard dans la saison, il fera trop chaud pour tuer ou libérer les populations. Bagdad attend ses bombes. Où est donc passée l'impatience de Henry à la perspective de destituer un tyran ? En cette fin de journée, ou de nuit, il est soudain timoré, vulnérable, il ne cesse de s'envelopper dans son peignoir. Un autre avion traverse sous ses yeux le ciel de gauche à droite, descendant comme d'habitude le long de la Tamise en direction de Heathrow. Difficile maintenant de se rappeler, voire d'assumer la vigueur de sa discussion avec Daisy — les certitudes se sont dissoutes pour devenir sujettes à caution : le fait que le régime irakien décrit par le professeur soit intolérable, que malgré le caractère douteux des motivations américaines, son démantèlement apportera peut-être un bien durable et une baisse du nombre de morts. Il entend d'ici Daisy lui rétorquer que « peut-être » ne suffit pas, et qu'il s'est laissé impressionner par l'histoire d'un seul homme. Une femme portant un enfant dans son ventre exerce une autorité particulière. Son espoir d'une intervention énergique renaîtra-t-il avec le matin ? Pour l'instant, il n'éprouve que de la crainte.

Il se sent faible et ignorant, effrayé par la vitesse à laquelle les conséquences d'une action peuvent vous échapper et engendrer de nouveaux événements, de nouvelles conséquences, jusqu'à vous mettre dans une situation que jamais vous n'auriez imaginée ni choisie — le couteau sous la gorge. Un étage plus bas que celui où Andrea Chapman rêve de se dépasser grâce à l'amour improbable d'un jeune médecin et de faire elle-même médecine, Baxter gît dans les ténèbres de sa conscience, sous la surveillance de deux policiers. Henry a au moins une conviction bien arrêtée à laquelle se raccrocher. Elle a commencé à prendre forme au dîner, avant l'appel de Jay, et a fini par s'imposer dans l'unité de soins intensifs, tandis qu'il vérifiait le pouls de Baxter. Il doit dissuader Rosalind, puis le reste de la famille, puis la police, de traîner Baxter devant la justice. L'affaire doit s'arrêter là. Qu'on recherche plutôt le comparse. Il reste à Baxter une part de vie digne de ce nom chaque jour un peu plus mince avant le début de sa descente vers des hallucinations cauchemardesques. Henry peut demander à un ou deux confrères, spécialistes reconnus, de convaincre les services du procureur de la Couronne qu'au moment du procès, Baxter ne sera déjà plus en état d'être jugé. Que cela soit vrai ou non. Ensuite la société, l'hôpital adéquat devront le prendre en charge avant qu'il ne devienne plus dangereux. Henry peut s'en occuper, faire de son mieux pour assurer au patient un minimum de confort, d'une manière ou d'une autre. Est-ce cela le pardon ? Sans doute pas, il n'en sait rien, et de toute façon ce n'est pas à lui de pardonner. À moins que ce ne soit à lui de demander pardon ? Il porte l'entière responsabilité de ce qui est arrivé, après tout : il y a une vingtaine d'heures, il a traversé en voiture une rue officiellement interdite à la circulation et déclenché une réaction en chaîne, une série d'événements incontrôlables. Mais peut-être se laisse-t-il attendrir — à partir d'un certain âge, lorsqu'on commence à compter les années qui restent à vivre et qu'on ressent les premiers frissons, on considère un mourant avec un intérêt plus marqué, plus fraternel. Il préfère parler de réalisme : aucun d'eux ne sortira grandi d'avoir accéléré la descente aux enfers d'un homme. En même temps qu'il lui sauvait la vie au bloc opératoire, Henry a condamné Baxter aux pires tortures. Une vengeance suffisante. Et voilà au moins un domaine où il peut exercer son autorité, influer sur le cours des choses. Il connaît le système de l'intérieur — la qualité des soins peut aller du meilleur au pire, ou presque.

Daisy a récité un poème qui a envoûté cet homme. Peut-être n'importe quel autre poème aurait-il eu le même effet et provoqué un revirement d'humeur. Il n'empêche que Baxter est tombé sous le charme, la magie du verbe l'a cloué sur place et lui a rappelé combien il avait encore envie de vivre. Personne ne peut lui pardonner d'avoir brandi un couteau. Mais Baxter a entendu ce que Henry n'a jamais perçu et ne percevra sans doute jamais malgré tous les efforts de Daisy pour éduquer son oreille. Un poète du dix-neuvième siècle — Henry ne sait toujours pas si ce Arnold est célèbre ou non — a réveillé chez Baxter des aspirations qu'il aurait le plus grand mal à définir lui-même. Cet appétit représente son droit à l'existence, à la vie de l'esprit, et parce que cela ne durera pas, que la porte de sa conscience se referme déjà, il ne devrait pas avoir à faire valoir ce droit au fond d'une cellule de prison, en attendant le début d'un procès absurde. Un sort implacable lui a imposé une minuscule anomalie, une erreur de répétition dans les codes de son être, dans son génotype, cette variante moderne de l'âme, et tôt ou tard il se délitera — autre certitude à laquelle Henry se raccroche.

Sans bruit, il ferme la fenêtre. Le matin est encore plongé dans la nuit et c'est là qu'il fait le plus froid. Le jour ne se lèvera pas avant sept heures. Trois infirmières traversent la place en bavardant joyeusement et se dirigent vers son hôpital pour prendre leur service. Il rabat les persiennes sur elles, va vers le lit, laisse le peignoir glisser à ses pieds avant de s'allonger. Rosalind lui tourne le dos, genoux repliés. Il ferme les yeux. Cette fois il n'aura aucun mal à sombrer dans un oubli bienfaisant, plus rien ne peut l'en empêcher. Le sommeil n'est plus un concept, c'est une réalité matérielle, un très ancien moyen de transport, un tapis roulant qui l'entraîne lentement vers dimanche. Il se blottit contre Rosalind, son pyjama soyeux, son parfum, sa chaleur, ses formes bien-aimées, le plus près possible. Aveuglément, il lui embrasse la nuque. Il y a toujours ça, telle est l'une de ses dernières pensées. Et puis : il n'y a que ça. Et enfin, en douceur, la chute : la journée est terminée.

REMERCIEMENTS

Je suis infiniment reconnaissant au docteur Neil Kitchen, neurochirurgien et chef de clinique associé à l'hôpital de neurologie et de neurochirurgie de Queens Square, à Londres. J'ai eu l'immense privilège de voir ce chirurgien de talent en action au bloc opératoire sur une période de deux ans, et je le remercie de la gentillesse et de la patience avec lesquelles il a pris la peine, malgré un emploi du temps chargé, de m'expliquer les subtilités de sa profession et des innombrables pathologies du cerveau. Ma reconnaissance va également à Sally Wilson, anesthésiste en neurochirurgie dans le même hôpital, ainsi qu'à Ann McGuinness, médecin urgentiste à University College Hospital, et au commissaire Amon McAfee. Pour le récit de l'ablation d'une tumeur de l'hypophyse par voie sphénoïdale, je suis redevable au docteur Frank T. Vertosick Jr. et à son excellent ouvrage : *When the Air Hits your Brain : Tales of Neurosurgery*, Norton, New York, 1996. Ray Dolan, le plus littéraire des scientifiques, a relu le tapuscrit de *Samedi* et apporté des suggestions pertinentes sur le plan neurologique. Tim Garton Ash et Craig Raine ont également lu ce roman à ses débuts, et leurs commentaires m'ont été précieux. Merci à Craig Raine de m'avoir généreusement autorisé à attribuer à Daisy Perowne l'image de « l'arrosoir excité » et celle de cette « rose singulière » empruntées à son poème « Sexual Couplets », ainsi que le vers : « chaque rose / pousse sur une tige infestée de requins » tiré du poème « Reading Her Old Letter about a Wedding », paru dans le recueil *Collected Poems 1978-1999*, Picador, Londres, 2000. Ma femme Annalena McAfee a relu les nombreuses versions de ce roman, et j'ai eu la chance de bénéficier de ses commentaires éditoriaux avisés et de ses encouragements bienveillants.

IM

Londres, 2004

Composé et achevé d'imprimer
par la Société Nouvelle Firmin-Didot
à Mesnil-sur-l'Estrée, le 18 septembre 2006.
Dépôt légal : septembre 2006
Numéro d'imprimeur : 80121.
ISBN 2-07-077536-4/Imprimé en France.

137983